Wolfgang Burger

Schlaf, Engelchen, schlaf

Kriminalroman

PIPER
München Berlin Zürich

Mehr über unsere Autoren und Bücher:
www.piper.de
Aktuelle Neuigkeiten finden Sie auch auf Facebook, Twitter und YouTube.

Von Wolfgang Burger liegen im Piper Verlag vor:
Heidelberger Requiem
Heidelberger Lügen
Heidelberger Wut
Schwarzes Fieber
Echo einer Nacht
Eiskaltes Schweigen
Der fünfte Mörder
Die falsche Frau
Das vergessene Mädchen
Die dunkle Villa
Tödliche Geliebte
Drei Tage im Mai
Schlaf, Engelchen, schlaf

MIX
Papier aus verantwortungsvollen Quellen
FSC® C083411

ISBN 978-3-492-06030-1

Satz: Kösel Media GmbH, Krugzell
Gesetzt aus der Stone Serif
Druck und Bindung: CPI books GmbH, Leck
Printed in Germany

Für Hilde

1

Wenn ich etwas hasse auf dieser Welt, dann ist es Scheinwerferlicht. Grelles Licht, das auf mich gerichtet ist wie eine Waffe. Das mir den Schweiß aus den Poren treibt, mich quält und demütigt wie das Opfer eines Folterverhörs. Es verhindert, dass ich den Menschen hinter der blendenden Mauer ins Gesicht sehen kann. Den Menschen, die mich gleich anschreien, mir ihre drängenden, gemeinen Fragen zurufen werden. Fragen, die alle nur das eine Ziel haben: mich bloßzustellen, mich zu erniedrigen, mir Schmerzen zuzufügen, die ich nicht verdient habe. Fragen, die ungerecht sind und feige, weil sie gestellt werden von Leuten, die hinter diesem gemeinen Licht sitzen, in der wohligen Sicherheit der Masse. Sie sind viele, während ich allein bin. Sie sind anonym, während meinen Namen und mein Gesicht jeder in diesem großen und schon jetzt stickigen Raum kennt, der viel zu klein ist für den überwältigenden Andrang. Geil vor Ehrgeiz werden sie sich zu Wort melden und sich an meinem Elend weiden.

Aber noch kümmert sich niemand um mich. Noch werden Stühle gerückt, Witze gerissen, Kollegen lautstark über viele Reihen hinweg begrüßt. Links neben mir sitzt Kaltenbach, der sich mit eisiger Miene auf meine Vernichtung freut, rechts die Chefin der Staatsanwaltschaft, Frau Dr. Steinbeißer, von der ebenfalls keine Rettung zu erhoffen ist. Mein Mikrofon ist noch aus.

Drei Menschen sind gestorben, und ein weiterer ist gerade noch dem Tode entronnen – das sind Tatsachen. Und bei dreien dieser Ereignisse war ich irgendwie beteiligt oder zumindest in der Nähe des Tatorts. Aber dennoch trifft mich keine Schuld. Zugegeben, ich habe mich vielleicht nicht immer exakt an die Buchstaben des Gesetzes gehalten, vielleicht die eine oder andere Vorschrift ein wenig zu kreativ ausgelegt oder auch mal ganz ignoriert, aber im Grunde kann ich mir wirklich nichts vorwerfen. Leider bin ich vermutlich der Einzige in diesem lärmerfüllten, fensterlosen Raum, der das so sieht.

»Wieso haben Sie nicht wenigstens den letzten Mord verhindert?«, werden sie fragen. »Sie haben den Mörder doch kommen sehen, oder streiten Sie das etwa auch ab?« Und ich werde antworten: »Weil Mörder nun mal nicht mit einer blinkenden Leuchtschrift auf der Stirn daherkommen, die ihre Absicht ankündigt.«

Als ich die Waffe in seiner Hand sah, war es längst zu spät, um noch irgendetwas zu tun. Ich bin doch auch nur ein Mensch. Außerdem dachte ich zu diesem Zeitpunkt ja, verflucht noch eins, es sei schon alles gut. Nein, natürlich nicht gut. Aber immerhin zu Ende.

Nach wie vor herrscht großes Stühlerücken dort unten, hinter dem Licht. Ich höre das Gekrächze und Gegacker der Geier, die sich auf ihr Festmahl freuen. Ein weiterer Scheinwerfer flammt auf. Theaterschauspieler müssen das jeden Abend aushalten, denke ich, als ich mich zurücklehne und zwinge, ruhig zu atmen. Aber die werden dafür bezahlt, es zu ertragen, und am Ende mit Applaus belohnt. Für mich wird es heute keinen Applaus geben, sondern nur Anschuldigungen, öffentliche Demontage und Erniedrigung. Und ich werde mich glücklich schätzen können, wenn ich die Heidelberger Polizeidirektion morgen noch betreten darf.

Kaltenbach hüstelt in sein Mikrofon. »Meine sehr verehrten Damen und Herren«, beginnt er, während die Leitende Oberstaatsanwältin weiter mit verkniffener Miene ihre Unterlagen sortiert oder zumindest so tut, als ob.

Jetzt leuchtet auch an meinem Mikrofon das rote Lichtlein auf. Nur sehr allmählich kehrt Ruhe ein. Hüsteln, Rascheln, Füßescharren, etwas Schweres poltert zu Boden, eine Frau schimpft und lacht in einem. Dann wird es still. Bedrohlich still.

»Meine sehr verehrten Damen und Herren«, wiederholt Kaltenbach in kühlem, überlegenem Ton seine Begrüßung. »Ich darf Sie zu dieser zugegebenermaßen etwas kurzfristig anberaumten Pressekonferenz herzlich begrüßen, bei der wir Herrn Gerlach, der hier neben mir sitzt und einer der fähigsten Polizisten ist, die wir in Heidelberg haben …«

Habe ich richtig gehört, oder leide ich nun auch schon an Halluzinationen? Sollte meine Rolle hier etwa nicht nur die des Bauernopfers sein? Die des Trottels aus dem zweiten Glied, den man auf der Flucht zurücklässt, um die Hunde von sich selbst abzulenken?

»… Gelegenheit geben, manches richtigzustellen, das in den vergangenen Tagen die Öffentlichkeit aus Unkenntnis und teilweise leider auch auf Basis falscher Informationen beunruhigt hat.«

Das war zwar grammatikalisch nicht ganz richtig, aber es hört sich dennoch außerordentlich gut an. Der Leitende Polizeidirektor Kaltenbach sieht mich an, nickt mir aufmunternd zu, lächelt sogar ein winziges bisschen. »Lieber Herr Gerlach – Ihr Publikum.«

Jetzt ist es totenstill dort unten. Die Meute hält den Atem an.

Mein Räuspern tönt überlaut durch den Raum. Das rote Lichtlein am Mikrofon leuchtet unbeirrt. Ich habe das Wort.

»Wie Herr Kaltenbach eben schon sagte, hat es in den vergangenen Tagen einige Missverständnisse gegeben.« Meine Stimme funktioniert. Sie ist ein wenig rau, aber sie klingt sicher und vielleicht sogar selbstbewusst. »Die Art und Weise, wie diese Missverständnisse zustande gekommen sind, will ich nicht kommentieren. Aber erlauben Sie mir bitte, manches geradezurücken, was falsch oder verfälscht kommuniziert wurde. Ich will Ihnen die ganze Geschichte erzählen, und es wird ein wenig dauern, wofür ich Sie schon jetzt um

Verzeihung bitte. Aber Sie sind ja hoffentlich hier, um die Wahrheit zu hören.« Plötzlich durchdringt mich ein Gefühl der Hoffnung, es könnte wider Erwarten gut gehen. Ich könnte am Ende dieser Veranstaltung doch nicht arbeitslos sein. »Es war nämlich so …«

2

Begonnen hatte alles – ja, wann eigentlich? Als ich am achtzehnten Mai, einem Montag, abends aus dem Intercity stieg und Zeuge des Überfalls auf den kleinen, dunkelhäutigen Mann wurde? Oder erst mit Professor Heneckas Anruf anderthalb Stunden später? Oder am nächsten Abend, als wir uns trafen und ich am Ende seinen tausendmal verfluchten braunen Umschlag einsteckte, dem ich den ganzen Stress und Ärger verdanke?

Nach jenen nächtlichen Ereignissen Anfang Mai in Kirchheim – noch heute muss ich schlucken, wenn ich daran denke – war ich krankgeschrieben. Ich war nicht körperlich krank. Körperlich ging es mir, abgesehen von der kleinen Schnittwunde am Hals und einer leichten Gehirnerschütterung, gut. Die lästigen Kopfschmerzen waren schon nach wenigen Tagen abgeklungen. Die Gehirnerschütterung war bei Weitem nicht so heftig gewesen wie beim letzten Mal, als ich beim Radfahren so helmlos wie folgenreich auf den Kopf gefallen war.

Es war meine Seele, die litt. Nachts konnte ich nicht richtig schlafen, schreckte im Halbstundentakt aus irgendwelchen Horrorträumen auf, tagsüber war ich zugleich müde und übernervös, neigte zu Wutausbrüchen wegen Nichtigkeiten, ging mir selbst und meinen Mitmenschen auf die Nerven.

Die Tage vertrieb ich mir mit Bewegung. Bewegung tat mir gut, hatte ich bald festgestellt. So machte ich lange Spaziergänge, oft ohne hinterher sagen zu können, wo ich gewesen war. Ich joggte, als gälte es mein Leben, um diese elende Angst auszuschwitzen, die mein Herz im eiskalten Griff hielt. Ich joggte gegen die Einsamkeit an, die kein Besuch, keine Zärtlichkeit, kein noch so einfühlsames Gespräch zu lindern vermochte. Ich rannte mit zunehmender Verbissenheit vor mir selbst davon, und schon nach wenigen Tagen stellte ich fest, dass mein Körper regelrecht aufblühte. Die Strecke, die ich laufen konnte, bis mir die Puste ausging, wurde länger und länger, und die Waage im Bad zeigte jeden Morgen erfreulichere Zahlen an. Das beste Mittel gegen überflüssige Pfunde, stellte ich fest, ist unglücklich sein.

Außerdem nutzte ich die geschenkte Freizeit, um Dinge zu tun, für die mir sonst die Zeit fehlte. Ich besuchte die Museen Heidelbergs, auch die Mannheimer Kunsthalle, fuhr schließlich sogar nach Frankfurt, um mir im Städel Museum eine Ausstellung über post- und neoimpressionistische Malerei anzusehen. Da mein alter Peugeot immer noch in der Werkstatt stand, nahm ich den Zug.

Die Ausstellung in Frankfurt war vor allem eines: sehr gut besucht. Ich schlenderte herum, blieb als vollkommener Kunstbanause einfach vor solchen Bildern stehen, die mich in irgendeiner Weise ansprachen, ohne mir Gedanken zu machen, was daran das Besondere war. Schon nach zehn Minuten kam mir der Verdacht, am falschen Ort zu sein in diesem kulturbeflissenen Gedränge und aufgeregten Getue.

Erst im vorletzten Raum, als ich mich schon darauf freute, das überfüllte Gebäude bald wieder verlassen zu dürfen, sprang mich ein Bild an, als hätte es seit hundertfünfundzwanzig Jahren nur auf mich gewartet: van Goghs *Weizenfeld mit Krähen*. Ein dunkler, gewittriger Himmel hing bleischwer über einem wogenden, überreifen Weizenfeld. Und vom Horizont her, der noch ein wenig heller war, es aber bald nicht mehr sein würde, schwebte im Tiefflug ein Schwarm Krähen auf den Betrachter zu, wie Todesvögel.

Mir blieb die Luft weg, keinen Schritt konnte ich näher an das Bild herantreten. Kein Zweifel, van Gogh hatte gewusst, was Angst war. Ich brauchte eine gefühlte Ewigkeit, um mich von dem Anblick zu lösen. Wurde angerempelt, einmal auf Französisch beschimpft, weil ich im Weg stand. Aber all das interessierte mich in diesen Minuten nicht. Ich konnte es nicht erklären, ich konnte es nicht verstehen, aber es gab ganz offenbar eine geheime Verbindung zwischen diesem Gemälde und mir.

Den Rest der Ausstellung schenkte ich mir. Nach diesem Bild, nach diesem Erlebnis hätte es ohnehin nichts Interessantes mehr geben können.

Während der abendlichen Rückfahrt war der Intercity proppenvoll, den ich auf der Hinfahrt noch fast für mich allein gehabt hatte. Nahezu jeder Platz war besetzt mit schläfrigen oder geschwätzigen oder konzentriert lesenden Pendlern, die auf dem Weg zu ihren Familien waren oder zu einem Feierabendbier mit Freunden oder zu einem faulen Fernsehabend mit hochgelegten Füßen und Paprikachips. Bei jedem Halt leerte sich der Zug ein wenig – um sich gleich wieder zu füllen. Auch als ich in Heidelberg ausstieg, wogte eine drängende Menschenmenge um mich herum.

Plötzlich hörte ich Gejohle und Gebrüll. Ich vermutete eine Horde Angetrunkener, die von einem Fußballspiel zurückkehrten oder von einem Match der Mannheimer Adler in der SAP-Arena. Menschen vor mir blieben stehen, sahen sich irritiert nach der Quelle des Lärms um, wichen zurück, um eine Gruppe rücksichtslos rennender junger Kerle durchzulassen, vermutlich die Verursacher des Tumults. Wie eine Art Uniform trugen alle Hoodies, zerschlissene Jeans und Sneakers.

Erst als die vier oder fünf Burschen schon auf der Treppe zum Bahnhofsgebäude hinauf waren, nahm ich auch hinter mir Unruhe wahr, andere, leisere Stimmen, empört, erschrocken. Ich erblickte einen Mann am Boden, von dem ich anfangs dachte, es handle sich um ein Kind, so klein und mager war er.

Eine junge Frau mit hellgrünem Haar rüttelte vorsichtig an seiner Schulter, rief: »Hallo!« und: »Geht's Ihnen gut?«

Dabei sah ein Blinder, dass es dem schmächtigen Mann, der in einem heruntergekommenen braunen Anzug und abgetretenen, ebenfalls braunen Schnürschuhen steckte, ganz und gar nicht gut ging. Mit wenigen Schritten war ich bei dem Bewusstlosen – das Geschiebe auf dem Bahnsteig hatte zum Glück schon ein wenig nachgelassen – und ging neben ihm in die Hocke.

»Rufen Sie einen Krankenwagen und die Polizei«, sagte ich in vielleicht etwas zu schroffem Ton zu der nervösen Grünhaarigen, die ihr Handy schon in der Hand hielt. In solchen Situationen sind Höflichkeit und freundliche Bitten fehl am Platz.

Immerhin, er atmete. Äußerliche Verletzungen waren nicht zu sehen. Auch kein Blut, keine seltsam verrenkten Gliedmaßen. Nach der Hautfarbe zu schließen, stammte er aus Asien. Aus einem dieser hoffnungslosen Länder, über die man wenig weiß.

»Malaie«, meinte ein älterer weißhaariger Herr mit beeindruckendem Bauch. »Oder Singapur. Bin ich schon öfter gewesen. So sehen die Leute da aus.«

»Kommen von da jetzt auch schon Flüchtlinge?«, wollte eine resolute Dame in feinem dunkelblauem Kostüm wissen. Sie war über vierzig, nicht unattraktiv und trug ein sandfarbenes Aktenköfferchen in der Rechten und Gold am Hals. »Ich würde sagen, Eritrea, Sudan, irgendwas in der Ecke.«

»Was ist hier eigentlich passiert?« Ich blickte in die Runde und achtete darauf, dass keine Augenzeugen sich aus dem Staub machten. »Hat jemand was gesehen?«

Mit eiligem Schritt näherten sich zwei Kollegen in den schwarzen Uniformen der Bundespolizei, einer schon mit dem Funkgerät am Ohr, und übernahmen den Fall. Ich blieb noch ein wenig stehen. Vielleicht, um zu helfen, vielleicht auch, weil Neugier sozusagen mein Beruf ist.

Niemand hatte etwas gesehen, stellte sich rasch heraus. Obwohl zig Menschen in unmittelbarer Nähe gewesen waren, konnte keiner sagen, was sich hier vor kaum mehr als einer Minute zugetragen hatte. Gedränge hatte es gegeben, jemand war grob geschubst worden, und auf einmal hatte der kleine Mann am Boden gelegen, und ein paar kräftig gebaute Kerle hatten sich grölend und lachend aus dem Staub gemacht.

»Glatzen, todsicher Nazis«, behauptete die Grünhaarige mit großen, zornblitzenden Augen. »Vorhin im Zug …« Sie deutete auf das Bündel Mensch am Boden. »Hat er da nicht einen Rucksack gehabt? Rot ist er gewesen, glaub ich, der Rucksack, dunkelrot mit Schwarz dran.«

Der jetzt verschwunden war. Unschwer zu erraten, was daraus geworden war. Die Kollegen wollten natürlich auch meinen Namen wissen. Ich überreichte ihnen eine dienstliche Visitenkarte. Einer drallen Frau jenseits der fünfzig fiel jetzt erst ein, die Hooligans hätten ihr Opfer schon im Zug drangsaliert. Aber niemand sonst konnte oder wollte dies bezeugen. Einen Ausweis oder andere Papiere konnten die Kollegen bei dem Opfer nicht finden. Die steckten vermutlich in dem verschwundenen Rucksack.

»Nichts als Ärger mit dem Pack«, sagte ein Mann, der direkt neben mir stand, leise zu seiner Frau.

»Meinen Sie den Verletzten oder die, die ihn ausgeraubt haben?«, fragte ich wütend. Anstelle einer Antwort erntete ich böse Blicke aus vier Augen.

Als der Notarzt kam, war der kleine Mann aus Afrika oder Malaysia oder Singapur schon wieder bei Bewusstsein, konnte ohne fremde Hilfe aufstehen, murmelte, immer noch benommen, krauses Zeug, das niemand verstand. Der Arzt erklärte nach kurzer Untersuchung, er werde den Patienten zur Beobachtung für eine Nacht in eine Klinik bringen lassen. Er werde aber bald wieder auf den Beinen sein.

Die Krankschreibung lautete »bis auf Weiteres«. Nach jenen Ereignissen, an die ich nicht denken wollte, was natürlich ganz falsch war, ich sah es ja ein, hatte mein Hausarzt mir eine Traumatherapie empfohlen. Diese hatte ich jedoch schon nach dem ersten Termin beendet, weil mir die Therapeutin den Nerv tötete mit ihren geduldigen Fragen zum immer gleichen Thema, ihrem weltumspannenden Verständnis für alles und jeden.

Seither ging es aufwärts mit mir. Meine selbst verordnete Bewegungstherapie wirkte tausendmal besser als das endlose Gequatsche in der puristisch eingerichteten Praxis. Von Tag zu Tag wurde ich ruhiger, das Pflaster am Hals trug ich fast nur noch aus Gewohnheit, Schmerztabletten brauchte ich längst nicht mehr, und auch meine Schlafphasen wurden länger und erholsamer. Immer seltener überfiel mich die Erinnerung an die scharfe Klinge an meiner Kehle, an das viele Blut, Claudias Blut, die erstickende Angst, das Gefühl der absoluten, der endgültigen Hilflosigkeit. An jenen kurzen Moment, als ich begriff, dass es aus war. Dass es keine Fortsetzung gab. Dass ich niemals wieder die Sonne sehen würde.

All das lag nun schon zwei Wochen zurück, und mit jedem neuen Tag rückte es ein wenig weiter in die Vergangenheit. Allmählich begann ich mich sogar schon wieder nach meiner Arbeit zu sehnen, nach meinem vertrauten Büro, dem Schreibtisch, auf dem sich bestimmt die unerledigten Akten türmten, nach Sönnchen, meiner treuen Sekretärin, die mich täglich anrief und sich mit bewundernswerter Sturheit weigerte, mir irgendetwas zu erzählen, das mit Verbrechen oder Polizeidienst zu tun hatte.

Es war derselbe Montagabend, an dem ich fast Augenzeuge des Überfalls am Bahnhof wurde, als um zwanzig vor acht mein Telefon zu trillern begann. Die angezeigte Handynummer kannten weder mein Telefon noch ich.

Ich war gerade dabei, mich anzukleiden, um die Wohnung zu verlassen, und meldete mich mit einem nicht gerade höflichen: »Ja?«

»Spreche ich mit Herrn Gerlach? Kriminaloberrat Gerlach?«

»Mit wem spreche *ich* denn?«

»Entschuldigen Sie, Henecka ist mein Name.« Der Mann räusperte sich, lachte verlegen. »Jan-Armin Henecka.«

Auch der Name war mir unbekannt. Der Anrufer hatte eine ruhige, fürs Ohr angenehme, für einen Mann vielleicht ein wenig zu hohe und weiche Stimme. Er klang kultiviert, weltgewandt, freundlich. Und im Moment ein wenig verunsichert.

»Und was verschafft mir die Ehre Ihres Anrufs?«

»Eine Sache, die ich ungern am Telefon besprechen möchte.«

Irgendetwas an seinem Ton gefiel mir nicht. Da schwang etwas mit, das über Unsicherheit und Verlegenheit hinausging. Stress, Verwirrung, vielleicht sogar Angst.

»Aha«, sagte ich nur.

»Keine Sorge, es ist nichts Schlimmes. Nichts Schlimmes für Sie, meine ich. Aber … könnten wir uns vielleicht treffen? Ich komme, wohin Sie wollen und wann Sie wollen.«

»Ich wüsste eigentlich nicht …«

»Es wird Ihr Schaden nicht sein, Herr Gerlach, bitte! Ich habe erfahren, dass Sie krankgeschrieben sind. Und da ist Ihnen doch bestimmt langweilig als der Tatmensch, als den man Sie mir beschrieben hat.«

»Ich bin zurzeit nicht im Dienst, das ist richtig. Aber langweilig ist mir ganz und gar nicht. Ganz im Gegenteil, ich …«

Ich brach ab. Was ging es diesen komischen Vogel an, wie ich mich fühlte?

»Es ist nämlich so. Ich …« Noch einmal räusperte er sich. »Ich werde bedroht.«

»Dann wenden Sie sich an die Polizei. Dafür ist sie da.«

»Ja, natürlich.« Ich meinte, einen unterdrückten Seufzer zu hören. »Das habe ich natürlich als Erstes getan. Aber Ihre geschätzten Kollegen haben die Angelegenheit leider nicht gerade ernst genommen, um es vorsichtig zu formulieren. Ich muss wohl dankbar sein, dass man erst gelacht hat, als ich wieder weg war.«

»In welcher Form werden Sie denn bedroht?«, fragte ich nach einigen rat- und wortlosen Sekunden. »Körperlich? Mit Anrufen?«

»Mails«, erwiderte der Mann gequält, dessen Name mir schon wieder entfallen war. »Jemand bombardiert mich seit Wochen mit bösen Mails.«

»Löschen Sie sie. Blockieren Sie die Mailadresse über Ihren Spamfilter. Versuchen Sie herauszufinden, wer er ist. Beauftragen Sie einen Privatdetektiv, der Ihnen den Kerl vom Hals schafft. Oder handelt es sich um eine Frau?«

»Das weiß ich nicht. In den letzten Tagen hat auch öfter das Telefon geklingelt, aber es war nie jemand dran. Oder vielmehr, jemand hat geatmet, aber nichts gesagt. Oder doch. Einmal hat er geflüstert: ›Du Schwein‹.«

»Lassen Sie für ein paar Tage jemand anders das Telefon abnehmen.«

Wieder herrschte für kurze Zeit betretene Stille. Dann verlegte er sich aufs Jammern: »Herr Gerlach, ich bitte Sie! An einen Privatdetektiv habe ich auch schon gedacht. Aber Sie als Polizist, Sie haben doch ganz andere Möglichkeiten.«

»Zurzeit habe ich nicht mehr Möglichkeiten als Sie.«

»Aber doch. Sie haben Erfahrung. Sie haben Kontakte. Ich werde Sie selbstverständlich bezahlen. Darüber haben wir noch gar nicht gesprochen, verzeihen Sie. Nennen Sie mir Ihren Preis. Ich bin kein Millionär, aber ich bin auch nicht arm. Wir werden uns mit Sicherheit einig werden.«

»Kein Interesse«, sagte ich kalt und leider nicht mit der Souveränität, die ich mir gewünscht hatte, und legte auf. Wenn die Kollegen den Fall nicht ernst nahmen, dann würden sie ihre Gründe haben. Jedes Polizeirevier kann im gemischten Chor strophenreiche Lieder singen von diesen Schauergeschichten: Mein Nachbar versucht mich umzubringen. Meine Ex hat schon zum dritten Mal meine Katze vergiftet. Meine Kollegin tut mir etwas in den Kaffee, das mich impotent macht. Mein Vermieter macht mit irgendwelchen Strahlen, dass ich ständig Hunger habe und immer dicker werde …

Mit großer Wahrscheinlichkeit war der Anrufer ein Neurotiker. Oder er hatte jemandem die Frau ausgespannt und erhielt nun die Quittung dafür.

Es gab noch einen zweiten Grund, weshalb ich das Gespräch so abrupt beendet hatte, und dieser Grund hieß Theresa. Wir hatten uns für diesen Abend verabredet, und inzwischen war es schon zehn vor acht. Ich würde mich verspäten wegen des blöden Herrn Henecka. Jetzt war mir der Name doch wieder eingefallen.

3

»Du siehst besser aus als letzte Woche«, behauptete meine Liebste nach dem ersten Kuss und schob mich an den Schultern ein wenig auf Abstand, um mich besser betrachten zu können. »Viel besser, wirklich.«

»Wie geht's deinem Mann?«, fragte ich.

Theresas Gatte, der Leitende Polizeidirektor Dr. Egon Liebekind und mein direkter Vorgesetzter, war wieder einmal krank. Schon seit Wochen. Wie üblich war es die Lunge, die Probleme machte. Über die Jahre hatten die Ärzte eine mögliche Ursache nach der anderen ausgeschlossen, aber seine inzwischen manchmal lebensbedrohlichen Anfälle von Atemnot und Erstickungsangst zwangen ihn immer öfter zu Zwangspausen. Manchmal war er über Monate gesund und fidel, aber dann war aus heiterem Himmel und ohne jede Vorankündigung wieder einmal eine Blaulichtfahrt im Rettungswagen fällig.

»Auch besser«, sagte Theresa. »Morgen, spätestens übermorgen darf er nach Hause. Du musst dich wohl darauf einstellen, dass du über kurz oder lang einen neuen Chef bekommst. Egonchen will aufhören.«

»Das ist nicht dein Ernst! Ich werde ... keine Ahnung ... jedenfalls bin ich dagegen.«

»Ich werde es ihm sagen, wenn ich ihn morgen besuche.« Lächelnd nahm sie mich in ihre warmen, weichen Arme, drückte mich an ihre üppigen Brüste, und es tat mir unfassbar gut. Für einen kurzen Moment erlaubte ich mir, wieder Kind zu sein, mich beschützt zu fühlen von jemandem, der groß war und stark, der alles wusste und jedem Problem gewachsen war.

»Ich fürchte nur ...«, sagte ich, als ihre Umarmung fester und die Küsse leidenschaftlich wurden. »Du weißt schon.«

»Das wird schon wieder«, meinte sie und strich mir übers Haar wie meine Mutter damals, als ich die Masern hatte. »Du darfst nicht immer daran denken. Entspann dich. Dann kommt es irgendwann von alleine wieder.«

Theresa sprach von meinen peinlichen Erektionsproblemen, die ich seit jener verfluchten Nacht hatte und die ich als Botschaft meines Körpers an den Kopf verstand, dass noch keineswegs alles wieder beim Alten war.

»Ich kümmere mich erst mal um den Sekt.« Theresa ließ mich so plötzlich los, dass ich fast das Gleichgewicht verlor. Da ich schon am Taumeln war, ließ ich mich auf die Matratze fallen, die uns in besseren Zeiten als Lotterbett gedient hatte, zog im Liegen das Jackett aus, warf es über die Lehne eines schwarz lackierten Stuhls im Wiener Kaffeehausstil, der mitten im Raum stand, und streckte Arme und Beine von mir. Nach kurzer Pause öffnete ich die zwei obersten Hemdknöpfe und lockerte den Gürtel, um keinen allzu verschlossenen Eindruck auf meine Göttin zu machen, die gerade in der Küche mit einem fröhlichen »Huch!« den Korken knallen ließ. Wer konnte wissen, ob nicht heute der Tag war, an dem *es* wieder klappte.

Gläser klirrten, die Kühlschranktür ploppte zu. Theresa kam durch die Tür geschwebt, setzte sich neben mich, reichte mir strahlend lächelnd mein Glas. Wir stießen an, und ich stellte fest, dass sich im Liegen schlecht aus einem vollen Glas trinken lässt. Theresa küsste lachend die Sekttropfen aus meinem Gesicht und von meinem Hals, und auch das fühlte sich sehr, sehr gut an.

»Lass dich fallen.« Sie legte sich neben mich und begann, die restlichen Knöpfe meines Hemds zu öffnen.

Ihre wohlschmeckende und vom Sekt ein wenig kühle Zunge fuhr in meinen Mund. Ihre freie Linke ging auf Forschungsreise.

»Du fühlst dich gut an«, gurrte sie. »Viel härter als sonst.«

»Du bist ja noch gar nicht unten.«

»Ich meinte die Bauchmuskulatur, mein Herz. Man merkt, dass du Sport treibst.«

Ich stellte mein Glas neben die Matratze, nahm Theresa das ihre ab und stellte es dazu. Dann zog ich sie an mich und begann, sie abzuküssen. Willig seufzend ergab sie sich meiner körperlichen Übermacht. Ich genoss es, wieder stark zu sein, meine Muskeln zu spüren, meine Kraft. Wieder ein Mann zu sein.

Nun ja, fast.

»Ist völlig okay«, verkündete Theresa tapfer, als wir später durch die kühle Frühlingsnacht schlenderten. »Wirklich kein Problem. Sex ist nicht alles.«

Der Regen der letzten Tage hatte endlich aufgehört, aber für Mitte Mai war es immer noch ungemütlich frisch, und in der Eile hatte ich den Mantel zu Hause gelassen. Ich schwieg, aber Theresa wusste natürlich, dass für mich nichts okay war.

In einem Tempo, als wäre einer von uns Invalide, gingen wir am Neckarufer entlang. Die Geräusche der Stadt hallten über den glitzernden und träge glucksenden Fluss zu uns herüber. Menschenlachen, Verkehrsrauschen, Motorraddonner, hin und wieder Fetzen von Musik. Ich versuchte, das Tempo zu erhöhen, aber Theresa sperrte sich. »Wir sind nicht auf der Flucht, mein Held«, meinte sie und schmiegte sich fester an mich. »Wir sind nur zum Vergnügen hier.«

Irgendwo sang eine einsame, etwas frustriert klingende Amsel ihr Schlaflied.

»Du musst mehr Geduld mit dir haben, Alexander«, sagte Theresa nach einer Weile ernst und mit Blick auf ihre Füße, die in eleganten, irgendwie grünlich schimmernden und für das holprige Gelände entschieden zu hohen Schuhen steckten. »Das Letzte, was du jetzt tun darfst, ist, dich unter Druck zu setzen.«

Dasselbe hatte die Therapeutin auch behauptet. Aber ich wollte keine Geduld mit mir haben. Ich wollte sein wie früher. Das Leben führen, das ich vor zwei Wochen noch geführt hatte.

Eine Weile bummelten wir so dahin, und jeder hing seinen eigenen Gedanken nach. Obwohl längst Nacht war, konnte man den schmalen Pfad meist gut erkennen, da immer wieder von irgendwoher Licht kam. Fröhliches, buntes Licht. Friedliches Licht. Schönes Licht. Ich fühlte, wie ein weiteres Stückchen Leben in mich zurückkehrte. Eine neue Prise Optimismus. Ich fühlte, ich wusste, dass Theresa glücklich war, mich lebend und zumindest körperlich unversehrt neben sich zu haben. Und ich war froh, dass sie mir nicht mit Mitleid oder salbungsvollen Worten auf die Nerven ging.

Ich war ja nicht wirklich krank. Ich war praktisch schon wieder gesund. Körperlich war ich seit Jahren nicht so fit gewesen. Die Therapeutin hatte es immer wieder gesagt, wie zu einem verstockten Kind: Ich müsse akzeptieren, dass auch richtige Männer, starke Männer manchmal hilflos sind. Von Emotionen und Ängsten geplagt werden wie pubertierende Mädchen. Das müsse ich nicht nur ertragen, sondern zulassen, sogar willkommen heißen, denn nur so könne ich wieder gesund werden. Nur dann würde dieser kleine, für das Selbstbewusstsein echter Männer so überaus wichtige Körperteil irgendwann wieder aus seiner Schockstarre erwachen.

Wobei »Starre« natürlich das völlig falsche Wort war.

Zu Hause erwarteten mich meine Töchter. Sie hatten Gesprächsbedarf, und das verhieß meist nichts Gutes.

»Silke fliegt in den Sommerferien mit ihren Eltern nach Thailand«, eröffnete Sarah das Gefecht mit amtlicher Miene.

»Henning fliegt mit Doro nach Japan«, fügte Louise hinzu. »Für fünf Wochen. Sie machen eine Rundreise mit Kultur und so.«

Wie üblich hatten sie sich abgesprochen, agierten und argumentierten mit verteilten Rollen. Und natürlich würde ich am Ende wieder der Dumme sein und derjenige, der die Rechnung bezahlte.

»Was machen *wir* eigentlich in den Ferien?«, kam Sarah mit inquisitorischer Miene zum Punkt.

»Ähm«, sagte ich. »Eigentlich hab ich noch gar keine Pläne gemacht.«

»Auf keinen Fall hängen wir wieder die ganze Zeit daheim rum«, verkündete Louise. »Wie letztes Jahr.«

»Und vorletztes auch.«

»Wir wollen auch mal irgendwo hinfliegen«, erklärten sie im Chor. »Eine richtige Reise machen und so.«

»Jetzt mal langsam, Mädels.« Ich griff mir einen Stuhl und setzte mich zu ihnen an unseren runden Küchentisch aus über die Jahre goldbraun gewordenem Kiefernholz.

»Wenn du keine Lust hast, auch kein Problem. Wir wollen sowieso lieber allein weg. Nach Spanien vielleicht. Costa Brava soll voll geil sein.«

»Kommt nicht in die Tüte! Ihr seid zu jung, um allein zu verreisen. Das geht schon rein juristisch ...«

»Falsch«, widersprach Sarah im Oberlehrerton. »Es gibt Jugendreisen mit Betreuung vor Ort und alles.«

Ich versuchte es auf die Mitleidstour: »Ihr wisst, dass unser Auto in der Werkstatt ist. Und es kostet viel mehr, als es anfangs geheißen hat. Jetzt ist auch noch irgendwas mit der Kupplung, habe ich heute erfahren, und dann der TÜV ...«

»Andere Leute haben auch ein Auto und müssen auch zum TÜV und fliegen trotzdem in Urlaub.«

»Die Hausverwaltung hat letzte Woche geschrieben, das Dach muss neu gedeckt werden. Und die rückwärtigen

Balkons sind auch marode. Und in den Rücklagen ist nicht genug Geld dafür. Im Moment habe ich noch gar keine Ahnung, was das alles kosten wird. In jedem Fall wird es teuer.«

»Dafür zahlen wir keine Miete. Andere Leute müssen Miete zahlen.«

»In zwei Jahren macht ihr Abitur, dann wollt ihr studieren …«

»Andere studieren auch, und ihre Eltern machen trotzdem Urlaub.«

Es war hoffnungslos. Also versuchte ich ein Friedensangebot: »Was habt ihr euch denn so vorgestellt?«

»Irgendwo, wo's richtig toll warm ist. Karibik vielleicht.«

Die Jugendreise an die Costa Brava war offenbar nur ein Ablenkungsmanöver gewesen. Ein Scheingefecht.

»Florida soll auch voll cool sein.«

»Wieso nicht gleich Australien?«, konterte ich mit Blick zur Decke. »Oder was haltet ihr von Tasmanien?«

»Nichts. Weil da ist im Sommer Winter.«

Sie hatten an alles gedacht. Aber zum Glück kam mir eine Idee, wie ich möglicherweise zwei Fliegen mit einem Schlag erlegen könnte.

»Wie wär's …« Lange hatten meine Töchter meinen Vaterworten nicht mehr so aufmerksam gelauscht wie in diesem Augenblick. »Was haltet ihr von Portugal? Wir besuchen Opa?«

»Oma kommt aber nicht mit!«

»Wird sie gar nicht wollen.«

»Und wir schlafen auch nicht bei Opa auf dem Sofa. Wir wohnen in einem richtigen Hotel!«

Bis jetzt lief es besser als befürchtet.

»Mit Pool und Animateuren und alles.«

»Ihr wollt ans Meer. Wozu dann ein Pool?«

»Macht man eben so. Man liegt am Pool und guckt aufs Meer.«

»Die meisten Hotels da unten haben Pools, denke ich. Und Animateure sowieso.«

»Und abends Disco.«

Noch etwas fiel mir ein: Mein dreiundsiebzigjähriger Vater gönnte sich seit einiger Zeit den Luxus einer zwanzig Jahre jüngeren Geliebten, welche der zweibeinige Grund dafür war, dass meine Mutter seit einigen Monaten in Heidelberg lebte. Und diese Geliebte, Elvira, arbeitete in leitender Funktion in einem großen Hotel an der Algarve. Vielleicht ergab sich daraus sogar die Möglichkeit eines kleinen Familienrabatts?

»Und?«, fragte Sarah mit misstrauischer Miene.

Blieb das Problem mit dem Flug. Ich ... nun ja, ich fliege nicht gern. Nicht, dass ich Angst davor hätte. Ich fühle mich einfach unwohl in der Luft. Der Mensch ist dazu geschaffen, sich in Bodennähe aufzuhalten. Ich fühle mich nicht gut bei dem Gedanken, dass unter mir nichts ist als zehn Kilometer eiskalte Luft.

»Wir fliegen aber«, sagte Louise sofort. »Nix mit Zug oder so.«

Offenbar konnten meine Töchter seit Neuestem nicht nur ältere Herren schwindlig diskutieren, sondern auch Gedanken lesen.

»Klar fliegen wir. Was denkt ihr denn!«

»Also, ich will eigentlich nicht zu Opa«, war Sarah inzwischen klar geworden. »Das ist kein richtiger Urlaub.«

Ich hob die Augenbrauen, kam aber nicht dazu, Widerspruch einzulegen.

»Am Ende landen wir da unten in so einem Rentnerbunker und spielen den ganzen Tag Bingo.«

Da bemüht man sich, seine Kinder zu lebenstüchtigen, selbstbewussten, kritischen Menschen zu erziehen, und das sind dann also die Früchte.

»Ich bin immer noch für Trinidad«, sagte Louise mit leuchtenden Augen. »Die Fotos im Internet sind voll geil.«

Sarah dagegen neigte plötzlich mehr zur Dominikanischen Republik. »Da sind die Flüge auch billiger.«

»Wie lang fliegt man denn da so?«, fragte ich ahnungsvoll.

»Sechs Stunden?«, rätselte Sarah. »Acht? Mehr bestimmt nicht. Es gibt Direktflüge. So Charterbomber, du weißt schon.«

»Ist echt gar nicht so teuer!« Louise hatte sofort gespürt, dass mein Widerstand erlahmte. »Keine zweitausend Euro für uns drei.«

Zwei gegen einen ist einfach unfair. Vor allem, wenn dieser eine nicht ganz bei Kräften ist.

»Wir kümmern uns auch um alles.« Sarah klang, als wäre die Diskussion schon zu Ende und aus ihrer Sicht ein klarer Erfolg gewesen. »Du brauchst gar nichts machen.«

»Zu machen«, seufzte ich gequält.

Ich versuchte, meinen aufmerksamen Töchtern zu erklären, dass noch nichts beschlossen war. Dass ich aber darüber nachdenken würde. Und ich beschloss, meinen alten Vater, diesen Schwerenöter, der in den vergangenen Monaten stark in meiner Achtung gestiegen war, bei Gelegenheit anzurufen und nach Möglichkeiten und Rabatten zu fragen. Vielleicht gelang es mir am Ende ja doch, die Reiselust meiner Zwillinge wenigstens auf Europa einzugrenzen.

4

Der zweite Anruf des angeblichen Stalkingopfers kam am Dienstagvormittag um kurz nach elf.

»Haben Sie sich die Sache durch den Kopf gehen lassen?«, fragte Henecka mit aufgesetzter Leutseligkeit.

»Das habe ich gestern schon getan.«

»Sie bleiben bei Ihrer Absage?«

»Ich sehe keinen Grund …«

»Geld könnte kein Grund sein?«

Auch wenn mir ein teurer Urlaub und eine kostspielige Dachsanierung ins Haus stand, auch wenn die Reparatur meines betagten Autos mit jedem Tag teurer wurde – zu kaufen war ich nicht. Wobei meine Einstellung zu einem Urlaub im Süden sich über Nacht geändert hatte. Inzwischen erschien mir die Perspektive doch ganz verlockend: zu dritt essen gehen, endlich Zeit füreinander haben, hie und da ein Gläschen Wein ohne Töchter auf einer schattigen Terrasse mit Blick auf ein türkisgrünes Meer …

»Sagen Sie einfach, wie viel.« Die Nervensäge hatte mein Zögern falsch gedeutet. »Diese überaus lästige Angelegenheit liegt mir sehr am Herzen.«

»Mal andersherum«, erwiderte ich lahm. »Was hatten Sie sich denn so vorgestellt?«

»Zehntausend«, kam es wie aus der Pistole geschossen. »Fünftausend sofort, der Rest bei Erfolg.«

Das war nun allerdings ein Wort, aber …

»Und was genau heißt Erfolg?«

»Dass der Stalker nie wieder von sich hören lässt. Wir müssen uns unbedingt zusammensetzen, Herr Gerlach. Wäre heute am späten Nachmittag okay für Sie? Ich bin im Büro und habe noch einiges auf dem Schreibtisch …«

Wir trafen uns um siebzehn Uhr im Krokodil, einem Lokal nur wenige Schritte von meiner Wohnung entfernt. Jan-Armin Henecka war schon da, als ich kam, hatte sich an einen Ecktisch gesetzt, von wo er den Eingang im Auge hatte. Er hatte ein längliches, aristokratisch wirkendes Gesicht, selbstsicheres Auftreten und unruhige Augen und erhob sich sofort, als ich eintrat. Offenbar kannte er nicht nur meinen Namen und meine Telefonnummer, sondern wusste auch, wie ich aussah. Zudem wusste er, wo ich wohnte, denn er hatte das Lokal vorgeschlagen.

Mit schmalen Lippen lächelte er mir entgegen, reichte mir mit einer etwas albernen Verbeugung seine trockene Rechte. Er war fast so groß wie ich, trug einen mittelgrauen, bei genauem Hinsehen von einem langen Bürotag schon ein wenig knittrigen Anzug und duftete nach einem vermutlich nicht billigen Rasierwasser. Sein glattes, zu einem altmodischen Scheitel frisiertes Haar war von einer undefinierbaren Farbe zwischen Hellbraun und Dunkelblond.

Ich hätte schon jetzt nicht mehr sagen können, weshalb ich mich überhaupt auf dieses Gespräch einließ. Vielleicht, weil ich den Verrückten kennenlernen wollte, der zehntausend Euro zu verschenken hatte. Vielleicht, weil ich herausfinden wollte, wer ihn an mich verwiesen hatte. Vielleicht, weil mir eben doch ein wenig langweilig war.

Das um diese Uhrzeit noch fast leere Lokal war offensichtlich frisch renoviert. Helle Dielen am Boden, schwere Stühle und Tische aus dunklem Holz, eine lindgrün gestrichene Holzvertäfelung an den Wänden – alles vermittelte den Eindruck von Geschmack und liebevoll gepflegter Tradition.

»Fein, dass ich Sie am Ende doch für die Sache gewinnen konnte«, sagte Henecka wohlwollend schmunzelnd, als wir uns gegenübersaßen, und klang dabei, als hätte er keine Sekunde an seinem Erfolg gezweifelt. Als wäre er gewohnt zu bekommen, was er wollte.

»Woher kennen Sie meinen Namen?«

Er schlug die sehr dunklen Augen mit auffallend langen Wimpern nieder, faltete die gepflegten Hände auf dem Tisch. »Nun«, sagte er, und sein Lächeln verschwand. »Ich sagte Ihnen ja schon am Telefon, ich war bei der Polizei. Aber Ihre Kollegen haben diese lästigen und allmählich wirklich bedrohlichen Mails leider nicht ernst genommen, die mir inzwischen den Schlaf rauben. Dachten wohl, es handele sich um einen Kinderstreich oder etwas in der Art. Ich habe dann auch einen Privatdetektiv aufgesucht, wie Sie mir gestern geraten haben. Der Bursche hat sich mein Problem angehört, meinte aber, den Absender der Mails ausfindig zu machen, sei praktisch unmöglich. Stattdessen hat er mir Personenschutz angeboten, für einen unverschämten Preis. Hinzu kam, dass er nicht gerade vertrauenerweckend auf mich wirkte. So habe ich dann doch lieber von seinem Angebot Abstand genommen. In meiner Verzweiflung habe ich schließlich einen alten Freund angerufen, und der hat mir Sie empfohlen. Sie hätten Zeit, meinte er. Sie sind Polizist, Sie haben Zugriff auf die technischen …«

»Ich sagte Ihnen schon, ich habe überhaupt keinen Zugriff auf irgendwas«, fiel ich ihm gereizt ins Wort. Er war mir schon am Telefon unsympathisch gewesen, und er blieb es auch jetzt.

»Sie könnten doch beispielsweise einen Ihrer Mitarbeiter ein klein wenig für Ihre Zwecke einspannen.«

Um später dafür von der Presse in Stücke gerissen zu werden? Vielen Dank. Ich bemühte mich keineswegs um Freundlichkeit, als ich sagte:

»Tut mir leid, wenn ich so hartnäckig bin, aber bevor wir weiterreden, will ich wissen, wer dieser Freund ist, der mich Ihnen empfohlen hat.«

»Ich habe …«, erwiderte er mit gequälter Miene und abgewandtem Blick, »ich habe ihm versprechen müssen, seinen Namen nicht zu verraten.«

Eine schlanke, hochgewachsene Bedienung mit blassem Gesicht trat an unseren Tisch und strahlte uns geschäftstüchtig an. Ich orderte ein Wasser, Henecka mit Leidensmiene einen doppelten Espresso. Als die junge Frau wieder abgezogen war, startete er die nächste Attacke.

»Herr Gerlach, verzeihen Sie, wenn ich meinerseits hartnäckig bin. Ich glaube Ihnen nicht. Zumindest über gewisse kleine Umwege haben Sie Zugriff auf die technischen Möglichkeiten der Polizei, auf die Datenbanken et cetera ...«

»Nicht für Privatkram. Wenn das herauskommt – ich will mir gar nicht ausmalen, was dann passiert.«

Henecka sah mir jetzt wieder ins Gesicht, lächelte ein wenig verkniffen. Die Sache lief nicht nach seinen Wünschen, und das war er offenbar nicht gewohnt.

»Ich war selbst für einige Zeit im Staatsdienst«, sagte er finster. »Ich weiß, wie das läuft. Sie sind Chef der Kriminalpolizei, für Sie ist es doch kein Problem, mal schnell irgendwelche Daten aus Ihren Computern zu zapfen. Ich werde Sie schon im eigenen Interesse nicht verpetzen, keine Sorge.«

Mir fiel auf, dass er mir immer nur für den Bruchteil einer Sekunde in die Augen sah. In der restlichen Zeit ging sein Blick immer um einige Zentimeter daneben. Wenn er nicht sowieso seine Hände betrachtete. Hände, die manchmal für Augenblicke zitterten. Seine Brille mit runden Gläsern und Goldgestell lag nachlässig zusammengefaltet auf dem Tisch.

Die Bedienung brachte unsere Getränke, schenkte uns ein »Und nachher gibt's ein ordentliches Trinkgeld!«-Strahlen und verschwand so lautlos, wie sie gekommen war. Aus unsichtbaren Lautsprecherboxen tönte leise Rod Stewarts *Sailing*.

Ich atmete tief ein und beschloss, dieses sinnlose Gespräch so rasch wie möglich zu beenden.

»Ich weiß ja bisher nicht mal, wer Sie überhaupt sind.«

»Dem lässt sich abhelfen.« Mit gesenktem Blick nickte er. »Meinen Namen kennen Sie schon. Geboren bin ich vor etwas über fünfzig Jahren in San Diego. Mein Vater war Professor. Für anorganische Chemie, falls das für Sie relevant sein sollte. Im Alter von sieben Jahren wurde ich nach München verpflanzt, weil mein Vater einen Ruf an die dortige Universität angenommen hat. Meine Eltern wollten, dass ich in Deutschland aufwachse. Sie sind beide Deutsche.«

Er nippte an dem Wassergläschen, das zusammen mit seinem Espresso serviert worden war. Leckte sich nachdenklich die Lippen.

»Nach dem Abitur habe ich in den Staaten Molekularbiologie studiert, anfangs in Stanford, später in Austin. Schon als Jugendlicher war mein Ziel, in Vaters Fußstapfen zu treten und ebenfalls in die Forschung zu gehen. Das habe ich dann schließlich und endlich auch getan. Nach meiner Promotion in Austin war ich einige Jahre hier an der Heidelberger Universität tätig. Zunächst als Postdoc, später als Honorarprofessor und Privatdozent. Heute arbeite ich als Leiter einer Forschungsabteilung bei einer Firma, die im Wesentlichen Labordienstleistungen für die Pharmaindustrie erbringt. Ansonsten …«

»Ansonsten?«

»Nun …« Zur Abwechslung sah er zur Decke. »Ich bin verheiratet, habe eine erwachsene Tochter, Merit, die zurzeit ebenfalls in den USA ist, in New York. Sie wird im September vierundzwanzig.«

»Merit ist ein ungewöhnlicher Name.«

Für kurze Zeit sah er mir wieder ins Gesicht. »Er ist norwegisch. Ihre Mutter ist Norwegerin.«

»Ich habe auch Töchter«, sagte ich, um die frostige Stimmung ein wenig anzuwärmen. »Zwillinge. Sie werden demnächst siebzehn.«

Zwillinge, die sich eine Urlaubsreise wünschten, die ich

von dem Geld, das mein Gegenüber mir geradezu aufdrängte, problemlos würde bezahlen können. Aber ich würde mich hier auf keine Deals einlassen. Ich war nur hier, weil ich ... ja, weshalb eigentlich?

»Wie nett.« Der Honorarprofessor und Privatdozent schmunzelte, als hätte ich eine verzeihliche Dummheit von mir gegeben.

Wenn es hart auf hart kam, konnte dieser Bursche sicher ganz schön arrogant sein. Mir gegenüber erlaubte er sich jedoch keine Überheblichkeit, denn er brauchte mich.

»Kommen wir zu diesen Mails ...«, sagte ich zu meiner eigenen Überraschung.

Mit einer fließenden Bewegung hob er einen ockerfarbenen und teuer aussehenden Aktenkoffer mit goldenen Beschlägen auf die Oberschenkel, entnahm ihm eine Klarsichthülle, legte sie vor mich hin. »Ich habe Ihnen hier drei Ausdrucke mitgebracht. Die letzten von inzwischen etwa dreißig.«

Ein zweites Mal griff er in das Köfferchen und legte einen braunen, fensterlosen und ziemlich dicken Umschlag auf die Ausdrucke. Ich schob den Umschlag zurück auf seine Seite des Tischs, nahm die Klarsichthülle zur Hand und versuchte, natürlich nur um nicht unhöflich zu sein, ein wenig zu lesen. Leider hatte ich jedoch meine Brille nicht auf der Nase und auch keine Lust, sie aufzusetzen. So sah ich wieder Henecka an, der immer noch sein Köfferchen auf den Oberschenkeln hatte. Er wurde mir mit jeder Sekunde unsympathischer, mit jedem Satz, den er sagte. Alles an ihm störte mich. Seine herablassende Art. Seine nachlässig versteckte Verachtung für mich. Seine Verachtung für alle Menschen, die nicht in seiner Liga spielten. Dieser schlanke Mann im grauen, schlecht gebügelten Maßanzug hielt sich für den König der Welt und mich für einen Idioten, den man mit ein wenig Geld nutzbar machen konnte.

»Worum genau geht es in diesen Mails?«, fragte ich reserviert und legte die Klarsichthülle auf den Tisch zurück. »Was will der Stalker von Ihnen?«

»Töten will er mich. Angeblich bin ich schuld an irgendeinem Unglück, das ihn getroffen hat, und dafür will er mich bestrafen.«

»Über die Art dieses Unglücks schreibt er nichts?«

Achselzucken war die Antwort, begleitet von einer Miene, als hätte ich etwas selten Dämliches gefragt.

»Seltsam, dass er Ihnen zu diesem Zweck dreißig Mal schreibt. Einmal hätte doch genügt.«

Wieder hob Henecka die Achseln, sah an mir vorbei zum Fenster, hinter dem ein Straßenmusikant nicht ohne Talent zur Gitarre englische Folksongs zum Besten gab. »Ich soll leiden. Ich soll mich nachts schlaflos im Bett wälzen. Was übrigens inzwischen ganz gut klappt. Ich schlafe abgründig schlecht, seit dieser Unfug begonnen hat.«

Der braune Umschlag wanderte wieder ein Stückchen in meine Richtung. Henecka wirkte eigentlich nicht wie jemand, der nachts vor Angst kein Auge zubekam, der um sein Leben fürchtete. Nur manchmal, für Bruchteile von Sekunden, schimmerte etwas durch seine selbstbewusste Miene, das mich ahnen ließ, dass es in seinem Inneren nicht so aufgeräumt aussah, wie er mich glauben lassen wollte. Ein winziges Zucken des Mundwinkels, ein millisekundenlanges Blinzeln, ein unwillkürliches Abirren des Blicks mitten im Satz.

»Seit wann kommen die Mails?«

»Vier Wochen etwa. Warten Sie, heute ist Dienstag … Ich müsste … Doch, vier Wochen dürfte hinkommen.«

»Das heißt, er schreibt Ihnen im Schnitt einmal am Tag.«

»Mal kommen drei, vier, manchmal tagelang keine einzige. Einmal dachte ich schon, er hätte den Spaß an seinem fiesen Spielchen verloren. Aber dann ging es doch wieder los …«

»Spielchen? Das heißt, Sie nehmen das also nicht ernst?«

»Nein, verzeihen Sie.« Henecka machte eine fahrige Bewegung, als würde er etwas auswischen, das er an eine unsichtbare Tafel geschrieben hatte. »Ich säße nicht hier, wenn ich es nicht ernst nähme.«

»Sie gehen davon aus, dass der Absender ein Mann ist?«

Verdutzt sah er mich an, mit einem Blick, als hätte meine naheliegende Frage eine ganze Kette von Assoziationen in seinem Kopf ausgelöst.

»Äh … ja. Davon bin ich bisher tatsächlich ausgegangen. Die Stimme am Telefon, obwohl …«

»Warum?«

»Ich kann es nicht sagen. Ich …«

Ich behielt ihn im Auge, als ich die nächste Frage stellte: »Haben Sie eine Vermutung, wer der Stalker sein könnte?«

Immer noch verwirrt schüttelte er den Kopf. »Es ist eine russische Mailadresse, sehen Sie, hier.«

Die Adresse des Absenders endete tatsächlich mit ».ru«, das konnte ich auch ohne Brille erkennen.

»Haben Sie Kontakte in Russland?«

»Überhaupt nicht«, erwiderte er empört. »Ich bin nie da gewesen und kenne dort auch niemanden.«

»Vielleicht ein unzufriedener Mitarbeiter in der Firma, wo Sie arbeiten?«

Kopfschütteln.

»Eine Frau, der Sie …?«

Kopfschütteln.

»Sind die Drohungen konkret oder eher allgemein?«

»Sehr konkret. Ich soll mein Testament machen. Ich soll beim Autofahren gut aufpassen, abends immer schön die Haustür abschließen. Solche Dinge.«

»Wenn ich den Job annehmen sollte, dann bräuchte ich natürlich sämtliche Mails.«

»Kein Problem.« Der braune Umschlag rutschte ein wenig näher an mich heran. »Ich werde sie Ihnen nachher gleich weiterleiten. Ihre Mailadresse habe ich ja.«

»Könnten Sie sie bitte an meine private Adresse schicken?«

»Die meinte ich.«

Ich lehnte mich zurück, faltete die Hände im Genick und musterte ihn finster. »Jetzt sagen Sie endlich: Wer ist dieser Freund, der sogar meine private Mailadresse kennt?«

Sein Lächeln wurde traurig. »Ich habe ihm wirklich versprechen müssen, es nicht zu sagen. Für den Fall, dass Sie … nun ja, sauer sind. Was Sie ja offensichtlich auch sind.«

Der Umschlag wanderte noch ein Stückchen in meine Richtung. Etwas in Heneckas knapper, fast spielerischer Bewegung stellte klar, dass es sich um sein letztes Angebot handelte. Sein Blick war jetzt lauernd, fast drohend. Glücklicherweise begann in diesem Moment mein Handy zu trillern und vibrieren. Ich zog es aus der Brusttasche meines Jacketts – es war Theresa. Mit einem entschuldigenden Blick in Richtung Henecka sprang ich auf und strich beim Weggehen über den kleinen Bildschirm. Erst beim dritten Mal gelang es mir, das Gespräch anzunehmen.

Nicht nur mein Körper und meine Seele hatten Schaden gelitten bei den Ereignissen in Kirchheim. Ein weiteres Opfer war mein altes und unverwüstliches Siemens-Handy, das mir über so viele Jahre tapfer gedient hatte. Der Messermann hatte es irgendwann im Lauf der Schreckensnacht zertreten. So war ich nun Besitzer eines funkelnagelneuen Smartphones aus fernöstlicher Produktion und konnte sogar schon halbwegs damit umgehen. Ich konnte zum Beispiel Anrufe entgegennehmen oder ablehnen, Kontakte im Telefonbuch eintragen und wiederfinden. Die Zwillinge hatten mir sogar beigebracht, wie man ins Internet kam, aber diesen Teil hatte ich dummerweise schon wieder vergessen.

Ich ging in den zweiten, größeren Raum des Lokals, stellte mich dort in eine ruhige Nische neben dem riesigen Kachelofen und sagte: »Hallo, mein Schatz, du rettest gerade meinen Abend.«

Es dauerte einige Sekunden, bis ich begriff, dass Theresa weinte. Sie weinte so sehr, dass sie kaum einen verständlichen Satz herausbrachte. Ihr Mann war vor einer halben Stunde gestorben. Dr. Egon Liebekind, der weiseste, unaufgeregteste und menschenfreundlichste Vorgesetzte, den ich jemals hatte.

»Kannst du kommen?«, schluchzte sie.

»Ja klar. Sofort. Natürlich. Wo bist du?«

»Zu Hause. Ich war nicht mal bei ihm, als ...«

»Bin schon fast da. Muss nur noch kurz ...«

Ich steckte das Handy ein und lief in den anderen Raum zurück und sah sofort, dass Henecka verschwunden war. Der braune Umschlag und die Klarsichthülle mit den Mails lagen einsam auf der Marmorplatte des runden Tischs, den die Bedienung gerade abräumte.

»Gehört das Ihnen?«, fragte sie mich strahlend. Offenbar hatte Henecka ihr ein gutes Trinkgeld gegeben.

5

Es wurde ein langer, tränenreicher Abend. Theresa marterte sich mit Selbstvorwürfen, wollte sich nicht einmal von mir küssen lassen. Als müsste sie ihrem Mann nun, da er nicht mehr lebte, plötzlich die Treue halten, die sie ihm vor über zwanzig Jahren geschworen und seither unzählige Male gebrochen hatte. Was genau besehen nicht einmal stimmte, aber das war eine andere Geschichte. Ich wollte sie nötigen, etwas zu essen, was nicht funktionierte. Ich wollte sie trösten und hatte nicht den geringsten Erfolg damit. Es tat mir in der Seele weh, sie so hilflos und verzweifelt zu sehen und nichts für sie tun zu können. Geteilter Schmerz war hier nicht halber, sondern doppelter Schmerz. Jeden, aber auch jeden meiner Vorschläge lehnte sie heftig, manchmal sogar böse ab. Dann klammerte sie sich wieder an mich wie eine Ertrinkende, nur, um mich kurz darauf wegzustoßen. Sie wollte nicht spazieren gehen, obwohl ihr ein wenig Bewegung an frischer Luft vielleicht gutgetan hätte. Sie wollte keinen Film ansehen, obwohl sie das bestimmt auf andere Gedanken gebracht hätte. Sie wollte nicht reden, und sie wollte nicht schweigen. Sie wollte allein sein und wollte gleichzeitig, dass ich blieb. Am Ende hatte ich dann doch eine Idee, die sie nicht sofort rundweg ablehnte. Diese war auch kein Vorschlag mehr, sondern eine Anordnung:

»Wir fahren zu mir. Ich koche ein bisschen was für uns, und du bleibst über Nacht.«

Erst sah sie mich aus tränenschwimmenden Augen ratlos an. Verstand schließlich und nickte mit einer Miene, als würde sie sich selbst darüber wundern. So betraten wir eine halbe Stunde später meine Wohnung, in meiner Hand Theresas Rollköfferchen mit dem Nötigsten. Ich half ihr aus dem Mantel, stellte den Koffer in mein Zimmer und bugsierte die hilflose große Blonde in die Küche. Dort drückte ich sie auf einen Stuhl, stellte ein Glas Spätburgunder vor sie hin und machte Inventur im Gefrierschrank. Viel war nicht da, aber zwei Lachsschnitzel und ein wenig tiefgekühltes Gemüse fand ich immerhin. Reis war auch noch vorhanden, und ein vielversprechendes Rezept für eine Weißweinsoße fand ich per Handy im Internet, nachdem Theresa mir Hilfestellung gegeben hatte.

Später ging sie mir beim Kochen ein wenig zur Hand und wurde dabei allmählich ruhiger. Während des Essens schwiegen wir, und jeder hing seinen eigenen Gedanken nach. Nun würde ich mich also eher früher als später auf einen neuen Chef einstellen müssen. Auch in Theresas Leben würde sich vieles ändern. Ich selbst hatte nach Veras Tod das Haus verkauft, in dem wir zusammengelebt hatten, und war mit meinen Töchtern im Gefolge nach Heidelberg gezogen. Weil ich es nicht ertrug, in einem Haus zu sein, wo jedes Möbelstück, jeder Teppich, jeder Nagel in der Wand mich an meine verstorbene Frau erinnerte.

Gegen zehn kamen die Mädchen nach Hause. Ich fing sie im Flur ab, erklärte ihnen leise, was geschehen war und dass Theresa bei uns übernachten würde. Aus der Küche hörte ich sie telefonieren. Verwandte waren zu informieren, Freunde. Wieder und wieder hörte ich sie »danke« sagen. »Danke. Ja, es geht schon. Nein, vielen Dank. Nein, ja …«

Die Zwillinge waren betroffen und spontan hilfsbereit. Liebekind hatten sie kaum gekannt, Theresa dagegen war ihnen inzwischen schon fast vertraut. Ich konnte an ihren Mienen ablesen, wie sie sich darüber klar zu werden versuchten, was die veränderte Situation für sie selbst bedeutete.

»Sie wird vielleicht ein paar Tage hierbleiben«, sagte ich. »Aber nicht für immer, keine Angst.«

»Schon okay«, behauptete Sarah betreten. »Wir kommen schon klar.«

»Ich könnte diese Nacht bei Sarah schlafen«, bot Louise an, bevor ich sie darum bitten musste.

So hatte Theresa immerhin ein eigenes Bett. Eine Zimmertür, die sie hinter sich abschließen konnte. Einen kleinen Raum für sich, in dem nichts sie an den Mann erinnerte, mit dem sie so lange unter so kuriosen Umständen verheiratet gewesen war.

6

Am Mittwochmorgen war ich früh wach, bekam gerade noch mit, wie meine Töchter rücksichtsvoll leise die Wohnungstür hinter sich zuzogen. Theresa schien noch fest zu schlafen, und ich beschloss, sie in Frieden zu lassen. Vermutlich hatte sie eine unruhige Nacht hinter sich. Ich zog meinen Morgenmantel über, schnappte mir die Klarsichthülle mit Heneckas Mails und ging leise in die Küche.

Von: *dein.feind@rambler.ru*
An: *ja.henecka@t-online.de*
Betreff: *Wieder ein Tag weniger*

Hallo,
du hast gedacht, ich habe dich vergessen? Habe ich nicht. Ich werde dich nie vergessen. Erst, wenn du tot bist und vermodert, dann werde ich dich vergessen. Ich beobachte dich. Die ganze Zeit. Ich weiß immer, was du tust. Ich weiß, wohin du fährst, mit wem du dich triffst, wann du morgens das Haus verläßt, wann du abends nach Hause kommst. Ich weiß, dass du vorgestern in Köln warst. Du aber weißt nichts von mir. Erst wenn du stirbst, wirst du wissen, wer ich bin. Ich aber kenne dich ganz genau. Vor allem weiß ich, was du getan hast. Dass du ein Mörder bist und bestraft werden mußt. Du kennst mein Gesicht nicht. Aber bald wirst du es sehen, mein Gesicht. Mein Lächeln, wenn ich dich töte. Dann wirst du wissen, wer ich bin.
Bis dahin: Schlafe schlecht und passe jederzeit gut auf dich auf!
Dein Feind

Verschiedenes ließ sich aus diesem Text ablesen: Der Schreiber oder die Schreiberin sprach gut Deutsch, war entweder Muttersprachler oder hatte zumindest lange in Deutschland gelebt. Darüber hinaus war er vermutlich nicht mehr ganz jung. Das »ß« in »verläßt« und »mußt« entsprach nicht der neuen deutschen Rechtschreibung. Er – oder sie? – hatte es vermutlich noch anders gelernt. Allerdings waren die neuen Regeln erst 2007 für alle Schulen verbindlich geworden, belehrte mich mein Handy. Ansonsten war der Text orthografisch und grammatikalisch fehlerfrei, was auf einen höheren Schulabschluss schließen ließ. Andererseits war die Sprache eher einfach strukturiert, die Sätze waren auffallend kurz, der Wortschatz begrenzt. Wobei sich solche Dinge von einem intelligenten Schreiber leicht simulieren ließen. Möglicherweise war der Absender viel klüger und gebildeter, als er den Leser glauben machen wollte. Dass die Mail von einem russischen Server kam, sagte nichts über den Absender. Eine solche Mailadresse konnte sich jedes Kind überall auf der Welt zulegen.

Die anderen beiden Mails waren Variationen der ersten und brachten nichts Neues. Die restlichen Nachrichten hatte Henecka bisher nicht wie versprochen an mich weitergeleitet, stellte ich fest. Da ich sonst nichts zu tun hatte, las ich den elektronischen Brief ein zweites Mal. Bemerkte, dass es mir schon wieder schwerfiel, mich darauf zu konzentrieren. Meine Gedanken drifteten ab, mein Blick verlor immer wieder die Zeile.

Theresa gab immer noch keine Lebenszeichen von sich. Ich öffnete vorsichtig die Tür zu ihrem Zimmer. Der Rollladen war unten, sodass es stockdunkel war. Ihr Atem ging ruhig und gleichmäßig.

Ich beschloss, eine Runde laufen zu gehen, schrieb eine kurze Nachricht auf einen kleinen Zettel, malte ein Herz darunter und legte ihn auf den Küchentisch.

Nur eines war in Heneckas Geschichte sicher, überlegte ich, während ich mich in der Ebene warmlief: Wie man ihm bereits erklärt hatte, war es so gut wie unmöglich, den Absender der mysteriösen Mails zu identifizieren. Um das zu tun, benötigte man schon die technischen Möglichkeiten eines Geheimdienstes, und selbst da war ich mir nicht sicher, ob man am Ende Erfolg haben würde. Ich konnte mir kaum vorstellen, dass die NSA auch schon das russische Internet unterminiert haben sollte. Ebenso unmöglich war es zu entscheiden, ob der Schreiber ernst zu nehmen oder einfach einer jener zahllosen Spinner war, die die Menschheit mit schöner Regelmäßigkeit und in erschreckend großer Zahl hervorbrachte. Es konnte alles Mögliche dahinterstecken. Jemand, den Henecka – vielleicht nicht einmal bewusst – verärgert hatte und der sich nun auf besonders perfide und feige Art rächte. Jemand, dem er die Garageneinfahrt zugeparkt hatte, ein bei einer Gehaltserhöhung übergangener Mitarbeiter, eine Frau, die er verlassen hatte, ein Nachbar, der der Ansicht war, Heneckas Kirschbaum – falls er einen solchen besaß – wachse zu weit über den Zaun. Die Wahrscheinlichkeit, dass die Sache völlig harmlos war und früher oder später von allein aufhörte, war in meinen Augen entschieden größer als die, dass Henecka sich ernstlich Sorgen um sein Leben machen musste. Die Polizei hätte viel zu tun, würde sie jeder dieser Geschichten nachgehen.

Trotz roter Ampel überquerte ich die viel befahrene Rohrbacher Straße unfallfrei. Wer läuft, hat Vorfahrt, war seit einiger Zeit meine Überzeugung. *Ich* verpestete nicht die Luft mit Feinstaub und Stickoxiden. *Ich* machte keinen Lärm und war nicht die Ursache dafür, dass die Straßenbeläge regelmäßig erneuert werden mussten.

Je länger ich darüber nachdachte, desto weniger verstand ich, worüber Henecka sich so aufregte. Wusste er mehr, als er mir verraten hatte? Hatte er vielleicht eine Vermutung, wer ihm das Leben schwer machte, und wollte von mir nur eine Bestätigung? Der Stalker nannte ihn einen Mörder. Hatte er womöglich gute Gründe dafür?

Der Himmel war heute hellgrau. Kaltgrau. Die Sonne war kaum zu ahnen hinter der lückenlosen Wolkenschicht, verstrahlte kein bisschen Wärme. Immerhin schien es trocken bleiben zu wollen. Ein leichter, kühler Wind blies vom Westen her. Dennoch wurde mir rasch warm. Bald begann ich zu schwitzen.

Ich bog links ab, und von nun an ging es bergauf. Jetzt begann meine selbst gewählte Leidensstrecke am Hang des Königsstuhls. In den letzten Tagen hatte ich mir angewöhnt, so lange aufwärts zu laufen, bis ich nicht mehr konnte, um dann umzukehren und beim entspannten Abwärtstraben die Aussicht auf die Weststadt und die Rheinebene zu genießen. Von Tag zu Tag wanderte der Umkehrpunkt ein wenig weiter nach oben.

Ich bog in den Oberen Gaisbergweg ein, die Häuser wurden weniger, der Weg holpriger. Ich erreichte den Wald. Erfreulich wenige Menschen waren heute unterwegs.

Henecka war schon ein merkwürdiger Geselle. Vermutlich war er selbst das einzig Interessante an seiner krausen Geschichte. Seine demonstrative Selbstsicherheit, die immer wieder ganz kurz, für die Dauer eines Wimpernschlags, brüchig wurde. In diesen Momenten verriet sein Mienenspiel eine Anspannung, einen ungesunden Druck, der in seinem Inneren herrschte.

Mein Puls war inzwischen im Leistungsmodus, ich konzentrierte mich auf die Füße, den Weg vor mir, der das Ziel war, auf den Atem. Die Welt um mich herum wurde bedeutungslos. Was zählte, waren meine Schritte, meine Muskeln, die Luft in meinen Lungen.

Falls Henecka doch bedroht wurde, überlegte ich später, als ich wieder abwärtslief, dann wusste er mit einiger Wahrscheinlichkeit, von wem. Oder er hatte zumindest eine Vermutung. Warum verschwieg er mir dann aber den

Namen? Und weshalb interessierte mich das überhaupt? Ich hatte den Umschlag gestern Abend an mich genommen, da ich ihn ja schlecht einfach auf dem Tisch liegen lassen konnte.

Sobald ich wieder zu Hause war, würde ich den rechtmäßigen Besitzer der fünftausend Euro um seine Kontonummer bitten. Dann würde ich ihm sein Geld überweisen, und dann war Schluss mit dem Unfug.

Zehn Minuten später betrat ich verschwitzt, tiefenentspannt und mit der Zeitung unter dem Arm meine Wohnung und fand sie leer vor. Auf dem Küchentisch lag mein Zettel, jetzt mit der Rückseite nach oben. Theresa schrieb, sie liebe mich, habe überraschend gut geschlafen und sei unterwegs, um einige der vielen Dinge zu erledigen, die nach dem Tod eines Menschen zu tun waren.

Ich duschte ausgiebig, machte mir in der Küche einen großen Cappuccino, versuchte, Henecka zu erreichen, aber es meldete sich nur die Voicebox mit der unterkühlten Bitte, Namen und Nummer zu hinterlassen. Dazu hatte ich aber keine Lust. Stattdessen setzte ich mich mit Zeitung und Kaffeebecher an den Tisch. Die Meldungen des Tages drehten sich um Syrien und die nicht enden wollenden Flüchtlingsströme. Von dem Überfall am Bahnhof wurde nichts berichtet. Vermutlich war ein bewusstlos geschlagener und ausgeraubter Ausländer keine Meldung wert.

Als der Cappuccino ausgetrunken war, wählte ich ein zweites Mal Heneckas Nummer, aber sein Handy war immer noch ausgeschaltet oder steckte in einem Funkloch. Ich holte den Laptop in die Küche, weil es dort vormittags heller war als in meinem Schlafzimmer. Vielleicht hatte er ja inzwischen die versprochene Mail geschickt. Doch mein Posteingang war bis auf eine in unbeholfenem Deutsch geschriebene Werbemail für sensationell renditeträchtige Geldanlagen und eine in holprigem Englisch abgefasste Liebeserklärung einer gewissen Chiara Loriano aus Mailand leer.

Google fiel nicht übermäßig viel zum Stichwort Jan-Armin Henecka ein. Er wurde als Honorarprofessor auf den Internetseiten des Zentrums für Molekulare Biologie der altehrwürdigen Ruprecht-Karls-Universität genannt, wo er offenbar immer noch regelmäßig Vorlesungen hielt. Seitenweise wurden wissenschaftliche Veröffentlichungen aufgelistet, deren Titel für mich so verständlich waren wie die Namen finnischer Kleinstadtbahnhöfe. »Mitochondrial evidence for genetic diversity«, las ich und Begriffe wie »Metabolic Engineering«, »Kolloidale Trägersysteme« und »Biological activity«.

Bei vielen der Artikel stand Henecka in der Liste der Verfasser an erster Stelle. Was ich merkwürdigerweise nirgends fand, war der Name seines jetzigen Arbeitgebers. Diesen hatte er mir nicht genannt, wenn ich mich recht entsann. Wobei meiner Erinnerung zurzeit nicht immer zu trauen war. Was ich ebenfalls nicht wusste oder vielleicht schon wieder vergessen hatte, war seine Privatanschrift. Das Einzige, was ich von ihm hatte, waren die Handynummer und eine Mailadresse.

Das Handy war immer noch nicht erreichbar, stellte ich fest, als ich die Nummer zum dritten Mal wählte. Dieses Mal nannte ich nun doch meinen Namen, als die Voicebox ansprang, sagte, ich hätte noch eine Frage, und legte auf. Sicherheitshalber schrieb ich ihm auch noch eine kurze Mail mit der Bitte um Anruf. Damit hatte ich meine Schuldigkeit getan, fand ich, und konnte mich angenehmeren und spannenderen Dingen zuwenden.

»Herr Gerlach!«, begrüßte mich Sönnchen, meine tapfere Sekretärin mit mütterlicher Wärme. »Das ist aber nett, dass Sie mal anrufen. Wie geht's Ihnen denn?«

»Besser. Viel besser.«

»Sie wissen ja, am Freitag ist der große Tag.«

»Steht dick und fett und rot umrandet in meinem Kalender. Wie läuft's sonst so?«

»Ach, der übliche Trubel. Dass unser Dr. Liebekind gestern gestorben ist, haben Sie bestimmt schon mitgekriegt.«

Das wusste ich sozusagen aus erster Hand.

»Jetzt werden wir halt bald einen neuen Chef kriegen. Aber Sie können sich erst mal ganz entspannt zurücklehnen und in Ruhe gesund werden.«

»Ich bin nicht krank, Sönnchen. Ich bin nur ein bisschen durch den Wind.«

»Durch den Wind?«, rief sie empört. »Herr Gerlach, um ein Haar wären Sie gestorben!«

»Ach was, diese Presseleute übertreiben doch immer maßlos.«

»Erzählen Sie mir nichts! Ich weiß ganz genau, was passiert ist. Jeder im Haus weiß es. Dass der Irre Ihnen fast die Kehle durchgeschnitten hätte!«

»Na ja ...«

»Nix na ja! Sie müssen sich dem stellen«, ermahnte sie mich ernst und wieder ruhiger. »Sie dürfen es nicht verdrängen. Das ist nicht gesund.«

»So was Ähnliches hat die Therapeutin auch immer gesagt. Drum bin ich dann auch nicht mehr hingegangen.«

Nun war sie fassungslos. Ihre langatmige und flammend empörte Belehrung endete mit: »Sie elender Dickschädel, Sie!«

»Es geht mir doch schon viel besser. Ich habe meine eigene Therapie.«

»Und wie sieht die aus, diese Therapie? Was machen Sie so den lieben langen Tag?«

»Viel Sport. Laufen. Spazieren gehen. Frische Luft. Gesundes Essen. Wenig Alkohol.«

»Treffen Sie auch Leute?«

»Meine Töchter treffe ich andauernd.«

»Sie müssen unter Menschen, Herr Gerlach. Sie müssen reden. Mit Erwachsenen, nicht mit Ihren Mädchen. Denen erzählen Sie wahrscheinlich, dass Sie quietschgesund sind und grad ein bisschen Urlaub machen.«

Damit lag sie verblüffend nah an der Wahrheit. »Sie wissen schon auch, was passiert ist«, widersprach ich trotzdem.

»Aber sie können so was doch überhaupt nicht einordnen, weil ...«

»Verehrte Frau Walldorf«, fiel ich ihr ins Wort, »wenn Sie weiter so an mir herummeckern, dann lege ich auf.«

»Ich sag ja gar nichts mehr«, erwiderte sie verstimmt. »Bin ja schon still.«

»Sie könnten mir einen kleinen Gefallen tun.«

Schon stand sie wieder in Flammen: »Hab ich's mir doch gedacht! Sie rufen gar nicht an, weil Sie Sehnsucht nach mir haben, sondern ...«

»Nichts Aufregendes. Es geht nur um einen alten Bekannten. Einen Freund, den ich ein bisschen aus den Augen verloren habe. Sie sagen doch selbst, ich soll unter Menschen gehen.«

»Und jetzt suchen Sie seine Adresse?«

»Genau. Er heißt Henecka, Jan-Armin Henecka.«

»Augenblick ...« Ich hörte, wie sie den Namen in eine Suchmaske unseres Informationssystems tippte. »Woher kennen Sie den denn? Ist er ein Schulfreund?«

»So was Ähnliches, ja.«

»Also, in Heidelberg ist er nicht gemeldet, Ihr so was Ähnliches wie ein Schulfreund ... Im Landkreis auch nicht ... Probieren wir mal Mannheim ... Auch nicht ... Ah, da haben wir ihn. Er ist Professor, richtig?«

Sie diktierte mir eine Anschrift in Bensheim. »Eine Tante von mir wohnt da ganz in der Nähe. Ist ein nettes, ruhiges Viertel, wo Ihr Freund wohnt.«

Ich durchstöberte weiter das weltweite Netz, versuchte den Namen Henecka ohne Vornamen. Probierte verschiedene Schreibweisen, mit zwei »n« oder ohne »c«. Aber alles führte zu nichts. Schließlich wurde mir bewusst, dass ich Hunger hatte. Inzwischen war es Mittag geworden. Ich klappte den Laptop zu und briet mir zwei Spiegeleier. Seit der Nacht in Kirchheim hatte ich merkwürdigerweise ständig Appetit auf Eier. Überhaupt keine Lust hatte ich dagegen auf alles, was mit Salat oder Gemüse zu tun hatte. Die Zwillinge schienen heute wie so oft mittags nicht nach Hause zu kommen. Manchmal beschlich mich das Gefühl, die Schüler hätten in Zeiten des achtjährigen Gymnasiums vollere Terminkalender als ihre Eltern.

Nach der spartanischen Mahlzeit warf ich mich aufs Sofa und hielt ein Nickerchen. Diesen bescheidenen Luxus gönnte ich mir, seit ich nachts nicht mehr gut schlafen konnte.

7

Als ich anderthalb Stunden später aus traumlosem Tiefschlaf erwachte, war Theresa noch nicht zurück, die Zwillinge immer noch in der Schule, und Henecka hatte nichts von sich hören lassen. Ich machte mir den zweiten Cappuccino des Tages und suchte nebenbei seine Nummer in der Liste der gewählten Rufnummern. »Der Teilnehmer ist momentan nicht erreichbar …«, hörte ich zum vierten Mal. Wieder bat ich um Rückruf, machte es diesmal dringend. Auch eine Mail hatte er nicht geschickt, stellte ich mithilfe meines neuen Zauberhandys fest. Allmählich begann ich, Gefallen an diesem neunmalklugen Gerätchen zu finden. Allerdings war der Akku schon wieder fast leer. Zumindest in diesem Punkt war mein altes, ganz und gar unsmartes Handy entschieden besser gewesen.

Mit dem Kaffeebecher in der Hand ging ich in mein Schlaf- und Arbeitszimmer, weil die blasse Sonne jetzt im Westen stand, und klappte wieder den Laptop auf. Nachdem der alte Blechkisten-PC endgültig in die digitalen Jagdgründe übergesiedelt war, hatte ich mir von Henning den schlanken Nachfolger besorgen lassen. Henning war nicht nur der Klassenkamerad von Sarah und Louise, sondern zugleich mein Sohn, was ich allerdings erst seit wenigen Monaten wusste.

Der Neue schien noch kaum gebraucht zu sein, war gefühlt hundert Mal schneller als sein Vorgänger und hatte früher einem von Hennings Freunden gehört, einem »Hardcore-Gamer«, wie er mir erklärte. »Diese Nerds brauchen alle paar Monate eine neue Maschine, damit ihre neusten Spiele ruckelfrei laufen.«

Mehr aus Langeweile als aus Interesse wählte ich schließlich die Nummer des Instituts, an dem Henecka früher gearbeitet hatte und heute immer noch Vorlesungen hielt. Eine Frauenstimme meldete sich in geschäftsmäßig kühlem Ton.

»Herr Professor Henecka ist heute nicht im Haus, tut mir leid. Worum geht es denn?«

Ich blieb bei der Notlüge vom alten Schulfreund. »Ich organisiere ein Klassentreffen, und Jan hält noch Vorlesungen bei Ihnen, habe ich gelesen.«

»Das stimmt. Am Donnerstagabend. Er ist aber schon seit Jahren nicht mehr bei uns angestellt.«

»Wo arbeitet er denn jetzt? Vielleicht erreiche ich ihn da?«

»Sekunde mal bitte ...« Ich hörte, wie sie sich mit jemandem besprach, dann sprach sie wieder in den Hörer: »Meine Kollegin weiß es auch nicht. Ich kann Ihnen aber die Nummer von einer seiner früheren Mitarbeiterinnen geben. Vielleicht kann die Ihnen weiterhelfen.«

Sie diktierte mir die Nummer einer Frau Dr. Kramer.

»Sie hat bei Jan promoviert.«

Mich zu verbinden hielt sie offenbar nicht für nötig.

Die ehemalige Doktorandin nahm so schnell den Hörer ab und meldete sich mit einem so scharfen: »Ja?«, dass es mir erst einmal die Sprache verschlug.

»Frau Dr. Kramer?«

Wieder dieses knappe, jetzt fast noch schärfere: »Ja?«

Erst als sie den Namen Henecka hörte, wurde sie ein wenig zugänglicher. Ich wiederholte mein Märchen vom Klassentreffen.

»Jan ist ... Nun, das ist ja kein Geheimnis. Er arbeitet bei der PharmaStats in Bensheim. Dort werden Sie ihn um diese Zeit vermutlich erreichen. Ich kann Ihnen aber auch seine Handynummer geben.«

Die ich inzwischen auswendig kannte.

»Wie geht's ihm denn so?«, fragte ich heiter. »Sehen Sie ihn hin und wieder?«

»Jan hat immer noch regelmäßig hier am Institut zu tun«, erwiderte sie kühl. »Wie wird es ihm gehen? Gut, denke ich.«

In ihrer Stimme klang etwas mit, als wäre es ihr unangenehm, über ihren Doktorvater zu sprechen. Als könnte sie ihn nicht leiden und wollte nichts mehr mit ihm zu tun haben.

»Falls ich ihn nicht erreichen kann, dürfte ich Sie noch mal anrufen?«

»Warum sollten Sie ihn denn nicht erreichen?«, fragte sie, jetzt mit arktischer Kälte.

»Da haben Sie natürlich recht. Wie dumm von mir, Entschuldigung. Gibt es noch mehr Menschen am Institut, die mit ihm zu tun haben?«

»Ich finde, Herr … wie war noch mal der Name?«

»Gerlach.«

»Rufen Sie Frau Schneiderlein an. Sie macht seine Termine und organisiert seine Prüfungen. Die Nummer finden Sie im Internet.«

Heneckas jetzigen Arbeitgeber ausfindig zu machen war eine Sache von Sekunden. Auf den Fotos der Firmenhomepage war ein futuristisches Glasgebäude zu bewundern, eingerahmt von großen Parkplätzen und grüner Wiese. Auch hier las ich viel unverständliches Kauderwelsch, das meiste davon auf Englisch. So viel verstand ich immerhin, weil Henecka es mir schon gesagt hatte: Man erbrachte irgendwelche Dienstleistungen für große Pharmakonzerne. Unter dem Link »Kunden« war alles aufgelistet, was in der Pillenbranche Rang und Namen hatte: Bayer, Roche, GlaxoSmithKline, Merck, Novartis und noch manches, das ich nie gehört hatte. Aber mich interessierte ja nicht, womit die Firma ihr Geld verdiente, sondern wie ich Heneckas Geld am besten wieder loswurde.

»PharmaStats AG, Sie sprechen mit Benjamin Blum, was darf ich für Sie tun?«

Der junge Mann mit der angenehmen Stimme klang, als würde er sich, um mich glücklich zu machen, hemmungslos ins nächste Feuer werfen.

»Bei Ihnen arbeitet ein Herr Professor Henecka.«

»Ich verbinde Sie mit der Abteilung, einen Moment bitte …«

Dieses Mal musste ich nur wenige Sekunden warten, bis am anderen Ende abgehoben wurde.

»Jule Morosova?«

Ich wiederholte mein Sprüchlein.

»Herr Henecka ist im Moment … äh … leider nicht im Haus.«

»Können Sie mir sagen, wie ich ihn erreichen kann?« Noch einmal erzählte ich meine Geschichte von gemeinsamen Schulzeiten. »Die Nummer seines Handys habe ich. Aber er geht nicht ran.«

Ihr »Nicht?« klang, als zählte Henecka zu den Menschen, die normalerweise selbst dann telefonisch erreichbar sind, wenn sie unter der Dusche stehen oder mit einer Frau im Bett liegen.

»Ja, also … dann … äh … weiß ich leider auch nicht …«

»Er wird doch nicht krank sein?«

»Ich … äh … wir haben heute noch nichts von ihm gehört. Leider. Das ist sonst eigentlich gar nicht …«

Sie verstummte.

In meinem Hinterkopf begann eine einsame Alarmklingel zu schrillen. Hier stimmte etwas nicht, wurde mir in dieser Sekunde bewusst. Hier stimmte etwas ganz und gar nicht.

»Jan wird doch nicht etwa einen wichtigen Termin versäumt haben?«, fragte ich fröhlich. »So kenne ich ihn ja gar nicht.«

»Doch … ich … äh, ja, genau.«

»Gibt es jemanden in der Firma, der privat Kontakt zu ihm hat?«

»Privat? Oh … äh … Vielleicht … warten Sie …«

Wieder wurde ich verbunden. Dieses Mal mit einem Dr. Meinhardt. Auch er wusste nichts über Heneckas Verbleib. Die beiden hatten hin und wieder zusammen Squash gespielt, aber Henecka hatte bald die Lust daran verloren.

So kam ich offenbar nicht weiter. Sicherheitshalber wählte ich noch einmal die Nummer des Professors. Wieder ohne Erfolg. Lag er womöglich krank im Bett? Dann hätte er seinem Arbeitgeber Bescheid gegeben. War sein Handy kaputt? Der Akku leer? Gestern Abend hatte er eigentlich noch ganz gesund gewirkt. Und wie jemand, der ohne ein Ladegerät in der Tasche nicht aus dem Haus geht. Hatte er womöglich einen Herzinfarkt erlitten? Lag er vielleicht am Fuß seiner Kellertreppe? Hatte er auf der Fahrt von Heidelberg nach Bensheim einen Verkehrsunfall gehabt?

Letzteres war rasch geklärt. Die meisten Polizisten im Umkreis von Heidelberg kannten meinen Namen. Und keiner von ihnen wunderte sich, dass ich nicht über meinen Dienstapparat anrief. Der einzige nennenswerte Unfall auf der fraglichen Strecke war in den vergangenen vierundzwanzig Stunden ein Zusammenstoß zwischen einem Paketwagen des DPD und einem landwirtschaftlichen Nutzfahrzeug gewesen. Resultat waren ein beträchtlicher Blechschaden, ein leicht verletzter und am Boden zerstörter Paketfahrer und ein tobender Bauer, der nun vermutlich Probleme hatte, seine Wiesen zu mähen oder das Vieh zu füttern.

Widerstrebend beschloss ich, nach Bensheim zu fahren, um nachzuprüfen, ob der seltsame Professor vielleicht zu Hause saß und einfach vorübergehend keine Lust auf zwischenmenschliche Kontakte hatte. Im nächsten Augenblick erinnerte ich mich jedoch daran, dass mein Auto nach wie vor in der Werkstatt stand, in Mosbach, fast fünfzig Kilometer von Heidelberg entfernt. Diese Werkstatt gehörte einem Schwager von Rolf Runkel, einem meiner Mitarbeiter. Dort stand der Peugeot seit anderthalb Wochen, weil dieser Schwager angeblich so sensationell billig selbst unmögliche Fälle reparierte, und wurde und wurde nicht fertig. Über die Zeit war der kalkulierte und telefonisch zugesagte Preis inzwischen von »auf jeden Fall unter dreitausend« auf »irgendwas über viereinhalb« gestiegen.

Mein guter alter Peugeot stand auf der Hebebühne, erklärte man mir telefonisch, obwohl er eigentlich schon Anfang der Woche hätte fertig sein sollen. »Aber heut Nachmittag, ganz bestimmt. Es ist nur noch …«

»Es ist schon Nachmittag«, fiel ich dem jungen Burschen wütend ins Wort.

»Ja, klar, okay. Am späten Nachmittag, meine ich. TÜV ist übrigens schon gemacht. Bis auf ein paar Kleinigkeiten ist jetzt alles paletti!«

Immerhin gab es keine neuen, kostentreibenden Hiobsbotschaften. Ich kündigte an, um fünf in Mosbach zu sein, und ließ durchblicken, dass, sollte das Auto dann immer noch nicht fertig sein, ein kleiner Amoklauf fällig wäre.

»Wollen Sie unbedingt eine Rechnung?«, lautete die wenig überraschende Frage daraufhin. »Ich meine, dieser ganze Papierkram, wer braucht das schon …«

»Ich«, unterbrach ich ihn zum zweiten Mal.

»Ja, klar, okay«, erwiderte er erschrocken. »Hab total vergessen, Sie hüten ja sozusagen das Gesetz. Zahlen Sie bar oder mit EC-Karte?«

Während der Zugfahrt im Regionalexpress hatte ich Zeit zum Nachdenken. Mit jeder Stunde, die verstrich, beunruhigte mich die Tatsache mehr, dass Henecka plötzlich nicht mehr erreichbar war und auch kein Lebenszeichen von sich gab. Sollte sein »Feind« etwa doch Ernst gemacht haben? Von Anfang an hatte ich das Gefühl gehabt, Henecka habe mir nicht die volle Wahrheit gesagt. Falls das stimmte, was hatte er mir verschwiegen und vor allem warum?

Abgesehen von meiner Beunruhigung trieb mich noch ein anderer Aspekt um: Ich fand allmählich Interesse an dem Fall. Ich wollte wissen, was hinter Heneckas kurioser Geschichte und seinem plötzlichen Verschwinden steckte.

In Neckarelz musste ich umsteigen, die rote S-Bahn stand am Bahnsteig gegenüber, und wenige Minuten später trat ich aus dem Mosbacher Bahnhöfchen auf die Straße hinaus. Ich wandte mich stadtauswärts und ging an der lebhaft befahrenen Bundesstraße entlang in Richtung Neckarbrücke. Es schien kälter geworden zu sein. Die Bäume wiegten sich im kräftigen, fast schon stürmischen Wind. Es roch nach kommendem Regen und Autoabgasen. Die Werkstatt war nur wenige Hundert Meter entfernt.

Mein siebzehn Jahre alter Peugeot Kombi stand frisch gewaschen, stolz glänzend und mit funkelnagelneuer TÜV-Plakette zwischen vielen eng geparkten und mehr oder weniger gut erhaltenen Gebrauchtwagen, teils mit, teils ohne Nummernschild.

Das Geschäftliche war rasch erledigt.

»Jetzt macht er locker wieder hunderttausend, ohne zu mucken«, erklärte mir der engagierte Firmeninhaber, mit dem ich bisher nur telefonisch gesprochen hatte. Für einen Kfz-Mechaniker hatte er überraschend saubere Hände, und auch seine Kleidung – er trug einen irgendwie schlammgrauen Cordanzug über einem braunen T-Shirt – war proper. Wir tauschten noch einige lahme Nettigkeiten aus, ich steckte die verlangte Rechnung ein, stieg in mein geliebtes Auto, das mir vor zwei Wochen durch einfaches Herumstehen am falschen Platz das Leben gerettet hatte, drehte den Schlüssel, und der Motor schnurrte wie neu. Runkels Schwager winkte mit fast wehmütigem Blick, als ich mich in den Verkehr auf der Bundesstraße einreihte. Vermutlich liebte er Kunden wie mich. Kunden, die nicht mit Bagatellen kamen, sondern einen ordentlichen Umsatz brachten und am Ende nicht über den Preis feilschten.

Ich verdrängte das Gefühl, soeben ein schlechtes Geschäft gemacht zu haben, schaltete das Radio ein und folgte den Wegweisern in Richtung Heidelberg.

Als ich an der Ausfahrt Bensheim die A 5 verließ, war es Viertel vor acht und dämmerte schon. Erst war ich in den Heidelberger Berufsverkehr geraten, und dann war auch noch auf der Autobahn Stau gewesen. Ein schwerer Lkw-Unfall mit Vollsperrung zwischen Weinheim und Hemsbach hatte mich anderthalb Stunden gekostet und mir einen weiteren Grund gegeben, wütend auf mich selbst zu sein, weil ich mich auf diese Geschichte eingelassen hatte, die mich doch im Grunde überhaupt nichts anging.

Die Waldstraße zu finden fiel mir überraschend leicht. Während ich mich auf der Autobahn abwechselnd langweilte und ärgerte, hatte ich es geschafft, einen Stadtplan von Bensheim auf mein Handy zu laden, und diese kleine Mühe machte sich nun bezahlt. Die Straße lag im Norden der Stadt, und wie der Name vermuten ließ, grenzten die Gärten auf der hinteren Seite an die westlichen Ausläufer des Odenwalds.

Als das Viertel gebaut wurde, vor vielleicht fünfzig, sechzig Jahren, war Baugrund noch billig gewesen. Entsprechend groß waren die am sanft abfallenden Hang liegenden Grundstücke. Alte Bäume wiegten sich knarrend und rauschend im Wind, der Regen ließ jedoch noch auf sich warten. Einen Parkplatz am Straßenrand zu finden war hier kein Problem, da zu jedem Haus mindestens eine Garage gehörte. Ich ließ den Wagen ausrollen, zog die Handbremse, schaltete den Motor aus. Und plötzlich war es – bis auf das Rauschen und Heulen des Windes – vollkommen still. Und außerdem schon fast dunkel. Nun saß ich da, beide Hände am Lenkrad, und sah über die Straße auf das schmucklose und nicht allzu gepflegte Haus, in dem Henecka mit seiner Frau lebte. Es hatte zwei Stockwerke unter einem spitzen Dach aus fast schwarzen Ziegeln. Innen war Licht, es war also jemand zu Hause. Jetzt musste ich nur noch aussteigen, die Straße überqueren, drei oder vier Stufen hinaufsteigen und den Klingelknopf drücken, und dann würde man sehen.

Aber ich konnte nicht.

Es war noch nicht ganz Nacht, aber doch schon fast. Die dicken, dunklen Wolken, die vom Sturm getrieben über mich hinwegzogen wie schwere Kriegsschiffe, fraßen das letzte Licht des Tages.

Ein fremdes Haus.

Eine fremde Klingel.

Das letzte Mal, als ich in einer solchen Situation gewesen war, hatte die Tür sich geöffnet, und dahinter hatte die Hölle ihr Maul aufgerissen und mich um ein Haar verschlungen. Vor sechs Tagen war Claudias Beerdigung gewesen. Ich hatte es nicht über mich gebracht, dabei zu sein. Ich hatte es einfach nicht gekonnt. Ihr Sohn Florian, der Anlass des Dramas, wenn auch nicht der Schuldige, wusste vermutlich nicht einmal, dass er seit vierzehn Tagen Vollwaise war ...

Ich dagegen wusste jetzt mit jeder Nervenzelle meines Hirns, mit jeder Faser meines Körpers, dass ich, sollte ich jetzt nicht aussteigen, niemals wieder im Dunkeln an einem fremden Haus würde läuten können.

Vermutlich war Henecka zu Hause, oder seine Frau, und es gab eine völlig banale Erklärung für alles. Der Professor würde mich erstaunt anblicken, wenn ich so überraschend vor ihm stand. Vielleicht war ihm sein Handy heruntergefallen. Vielleicht hatte er den wichtigen Termin einfach vergessen.

Vielleicht, vielleicht ...

Ich musste ...

Ich musste jetzt wirklich …

Es kostete mich schier übermenschliche Kräfte, das Lenkrad loszulassen, das letzte bisschen Sicherheit, das die Welt mir noch bot, die Wagentür zu öffnen, meine Füße auf den Asphalt zu setzen, der fest war, sich ganz normal anfühlte, kein bisschen schwankte. Es war so unfassbar schwer, die schmale Straße zu überqueren, ohne links oder rechts zu sehen, ohne den Blick von der modernen, weiß gestrichenen, vermutlich vor einigen Jahren erneuerten Haustür zu wenden. Mit zusammengebissenen Zähnen, feuchter Stirn und zitternden Händen stieg ich die Stufen hinauf, ging die wenigen Schritte bis zur Tür, drückte den Knopf. Innen schrillte eine altertümliche Schelle, und mein Herz blieb fast stehen bei dem Geräusch. Aber ich lief nicht davon. Ich hielt stand, kampfbereit, angespannt bis zum Letzten. Innen Schritte. Leichte, schnelle Schritte, vermutlich eine Frau.

Ich wischte die nassen Hände an den Hosenbeinen trocken. Die Tür öffnete sich, und ein mageres, junges Wesen ohne jede weibliche Rundung starrte mich mit kritischem, fast bösem Blick an. Die Tochter vermutlich.

»Guten Abend«, brachte ich heraus.

»Hallo.«

»Ich …« Schlucken. Würgen. »Ich würde gerne Herrn Henecka sprechen.«

»In welcher Angelegenheit?«

»Das …« Schlucken ohne Würgen. »Das würde ich ihm gerne selbst sagen. Wir haben uns gestern getroffen, und ich hätte noch etwas zu klären mit ihm. Ihr Vater, nehme ich an?«

»Er ist nicht hier.«

Die junge Frau war nicht mager, sie war Haut und Knochen. Die Handgelenke waren die eines Kindes. Ihren Körper versteckte sie in einem sackartigen, rostroten Leinenkleid. Kein Schmuck, das stumpfe, sandblonde Haar straff zurückgebunden. So straff, dass es schon wehtun musste. Die dunklen Augen hatte sie vom Vater.

»Wann wird er denn wieder da sein? An seinem Arbeitsplatz war er heute auch nicht.«

»Ich kann es Ihnen nicht sagen. Als ich vor zwei Stunden angekommen bin, war er nicht da, und ich dachte ... Er ist nicht in der Firma, sagen Sie?«

Ich fühlte, wie meine Kräfte zurückkehrten, wie die Angst, diese böse, kalte Schlange, sich in ihrer dunklen Ecke zusammenrollte. Noch ein wenig blinzelte und zischelte, aber hoffentlich für die nächste Zukunft keinen neuen Angriff plante.

Merit hieß sie, fiel mir ein, diese merkwürdige Gestalt, die mich ansah, als hätte ich die Pest, und jetzt natürlich irgendeine Reaktion von mir erwartete.

»Nein, in der Firma war er heute nicht«, wiederholte ich mit endlich wieder fester Stimme. »Und sein Handy ist nicht erreichbar. Und ... Könnte ich vielleicht kurz Ihre Mutter sprechen?«

»Nein. Auch sie ist nicht hier.«

»Wann erwarten Sie sie zurück?«

»Ich denke nicht, dass Sie das etwas angeht.«

»Haben Sie vielleicht eine Handynummer von ihr? Vielleicht weiß sie ... Ich müsste Ihren Vater wirklich dringend sprechen.«

»Gehen Sie jetzt bitte«, versetzte sie mit einem Mal fast hasserfüllt. Ich ging ihr auf die Nerven, das verstand ich. Sie wollte diesen merkwürdigen, übernervösen Störenfried loswerden. Nur woher rührte dieser Hass?

»Aber Ihre Mutter wohnt doch hier ...«

»Meine Mutter lebt nicht mehr hier, und ich sagte schon, das alles geht Sie überhaupt nichts an.«

»Ich verstehe nicht ...«

»Das müssen Sie auch nicht.«

Ich fühlte mich wie ein Idiot, als ich sagte: »Ihr Vater sagte mir, Sie seien in New York.«

»Im Moment bin ich es nicht, wie Sie sehen. Und jetzt schlage ich vor, wir beenden dieses Gespräch. Ich werde meinem Vater sagen, dass Sie hier waren, Herr …«

»Gerlach. Gerlach ist mein Name. Alexander Gerlach. Er … Ihr Vater kennt mich. Wir …«

»Angenehmen Abend, Herr Gerlach.«

Sekunden später saß ich wieder in meinem Wagen, in Sicherheit, und fühlte mich, als wäre ich bei einer ungeheuren Heldentat knapp dem Tod entronnen. Als hätte ich einen Drachen besiegt, was ja in gewissem Sinne auch stimmte. Nur dass der Drache in mir selbst hauste.

Während der Rückfahrt beschloss ich zum zweiten oder schon dritten Mal, Henecka zu vergessen. Wenn er nicht mit sich reden ließ, dann konnte ich ihm nicht helfen. Wenn er sich nicht meldete, dann konnte ich ihm sein Geld nicht zurückgeben. Das Geld, das ich ebenso gut seiner Tochter hätte übergeben können, wie mir leider erst jetzt einfiel. Andererseits war es angesichts des Betrags vielleicht besser, ihm den Umschlag persönlich auszuhändigen.

Ich war müde, als ich nach Hause kam, zum ersten Mal seit vielen Tagen wieder einmal rechtschaffen müde. In der Küche schenkte ich mir ein Gläschen Rotwein ein, warf mich aufs Sofa, sah mir die Nachrichten an, die wie immer deprimierend waren, und beschloss, zeitig ins Bett zu gehen. In dieser Nacht würde ich gut schlafen, das fühlte ich.

Von Theresa war während der Rückfahrt eine lange SMS gekommen, die merkwürdig distanziert und konfus klang. Sie wolle uns nicht zur Last fallen, schrieb sie, und deshalb die Nacht in ihrem leeren Haus verbringen. Ich antwortete, sie solle sich nicht so anstellen und falle niemandem zur Last, und wenn sie in einer halben Stunde nicht neben mir auf der Couch sitze, sei ich tödlich beleidigt.

Zwanzig Minuten später stand sie tatsächlich in der Tür, blass, verwirrt lächelnd und zuwendungsbedürftig wie ein kleines, trauriges Mädchen. Es wurde ein stiller Abend, der uns beiden merkwürdig guttat. Sie hatte noch viel Schweres vor sich, das wussten wir beide. Und ich fühlte, dass etwas Schweres hinter mir lag. Dass ich, als ich in Bensheim aus meinem Auto stieg, einen wichtigen Schritt hin zu meiner Genesung getan hatte. Es würde nicht der letzte Schritt sein, aber es ging aufwärts mit mir.

Die Zwillinge verbrachten den Abend in Sarahs Zimmer und schmiedeten mit den Laptops auf den Knien und bei – vermutlich nicht aus Versehen – offen stehender Tür Urlaubspläne. Die lebhafte Diskussion drehte sich um die Frage, ob das Reiseziel eher im Pazifik oder im Golf von Mexiko liegen sollte. Die Worte, die ich am häufigsten hörte, waren: »Disco« und »Party«.

Ich hatte vergessen, meinen Vater anzurufen, fiel mir ein. Das würde ich morgen früh gleich nachholen.

8

Auch am Donnerstagmorgen war in meinem Posteingang keine Mail von Henecka. Mein Handy zeigte keinen verpassten Anruf an.

In der Nacht war ich nur zwei- oder dreimal aufgewacht, doch jedes Mal bald wieder eingeschlafen, und jetzt fühlte ich mich fit wie lange nicht mehr. Es tat mir gut, etwas zu tun zu haben, beschäftigt zu sein und so vom Grübeln abgehalten zu werden. Die Zwillinge waren schon in der Schule, als ich mit dem Laptop unter dem Arm die Küche betrat, hatten zu meiner Überraschung ihr Frühstücksgeschirr in die Spülmaschine geräumt und sogar den Tisch abgewischt. In der Luft hing noch das schwere Parfum, das sie seit Neuestem großzügig einsetzten und das für meinen Geschmack eher zu drallen Mittdreißigerinnen passte als zu schlanken Teenagern. Aber über solche Themen war mit ihnen nicht zu reden. Theresa schlief noch.

Mangels besserer Ideen versuchte ich etwas über Heneckas Frau herauszufinden. Sie hieß mit Vornamen Emma und war immer noch mit erstem Wohnsitz in Bensheim gemeldet, erfuhr ich durch einen Anruf beim zuständigen Einwohnermeldeamt, wo ich mich mit meinem richtigen Namen und als Polizist meldete. Sie war drei Jahre jünger als ihr Mann und in Trondheim geboren. Ihr Mädchenname war Hasselgård. Geheiratet hatten die beiden wenige Monate vor der Geburt ihrer Tochter. Informationen über die Frau oder gar Fotos waren im Internet nicht zu finden.

Weshalb wohnte sie nicht mehr mit ihrem Mann zusammen? War sie in ihre Heimat zurückgekehrt? Vielleicht mit der deutschen Mentalität oder dem Charakter ihres Ehemanns nicht zurechtgekommen? Mit dem mitteleuropäischen Gedränge, den schwülheißen Sommern, dem fehlenden Meer vor der Haustür?

Noch einmal las ich die drei Mails durch, die Henecka mir gegeben hatte, und versuchte dabei zu ergründen, ob sie von einer Frau geschrieben sein könnten. Einer Frau, die der deutschen Sprache vielleicht immer noch nicht ganz mächtig war. Aber ich fand keinen einzigen Anhaltspunkt, der meine vage Idee stützte.

Nachdem ich den Cappuccino ausgetrunken hatte, klappte ich den Laptop zu und beschloss, es mit der altbewährten Methode des Telefonierens zu versuchen. Wieder half mir das Meldeamt, wo ich bei derselben Mitarbeiterin landete, die mich schon als Heidelberger Kripochef kannte, der ich ja schließlich immer noch war. Ich notierte eine Liste von Anwohnern der Waldstraße, darunter logischerweise auch Emma und Jan-Armin Henecka. Als ich schließlich noch um die Telefonnummern bat, wurde die Frau am anderen Ende der Leitung zurückhaltend. Bevor sie begann, peinliche Fragen zu stellen, bedankte ich mich eilig: »Die finden meine Leute für mich raus, kein Problem. Danke schön, Sie haben mir wirklich sehr geholfen«, und legte auf.

Immerhin hatte ich jetzt einige Namen und Hausnummern auf meinem Zettel stehen. Bei der Recherche der dazugehörigen Telefonnummern half mir wieder das Internet. Nach dem Alter und Zustand der Häuser zu schließen, lebten dort meist ältere Herrschaften, die oft die besten Informationsquellen sind. Menschen, die tagsüber zu Hause sind, jede Menge freie Zeit haben und gerne aus dem Fenster sehen.

Die erste Nummer auf meiner Liste gehörte einem Anton Mayer und erwies sich als Volltreffer. Es meldete sich Frau Mayer, und ich eröffnete das Gespräch wieder einmal mit der Lüge vom Klassentreffen, an die ich allmählich selbst zu glauben begann. Um nicht gleich mit der Tür ins Haus zu fallen, fragte ich nicht nach Herrn, sondern nach Frau Henecka.

»Da haben Sie leider Pech«, meinte Frau Mayer zuvorkommend. »Die ist nämlich schon ewig weg. Ist das Klassentreffen denn in Norwegen?«

Ups, da hatte ich wohl ein wenig zu kurz gedacht. Ich redete mich darauf hinaus, Emma Hasselgård habe die letzten drei Jahre bis zum Abitur in Heidelberg gelebt und das Helmholtz-Gymnasium besucht, in dem meine Töchter gerade den Unterricht über sich ergehen ließen.

»Sie können mir keinen Tipp geben, wo sie stecken könnte? Soweit ich weiß, ist sie mit einem Jan Henecka verheiratet. Der ist doch ein Nachbar von Ihnen, oder nicht?«

Ein großer Hund bellte aufgeregt. Frau Mayer schimpfte mit ihm, titulierte ihn mit »blöde Töle« und »Brüllaffe«, woraufhin das Tier verstummte.

»Was haben Sie gesagt?«

»Dass Emmas Mann Ihr Nachbar ist.«

»Ja, das stimmt. Nur ein paar Häuser weiter wohnt er, der Herr Professor. Sie aber nicht. Sie ist weg. Seit ewig schon.«

»Geschieden?«

»Denk ich doch, nach so langer Zeit. Aber wissen Sie, man erfährt ja nichts. Er redet ja nicht mit unsereinem, der Herr Professor. Bleibt lieber für sich, wenn Sie verstehen, was ich meine. Und drum kann ich Ihnen beim besten Willen nicht sagen, was aus der Frau geworden ist. Gesehen hat die jedenfalls keiner, seit ich und mein Mann hier wohnen.«

»Wie schade. Ich hatte gehofft ...«

»Und Sie sind also mit ihr in die Schule gegangen?«

»Ja«, flunkerte ich munter weiter, ohne rot zu werden. »Ich habe sie sehr gemocht, die Emma. Ein bisschen zu sehr vielleicht.« Manche Frauen lieben romantische Geschichten. »Ich weiß ja nicht, wie sie heute aussieht, aber damals war sie eine der Hübschesten in der Klasse. Aber nicht leicht zu haben, die Emma.«

»Ja, sie soll eine Nette gewesen sein, das hab ich auch gehört. Er leider gar nicht. Er ist kein Netter, das kann man wirklich nicht sagen. Sonst ist die Nachbarschaft hier nämlich sehr gut. Alle vertragen sich, keiner fällt aus dem Rahmen. Bloß der Herr Professor, der fällt leider sehr aus dem Rahmen.«

»Benimmt er sich daneben?«, fragte ich mit gespielter Heiterkeit.

»Nicht, dass er dauernd Partys feiern würd oder so. Eher im Gegenteil. Kann mich gar nicht erinnern, dass er mal Besuch gehabt hätt oder so. Die Tochter ist auch gleich weg, wie sie ihr Abi in der Tasche gehabt hat. Und er redet einfach nicht mit den Leuten, wissen Sie? Grad, dass er einen grüßt, wenn man sich auf der Straße trifft. Und dann immer so von oben herab, wenn Sie verstehen, was ich meine. Hält sich für was Besseres, weil er Professor ist. Sonst wohnen hier ja mehr so normale Leute wie mein Anton und ich. Ehrliche Handwerker. Obwohl …« Sie zögerte kurz. »Wenn ich an die Halunken denke, die letztes Jahr unser Dach gemacht haben …«

Im Hintergrund schepperte eine Türklingel, und prompt machte sich der Hund wieder bemerkbar.

»Bestimmt die Post«, hörte ich durchs laute Gebell. »Moment mal.«

Frau Mayer beschimpfte ihren ungezogenen Hund, und ich hörte sie im Hintergrund sprechen, während das Tier unentwegt tobte. Offenbar hatte sie es in ein Zimmer gesperrt. Dann klappte eine Tür, der Hund beruhigte sich rasch, und sie nahm den Hörer wieder ans Ohr.

»Na jedenfalls, der Herr Professor, dem sein Gesicht sagt einem gleich, was er von einem hält.« Dazu konnte ich nur nicken. »Aber man sieht es ja zum Glück nicht so viel, das Gesicht. Morgens fährt er früh zur Arbeit, und am Abend kommt er spät heim. Dann guckt er noch ein bisschen fern oder hockt vor seinem Computer, das kann man ja nicht so unterscheiden, und spätestens um elf, halb zwölf geht das Licht aus.«

Ein Hoch auf die wachsame Nachbarschaft!

»Habe ich Sie richtig verstanden? Sie haben Emma gar nicht gekannt?«

»Ja, wie denn? Wir haben das Haus vor fünfzehn Jahren gekauft, und da ist sie schon nicht mehr da gewesen.«

»Vor fünfzehn Jahren? Dann ist die Tochter ja …«

»Praktisch ohne Mutter hat sie aufwachsen müssen, die kleine Merit, ja. Und das bei so einem Vater! Was ich über die Mutter weiß, das weiß ich alles nur vom Hörensagen. Im Gegensatz zum Herrn Professor reden mein Mann und ich nämlich mit den Leuten. Das hat alle hier damals übrigens gewundert, dass eine Mutter ihr Kind beim Vater lässt, und dann auch noch bei so einem. Sie soll jetzt in Amerika sein, die Merit. Kaum hat sie ihr Abi gehabt, ist sie auch schon auf und davon. Ich meine, ist ja auch richtig, dass die Kinder auf eigenen Beinen stehen. Aber so flott … Seither ist sie auch nur selten hier gewesen. Eigentlich gar nie, wenn ich's mir so überlege. Gefällt ihr wohl besser in Amerika als daheim beim Papa.«

»Und Emma ist nicht mal zu Besuch gekommen?«

»Nie. Aber sagen Sie mal, wieso rufen Sie nicht einfach den Professor selber an? Der wird ja wohl wissen, was aus seiner Frau geworden ist. Wir haben seinerzeit noch in Offenbach gewohnt, wissen Sie? Aber dann hat der Anton, das ist mein Mann, diese schöne Stelle in Heppenheim gefunden, und hier an der Bergstraße ist es ja viel ruhiger als in Offenbach, und die Luft ist auch viel besser …«

»Ich habe versucht, Herrn Henecka anzurufen, gestern schon, aber er geht nicht ans Telefon.«

»Dann ist er wahrscheinlich wieder mal irgendwo im Ausland unterwegs. Der ist ja öfter mal für ein paar Tage fort. Aber wissen Sie was? Rufen Sie doch die Frau Elring an. Die Elrings wohnen Zaun an Zaun mit dem Professor.

Und die sind auch schon länger hier als mein Anton und ich.«

Sie diktierte mir eine Nummer, die auf meinem Zettel noch fehlte. Unter dieser meldete sich jedoch nicht die Frau, sondern eine mürrische Altmännerstimme. Ich tischte ihm dieselben Märchen auf und erhielt im Wesentlichen dieselben Antworten. Dummerweise war der alte Herr Elring nicht nur schlecht gelaunt, sondern auch ein wenig schwerhörig.

»Die wohnt schon ewig nicht mehr hier«, brummte er, als er nach meinem dritten Versuch endlich verstanden hatte, worum es ging. »Zwanzig Jahre dürft's jetzt her sein, dass sie verschwunden ist. Eine Stille ist sie gewesen, die schöne Emma. Eine Stille.«

»Sie haben sie gekannt?«

»Wer ist gerannt?«

»Ob – Sie – die Emma – näher – gekannt haben?«

»Kann ich nicht sagen, nein. Sie hat ja kaum Kontakte gehabt, hier herum. Dabei hat sie recht ordentlich Deutsch gekonnt, für eine Norwegerin. Aber sie ist halt eine Stille gewesen. So eine Scheue halt. Sie wissen schon.«

Ich wechselte unvermittelt das Thema, in der Hoffnung, er würde es nicht merken: »Streit und Tränen gibt es ja in vielen Ehen ...«

»Wer muss gähnen?«

Wieder musste ich die Frage, die ja eigentlich eine Behauptung war, laut und langsam wiederholen.

»Das ist ja das Komische gewesen. Sie haben sich eigentlich gar nicht gestritten. Jedenfalls nicht so, dass man es gehört hätte. Und eines schönen Tages sagt meine Gudrun, die Frau Henecka, die hab ich jetzt aber schon ewig nicht mehr gesehen. Sie hat den Mann dann mal so über den Zaun gefragt, wie's seiner Frau geht. Und da hat er nur gesagt, die ist fort, die Frau, und ist einfach reingegangen. Mehr nicht. Nur: Die ist fort. Mit dem Henecka ist nämlich nicht gut Kirschen essen. Der trägt die Nase ein bisschen zu hoch, wenn Sie meine Meinung hören wollen. Hoffentlich fällt er nicht mal drauf, auf seine Nase. Und die Tochter, die hat das ja leider geerbt, das Hochnäsige. Seit gestern ist sie wieder daheim, die Merit.«

»Ich habe schon ein paarmal versucht, Herrn Henecka zu erreichen beziehungsweise seine Frau, die Emma, aber da nimmt niemand ab.«

»Die Frau kann ja wohl schlecht ans Telefon gehen, wenn sie nicht da ist. Und bei ihm heißt das gar nichts, dass er nicht rangeht. Im Gegenteil, das sieht ihm ähnlich. Wie gesagt, sind alle ein bisschen komisch in der Familie.«

»Sie haben keinen so engen Kontakt?«

»Gar keinen Kontakt haben wir. Ich will Ihnen jetzt mal was sagen: Hier in der Straße wohnen lauter anständige und normale Leute. Ich, zum Beispiel, hab bis vor vier Jahren einen Betrieb gehabt für Schaltanlagenbau. Dreiundvierzig Leute hab ich gehabt am Ende. Mein Nachbar gegenüber ist Chef von der Kläranlage gewesen. Gelernter Installateur, hat sich über die Jahre hochgestrampelt, und am Ende hat er achtzehn Leute unter sich gehabt. Und trotzdem redet der mit jedem, hat immer Zeit für ein Schwätzchen.« Mit jedem Satz wurde Herr Elring lauter: »Der Mayer, ein paar Häuser weiter, der ist Produktionsleiter bei Langnese in Heppenheim drüben. Was meinen Sie, wie viele Leute der unter sich hat? Trotzdem hält der sich nicht für was Besseres. Nur der Henecka, man will ja nichts sagen, aber solche Leute passen einfach nicht hierher.«

Es entstand eine kurze Pause, in der ich nur den sich allmählich wieder beruhigenden Atem des alten Schaltanlagenbauers hörte.

»Emma hat mir gar nichts davon erzählt, dass sie von ihrem Mann getrennt lebt«, warf ich einen neuen Köder ins Wasser.

»Sie haben mit ihr geredet?«, stieß er immer noch ein wenig kurzatmig hervor.

Jetzt wurde es gefährlich. »Vor ein paar Jahren«, erwiderte ich vorsichtig. »Sie hat mich mal angerufen.«

»Na, dann lebt sie ja immerhin noch.«

»Haben Sie etwa befürchtet ...?«

»Ach, wissen Sie ... seit dieser Geschichte damals ...«

»Welche Geschichte?«

Herr Elring zögerte lange, sagte schließlich in verändertem Tonfall: »Meine Gudrun ist seinerzeit sogar bei der Polizei gewesen und hat die gefragt, ob sie überhaupt wissen, dass die Frau nicht mehr da ist. Und soll ich Ihnen sagen, was die gemeint haben? Solang wir nichts Genaues wissen und keine Beweise haben für irgendwas, sollen wir die Leute gefälligst nicht anschwärzen. Genau das haben diese Idioten bei der Polizei gesagt, wortwörtlich! Die Frau Henecka ist erwachsen, haben die gesagt, und kann wohnen, wo's ihr passt. Da will man als anständiger Bürger seine Pflicht tun, und dann muss man sich von so einem Sesselfurzer so runterputzen lassen!«

Ich versuchte, das Gespräch noch einmal auf die alte Geschichte zu bringen, von der er gesprochen hatte, aber auf einmal verstand er nichts mehr von dem, was ich sagte. Entweder war sein Hörgerät ausgefallen, oder er stellte sich taub. Um Heneckas direkten Nachbarn nicht unnötig misstrauisch zu machen, bedankte ich mich höflich für das nette Gespräch. Vielleicht konnte ich ihn ja noch einmal brauchen.

»Probieren Sie's doch einfach mal drüben«, sagte Herr Elring nach einigen tiefen Atemzügen. »Die Tochter ist seit gestern wieder daheim. Ich seh Licht in der Küche. Sie haben ja immer das Licht brennen. Sogar wenn die Sonne scheint. Die Merit wird ja wohl wissen, wo ihre Mama steckt.«

Dankbar notierte ich eine weitere Nummer, die noch nicht auf meiner Liste stand: die von Heneckas Festnetzanschluss.

Nebenan war immer noch alles still. Ich überlegte, ob ich

Theresa wecken sollte, ließ es dann aber doch bleiben. Es würde ihr guttun, sich auszuschlafen.

Das Internet kannte Tausende von Emmas. Was ich nicht fand, war eine Emma Henecka, gleichgültig, in welcher Schreibweise, oder eine Emma Hasselgård. Sollte sie irgendwo unter falschem Namen leben? Vielleicht, weil sie vermeiden wollte, dass ihr Mann sie aufstöberte? Wegen dieser »Geschichte«, zu der der alte Herr Elring nichts hatte sagen wollen?

Nachdem ich eine Weile ratlos auf den Bildschirm gestarrt hatte, erinnerte ich mich an meinen Facebook-Account, den ich mir vor einiger Zeit zugelegt hatte. Hauptsächlich, um ein wenig zu spionieren, was meine Töchter im weltweiten Netz so trieben. Aber auch Facebook half mir nicht weiter, und da wurde sogar weltweit gesucht, wenn ich richtig informiert war.

Die Telefonnummer der norwegischen Botschaft in der Berliner Rauchstraße war dagegen leicht zu finden. Weniger leicht war es, dort Informationen zu erhalten. Höflich und mit nordischer Kühle wurde mir beschieden, es zähle nicht zu den Aufgaben einer Botschaft, Wildfremden Auskünfte über norwegische Staatsbürger zu geben, die vielleicht nicht einmal mehr norwegische Staatsbürger waren. Noch während ich die langatmige Belehrung der sicherlich weißblonden Dame fortgeschrittenen Alters über mich ergehen ließ, kam mir eine neue Idee.

Bei der deutschen Botschaft in Oslo war man sehr viel offener. Meine Geschichte von der verlorenen Schulfreundin – dezent ließ ich wieder durchblicken, ich sei seinerzeit ein wenig verliebt gewesen in die bildhübsche Emma – stieß auf ein mitfühlendes Ohr. Die Frau in Oslo riet mir, mich mit dem Trondheimer Folkeregister, dem Einwohnermeldeamt, in Verbindung zu setzen, und schlug auch gleich die Telefonnummer für mich nach. Dort landete ich bei einem gelangweilten, der Stimme nach jüngeren Herrn, der kein Deutsch verstand und offenbar auch kein Englisch verstehen wollte. Das Einzige, was er begriff, war der Name:

»Emma Hasselgård?«, wiederholte er in einem Ton, als zweifelte er an meinem Verstand.

Ich sagte »Ja«, in der Hoffnung, dass man das Wörtchen auch im hohen Norden verstand. Er grummelte Unverständliches in seinen vermutlich nicht vorhandenen Wikingerbart, sagte schließlich etwas, das ich nicht verstand, und legte auf.

Ich hielt das Handy noch in der Hand und beschloss gerade, Norweger ab sofort nicht mehr leiden zu können, als es aufgeregt zu trillern begann. Die angezeigte Nummer begann mit 0047, die Anruferin war eine Frau unbestimmbaren Alters und sprach ziemlich gut Deutsch.

»Hasselgård«, plapperte sie eifrig, »da wollen wir doch einmal schauen …« Ich hörte eine Tastatur klappern. Nebenbei fragte die Frau in heiterem Ton: »Und Sie wart früher Freunde gewesen?«

»Sie hat viele Jahre in Deutschland gelebt, und jetzt weiß niemand, was aus ihr geworden ist, und da dachte ich …«

»Oh!«, unterbrach sie mich. »Hier haben ich eine Emma. Geboren die dritte Januar 1965?«

»An ihren Geburtstag kann ich mich nicht mehr erinnern, aber das Alter passt, ja.«

Lügen haben kurze Beine, hatte ich als Kind gelernt. Aber die Wahrheit hat leider allzu oft überhaupt keine.

»Hier in Trondheim lebt sie nicht. Aber ihren Vater, Torvald, der lebt hier. Willst du sein cellphone-number bekommen?«

Ich beschloss, dass Norweger im Großen und Ganzen doch nette Menschen waren.

Torvald Hasselgård zog es vor, nicht an sein Handy zu gehen. Von dem, was mir sein Anrufbeantworter grummelnd und rumpelnd erzählte, verstand ich keine Silbe.

9

Im Flur klingelte das Festnetztelefon. Zu meiner Verblüffung war es Merit Henecka, die anrief.

»Ich möchte mich mit Ihnen treffen«, begann sie ohne Umschweife oder gar Höflichkeiten. »Ich mache mir allmählich Sorgen um Pa.«

»Wie kommen Sie an diese Nummer?«

»Die habe ich von der Heidelberger Zulassungsstelle. Ich habe mir gestern Ihr Kennzeichen notiert.«

»Und die geben Ihnen einfach so meine Telefonnummer?«, fragte ich ungehalten.

»Eine frühere Schulfreundin von mir arbeitet dort«, erwiderte sie nicht weniger gereizt. »Ich habe ihr erzählt, Sie hätten mir die Vorfahrt genommen, ich sei vom Rad gefallen und hätte mir das Handgelenk verstaucht. Esther hat mir geraten, zur Polizei zu gehen. Aber ich habe gesagt, ich möchte das lieber auf privater Ebene regeln.«

Offenbar war ich nicht der Einzige hier, der Talent zum Märchenerzähler hatte. Da Merit kein Auto zur Verfügung hatte, willigte ich scheinbar widerwillig ein, noch einmal nach Bensheim zu fahren. In Wirklichkeit brannte ich darauf, Heneckas Haus zu betreten und dort ein wenig herumzuschnüffeln.

Während des Telefonats öffnete sich leise die Tür zu Louises Zimmer, und Theresas Lockenkopf erschien. Sie lächelte mich verschlafen an, und ich erkannte auf den ersten Blick, dass es ihr besser ging. Während sie duschte und sich schön machte, richtete ich ein kleines Frühstück. Später aßen wir zusammen, beide mit unerwartetem Appetit, mieden die komplizierten Themen und besprachen stattdessen Alltagsdinge: Essen wir zusammen zu Mittag? Wer kauft ein?

»Danke, dass Sie so rasch kommen konnten«, sagte Merit, als sie mir um kurz vor zwölf die Haustür öffnete. Sie hatte offensichtlich eine unruhige Nacht hinter sich. Unter ihren Augen hingen dunkle Ringe, und nicht die Spur eines Lächelns verschönerte ihr schmales, blasses Gesicht. »Kommen Sie bitte herein. Die Nachbarn müssen nicht alles wissen.«

Schon als ich aus dem Wagen stieg, hatte ich Bewegung hinter den Gardinen des Nachbarhauses links gesehen, wo das Ehepaar Elring lebte und eifrig nach dem Rechten sah.

Merit führte mich in ein skandinavisch hell und gemütlich eingerichtetes Wohnzimmer. Das Mobiliar war aus in Würde gealtertem Weichholz gezimmert, am Boden lagen bunte Flickenteppiche, an den Wänden hingen gerahmte Aquarelle, auf denen viel Wasser zu sehen war. In der Ecke ein offener Kamin, der anscheinend hin und wieder benutzt wurde, denn es lagen einige verkohlte Holzscheite darin und graue Asche. Den angebotenen Kaffee lehnte ich nicht ab, obwohl ich eigentlich für heute schon genug Koffein zu mir genommen hatte. Fünf Minuten später saßen wir uns am etwas verstaubten Couchtisch gegenüber. Der Kaffee roch grauenhaft.

Während Merit in der Küche werkelte, hatte ich mich ein wenig umgesehen. Das Wohnzimmer wirkte wie vor einer halben Ewigkeit von einer hoffnungsfrohen jungen Ehefrau eingerichtet, die wenig Geld und viel Liebe zu warmen Farben hatte. Die Aquarelle waren mit »EH« signiert, was möglicherweise für Emma Hasselgård stand. Das einzig Neue hier waren ein großer Flachbildfernseher und ein Tablet-PC, der vielleicht Merit gehörte und wie weggeworfen auf einem der Sessel lag.

»Warum machen Sie sich Sorgen?«, fragte ich nach dem ersten Schluck. Der Kaffee schmeckte so bitter, als hätte Emma die Bohnen noch persönlich eingekauft.

»Sagen Sie mir doch bitte erst mal: Wer sind Sie eigentlich, Herr Gerlach?«, fragte Merit nicht gerade freundlich, aber doch immerhin höflich. »Und in welcher Beziehung stehen Sie zu meinem Vater?«

»Ich bin jemand, den er vor drei Tagen angerufen hat, weil er sich von einem Unbekannten bedroht fühlt.«

»Dann sind Sie so etwas wie ein Private Eye?«

»So ungefähr, ja.«

»Bezahlt er Sie?«

Ich zögerte einen Moment. »Nein.«

»Warum tun Sie es dann?«

»Wahrscheinlich habe ich ein zu weiches Herz.«

»Sie haben sich auch getroffen, sagten Sie.«

»Vorgestern, richtig.«

Nachdenklich nahm sie einen Schluck aus ihrem braunen Becher. Sie schien schlechten Kaffee gewohnt zu sein, stellte den Becher umsichtig auf den Couchtisch zurück, stützte die eckigen Ellbogen auf die Oberschenkel und beugte sich vor. Plötzlich sah sie mir so streng und forschend ins Gesicht wie eine Lehrerin, die nicht fassen kann, dass ihr Lieblingsschüler auf einmal alles Gelernte vergessen hat.

»Wer bedroht ihn?«

»Das sollte ich für ihn herausfinden. Eigentlich wollte ich noch einige Dinge mit ihm besprechen, aber das ist ja im Augenblick leider nicht möglich.«

Sie schlug die Augen nieder. Kaute am Nagel des linken Mittelfingers. Ihre unlackierten Nägel waren alle bis zur Schmerzgrenze abgenagt. An manchen hatte sich das Nagelbett entzündet. Auf der Straße knatterte ein Moped mit vermutlich absichtlich defektem Auspuff vorbei. Hunde bellten. Eine Altmännerstimme schimpfte. Ich meinte, das Wort »Rotzlöffel« zu verstehen.

»Gibt es einen konkreten Anlass, weshalb Sie sich auf einmal Sorgen um Ihren Vater machen?«, fragte ich, als von ihr keine Antwort kam.

»Einen Anlass?« Irritiert sah sie auf. »Den gibt es natürlich nicht, nein. Sie müssen wissen, Pa und ich, wir hatten wenig Kontakt in letzter Zeit. Hin und wieder haben wir geskypt oder kurze Handynachrichten ausgetauscht. Immerhin hatten wir da noch regelmäßig Kontakt. Aber seit einigen Wochen höre ich gar nichts mehr von ihm. Ich habe ihm mehrfach auf den AB gesprochen, aber er hat nie zurückgerufen. Ich weiß, er hat zurzeit viel Stress im Job, aber ...«

»Deshalb sind Sie hier?«

»Einmal hat er dann doch angerufen, da war es hier schon nach Mitternacht. Angeblich ertrinkt er in Arbeit. Aber ... ich weiß nicht, er ... er klang so fahrig. Als hätte er getrunken. Dabei trinkt Pa so gut wie nie Alkohol. Und jetzt ist er verschwunden, und vorher engagiert er noch Sie, und das alles trägt nicht gerade dazu bei, mich zu beruhigen.«

»Er hat Ihnen gegenüber keine Andeutungen gemacht, was los ist?«

»Nur, dass er Stress im Job hat.«

»Aber das hat Sie nicht überzeugt.«

Langsam schüttelte sie den Kopf. »Pa kann so unglaublich stur sein, und ... da dachte ich ...« Sie ergriff den großen, vermutlich handgetöpferten Keramikbecher mit beiden Händen, pustete einige Male hinein, trank einige kleine Schlucke. Auf dem Becher stand ein Name, bemerkte ich erst jetzt: Emma. »Ich dachte, er ist vielleicht krank, ernstlich krank, und will es mir nicht sagen. Um mich zu schonen. Falls es so ist, dann hat er das Gegenteil erreicht.«

»Krank hat er nicht auf mich gewirkt. Aber sehr beunruhigt. Es geht um Mails, die Ihr Vater in den vergangenen Wochen erhalten hat. Unerfreuliche Mails, die ihn – nun ja – ziemlich erschreckt haben.«

»Ich wollte sowieso nach Europa fliegen«, fuhr sie fort, als hätte sie mich nicht gehört. »In Mailand beginnt kommende Woche die Chibimart. Ich wollte hinfahren, um Kontakte zu knüpfen. Ich studiere in den Staaten drüben

Modedesign und stehe kurz vor dem Abschluss, und Mailand wäre natürlich für den Anfang ein gutes Sprungbrett.«

»Modedesign?«, fragte ich verblüfft. Auch heute war sie ungeschminkt, ohne jeden Schmuck und steckte in einem sackartigen, heute schwarzen Kleid, das nichts von ihrem Körper ahnen ließ.

»Man kann auch ausgefallene Mode entwerfen, wenn man nicht ständig wie ein Model herumstolziert«, erwiderte sie spitz.

Ihre Füße konnte ich unter dem Tisch gut sehen. Sie steckten in grauen, viel zu großen Wollsocken, die vielleicht ihrem Vater gehörten, und abgetretenen Gesundheitslatschen. Das inzwischen ein wenig fettige Haar trug sie wie gestern straff zu einem Pferdeschwanz gebunden, was ihr Gesicht noch strenger wirken ließ, als es ohnehin war. Ich roch kein Parfüm, sondern lediglich den bitteren Duft des Duschgels, das sie am Morgen benutzt hatte und das vielleicht ebenfalls ihrem Vater gehörte.

Ich beugte mich vor, versuchte, ihren Blick einzufangen, was mir jedoch nicht gelang. »Frau Henecka, erlauben Sie mir eine sehr persönliche Frage ...« Nun sah sie mir doch wieder ins Gesicht. Voller Misstrauen und Angst vor was auch immer. »Wissen Sie, ob Ihr Vater ein Verhältnis zu einer Frau hat?«

Sie schien sich zu entspannen, hatte offenbar eine andere Frage befürchtet. »Sie meinen, zu einer verheirateten Frau?«

»Ich meine, zu einer Frau.«

Sehr zögernd schüttelte sie den Kopf. »Über solche Dinge hat er nie mit mir gesprochen. Vor Jahren war da einmal etwas. Damals bin ich noch zur Schule gegangen. Er hat mir die Dame aber nie vorgestellt. Ich habe nur manchmal ein Parfüm gerochen, wenn er spät nach Hause kam. Und er war dann auch oft ... ungewöhnlich guter Laune.«

»Und in letzter Zeit ...?«

Entschiedenes Kopfschütteln. »Ich war zwar nicht hier,

aber so etwas hätte ich auch am Telefon bemerkt. Nein, da war bestimmt nichts.«

»Ihr Vater hat hier bestimmt ein Arbeitszimmer.«

»Wie?« Verwirrt sah sie mich an, war mit ihren Gedanken offenbar noch in der Vergangenheit gewesen, dort, wo ich keinen Zutritt hatte. Für einige Sekunden war ihre Miene offen gewesen, vielleicht sogar ein wenig erleichtert, weil sie ihre Sorgen mit jemandem teilen durfte. Jetzt betrachtete sie mich plötzlich wieder mit der offenen Ablehnung, die ich schon gestern Abend hatte spüren dürfen.

Geduldig wiederholte ich meine Frage nach Heneckas Arbeitszimmer, in dem vermutlich ein Computer stand.

»Ja, natürlich, aber warum ...?«

»Dürfte ich das sehen?«

»Ich ... nein.« Dieses Mal fiel das Kopfschütteln geradezu panisch aus. »Ich glaube nicht, dass es Pa recht wäre, wenn ein Fremder ...«

»Es könnte mir vielleicht helfen, einen Hinweis zu finden.«

»Nein!« Das Kopfschütteln wurde endgültig. »Sie können hier nicht herumschnüffeln. Lassen Sie sich etwas anderes einfallen. Es ist ja wohl Ihr Job, sich etwas einfallen zu lassen, oder etwa nicht?«

»Dazu brauche ich Informationen.«

»Ich werde versuchen, sie Ihnen zu geben. Aber ich werde nicht erlauben, dass Sie hier in privaten Dingen herumkramen.«

Ich beschloss, dieses fruchtlose Gespräch zu beenden, ließ den ungenießbaren Kaffee stehen und erhob mich. Sie sprang ebenfalls auf, immer noch erregt, zugleich aber unsicher und erschrocken. Letzteres ließ mich noch einen Versuch starten:

»Ihr Vater hat mir versprochen, alle Mails des Stalkers an mich weiterzuleiten, damit ich sie analysieren kann. Dazu ist er aber anscheinend nicht mehr gekommen.«

»Denken Sie, es ist ihm etwas zugestoßen?«, fragte sie mit

erstickter Stimme und einer Miene, als käme ihr dieser Gedanke erst jetzt.

»Ich kann es nicht ausschließen.«

»Und das würde Ihnen wirklich helfen? Diese ... Mails zu lesen?«

»Ich könnte versuchen, daraus irgendwelche Schlüsse auf den Absender zu ziehen.«

»Sie können mir aber nicht versprechen, dass Sie dadurch weiterkommen?«

»Natürlich kann ich das nicht!« Nun war ich wirklich mit meiner Geduld am Ende. »Garantien gibt es nicht in meinem Geschäft, tut mir leid.«

»Ich habe seinen PC eingeschaltet«, gestand sie, den Blick auf den bunten Flickenteppich gerichtet, auf dem wir uns gegenüberstanden. »Gestern Abend schon. Er verlangt ein Passwort, und das kenne ich nicht. Sonst könnte ich Ihnen die Mails ausdrucken. Falls er sie nicht längst gelöscht hat.«

»Ich kenne Leute, für die es kein Problem ist, den Passwortschutz zu knacken.«

»Sie denken also doch, Pa ist ... etwas zugestoßen?« Ihre Lippen waren jetzt blass. Noch immer mied sie meinen Blick.

Ich schwieg. Ich hatte keine Lust mehr.

»Ich weiß nicht«, fuhr sie nach Sekunden fort, jetzt kaum noch hörbar. »Sein Notebook ist sein Heiligtum. Da ist alles drauf, hat er immer gesagt, seine Arbeit, seine Fotos, sein ganzes Leben. Das durfte ich nicht einmal anfassen, geschweige denn benutzen. Pa wäre bestimmt nicht damit einverstanden ...«

»Frau Henecka«, seufzte ich entnervt. »Wenn es Ihrem Vater am Ende das Leben rettet, dann hätte er ganz bestimmt nichts dagegen einzuwenden.«

»Das Leben rettet?«, fragte sie mit so erschrockenem Blick, als hätten wir über das Thema nicht längst gesprochen.

Ich verstand nicht, was in dieser Frau vorging. Aber ich

zwang mich noch einmal zur Ruhe. Bemühte mich um einen entspannteren Ton: »Ich sage es ungern, aber anders kommen wir ja offenbar nicht weiter: Der Stalker hat damit gedroht, Ihren Vater zu töten. Ich wollte vorhin nicht so deutlich werden, um Sie nicht zu erschrecken, aber …« Hilflos hob ich die Hände.

»Zu töten?« Sie schwankte, sank wieder auf die Couch. »Sie wollen sagen, er hat Pa angedroht, ihn zu ermorden?«

»Natürlich kann alles ganz harmlos sein. Irgendein Verrückter, der sich einen Spaß daraus macht, Ihrem Vater auf die Nerven zu gehen. Jemand, den er verärgert hat. Der vielleicht auch nur neidisch auf ihn ist. Auf der anderen Seite kann ich nun mal nicht ausschließen, dass der Absender es ernst meint.«

»Halten Sie es für möglich … dass er …« Nun schwang nackte Angst in ihrer dünnen Stimme. Sie knetete ihre knochigen Finger, kaute auf der trockenen Unterlippe. »Dass er schon Ernst gemacht hat?«

»Haben Sie eine Idee, wer Ihren Vater so sehr hassen könnte?«, fragte ich eindringlich und setzte mich ebenfalls wieder.

Nun geschah etwas ganz und gar Unerwartetes: Ihr Atem stockte. Ihre Miene erfror regelrecht, ihre Finger verkrampften sich so, dass ich meinte, die Gelenke knacken zu hören. Meine einfache Frage hatte etwas in ihr ausgelöst, eine alte Erinnerung vielleicht. Und gewiss keine gute.

Sie öffnete den Mund mit den blutleeren Lippen. Schloss ihn wieder. Öffnete ihn erneut, sagte schließlich ein einziges Wort: »Nein.«

Als ich den Motor anließ, war es halb eins, und ich war so hungrig, als hätte ich seit Tagen gefastet. Auch das war ein gutes Zeichen, fand ich, dass ich endlich wieder Appetit hatte und nicht mehr nur einfach irgendetwas hinunterschlang, damit der Magen Ruhe gab. Ich rief Theresa an. Sie stand in meiner Küche, war dabei, Spaghetti alla puttanesca zu kochen, und wunderte sich, wo ich blieb. Offenbar hatten wir uns missverstanden, oder ich hatte wieder einmal etwas vergessen. Aber sie war entspannt und guter Dinge, und das war die Hauptsache. Ich versprach, mich zu beeilen.

Wie üblich herrschte auf der A5 dichter Verkehr. Rechts eine endlose Schlange von Lkws, links eine endlose Schlange von Pkws, Bussen und Lieferwagen, die die Lkws mit mäßiger Geschwindigkeit überholten. Ständig wurde gebremst und beschleunigt, gedrängelt und gebummelt und lichtgehupt. Und ich hatte viel Zeit zum Grübeln.

Den kleinen Halbsatz von Heneckas Nachbar hatte ich immer noch im Ohr: Seit dieser Geschichte damals …

Merit war regelrecht erstarrt, als ich sie fragte, wer ihren Vater so sehr hassen könnte, dass er ihm mit dem Tod drohte. In dieser Sekunde war ihr etwas bewusst geworden, wovon ich nichts wissen durfte. Ein dramatisches Ereignis in der Vergangenheit, an das man nicht einmal denken durfte? Hatte es mit dem Verschwinden ihrer Mutter zu tun? War das Elrings »Geschichte«? Wenn ja, wie kam ich in diesem Punkt weiter? Sollte ich noch einmal Frau Mayer mit dem ungezogenen Hund belästigen? Elring besser nicht, denn der war am Ende ohnehin schon misstrauisch geworden. Und die Bensheimer Polizeikollegen gleich zweimal nicht. Dort kannte man meinen Namen, und die Wahrscheinlichkeit war zu groß, dass der eine oder andere auch von meiner Dienstunfähigkeit wusste und sich unnötige Gedanken machte.

Eine Zeitung? Genauer, ein Zeitungsarchiv? Aber wo suchen? Wonach? In welchem Zeitraum? Das Ereignis, um das es ging, konnte zwanzig Jahre zurückliegen oder zehn oder fünf. Was bedeutete »damals«?

Mein Appetit auf Theresas Spaghetti wuchs mit jedem Kilometer. Aber vor mir stockte schon wieder der Verkehr.

Ein Lkw scherte rücksichtslos aus und setzte zum Überholen an. Ich musste scharf bremsen, da ich ein wenig unaufmerksam gewesen war. Der Überholer – er stammte aus Rumänien – war gefühlte null Komma fünf Stundenkilometer schneller als seine Kollegen auf der rechten Spur. Aber irgendwann fand er dorthin zurück, wo er hingehörte, und es ging wieder zügiger voran.

Diese alte Geschichte konnte natürlich alles Mögliche bedeuten. Ein Verbrechen, ein Unglücksfall, ein Brand. Hätte ich wenigstens den ungefähren Zeitpunkt gekannt, dann wäre alles sehr viel einfacher gewesen.

Merit. Sie war der Schlüssel.

Auch wenn ich nicht die geringste Lust verspürte, ich musste noch einmal mit ihr sprechen, und dieses Mal würde ich ein wenig ungemütlicher werden. Henecka schwebte möglicherweise in Lebensgefahr, wenn er überhaupt noch lebte, und ich war schließlich immer noch Polizist.

Die Spaghetti waren durch die lange Wartezeit ein wenig pappig geworden, schmeckten mir aber dennoch göttlich. Theresa freute sich über meine Komplimente, versuchte so zu tun, als ginge es ihr schon viel besser. Doch es gelang ihr nicht. Sie war nervös, konnte nicht ruhig sitzen, lachte, wo es nichts zu lachen gab, und blieb stumm, wenn ich etwas Lustiges erzählte, weil sie mit ihren Gedanken plötzlich weit, weit weg war. Immerhin hatte sie endlich eingesehen, dass es besser für sie war, jetzt nicht zu viel Zeit und vor allem keine Nächte in ihrem Zuhause zu verbringen. Später verabschiedete sie sich, um irgendwelche Dinge zu erledigen, die mit dem Tod ihres Mannes zu tun hatten. Über den sie inzwischen wieder sprechen konnte, ohne sofort nasse Augen zu bekommen.

Beim Essen hatte ich entschieden, mein Glück doch noch einmal bei Frau Mayer zu versuchen, bevor ich Merit auf die

Pelle rückte. Aber sie ging nicht ans Telefon. Ersatzweise wählte ich noch einmal die Nummer der PharmaStats und erzählte zum ich weiß nicht wievielten Mal meine Geschichte vom Klassentreffen. Nach langem Hin und Her wurde ich schließlich mit einem von Heneckas Mitarbeitern verbunden, einem Herrn Sivers, Dr. Sivers selbstverständlich. Er hatte eine piepsige Stimme und war sehr viel zugänglicher als die wehrhaften Damen, mit denen ich in den Minuten zuvor das Missvergnügen gehabt hatte.

»Der Jan«, sagte Heneckas Kollege aufgeräumt, »ja, keine Ahnung, wo der steckt, wirklich. Dass er mal einen Tag Home Office einlegt, ist normal. Aber dass er einfach so abtaucht und auch noch das Handy ausschaltet … Vielleicht ist irgendwas mit seinem Auto? Er wird doch keinen Unfall gehabt haben?«

»Darf ich fragen, was Jan zurzeit beruflich macht? Als wir das letzte Mal Kontakt hatten, da war er noch Assistent an der Heidelberger Uni. Eigentlich hatte ich gedacht, er ist längst Professor.«

»Ist er ja auch. So halb wenigstens. Er ist Privatdozent und hält Vorlesungen. Sagen Sie mal, wieso rufen Sie nicht einfach das Institut an? Vielleicht wissen die was?«

Das hatte ich ja längst getan. Also versuchte ich noch einmal mein Glück bei Frau Mayer und scheiterte erneut. Sie war wohl einkaufen oder führte ihren überdrehten Hund spazieren.

10

Als ich kurz davor stand, alles hinzuschmeißen und mich in meine Joggingkluft zu werfen, legte das Festnetztelefon im Flur wieder einmal los. Das Display zeigte eine Nummer in Bensheim an.

»Ich habe mir überlegt, ich bin doch damit einverstanden, dass Sie das Notebook meines Vaters untersuchen«, sagte Merit mit verschwommener Stimme. »Aber Sie dürfen es nicht mitnehmen. Ich will zusehen. Ich will wissen, was Sie tun und was Sie kopieren.«

»Kein Problem. Ich melde mich, sobald ich mit meinem für Computersachen zuständigen Mitarbeiter gesprochen habe. Ich denke, wir werden noch heute zu Ihnen kommen und die Sache hinter uns bringen.«

»Da wäre noch etwas«, sagte sie nach kurzem Schweigen. »Ich habe im Haus einige Dinge gefunden, die darauf schließen lassen, dass Pa doch manchmal ... Kosmetika im Bad, Unterwäsche in seinem Schrank, gewisse Dinge in einer Schublade im Schlafzimmer ...«

Das Einzige, was mich an dieser Neuigkeit überraschte, war, dass ich sie nicht schon von den Nachbarn erfahren hatte.

»Sonst nichts? Keine Briefe? Fotos?«

»Wer schreibt heute noch Briefe?«, seufzte sie. »Pa fotografiert seit Jahren nur noch mit seinem iPhone. Und das hat er wohl bei sich, denn ich kann es nirgendwo finden. Seine analoge Nikon benutzt er schon lange nicht mehr.«

»Viele Menschen kopieren die Fotos später auf ihren PC ...«

»Wann, sagten Sie, werden Sie kommen?«

»Ich habe noch gar nichts gesagt. Ich muss mich erst mit meinem Mitarbeiter abstimmen.«

»Bitte beeilen Sie sich.« Merit klang jetzt, als würde sie in Kürze das Bewusstsein verlieren oder in Tränen ausbrechen.

Inzwischen war es Viertel vor zwei geworden. Wenn ich den Stundenplan meiner Töchter richtig im Kopf hatte, dann müsste Henning schon auf dem Heimweg sein. Meine Nachricht, die ich ihm als Vorwarnung geschrieben hatte, hatte er bisher nicht beantwortet. Versuchsweise rief ich ihn an, und er nahm sofort ab.

»No Problemo«, meinte er. »Aber erst muss ich was essen. Ich bin heute Morgen wieder mal zu spät aus der Kiste gekommen und habe nichts gefrühstückt, und jetzt kracht mir der Magen.«

»Essen kannst du unterwegs. Ich hole dich ab. Wo bist du gerade?«

»Sooo dringend?«

Eine halbe Stunde später war ich schon wieder auf der A5 unterwegs, dieses Mal in Richtung Norden, und erzählte meinem fast erwachsenen Sohn, was er wissen musste.

»Ist das ein Freund von dir?«

Sollte ich nun auch noch meinen Sohn und Helfer belügen? Nein, so weit wollte ich den Irrsinn dann doch nicht treiben.

»Eher so was wie ein Bekannter. Nein, eigentlich nicht mal das. Er kennt jemanden, der mich kennt, und der hat ihm den Tipp gegeben, sich an mich zu wenden.«

»Kann mir ja auch egal sein.« Henning, dem meine Verlegenheit nicht entgangen war, biss herzhaft in das zweite der beiden Salamibrötchen, die ich ihm mitgebracht hatte. Gleich nach unserem Telefonat hatte ich ihn mit dem Wagen von der Schule abgeholt und nach Hause zu seiner Mutter gebracht. Doro war eine frühere Schulfreundin, mit der ich anlässlich des ersten und einzigen Klassentreffens im Bett gelandet war. Das Resultat dieses One-Night-Stands saß nun neben mir und stillte seinen jugendlichen Hunger.

Henning war mit dem Lift nach oben gefahren, hatte Doro irgendeine Geschichte aufgetischt, warum er ihr sicherlich liebevoll zubereitetes und sehr gesundes Mittagessen verschmähte, war zwei Minuten später mit einem kleinen Werkzeugkasten und einem riesigen Laptop unter dem Arm aus dem Haus gestürzt, und wir hatten uns auf den Weg gemacht.

»Wie geht's Doro?«, fragte ich, während er den letzten Happen verschluckte und sich die Finger leckte.

»War ein bisschen angepisst, weil ich nichts essen wollte.«

»Sie kocht mittags für dich?«

Er rollte die Augen. »Sie kennt meinen Stundenplan besser als ich, und wenn ich eine Viertelstunde nach Unterrichtsende nicht in der Tür stehe, ruft sie mich an. Und wenn ich nicht rangehe, dann alarmiert sie wahrscheinlich Interpol und das FBI. Das habe ich aber noch nicht ausprobiert.«

»Klingt nicht gut.«

»Ist auch nicht gut. Sie braucht einen Mann, der sie manchmal ein bisschen auf den Boden zurückholt.«

Wieder überholte ich eine schier endlose Kette von Lkws, wurde von hinten mit der Lichthupe belästigt, ging zum Dank ein wenig vom Gas.

Henning seufzte. »Ich glaub, sie hat Angst, mich auch noch zu verlieren, wenn ich das Abi habe. Ich werde bestimmt nicht bei Mama wohnen bleiben und in Heidelberg studieren. Und das weiß sie, obwohl wir nie über das Thema sprechen.«

»Was willst du denn studieren?«

»Informatik. Oder Robotik. Oder beides. Weiß noch nicht.«

»Hast du Doro gesagt, was los ist? Wohin wir fahren?«

Er lachte leise. »Weiß ich ja selber nicht, wohin du mich verschleppst. Gut möglich, dass sie dich gleich anruft. Dann kannst du es ihr ja erzählen.«

Die Lkws nahmen endlich ein Ende, ich zog nach rechts.

Der BMW, der an meiner Stoßstange geklebt hatte, flitzte vorbei, nicht, ohne standesgemäß zu hupen.

»Was genau brauchst du denn von diesem Notebook?«, wollte Henning wissen, als die Ausfahrt Bensheim angekündigt wurde.

»Alles, was irgendwie privat ist. Vor allem Mails. Aber auch Fotos. Was du so findest.«

»Ziemlich illegal, was, Herr Kriminaloberrat?«

»Vollkommen illegal.«

»Sogar wenn du im Dienst wärst, bräuchtest du eine Genehmigung für so was, stimmt's?«

»Nennen wir es außergesetzlichen Notstand, okay?«

Mein Handy summte. Wie Henning vorausgesagt hatte, war es Doro. Es gelang mir, sie zu beschwichtigen mit der Ausrede, ihr talentierter Sohn, auf den sie sehr stolz sein könne, werde mit mir zusammen einem alten Freund aus der Patsche helfen, dessen Computer gestern Abend zusammengebrochen sei. Als sie auch noch hörte, dass ich ihren Augenstern mit zwei selbst geschmierten Brötchen verköstigt hatte und er deshalb vorerst nicht verhungern würde, war sie einigermaßen beruhigt.

»Du meldest dich mal, ja?«

»Mach ich.«

Mit meinem neuen Smartphone am Ohr verließ ich die Autobahn, reihte mich vorsichtig in den Verkehr in Richtung Stadt ein.

»Versprochen?«

»Versprochen.«

»Wir könnten einen Kaffee zusammen trinken. Ich bin eine gute Kuchenbäckerin.«

»Hoch und heilig versprochen.«

»Wenn er noch lebt, dann habe ich mit deiner Hilfe vielleicht eine Chance, ihn zu retten«, sagte ich zu Henning, als ich das Handy wieder auf die Mittelablage legte.

»Und wenn nicht?«

»Dann haben wir es wenigstens versucht. Außerdem wird er dann nichts mehr dagegen haben, wenn ich seine Mails lese. Und vielleicht schnappen wir durch dich sogar am Ende den Mörder.«

»Von so was hab ich immer schon geträumt«, sagte mein Sohn breit grinsend. »Nicht bloß rumdaddeln, sondern mal richtig Ernst machen.«

»Vor einem muss ich dich warnen: Seine Tochter wird dir auf die Finger sehen. Also blamier mich nicht!«

»Sie wird nicht begreifen, was ich mache, keine Angst.«

»Und der Passwortschutz ist wirklich kein Problem?«

»Wenn er auch Dateien verschlüsselt hat, könnt's ein bisschen tricky werden. Aber auch das wäre bloß eine Frage der Zeit. Absolute Sicherheit gibt es nicht. Schon gar nicht auf Computern.«

Das Bensheimer Ortsschild. Die erste Ampel war grün. Die zweite auch.

»Vielleicht könntest du dich ein bisschen um Doro kümmern, wenn ich ...« Henning sah mich unsicher an. »Also, wenn es so weit ist, dass ich ausziehe?«

»Ich glaube nicht, dass das eine gute Idee ist.«

»Stimmt auch wieder. Sie sagt immer, von den Männern hat sie sowieso die Nase voll.«

Eben am Telefon hatte sie anders geklungen, aber das würde ich ihm lieber nicht auf die Nase binden.

»Studieren würde ich am liebsten in den USA. Stanford oder MIT. Da, wo die Musik spielt, wenn's um IT geht.«

»Der Mann, dem der Laptop gehört, hat auch in Stanford studiert. Vielleicht kann er dir ein paar Tipps geben, wenn wir ihn lebend finden. Wie lange wirst du brauchen?«

»Mit dem Studium?«

»Mit dem Notebook.«

»Halbe Stunde. Eine ganze, wenn's nicht so gut läuft.«

»Lass dir Zeit. Ich will mich nebenher ein bisschen im Haus umsehen.«

»Alles klar. Ist sie nett, die Tochter?«

»Sie ist sechs Jahre älter als du und das exakte Gegenteil von nett.«

Ich bog in die Waldstraße ein, wir waren da. Als wir aus dem Wagen stiegen, erwartete Merit uns schon in der offenen Haustür. Immer noch im schwarzen Büßerinnenkleid, kein Lächeln im Gesicht, kein Zucken des Mundwinkels, das ein Wiedererkennen andeutete. Sie kam mir im Gegenteil noch abweisender, kälter und verstörter vor als vorhin. Erst als ich ihr die Hand entgegenstreckte, kam Leben in sie. Ich stellte Henning vor, mit leerer Miene reichte sie auch ihm ihre kühle, staubtrockene und erschreckend schmale Rechte und ließ uns eintreten. Hinter uns drückte sie die Haustür ins Schloss und drehte den Schlüssel zweimal um.

»Die zweite Tür rechts«, sagte sie, als sie sich uns wieder zuwandte.

Henning ging mit entspannten Schritten voraus. Merit folgte als Letzte, als wollte sie uns im Auge behalten.

Jan-Armin Heneckas Arbeitszimmer war ein sehenswertes Chaos. Stapel von Fachbüchern am Boden, Türme von Akten und Ordnern kreuz und quer, auch auf dem riesigen Schreibtisch, der fast ein Drittel des Raumes einnahm. Das Fenster ging nach hinten, zum verwilderten Garten. Zwischen dem Haus und einem mannshohen und trostlos rostigen Maschendrahtzaun lagen etwa zwanzig Meter hohes Gras, Gestrüpp und schlecht gepflegte Büsche. Gartenarbeit schien nicht zu den Leidenschaften des Hausherrn zu zählen. Das Einzige, was in dieser Steppe zu gedeihen schien, war ein großer, kerngesunder Apfelbaum, der im Herbst vermutlich Unmengen Früchte trug.

Gegenüber dem Fenster standen wandhohe Regale aus demselben dunklen Holz, aus dem auch der Schreibtisch bestand. Die Möbel sahen aus, als wäre das Haus um sie herum gebaut worden. Den Boden bedeckte, soweit er sichtbar war, ein abgetretener, vielleicht sogar echter Perserteppich. Der Schreibtischstuhl dagegen sah neu und bequem aus.

»Na, da haben wir ja das Sorgenkind«, sagte Henning mit Blick auf einen nicht mehr ganz taufrischen, schmutzig grauen Laptop, der zugeklappt auf dem Schreibtisch lag. Er lächelte Merit unbefangen an. »Darf ich?«

Ich staunte, wie souverän und erwachsen der Junge sich geben konnte, wenn es darauf ankam.

Dieses Mal zuckte etwas um Merits verkniffenen Mund, das unter besseren Umständen ein Lächeln hätte werden können. Sie nickte mit einer Miene, als wollte sie sagen: Macht, was ihr wollt, aber lasst mich damit in Frieden.

Henning klappte den Computer ihres Vaters auf, drückte den Einschaltknopf. Während das Gerät surrend startete, stellte er seinen eigenen Laptop daneben, schaltete ihn ebenfalls ein, verband die beiden Rechner mit einem Kabel, sah dann wieder Merit an und lächelte jetzt geradezu charmant. Ihre Miene war schon wieder starr und abweisend.

»Setz dich doch«, sagte er mit unbeirrter Freundlichkeit und wies auf einen Stuhl neben der Tür, der vom selben Schreiner zu stammen schien wie das restliche Mobiliar. »Es wird ein bisschen dauern.«

Sie schien die Aufforderung überhört zu haben. »Was haben Sie vor mit dem Notebook?«

»Ich werde versuchen, das Passwort zu knacken. Nach einem bestimmten System, natürlich, mithilfe eines Programms, nicht einfach durch Rumprobieren«, erläuterte er zuvorkommend und begann an seinem Computer Dinge zu tippen und zu tun, die weder ich noch Merit auch nur in Ansätzen verstanden. Dazu murmelte er Informatikerchinesisch. Schließlich sagte er, ohne aufzusehen: »Oje, das kann ein Weilchen dauern. Ob's am Ende klappt – keine Ahnung.«

»Es ist komplizierter, als Sie dachten?«, wollte Merit erschrocken wissen.

Henning nickte.

»Wie lang wirst du brauchen?«, fragte ich.

»Gut möglich, dass ich heute Abend noch hier sitze …«

Er bückte sich, klappte sein Werkzeugköfferchen auf und begann, darin herumzukramen.

Merit schien nicht recht zu wissen, was sie nun tun sollte. Sie hatte sichtlich keine Lust, Henning den halben Nachmittag lang beim Tippen merkwürdiger Computerkommandos zuzusehen.

»Ich gebe Bescheid, wenn ich drin bin, okay?«, schlug Henning vor, als er sich wieder aufrichtete, und lächelte dabei so strahlend, als wollte er Merit eine neue Waschmaschine verkaufen.

»Ja, dann«, sagte ich aufmunternd zur ratlosen Tochter des Hauses. »Vielleicht sehen wir uns inzwischen die Sachen an, die Sie gefunden haben?«

Sie zierte sich noch ein wenig, nickte schließlich. Henning tippte jetzt wie besessen, murmelte Rätselhaftes und tat, als wären wir schon gegangen.

»Jemand hat vorhin angerufen«, erzählte Merit, als wir im Flur standen. »Sie haben den Wagen meines Vaters gefunden.«

Das war nun eine echte Sensation. »Wo?«

»In Mannheim, in der Nähe der SAP-Arena. Sie haben ihn abgeschleppt, weil er im Halteverbot stand. Vorgestern schon.«

»Am Dienstag?«

»Am späten Abend, sagte der Mann von der Ordnungsbehörde.«

Also nur wenige Stunden nachdem wir uns in Heidelberg getroffen hatten.

»Wir sollten den Wagen schleunigst abholen. Vielleicht finden wir etwas darin, das uns weiterhilft.«

»Aber wie … soll das gehen?«

»Sie haben einen Führerschein?«

Den hatte sie, aber nur wenig Fahrpraxis.

»Wir fahren mit einem Auto hin und mit zweien zurück.«

Sie nickte mit einem Gesichtsausdruck, als würde sie im nächsten Moment zu Boden sinken.

»Wir sollten für alle Fälle den Kfz-Brief mitnehmen, damit man Ihnen glaubt, dass der Wagen Ihrem Vater gehört. Gibt es einen Zweitschlüssel?«

»Ich weiß nicht ... bin ewig nicht mehr hier gewesen. Früher, doch, ich meine fast ...«

»Sollen wir zusammen nachsehen?«

Den Kfz-Brief fanden wir auch nach längerem Suchen nicht, der Zweitschlüssel dagegen lag in der Schublade eines kleinen, weißlackierten und schon ein wenig lädierten Tischchens, das im Flur unter einem barocken Garderobenspiegel stand.

»Ich sage nur kurz meinem Mitarbeiter Bescheid ...«

Henning grinste mich an, als ich den Kopf zur Tür hereinsteckte.

»Wir werden ungefähr zwei Stunden weg sein.«

»Hier gibt's WLAN. Mir wird nicht langweilig.«

»Schon irgendwas erreicht?«

Er zuckte nur die Achseln und wandte sich wieder den Computern zu. Heneckas Bildschirm war jetzt dunkel, während über Hennings endlose Zeichenkolonnen rasten.

11

Die Abschleppfirma hatte ihren Sitz an der Hafenbahnstraße im Norden Mannheims unweit der Autobahnausfahrt Sandhofen. Merit hatte während der Fahrt, die nicht einmal eine halbe Stunde dauerte, kaum einen Ton von sich gegeben. Alle meine Versuche, ein Gespräch in Gang zu bringen, waren gescheitert. Nur einmal hatte sie unvermittelt gefragt:

»Denken Sie, es geht ihm gut?«

»Was soll ich dazu sagen?«, hatte ich allmählich etwas frustriert geantwortet. »Vielleicht wissen wir mehr, wenn wir uns den Wagen angesehen haben.«

Die Firma bestand aus einem einstöckigen, schuhkartonförmigen Bürogebäude, über dessen Fenstern auf einem langen roten Schild der Firmenname »A & A – Abschleppservice« prangte, und einem riesigen, asphaltierten Parkplatz darum herum. Dort stand eine ganze Kohorte großer und kleinerer Abschleppfahrzeuge sowie jede Menge Pkws, manche davon schrottreif, andere praktisch neuwertig. Der Platz, wo die Fahrzeuge landeten, die im Auftrag der Ordnungsbehörden aus dem stehenden Verkehr entfernt wurden, lag hinter dem Bürogebäude.

Natürlich musste erst einmal viel diskutiert werden. Aber am Ende gelang es Merit und mir mit vereinten Kräften, den knurrigen Hünen hinter dem Tresen davon zu überzeugen, dass er uns Heneckas Mercedes überlassen durfte. Der mitgebrachte Schlüssel passte, im Handschuhfach fand sich der Kfz-Schein, und Merit konnte anhand ihres Personalausweises belegen, dass sie denselben Nachnamen führte und unter derselben Adresse wie der Halter des Wagens gemeldet war. Schließlich war der unsympathische Bursche zufrieden, der einen zerknitterten azurblauen Anzug trug und nach altem Schweiß und einem atemberaubenden Rasierwasser stank.

Merit wollte die fällige Gebühr in Höhe von hundertachtzig Euro mit ihrer American-Express-Karte bezahlen, die jedoch nicht akzeptiert wurde. So half ich mit meiner eigenen Karte aus, und Merit versprach, mir den Betrag in den nächsten Tagen zu überweisen.

Auf den ersten Blick war an dem silbergrauen, schon einige Jahre alten E-Klasse-Mercedes nichts Ungewöhnliches zu entdecken. Er hatte ein DA-Kennzeichen für Darmstadt, die folgenden Buchstaben waren »JH« für Jan Henecka. Außen waren keine frischen Beulen oder Schrammen zu sehen, kein Schmutz, der nicht von normalem Gebrauch im Straßenverkehr stammte. Innen keine Blutspuren, nichts, was auf einen Kampf oder sonst etwas Aufregendes schließen ließ. Im Handschuhfach lag das Übliche, im Kofferraum so gut wie nichts. Der Motor sprang problemlos an.

Ich fuhr im Peugeot voraus, Merit folgte im Mercedes. Inzwischen war die Sonne durch die Wolken gebrochen, und es wurde warm in meinem klimaanlagenlosen Oldtimer. Da Merit unsicher fuhr und immer wieder zurückfiel, ging ich ein wenig vom Gas.

Anderthalb Stunden nach unserem Aufbruch waren wir wieder in Bensheim. Als er in der heimischen Garage stand, sah ich mir den Mercedes ein zweites Mal an, jetzt sehr viel gründlicher. Am vorderen rechten Kotflügel entdeckte ich nun doch einen nicht allzu tiefen, aber offensichtlich frischen Kratzer, der vielleicht bei einem missglückten Einparkversuch entstanden war. Ich blickte unter die Sitze, in die Taschen, die sich hinten an den Rückenlehnen befanden, in jedes Aufbewahrungsfach, von denen es nicht wenige gab, durchsuchte auch alle anderen Stellen, wo sich etwas verstecken ließ. Aber das Einzige von Interesse, das ich fand, war ein zu einem Kügelchen geknüllter Kassenzettel, der im Aschenbecher lag neben anderen, auf dieselbe Weise misshandelten Belegen von Tankstellen, einer Apotheke, einer Pizzeria und einem Friseursalon in der Nähe des Bensheimer Bahnhofs.

Der Kassenzettel stammte von einem Nettomarkt an der Schwanheimer Straße, und das Spannende daran war nicht die Liste der Einkäufe, sondern eine Handynummer, die jemand mit runder, selbstsicherer Handschrift auf der Rückseite notiert hatte. Merit zuckte die Achseln, als ich sie ihr zeigte. Der Einkauf war am Dienstagabend gewesen, um neunzehn Uhr siebenundzwanzig. Zweieinhalb Stunden nachdem er mich mit den ausgedruckten Mails und dem braunen Umschlag hatte sitzen lassen, hatte Henecka noch ein wenig Wurst, Käse, Tomaten und Brot eingekauft und sich eine Telefonnummer notiert.

Ihr Vater sei auch früher schon Kunde dieses Supermarkts gewesen, klärte Merit mich auf, die jetzt wieder ein wenig mehr Farbe im Gesicht hatte. »Er liegt fast auf seinem Heimweg. Aber das da hat er nicht geschrieben.«

»Es ist nicht seine Handschrift?«

»Nein, und außerdem benutzt Pa keinen Kugelschreiber. Er schreibt nur mit seinem Füller, und den trägt er immer bei sich. Kulis findet er ordinär. Eine kleine Marotte von ihm.«

Ich steckte das dünne Papierchen ein, um später zu überprüfen, wer sich hinter der Telefonnummer verbarg. Wir betraten das Haus durch eine Tür, die von der Garage direkt in den Flur führte. Henning saß immer noch am Schreibtisch des Professors, sah uns erschöpft und frustriert entgegen.

»Nicht gut?«, fragte ich alarmiert.

Er schüttelte bedröppelt den Kopf und sah Merit an, als müsste er sie um Verzeihung bitten. »Dein Vater hat sich ein echt geniales Passwort ausgedacht. In neunzig Prozent aller

Fälle knacke ich so was in einer halben Stunde. Aber das hier …« Betreten hob er die Achseln und die leeren Hände.

Seine Sachen hatte er schon gepackt.

Ich sah mir noch rasch mit Merit zusammen die Dinge an, die sie im Bad und im Schlafzimmer ihres Vaters gefunden hatte. Es handelte sich um einen noch fast neuen Lippenstift von Art Deco, Farbe: Perlmutt silver, eine Körperlotion von Yves Saint Laurent, ein Shampoo einer mir nicht geläufigen französischen Marke und ein wenig Unterwäsche in Nachtblau und Schwarz, die wie vergessen in einem Fach des großen Kleiderschranks mit Spiegeltüren lag und nicht von einer billigen Sorte war.

»Oben herum ist sie recht üppig«, kommentierte Merit mit leichenbitterer Miene. »Und um die Hüften ist sie auch nicht gerade zierlich.«

Sie schien sich vor den frisch gewaschenen Kleidungsstücken zu ekeln.

»Ich frage mich, wie sie ins Haus gekommen ist, ohne dass sämtliche Nachbarn sie gesehen haben«, sagte ich, als wir die Treppe wieder hinabstiegen.

»Sie haben mit den Nachbarn gesprochen?«

»Mit Herrn Elring.« Ich wies in die Richtung, wo mein Gesprächspartner wohnte.

»Diese Leute leiden alle unter Wahnvorstellungen«, meinte Merit verächtlich. »Sie haben immer nur schlecht über Pa geredet. Ständig setzen sie neue Gerüchte in die Welt. Das ging schon los, bevor meine Mutter …« Sie verschluckte den Rest des Satzes. Fügte leise und schuldbewusst hinzu: »Als sie noch bei uns war.«

»Sie haben seither nie wieder etwas von ihr gehört?«

Müdes Kopfschütteln. Die Andeutung eines Achselzuckens. Und eine Miene, die klarstellte, dass ich zu diesem Punkt keine weiteren Fragen zu stellen brauchte.

Henning wartete mit seinem Laptop unterm Arm und dem Werkzeugköfferchen in der Hand an der Haustür. Sein

Blick ließ keinen Zweifel daran, dass er nach Hause wollte. Die kurze, ungewohnte Offenheit Merits wollte ich jedoch nicht ungenutzt lassen. Deshalb gab ich ihm einen Wink, sich noch ein wenig zu gedulden, und sagte zu ihr: »Ich finde es ziemlich ungewöhnlich, dass Ihre Mutter Sie einfach so im Stich gelassen hat.«

»Woraus schließen Sie, dass meine Mutter eine gewöhnliche Frau ist?«, giftete sie mich an. »Ich kann Ihnen nichts dazu sagen. Ich habe Pa nie gefragt, was damals geschehen ist. Wir haben überhaupt nicht darüber gesprochen. Pa hat sich jede Mühe gegeben, damit ich sie vergesse.« Leiser fügte sie hinzu: »Und ich wollte ihn nicht enttäuschen.«

»Wie war Ihr Verhältnis zu Ihrer Mutter?«

»Herr Gerlach.« Sie stöhnte auf und sah zur Decke. »Ich war vier Jahre alt, als sie ging. Ich kann mich nicht einmal mehr an ihr Gesicht erinnern.«

»Vielleicht gibt es hier irgendwo Unterlagen, aus denen man etwas über ihren jetzigen Aufenthaltsort schließen könnte? Oder wenigstens ein Foto von ihr?«

»Wenn ich es richtig sehe, dann suchen wir nicht meine Mutter, sondern meinen Vater«, versetzte sie mit funkelnden Augen. »Das andere ... Das ist Vergangenheit. Und ich ...« Gequält, fast flehend sah sie mich an. »Ich will nicht daran denken, bitte! Ich habe im Moment wahrhaftig andere Sorgen.«

»Das war ja wohl nichts«, sagte ich, als wir wieder in Richtung Autobahn unterwegs waren. »Aber mach dir keine Vorwürfe ...«

Jetzt erst bemerkte ich, dass Henning vor sich hin strahlte wie ein Zehnjähriger, der zum ersten Mal schneller gerannt ist als sein zwei Jahre älterer Freund aus dem Nachbarhaus. »Im Gegenteil, Alex, alles superpaletti! Ich hab mich gar nicht um sein blödes Passwort gekümmert, sondern einfach seine Platte geklont.«

»Ge… was?«

»Ich habe eine Byte-by-Byte-Kopie gezogen. Die ist vollkommen identisch mit dem Original, und wir kommen problemlos an alles ran. Cool, was?«

»Ich verstehe zwar nicht, wovon du redest, aber wenn du sagst, es hat geklappt …«

»Waren nur knapp hundert Gig, das Notebook ist schon eine ziemlich alte Gurke. Wir haben alles, Alex! Sämtliche Dateien, Dokumente, Fotos, Filme. Sogar die Passwörter für alle möglichen Internetseiten.«

»Was ist mit Mails?«

Damit gab es leider noch ein kleines Problem. »Die Mails sind in einer Archivdatei verpackt, und die muss ich erst auseinanderdröseln, bevor du sie lesen kannst. Wird noch ein, zwei Stündchen dauern.«

Eine Weile fuhren wir schweigend. Inzwischen war es halb fünf geworden, und der beginnende Berufsverkehr verstopfte die Straßen Bensheims.

»Hoffentlich kommt das nie raus, was wir hier treiben«, sagte ich, als wir endlich auf der Ausfallstraße waren.

Henning grinste entspannt die Bremslichter vor uns an. »Wenn wir zwei die Klappe halten, sollte eigentlich nichts anbrennen.«

»Jetzt mal im Ernst, Sohnemann: kein Wort! Niemals und zu niemandem!«

»Für wen hältst du mich?«, erwiderte er gekränkt. »Und nenn mich nicht Sohnemann. Fühlt sich komisch an.«

»Machst du öfter Sachen, die verboten sind?«

»Erstens ist das eine Frage, die man nicht stellt«, sagte er, schon wieder grinsend. »Zweitens mache ich so was grundsätzlich nie. Und drittens würde ich es dir ganz bestimmt nicht auf die Nase binden.«

Den Rest ersparte er mir: Viertens war ich nicht sein Erziehungsberechtigter und konnte fünftens verdammt froh sein, dass er mir aus der Klemme half.

»Wo fährst du hin?«, fragte er, als ich kurz vor der Autobahnauffahrt den Blinker setzte.

»Will noch kurz wo vorbeischauen. Dauert nur eine Minute.«

»Ich müsste allmählich ... Muss noch ein Referat ... Echt bloß eine Minute?«

»Gib mir fünf. Dafür lade ich dich groß zum Essen ein, wenn alles vorbei ist.«

Die PharmaStats AG residierte in einem Gewerbegebiet zwischen einem großen Kino und der Autobahn in einem verschachtelten und komplett bläulich verglasten Gebäude, das ich schon auf der Homepage bewundert hatte. Ich stellte den Wagen auf dem Besucherparkplatz ab und bat Henning zu warten. Was ich hier wollte oder suchte, hätte ich nicht sagen können. Wie so oft folgte ich meinem inneren Drang, die Orte kennenzulernen, wo Menschen sich aufgehalten hatten, mit deren Schicksal ich beruflich – oder in diesem Fall nebenberuflich – zu tun hatte. Ich wollte die Luft schnuppern, die sie in ihrem Alltag atmeten, wollte die Leute kennenlernen, die sie Tag für Tag um sich hatten, ihre Umgebung mit eigenen Augen sehen.

An der Rezeption in der lichten und von der Spätnachmittagssonne strahlend erleuchteten Empfangshalle erwartete mich eine warm lächelnde junge Dame im marineblauen Kostüm. Blau schien die Farbe der Firma zu sein. Auf der linken Brust prangte das Signet, das ich auf den letzten fünfzig Metern schon dreimal gesehen hatte: »PharmaStats AG – Solutions for Professionals«.

»Was kann ich für Sie tun?«, fragte sie mit einer Herzlichkeit, als hätte sie seit dem figurschonenden Frühstück nur auf mich gewartet.

Ich stellte mich als Herr Bergmaier aus Landsberg am Lech vor, der seinen alten Schulfreund Jan-Armin besuchen wollte. »Er hat mir versprochen, mir seine Arbeit zu zeigen«, log ich großspurig schmunzelnd. »Um halb fünf soll ich kommen, hat er gesagt. Und da wär ich jetzt also.«

Es war schon sieben Minuten nach meinem erlogenen Termin, zeigte die Uhr in ihrem Rücken, die natürlich ebenfalls aus blauem Glas bestand – wie auch der Tresen und der Tisch bei der Sitzgruppe im Halbschatten des gläsernen Fahrstuhlschachts. Im Sommer musste es in diesem Gewächshaus unerträglich sein.

Die Miene der Empfangsdame wechselte zwischen Mitgefühl und leichter Besorgnis. »Da haben wir leider ein Problemchen, Herr Bergmaier. Ihr Freund ist zurzeit nicht im Haus. Wäre es möglich, dass Sie sich im Datum vertan haben?«

»Völlig ausgeschlossen«, behauptete ich empört. »Ich habe mir den Termin sofort eingetragen. Sehen Sie hier ... Donnerstag, einundzwanzigster ...«

Ich machte Anstalten, ihr mein Handy unter die Nase zu halten, in dem noch überhaupt kein einziger Termin gespeichert war. Aber sie glaubte mir auch so. »Am späten Nachmittag, hat der Jan gesagt, da ist es normalerweise ein bisschen ruhiger, und da kann er mir alles zeigen.«

Unbeirrt weiter lächelnd hob sie die wohlproportionierten Schultern.

»Ja, wo kann er denn bloß stecken, der Jan? Ist doch früher nicht seine Art gewesen, einen einfach so zu versetzen.«

Ihre Freundlichkeit begann ein wenig zu schwächeln. »Da haben Sie vollkommen recht, Herr ... Aber ich ... Guten Abend, Frau Dr. Süden!«

Das Lächeln schaltete unvermittelt wieder auf Höchstleistung. Sie sah links an meinem Kopf vorbei. Ich wandte mich um. Die etwa vierzig Jahre alte, ultraschlanke Frau im bunten Joggingoutfit, die schwungvoll aus einer Tür trat, schien hier wichtig zu sein.

»Guten Abend, Chloë«, sagte sie mit ernster Miene und abwesendem Blick. »Ich dreh mal 'ne Runde. Wird wieder

ein langer Tag, und mir raucht gerade ein bisschen der …«
Jetzt erst bemerkte sie mich. Mit kühlem Interesse musterte sie mich von oben bis unten.

»Herr Bergmaier möchte zu Jan«, erklärte Chloë eilfertig. »Aber du weißt ja, Cora …«

Offenbar hatte sie ihre Chefin vorhin nur gesiezt, um mir klarzumachen, wer da auf mich zukam.

»Darf man erfahren, in welcher Angelegenheit?«, fragte Frau Dr. Süden und machte keine Anstalten, mir die Hand zu reichen.

Ich trug Jeans und Pullover, und es war offensichtlich, dass der Anlass meines Besuchs nicht geschäftlicher Natur war.

Chloë kam mir zuvor: »Es ist privat.«

»Aha.« Nun reichte Frau Dr. Süden mir doch die Hand und stellte sich vor: »Ich leite den Laden hier.«

In diesem sogenannten Laden schien jede und jeder promoviert zu sein. Abgesehen von Chloë vermutlich, wobei man sich auch da nicht sicher sein konnte.

Die Hand der Geschäftsführerin war warm und knochig, der Händedruck zeugte von starkem Willen und Entschlusskraft. Vermutlich lief sie regelmäßig Marathon, weil das heutzutage für Menschen in leitender Position zum guten Ton gehörte.

Ich kann jeden Schmerz ertragen, sagte ihr schmaler Blick. Und ich kann gnadenlos austeilen. Wage ja nicht, dich mit mir anzulegen, wer immer du bist.

»Sie sind mit Jan bekannt?«, fragte sie.

Ich gab weiter den Trottel vom Land: »Wir haben früher zusammen Fußball gespielt. Das war, wie wir beide noch in München zur Schule gegangen sind, wissen Sie? Seinerzeit sind wir quasi Freunde gewesen. Und jetzt hab ich den Jan vor ein paar Wochen bei Facebook entdeckt, und da hab ich halt gedacht …«

»Hat Jan nicht immer verkündet, er hält diesen Social-

Media-Kram für reine Zeitverschwendung?«, fragte die Geschäftsführerin mit hochgezogenen Brauen in Richtung Chloë.

»Stimmt«, erwiderte diese eifrig. »Zu mir hat er vor ein paar Tagen erst gesagt, mit diesen Smartphones und PCs wird heute zehnmal so viel Arbeitszeit verplempert wie früher bei den Raucherpausen.«

»Nur, dass da meistens über die Arbeit geredet wurde ...«

Das Ganze lief so schief, wie es nur schieflaufen konnte. Höchste Zeit für mich, den geordneten Rückzug anzutreten. So verabschiedete ich mich ebenso überschwänglich wie zügig und sah zu, dass ich fortkam.

Als ich vom Parkplatz fuhr, sah ich im Rückspiegel Frau Dr. Süden im Eingang ihres gläsernen Ladens stehen und mir mit ausdrucksloser Miene nachblicken.

»Nicht so doll gelaufen?«, fragte Henning, als wir außer Sichtweite waren.

»Weiß noch nicht. Einerseits nein, andererseits vielleicht doch.«

In den Augen der sportlichen Geschäftsführerin war plötzlich eine ganz unangemessene Aufregung gewesen, als ihr klar wurde, dass ich log. Als gäbe es in ihrem Reich Dinge, die besser nicht an die Öffentlichkeit gelangten. Dinge, die möglicherweise mit ihrem Forschungsleiter Professor Dr. Jan-Armin Henecka zu tun hatten.

Um kurz vor sechs saß ich wieder am kleinen Schreibtisch in meinem Schlaf- und Arbeitszimmer. Vor mir lag die externe Festplatte, die Henning mir überlassen hatte und auf der Heneckas Datenschätze gespeichert waren. Die Mails würde Henning im Lauf des Abends in eine für Normalmenschen wie mich lesbare Form bringen.

Ich wagte kaum, das flache mattschwarze Kästchen zu berühren. Manches von dem, was ich bisher im Fall Henecka unternommen hatte, war aus dienstrechtlicher Sicht fragwürdig, vielleicht ein wenig am Rande der Legalität, aber immer auf der richtigen, auf der guten Seite dieses Rands. Wenn ich die Festplatte mit meinem Computer verband, würde sich das ändern. Damit würde ich die Grenze überschreiten, hinter der der Staatsanwalt lauerte. Sollte ich erwischt werden, dann würde ich nicht im Fegefeuer der Abmahnungen und Disziplinarverfahren landen, sondern vor Gericht. Vermutlich würde die Strafe zur Bewährung ausgesetzt, wegen verminderter Zurechnungsfähigkeit, guter Absicht und so weiter. Dennoch würde ich anschließend den Privatdetektiv wohl nicht mehr spielen, sondern zu meinem Beruf machen müssen.

Falls er noch am Leben war – was würde Henecka, das Opfer meines potenziellen Datendiebstahls, von der Sache halten? Wahrscheinlich würde er mich auf Knien anflehen, sofort alles zu lesen, was ich auf seiner Festplatte fand, um den Stalker zu identifizieren und ihn selbst zu retten. Wenn es schlecht lief, dann würde er mich verklagen, und ich kam in die Hölle.

Was hoffte ich auf der Platte zu finden? Informationen über den Stalker. Und was würde ich – realistisch gesehen – finden? Jede Menge langweilige Briefe, Powerpoint-Präsentationen, die mit seinen Forschungsarbeiten zu tun hatten, Listen der Internetseiten, die er besucht hatte, Fotos, vielleicht sogar von seiner unbekannten Geliebten, Musik, Filme, möglicherweise illegal heruntergeladen.

Die E-Mails dagegen, um die es mir eigentlich ging, würde ich erst lesen können, wenn Henning sie für mich aufbereitet hatte. Sie waren aber der einzige Weg zu dem Menschen, der Henecka bedrohte. So beschloss ich schließlich, das schwarze Kästchen zunächst unberührt zu lassen. Henning hatte versprochen, sich umgehend zu melden, wenn er die Archivdatei geknackt hatte.

Nun saß ich da und wusste wieder einmal nicht weiter. Theresa war noch unterwegs, meine Töchter weiß Gott wo, zum Joggen war es zu spät, denn draußen war es inzwischen dunkel – was also sollte ich tun?

Die Telefonnummer auf dem Kassenzettel. Er steckte in der Innentasche meines Jacketts. Ich strich ihn mit der Handkante glatt und warf die unbekannte Nummer Google zum Fraß vor. Es ist nicht so einfach wie bei Festnetznummern, den Inhaber einer Handynummer herauszufinden, aber dieses Mal hatte ich Glück. Die Nummer gehörte einer kleinen Firma für Trockenbau- und Malerarbeiten in Köln-Nippes, der Tomasz Kieślowski OHG, die sogar über eine rührend schlichte und offenkundig selbst gebastelte Homepage verfügte. Ich tippte die Nummer in mein Handy, hörte jedoch nur die automatische Ansage, der Teilnehmer sei momentan nicht erreichbar, werde jedoch per SMS von meinem Anruf unterrichtet.

Aus dem Treppenhaus waren Geräusche zu hören. Die Schritte gingen jedoch vorbei, weiter nach oben.

Mit einem Mal fühlte ich mich so trostlos und schäbig, als wäre ich schon der schmierige, talentlose Privatschnüffler, der zu werden ich im Begriff war. Alle meine bisherigen Aktionen waren gescheitert, hatten ins Nichts oder gegen eine Wand geführt. Abgesehen von der nicht erreichbaren Handynummer lag nichts mehr auf meinem Tisch, das den Namen Spur verdiente. Um überhaupt etwas zu tun, mich ein klein wenig nützlich zu fühlen, versuchte ich schließlich noch einmal die Nummer von Emma Hasselgårds altem Vater in Trondheim.

Dieses Mal nahm er sofort ab. »Torvald, jaaa?«, brüllte er in mein rechtes Ohr.

»Herr Hasselgård?«

»Jaaa!« Von der darauffolgenden, etwas ungehalten klingenden Antwort verstand ich wieder keine Silbe.

»Es geht um Emma«, erklärte ich, als Herr Hasselgård zwischendurch kurz Luft holte.

Ich versuchte es auf Englisch, das er jedoch ebenso wenig

zu beherrschen schien wie Deutsch. Nach der Stimme zu urteilen war Torvald Hasselgård steinalt. In seinem nordischen Kauderwelsch redete er auf mich ein, erzählte mir vermutlich von seiner missratenen Tochter, die ihren alten Vater so schändlich im Stich gelassen hatte. Nie hätte ich gedacht, dass die rauen Nachfahren der Wikinger so redselig sein könnten.

Wenn nur Theresa hier wäre ... Sie war erst vor Kurzem für einige Wochen in Schweden gewesen, um dort an ihrem neuen Buch zu arbeiten. Bei dieser Gelegenheit hatte sie ein paar Brocken Schwedisch gelernt. Vielleicht könnte sie Emmas Vater verstehen? Die skandinavischen Sprachen waren sich recht ähnlich, meinte ich zu wissen.

Ich fiel dem Norweger grob ins Wort, bedankte mich lautstark zweimal auf Deutsch und einmal auf Englisch. Das Letzte, was ich hörte, bevor ich den roten Knopf drückte, war sein lang gezogenes und ein wenig enttäuscht klingendes: »Jaaa.«

12

Im Schloss der Wohnungstür drehte sich ein Schlüssel. Theresa, endlich! Leider schien sie ein wenig im Stress zu sein.

»Ich verstehe nicht ...«, sagte sie unkonzentriert, während sie ihren Trenchcoat an die Garderobe hängte.

»Schweden und Norweger können sich doch zur Not ohne Dolmetscher verständigen, oder? Und du sprichst doch ein bisschen Schwedisch?«

»Ja. Aber wozu?« Sie drückte mir mit kühlen Lippen einen Kuss auf den Mund. »Was hast du auf einmal mit Norwegen am Hut?«

»Ist eine längere Geschichte. Dieser alte Norweger in Trondheim hat jedenfalls eine Tochter. Und ich möchte gerne wissen, was aus ihr geworden ist.«

Theresa sah mir forschend in die Augen. »Ich muss mir doch keine Sorgen machen, Alex?«

»Ich erzähle dir später, worum es geht.«

»Alexander ...« Immer noch dieser inquisitorische Blick. »Woher kennst du diese Frau?«

»Ich kenne sie doch überhaupt nicht!«

»Warum interessierst du dich dann dafür, was aus ihr geworden ist?«

»Wie gesagt, es ist ein bisschen kompliziert ...«

»Du arbeitest doch nicht etwa schon wieder?«

»Nenn es ein Hobby, wenn dir damit wohler ist. Weißt du, ich brauche einfach eine Beschäftigung. Das Herumsitzen macht mich wahnsinnig. Ich merke, wie gut es mir tut, dass ich wieder was zu tun habe.«

»Alexander?«

»Es wäre doch nur ein kurzer Anruf für dich.«

Sie schwieg für Sekunden. Dann ließ sie mich los, trat

einen Schritt zurück und fragte kalt: »Raus mit der Sprache – was ist los?«

Notgedrungen erzählte ich ihr eine Kurzfassung dessen, was in den vergangenen Tagen geschehen war. Manches behielt ich für mich, aber was ich sagte, war die Wahrheit.

»Fünftausend Euro?«

»Ich wollte sie ihm zurückgeben, aber jetzt ist er spurlos verschwunden, und ich fühle mich irgendwie verpflichtet, etwas für ihn zu tun.« Ich wollte sie umarmen, aber sie wich aus. »Und ehrlich, Theresa, ich merke, wie gut es mir tut. Ich fühle mich wieder richtig lebendig.«

Theresas Blick war immer noch kritisch. Aber schließlich gab sie sich einen Ruck. »Okay. Du bist erwachsen, und ich werde mich nicht in deine Angelegenheiten mischen. Aber ich will auch nichts …« Plötzlich hellte sich ihre Miene auf. »Weißt du was? Ich gebe dir einfach Ingrids Nummer. Die kann sowieso tausendmal besser Schwedisch als ich.«

Ingrid war eine Malerin aus der Nähe von Stockholm, mit der sie sich während ihres Aufenthalts an der schonischen Ostseeküste angefreundet hatte.

»Sie spricht hervorragend Deutsch. Und sie wird dir bestimmt helfen.«

So kam es, dass ich kurz darauf die Telefonnummer der Frau wählte, der ich noch vor zwei Wochen eine Bruchlandung auf dem Mond gewünscht hatte. Auf die ich eifersüchtig war wie ein frisch verliebter Student. Sie nahm sofort ab und klang tatsächlich recht offen und sympathisch.

»Alexander!«, rief sie fröhlich und ein wenig zu laut. »Ich habe schon so viel von dir gehört!«

»Hoffentlich nur Gutes.«

»Aber natürlich, ja, nur Gutes. Theresa liebt dich sehr, weißt du das? Auch wenn sie dich manchmal gern auf den Mond schießen würde. Geht es dir wieder besser?«

»Ich hätte eine große Bitte …«

Die Malerin in Södertälje, deren Nachnamen ich nicht

kannte, lachte oft und herzlich, als ich ihr mein Anliegen schilderte. Am Ende versprach sie, sofort in Trondheim anzurufen.

Als sie fünf Minuten später zurückrief, lachte sie noch lauter als zuvor.

»So lustig«, rief sie. »Torvald hat dich nämlich sehr gut verstanden.«

Der alte Norweger sprach angeblich Deutsch fast wie seine Muttersprache und war viele Jahre lang mit einer Deutschen verheiratet gewesen. Ihre Kinder Emma und Marius hatten sie zweisprachig erzogen.

»Wieso hat er dann nicht …?«

»Er *hat* Deutsch mit dir gesprochen. Du hast es nur nicht gemerkt.«

Für mich hatte es eher nach einer akuten Kehlkopfentzündung geklungen.

»Es hat Torvald richtig traurig gemacht, dass du ihn nicht verstanden hast, weißt du?«

Das Ergebnis der grenzüberschreitenden Telefoniererei war: Auch Torvald Hasselgård wusste nicht, was aus seiner Tochter geworden war. Vor weit über zwanzig Jahren hatte er zuletzt Kontakt mit ihr gehabt.

»Und er hat nie versucht herauszufinden, was ihr zugestoßen ist?«, fragte ich fassungslos.

»Sie haben sich anscheinend nicht so gut vertragen.«

Torvald war wohl kein einfacher Charakter, und Emma hatte den Kontakt abgebrochen, als sie nach Deutschland zog.

»Torvald behauptet, Emmas Mann ist ein Gauner. Er hat ihm nie über den Weg getraut, sagt er. Und umgekehrt war das Verhältnis auch nicht gerade herzlich.«

»Was ist mit Emmas Mutter?«

Die war gestorben, als die Kinder noch klein waren.

»Und jetzt lebt Torvald in einem Altersheim und ist ein wenig verbittert, weißt du? Er ist neunundachtzig.«

Emmas Bruder Marius war vor Jahren sogar in Deutschland gewesen, um seine Schwester zu suchen. Allerdings – soweit Torvald bekannt war – ohne Erfolg.

»Jetzt ist Marius im Gefängnis. Wegen Drugs. Wie sagt man auf Deutsch ... Heroin?«

Der Junkie saß in Oslo eine längere Haftstrafe wegen diverser Verstöße gegen das Betäubungsmittelgesetz ab, und diese würde nach Wissen seines alten Vaters noch einige Jahre andauern. Es war wohl nicht das erste Mal, dass Marius mit dem Gesetz in Konflikt gekommen war.

»Was ist denn mit Emma?«, erkundigte sich Ingrid. »Torvald hat mich natürlich danach gefragt.«

Ich berichtete ihr das wenige, das ich wusste.

»Aber was sagt die Polizei? Ein Mensch kann doch nicht einfach so verschwinden?«

Doch, leider, das konnte er. Soweit ich wusste, hatte ihr Mann sie nicht einmal als vermisst gemeldet. Und selbst wenn er es getan hätte – Jahr für Jahr verschwinden unzählige Personen aus den unterschiedlichsten Gründen. Handelt es sich dabei um Minderjährige oder gar Kinder, wird die deutsche Polizei aktiv. Ein erwachsener Mensch hingegen darf seinen Aufenthaltsort und seine sonstigen Lebensumstände nach eigenem Gusto wählen, ohne zuvor irgendjemanden um Erlaubnis bitten zu müssen. Nicht einmal den Ehepartner. Und erst recht keine neugierigen Nachbarn oder gar die Polizei.

Ingrid wollte wissen, ob sich mein Verhältnis zu Theresa, das in den schrecklichen Tagen meiner Eifersucht so getrübt gewesen war, wieder ganz eingerenkt hatte. Wenigstens in diesem Punkt konnte ich sie beruhigen.

»O nein!«, stieß sie hervor, als sie hörte, dass meine Liebste seit zwei Tagen Witwe war, und nur Sekunden nachdem wir aufgelegt hatten, hörte ich im Nachbarzimmer Theresas Handy *We are the champions* jubeln.

Ich warf mein Handy neben meinen summenden Laptop.

Nun wusste ich immerhin, dass Ingrid aus Södertälje tatsächlich eine umgängliche und humorvolle Frau war. Allerdings war mir noch immer nicht klar, ob in den Wochen, als Theresa in Südschweden war, die beiden Damen mehr verbunden hatte als nur Freundschaft. Aber jetzt war wirklich nicht der richtige Zeitpunkt, um das Thema zur Sprache zu bringen. Ich hatte Theresa ja auch meinen Seitensprung mit Claudia noch nicht gebeichtet. Mindestens zehnmal hatte ich schon Anlauf genommen, Luft geholt und am Ende doch geschwiegen. Sollte vielleicht auch dies ein Grund dafür sein, dass es zurzeit auf sexueller Ebene nicht recht klappen wollte?

Nachdenklich und plötzlich wieder schlecht gelaunt schlurfte ich in die Küche, goss mir ein Glas Wasser ein, ging zu meinem Schreibtisch zurück. Theresa telefonierte immer noch hinter verschlossener Tür und räumte nebenbei in ihrem Zimmer herum. Packte sie ihre Sachen, um mich wieder zu verlassen, oder richtete sie sich für einen längeren Aufenthalt ein? Ewig würden die Zwillinge es nicht akzeptieren, dass sie zurzeit nicht nur in einem Zimmer, sondern sogar in einem Bett schlafen mussten. Früher oder später brauchten wir eine andere Lösung. Nur – wie würde die aussehen? Ich schüttelte den Kopf und beschloss, ein andermal darüber nachzudenken.

Emmas Bruder Marius – sollte er die Drohmails an Henecka geschrieben haben? Möglich wäre es, selbst aus einem Gefängnis heraus. Zwar hatten inhaftierte Straftäter kein Anrecht darauf, einen eigenen PC mit Internetzugang in der Zelle zu haben. Aber es gab Computer in den Büros, vielleicht auch in der Gefängnisbibliothek, es gab Häftlinge mit gewissen Privilegien …

Es würde die altertümliche Rechtschreibung in den Mails erklären und das stellenweise ein wenig unbeholfene Deutsch. Mit einem elektrisierten Gefühl plumpste ich wieder auf meinen Stuhl. Emmas Vater und ihr Bruder gaben

Henecka vermutlich die Schuld an ihrem Verschwinden. Marius' Versuch, die Schwester aufzuspüren, war gescheitert. Torvald war über die Jahre alt und wunderlich geworden und interessierte sich offenbar nicht mehr für das Schicksal seiner Tochter. Hatte Marius sich vielleicht im Drogenwahn in einen ungeheuren Verdacht verrannt? Wusste er etwas, das ich nicht wusste? Ertrug er den Gedanken nicht länger, dass seine Schwester vielleicht tot war, ermordet, und ihr Tod ungesühnt bleiben würde? Ich musste Ingrid bitten, mir Namen und Anschrift der Haftanstalt zu verschaffen, um zu überprüfen, ob Marius Hasselgård sich wirklich dort aufhielt.

Durch die Wand hörte ich Theresa sprechen und hin und wieder sogar lachen. Ingrid konnte ich zurzeit also nicht anrufen, und es klang, als könnte dieser Zustand noch ein Weilchen andauern. Ich machte mir eine Notiz, um Marius nicht zu vergessen, und rief stattdessen Henning an, um zu fragen, wie weit er mit den Mails gekommen war.

»Bisschen dauert's noch.« Er klang müde und unzufrieden. »Der Typ benutzt ein voll beknacktes Mailprogramm, das ich nicht kenne. Außerdem muss ich dringend noch mein Referat über die Bauernaufstände fertig machen. Gib mir noch ein bisschen Zeit, okay?«

Noch einmal versprach er, sich umgehend zu melden, wenn er Ergebnisse vorweisen konnte.

Eine Viertelstunde später klopfte ich vorsichtig an die Tür zu Louises Zimmer. Theresa und ihre schwedische Freundin schienen kein Ende zu finden. Sie verstummte mitten im Satz, rief ein helles: »Ja?«

»Hunger?«, fragte ich leise durch die Tür. »Mir knurrt der Magen. Außerdem ist mir langweilig.«

Sie lachte, rief ein zweites Mal »Ja!« und sprach dann weiter aufgekratzt ins Handy. Es tat ihr hörbar gut, sich mit Ingrid auszutauschen, von Frau zu Frau. Und ich spürte schon wieder diese kleinen, blöden Stiche der Eifersucht in meinem Bauch. Mit finsterer Miene trottete ich in die Küche, um den Tisch zu decken. Erst eine weitere Viertelstunde später wurde das Telefonat mit Schweden beendet. Theresa war gelöst wie seit Tagen nicht mehr, als sie endlich erschien.

Beim Abendessen erzählte ich ihr von meinem eigenen Gespräch mit der lustigen Ingrid. Theresa interessierte sich auf einmal sehr für die Hintergründe, für Emma Hasselgård und ihre Familie, für Henecka und seine spröde Tochter, die Modedesign studierte und herumlief wie eine Vogelscheuche. Später steuerte sie die eine oder andere Anekdote von ihrem Schreiburlaub im hohen Norden bei. Wie ihre Freundin zum Beispiel während eines langen Strandspaziergangs beim Versuch, einer besonders weit an Land rollenden Welle auszuweichen, gestolpert und der Länge nach ins kalte Wasser fiel.

»Es hatte höchstens acht Grad. Aber sie ist einfach wieder aufgestanden, hat sich geschüttelt und ist seelenruhig weitergegangen. Dabei hatten wir noch fast zwei Kilometer bis nach Hause.«

Inzwischen stand der Termin für die Beerdigung ihres Mannes fest, erfuhr ich, als wir uns wieder ernsteren Themen zuwandten. »Egon wollte die Bestattung im ganz kleinen Rahmen haben. Daran hat ihm viel gelegen. Du bist übrigens nicht eingeladen. Tut mir leid.«

Wieder so ein Stich. Was war nur los mit mir?

»Es geht nicht um dich.« Theresa legte ihre warme Rechte auf meinen Unterarm, sah mich ernst und voller Mitgefühl an. »Niemand aus der Direktion soll dabei sein.«

»Hat er seinen Beruf nicht mehr gemocht? Ich dachte ...«

»Er hat immer streng unterschieden zwischen Dienst und Privatleben. Und sterben sei nun mal das Privateste, was es gibt, meinte er. Vor allem hat er die verlogenen Grabreden gefürchtet. Die gespielte Betroffenheit, bei der die Leute ständig auf die Uhr sehen.«

»Hör mal«, begann ich nach einigen schweigend verstrichenen Sekunden. »Es gibt da noch was anderes, über das wir reden sollten.«

»Ein Problem?«

»Nicht direkt ein Problem«, sagte ich zögernd, »aber etwas, das du wissen solltest.«

»Muss ich es jetzt wissen?«

»Nicht unbedingt. Aber ...«

»Dann verschieben wir es, ja?« Sie ergriff meine Hand und sah mir mit einem Blick in die Augen, als wüsste sie ohnehin schon alles. »Unser Leben ist zurzeit aufregend genug, findest du nicht auch?«

Nach dem Essen ließen wir das Geschirr auf dem Tisch stehen, setzten uns auf die Couch im Wohnzimmer, tranken ein wenig Wein und hielten uns schweigend aneinander fest.

Auch an diesem Abend ging sie wieder früh schlafen. Ich dagegen stöberte noch ein wenig im Internet herum, fand sogar ein Facebook-Profil von Emmas Bruder, das jedoch erstens auf Norwegisch war und zweitens nicht viel mehr enthielt als ein vermutlich schon viele Jahre altes Porträtfoto, das wirkte, als stammte es von einem Fahndungsplakat. Sein Hobby schien in besseren Zeiten eine kleine Motorjacht gewesen zu sein, die auf mehreren Bildern und vor verschiedenen Landschaften zu besichtigen war. Der letzte Eintrag war über drei Jahre alt. Inzwischen war sein Boot vermutlich verkauft oder gesunken.

Die Zwillinge kamen schon um kurz nach zehn nach Hause, waren bei ihrer gemeinsamen Freundin Silke gewesen, um für eine drohende Französischarbeit zu lernen. Auch sie waren müde und abgekämpft. Besonders Sarah zeigte eine mürrische Miene und war ungewöhnlich wortkarg. Gab es wieder einmal Streit mit ihrem Richy, der eigentlich Stephan hieß? Seit nicht einmal einem halben Jahr waren die beiden nun ein Paar, und schon gab es ständig Ärger und

Enttäuschungen. Ich fragte nicht, was los war, denn ich hätte nur ausweichende Antworten bekommen. An Tagen wie diesen war ich froh, nicht mehr jung zu sein und die aufreibende Zeit des ständigen Ver- und Entliebens hinter mir zu haben.

»Ihr habt schon gegessen?«

»Silkes Mama hat einen ganz tollen veganen Fenchelauflauf gemacht.«

Fenchel? Noch vor Kurzem hätte allein das Wort bei meinen Töchtern Brechreiz ausgelöst.

Angeblich schmeckte der Auflauf sehr lecker. Das italienische Rezept hatten sie gleich mitgebracht.

Nachdem mir beim sinnlosen Starren auf den kleinen Bildschirm zum dritten Mal die Augen zugefallen waren, klappte ich den Laptop zu, legte mich in mein Bett und schlief innerhalb weniger Sekunden ein.

Henning hatte noch immer nichts von sich hören lassen.

Und ich hatte wieder vergessen, meinen Vater anzurufen.

13

Als ich am Freitagmorgen zum zweiten Mal die Handynummer von Heneckas Kassenzettel wählte, erhielt ich wieder nur die Meldung, der Teilnehmer sei zurzeit nicht erreichbar.

Auch heute waren meine Töchter vor mir aufgestanden. Sie hatten nicht nur brav ihr Frühstücksgeschirr in die Spülmaschine geräumt, sondern auch die Sachen, die Theresa und ich am Vorabend hatten stehen lassen.

Mangels besserer Ideen versuchte ich noch einmal mein Glück bei Frau Mayer. Dieses Mal nahm sie nach dem zweiten Tuten ab, war jedoch sehr viel reservierter als bei unserem ersten Telefonat. Vermutlich hatte sie zwischenzeitlich mit dem Ehepaar Elring gesprochen, und man hatte sich gemeinsam gefragt, wer dieser neugierige Anrufer sein mochte und was er wohl im Schilde führte.

Ich kramte die Liste von Heneckas Nachbarn aus meinem kleinen Stapel, bemühte wieder das allwissende Internet. Ein Peter Steingruber, der gegenüber von Henecka wohnte, war von Beruf Journalist bei den Bensheimer Nachrichten. Auf gut Glück rief ich in der Redaktion an, aber der Mann, den ich sprechen wollte, offenbar der Chefredakteur, saß gerade in einer Besprechung.

»Gibt es bei Ihnen so was wie ein Archiv?«, fragte ich die ein wenig dösige Dame, die das Telefon hütete.

Ihr »Aber selbstverständlich« klang, als wäre meine Frage eine Beleidigung.

»Dürfen das auch Privatpersonen einsehen?«

»Im Prinzip ja. Worum geht es denn, wenn ich fragen darf?«

»Um etwas, das vor vielen Jahren passiert ist.«

»Hier bei uns? In Bensheim? Vor wie vielen Jahren?«

»Das weiß ich nicht.«

»Ein Unfall oder so was?«

»Weiß ich auch nicht.«

»Sie wissen es nicht?«

»Darf ich Ihr Archiv nun als Privatmann benutzen, oder nicht?«

»Ich ... ich bin hier im Moment allein und bin eigentlich auch bloß eine Praktikantin und ... Könnten Sie vielleicht in einer Stunde oder so noch mal anrufen?«

»Würden Sie mir vielleicht ausnahmsweise die Handynummer Ihres Chefs geben? Es wäre wirklich wichtig.«

»Pits Nummer? Nein, das darf ich bestimmt nicht. Ich weiß sie auch gar nicht, ehrlich gesagt. Wissen Sie was? Ich werde ihm einfach sagen, dass Sie angerufen haben, okay?«

»Sagen Sie ihm bitte auch, es geht um einen seiner Nachbarn.«

Sorgfältig notierte sie meine Telefonnummer und Heneckas Namen.

Die Suche im Zeitungsarchiv würde anstrengend werden, das war mir klar, und vor allem zeitraubend. Aber Zeit hatte ich ja gerade im Überfluss.

Es dauerte zu meiner Überraschung keine fünf Minuten, bis mein Handy aufgeregt zu trillern begann.

»Steingruber«, sagte der Anrufer mit männlicher und sehr selbstbewusster Stimme. »Sie wollten mich sprechen. Um was geht's denn?«

Ich wiederholte mein Sprüchlein.

»Henecka?«

»Sie kennen ihn?«

»Klar kenne ich ihn. Wir sind seit Jahren Nachbarn. Wann soll diese Geschichte gewesen sein, nach der Sie suchen?«

»Ich schätze, vor zwanzig Jahren. Genauer weiß ich es leider nicht.«

»Ihnen ist schon klar, dass wir pro Jahr rund dreihundert Ausgaben herausbringen? Sie werden eine Weile zu tun haben, wenn Sie die alle durchsehen wollen und nicht mal wissen, wonach Sie suchen.«

»Einen Versuch ist es wert. Haben Sie damals schon in der Waldstraße gewohnt?«

»Nein. Ich bin erst seit neun Jahren in Bensheim.«

»Und wie ist das nun mit dem Archiv?«

»Dürfte ich ein bisschen mehr darüber erfahren, worum es eigentlich geht?« Der Mann war ein hungriger Profi und witterte vermutlich einen fetten Braten. »Und wer sind Sie überhaupt, wenn ich fragen darf?«

»Es ist eine private Angelegenheit …«

Von einer Sekunde auf die nächste hatte seine Stimme sich verändert: »So kommen wir wohl nicht zusammen, Herr …«

»Gerlach. Gerlach ist mein Name.« Aber da hatte er schon aufgelegt.

Wütend leerte ich meine Tasse und beschloss, doch noch einmal mein Glück bei Herrn Elring zu versuchen. Dieses Mal war es die Frau, die den Hörer abnahm. Ihre beiden Lieblingssätze lauteten: »Davon wissen wir nichts« und: »Damit wollen wir nichts zu tun haben.«

Offenbar hatte in der Straße die Neuigkeit inzwischen die Runde gemacht, dass irgendein schräger Vogel die Leute mit merkwürdigen Fragen belästigte. Die Buschtrommeln waren schneller gewesen als ich.

»Wer könnte denn noch etwas wissen aus der Zeit vor zwanzig Jahren?«, fragte ich Frau Elring dennoch.

»Davon wissen mein Mann und ich nichts.«

»Wer hat damals schon in der Straße gewohnt?«

»Das weiß ich nicht.«

»Und Sie können mir wirklich nicht …?«

»Mein Mann und ich wollen mit diesen Sachen nichts zu tun haben. Bitte lassen Sie uns künftig in Ruhe.«

»Mit welchen Sachen denn?«

»Diese alten Sachen eben.« Sie verstummte kurz. »Sie wissen schon.«

»Nein, ich weiß es eben nicht!«, versetzte ich wütend und frustriert. »Deshalb rufe ich Sie ja an.«

Es war sinnlos. Es war hoffnungslos.

»So etwas bringt nur Ärger«, erklärte Frau Elring abschließend. »Vorbei ist vorbei.«

Kaum hatte ich aufgelegt, legte das Handy erneut los, das ich noch in der Hand hielt.

»Steingruber hier«, hörte ich die sonore Stimme des Bensheimer Chefredakteurs. »Herr Gerlach?«

»Hm.«

»Alexander Gerlach?«

»Ja … richtig.«

»Der Heidelberger Kripochef, der zurzeit dienstunfähig ist?«

»Äh … Woher …?«

Er lachte dröhnend. »Ich bin Journalist, Herr Gerlach, und ich lese hin und wieder sogar unser eigenes Blättchen, und Ihre spektakuläre Geschichte hat sich bis zu uns herumgesprochen.«

Er klang jetzt sehr viel freundlicher und offener als bei unserem ersten Telefonat.

»Und was verschafft mir nun die Ehre …?«, fragte ich vorsichtig.

»Es gibt so eine hübsche Redewendung, die Sie bestimmt kennen: Eine Hand wäscht die andere.« Wieder lachte er. »Sie rufen hier bestimmt nicht an und fragen nach alten Geschichten, weil Ihnen langweilig ist.«

»Sie helfen mir, wenn ich Ihnen eine entsprechende Gegenleistung biete …«

Er hörte gar nicht mehr auf zu lachen. »Noch ein Sinnspruch gefällig? Sie haben den Nagel auf den Kopf getroffen. Meine Bedingung wäre: Sie halten mich auf dem Laufenden, und die Story, was immer es am Ende sein wird, gehört mir.«

»Ich müsste mich aber darauf verlassen können, dass mein Name herausgehalten wird.«

»Wir könnten unser Blättchen übermorgen dichtmachen, wenn wir unsere Informanten verpfeifen würden. Sie wissen, dass ich nicht mal vor Gericht …«

»Haben Sie heute Nachmittag schon was vor? Sagen wir, um fünf?«

Nein, er hatte nichts vor. Und er brannte darauf, mehr zu erfahren.

Das war nun wirklich das Letzte, wovon ich geträumt hatte, überlegte ich, als ich den Knopf mit dem roten Hörer drückte: dass ausgerechnet eine Zeitung von meinen nebenberuflichen Aktivitäten erfuhr. Andererseits klang Steingruber wie ein Mann, dem man vertrauen konnte. Und was blieb mir letztlich übrig, als ihm zu vertrauen?

Noch einmal wählte ich die Nummer der Kölner Malerfirma. Immer noch war niemand erreichbar. Ich fragte mich, weshalb die Firma nicht längst pleite war, wenn der Firmeninhaber so schwer zu erreichen war. Was mich auf eine neue Idee brachte.

Am Registergericht der großen Stadt am Rhein gab man sich zugeknöpft.

»Auch wenn Sie angeblich Polizist sind«, erklärte mir ein junger Schnösel von oben herab, »was ich ja gar nicht in Zweifel ziehe, bräuchte ich trotzdem irgendwas Schriftliches. Mail reicht durchaus, aber einfach so …«

Ansonsten verwies er mich auf ein Internetportal, wo der kleine Malerbetrieb jedoch nicht zu finden war. Der nächste Versuch galt der Industrie- und Handelskammer. Dort war man schon kooperativer.

»Wie heißt die Firma noch mal?«

»Tomasz Kieślowski OHG, in Köln-Nippes.«

»Und was genau wollen Sie wissen?«

»Ob sie noch existiert.«

»Das kann ich wohl ... Sekündchen ... Finde ich nicht. Was machen die denn?«

»Malerarbeiten und Innenausbau.«

»Versuchen Sie es doch mal bei der Handwerkskammer.«

Wie viel schöner und einfacher war so eine Kleinigkeit, wenn man als Kripochef anrief! Falls man überhaupt selbst anrief und die Aufgaben nicht an jemanden delegierte, der sich dann mit zickigen Damen und herablassenden Jungjuristen herumärgern durfte.

Eine geschlagene halbe Stunde nach meinem ersten Anruf beim Kölner Registergericht wusste ich endlich, was ich schon geahnt hatte: Die kleine Firma existierte schon seit fünf Jahren nicht mehr. Die Handynummer war inzwischen vermutlich neu vergeben worden, und an die Löschung der Firmenhomepage hatte niemand gedacht.

Um kurz vor zehn – ich war immer noch im Morgenmantel, und Theresa schlief den Schlaf der Gerechten – läutete es an der Tür. Ich erhob mich in der Vermutung, dass entweder der Briefträger vor der Haustür stand oder einer der Paketboten, die in letzter Zeit immer öfter irgendwelche Lieferungen für meine Töchter anschleppten, meist Schuhe oder Kleidungsstücke, die dann mit schöner Regelmäßigkeit einige Tage später wieder zurückgeschickt wurden.

Es war jedoch Henning, der strahlend die Treppe heraufsprang.

»Bist du nicht in der Schule um die Zeit?«, fragte ich verblüfft.

»Du weißt ja, non scholae sed vitae discimus.«

Heute war offenbar der internationale Tag der klugen Sprüche. Stolz wedelte er mit einem golden funkelnden USB-Stick. »Hab gedacht, ich bring dir das Zeug gleich vorbei. Dann können wir es uns zusammen ansehen.«

»Und du kriegst keinen Ärger in der Schule?«

»Du bist zwar mein Papa, Alex, aber zu sagen hast du mir trotzdem nichts.«

Er war neugierig, wie sollte es anders sein, bei diesem Vater. Er wollte dabei sein, wenn die Früchte seiner Arbeit geerntet wurden. Und mein Plan, Jan-Armin Henecka ohne Aufsehen und Mitwisser seinen vermaledeiten Umschlag zurückzugeben, löste sich soeben endgültig in Staub auf.

Die erste Mail des Absenders dein.feind@rambler.ru stammte vom zehnten April. Danach war fast eine Woche Ruhe gewesen, bis die nächste folgte. Mit der Zeit waren die Abstände kürzer geworden, die Mails länger und konkreter. Anfang Mai hatte der Stalker wieder mehrere Tage nichts von sich hören lassen, dann hatte er in kurzer Folge elf Mal geschrieben. Der Inhalt der Nachrichten war im Wesentlichen immer derselbe: Der Unbekannte drohte Henecka mit Strafe für eine Schuld, die dieser angeblich auf sich geladen hatte. Weder auf die Natur dieser Schuld noch auf die Art der angedrohten Strafe ging er anfangs ein. Erst in den letzten Mails wurde Henecka offen als Mörder bezeichnet und mit dem Tod bedroht.

»Und wegen so einem Scheiß taucht der Typ ab?«, stieß Henning hervor. »Das hat irgendein Spinner geschrieben, sieht doch ein Blinder.«

»Da bin ich mir nicht so sicher«, sagte ich und lehnte mich in meinem leise quietschenden Schreibtischsessel zurück. »Seine Frau ist seit zwanzig Jahren verschwunden, und kein Mensch scheint zu wissen, was aus ihr geworden ist. Außer er selbst wahrscheinlich.«

Henning machte große Augen. »Und jetzt denkst du …?«

Ich schaukelte ein wenig vor und zurück. »Zum Denken ist es noch zu früh. Aber Henecka hat das, was du einen Scheiß nennst, am Ende sehr ernst genommen.«

»Diese Mails klingen doch im Großen und Ganzen alle gleich. Wieso sitzt er es wochenlang aus, und auf einmal schiebt er Panik?«

Das stimmte nicht ganz, wurde mir bewusst. In den früheren Mails hatte der Stalker Henecka nur ganz allgemein Unheil angekündigt, jedoch nicht damit gedroht, ihn umzubringen. Erst in den letzten Mails klang er plötzlich anders, entschiedener. Zudem hatte er Henecka zuletzt auch telefonisch belästigt. Hatte er irgendwann den Entschluss gefasst, Ernst zu machen? Hatte er am Telefon nicht nur geatmet und geschwiegen? Hatte er vielleicht sogar schon vor der Tür seines Opfers gestanden?

»Der Rest ist langweilig«, behauptete Henning. »Ich hab den ganzen Kram überflogen, nichts Spannendes dabei.«

»Irgendwas von einer Frau?«

»Liebesschmalz und so?« Er überlegte mit geschlossenen Augen. Schüttelte dann entschieden den Kopf. »So was macht ja heute kein Mensch mehr per Mail. Dafür gibt's doch WhatsApp.«

»Vielleicht hat er noch eine zweite Mailadresse?«

»Haben viele, stimmt. Für die Sachen, die nicht jeder sehen soll. Hast du eigentlich auch WhatsApp?«

Zwei Minuten später hatte ich. »Du kannst dir mit Sarah und Louise eine Gruppe einrichten«, erklärte Henning, als er mir das Handy zurückgab. »Ist echt praktisch, wirst du schnell merken. SMS ist echt Steinzeit.«

»Falls er eine zweite Mailadresse hat, kommen wir da ran? Über seine Internetfavoriten vielleicht?«

Mein Sohn verzog das Gesicht. »Wenn wir die Mailadresse hätten, könnte ich versuchen, das Passwort zu knacken … Aber so ganz ohne alles? Schwierig.«

»Schwierig oder unmöglich?«

Er schnaufte mit schmalem Mund. Dann sah er mich an, und das Leuchten in seinen Augen war plötzlich wieder da.

»Ich will nicht wissen, wie du es machst«, sagte ich vorsichtshalber.

»Würdest du sowieso nicht verstehen«, erwiderte er herzlos.

Im nächsten Moment wurde ihm bewusst, was er soeben gesagt hatte, und er wollte sich korrigieren.

»Du hast vollkommen recht«, fiel ich ihm lachend ins Wort.

»Versprechen kann ich nichts. Wird auch wieder ein bisschen dauern. Und ist natürlich nicht legal. Und ich bräuchte die Festplatte dafür.« Er deutete auf das schmale, mattschwarze Kästchen auf meinem Schreibtisch.

Nach kurzem Zögern drückte ich ihm die externe Festplatte in die Hand. »Schluss mit dem Unsinn. Das Ding nimmst du bitte mit und löschst alles, was drauf ist, okay? Und vergiss bitte das mit der zweiten Mailadresse.«

Erst nach Sekunden griff er zu und sah mich betroffen an.

»Es ist mir einfach zu heiß«, erklärte ich, als ich mich erhob. Es wurde Zeit, endlich unter die Dusche zu gehen. »Tut mir leid. Aber eine andere Sache noch: Kannst du mir den Namen zu einer Handynummer besorgen?«

Henning schlüpfte in seine graue Lederjacke. »Im Prinzip nein.«

»Das heißt?«

Er schien zu überlegen, wie viel er mir zumuten durfte. »Klar gibt es gewisse Möglichkeiten. Aber die sind dann echt kriminell …«

»Ich hatte es befürchtet.«

»Und es wird auch was kosten.«

»Wie viel?«

»Zehn Euro. Zwanzig? Keine Ahnung.«

»Das heißt, es kommen Fremde ins Spiel?«

»Im Darknet gibt es Leute, die haben Zugang zu den Rechnernetzen von Handyprovidern. Was es kostet, muss ich klären. Ich hab noch nie mit solchen Typen zu tun gehabt, das musst du mir glauben. Aber ich weiß, dass es sie gibt und über welche Foren man mit ihnen in Kontakt kommt. Mit einem Fünfziger bist du dabei, denke ich.«

14

In meinem besten Anzug und mit meiner buntesten Krawatte um den Hals machte ich mich auf den Weg in Richtung Innenstadt. Schließlich hat man nicht alle Tage die Ehre, Trauzeuge zu sein.

Zehn Minuten vor Beginn der Zeremonie stand ich vor dem Rathaus, mitten in der Altstadt und im Regen. Glücklicherweise hatte ich im letzten Moment an meinen Schirm gedacht. Auch die meisten anderen mehr oder weniger feierlich gekleideten Gäste duckten sich unter ihre Schirme. Ich kannte niemanden, vermutete jedoch, dass wir zur selben Feierlichkeit wollten. Aus Augenwinkeln wurde ich verstohlen gemustert. Manche tuschelten und schienen Vermutungen auszutauschen darüber, wer der große Mann im dunklen Anzug wohl sein mochte. Was noch fehlte, war das Brautpaar. Es nieselte zwar nur, aber ohne Schutz wurde man dennoch nass.

Die schon etwas betagten Hauptpersonen kamen fünf Minuten nach mir an, fast im Laufschritt, atemlos und aufgeregt. Sönnchen war einundfünfzig, ihr herzallerliebster Christian, den ich bisher nur aus ihren Erzählungen kannte, noch zwei oder drei Jährchen älter. Sie waren glücklich zusammen, das sah man auf den ersten Blick. Meine unersetzliche Sekretärin trug ein mutig buntes Sommerkleid, der Bräutigam eine Jeans, die am Bund schon ein wenig spannte, und darüber ein dunkelgraues Sakko.

»Das ist der Herr Gerlach«, machte Sönnchen uns stolz bekannt.

»Freut mich!« Der Bräutigam riss mir vor Begeisterung fast den rechten Arm aus.

Die Braut kam direkt vom Frisör, leuchtete von tief innen

und klebte an ihrem Demnächst-Ehemann, als wollte sie ihn in diesem Leben nie wieder loslassen. Warum gab es nur so wenige Glückliche, denen das vergönnt war, was ich hier mit warmem Herzen vor mir sah? Wo es einmal wirklich passte? Ich musste an die ungezählten Paare denken, die mir tagein, tagaus mit mürrischen, wenn nicht feindseligen Mienen über den Weg liefen. Die sich so offenkundig dafür hassten, dass sie sich gegenseitig das Leben zur Hölle der Langeweile machen. Dass sie am jeweils anderen mit ansehen mussten, wie sie alt wurden und noch schlechter gelaunt als all die Jahre zuvor. Deren Glanzpunkte das gemeinsam und schweigend eingenommene Sonntagsessen im Restaurant war, damit man wenigstens einmal in der Woche der heimischen Küche entkam.

Im letzten Moment erschien doch noch jemand, den ich kannte: Rolf Runkel, einer meiner Mitarbeiter, begleitet von seiner Angetrauten Mahsuri, die von den Philippinen stammte und von der Sven Balke standhaft behauptete, sie sei die hässlichste Frau der Welt. Tatsächlich war sie – nun ja – nicht gerade eine klassische Schönheit. Und sie hatte auch keinerlei erkennbaren Geschmack, was ihre Kleidung betraf. Ihr Motto schien zu lauten: Je bunter, desto schicker. Die beiden hatten inzwischen sieben oder acht Kinder in die Welt gesetzt. Oder waren es noch mehr?

Doch auch mein Mitarbeiter und seine Frau schienen eines dieser glücklichen Ausnahmepaare zu sein. Runkel, ein einfacher und von der Natur nicht mit übermäßiger Intelligenz gesegneter Mann, und seine Mahsuri liebten sich so offensichtlich aus tiefstem Herzen, dass es einem fast die Tränen in die Augen trieb.

Dass Sönnchen und Runkel auch außerhalb der Dienstzeit Kontakt pflegten, hatte ich bisher nicht gewusst. Dabei war es eigentlich nicht erstaunlich, waren sie doch die einzigen Mitstreiter in meinem Team, die in Heidelberg geboren und aufgewachsen waren.

Da wir nun offenbar vollzählig waren und der Regen immer stärker wurde, gingen wir hinein. Schirme wurden ausgeschüttelt und in einer Ecke des Foyers abgestellt, nasse Regencapes abgestreift und an die Garderobe gehängt. Die meisten Gäste hatten sich hübsch gemacht, und kaum einer war jünger als ich. Es wurde viel gelacht. Jeder versuchte, seine Kleidung halbwegs in Ordnung zu bringen, Regentropfen wurden von Schultern gewischt, teuer bezahlte Frisuren notdürftig zurechtgezupft oder rasch noch einmal durchgebürstet. Da erst jetzt alle sicher sein konnten, dass man zusammengehörte, wurden eifrig Hände geschüttelt, und Sönnchen durfte noch einige Male ihr stolzes Sprüchlein aufsagen von Herrn Gerlach, ihrem Chef.

Zweiter Trauzeuge war ihre älteste Freundin, eine üppige, auffallend schöne Frau. »Wir kennen uns fast schon aus dem Kindergarten, gell, Hanna?«

Hanna musterte mich mit unverhohlenem Wohlwollen, als sie warm meine Hand drückte. Die Braut war restlos überdreht, stellte vor einem Spiegel fest, dass das frisch gemachte Haar in der Feuchtigkeit schwer gelitten hatte, fand plötzlich, sie sehe aus wie ein schlampig gerupftes Huhn, erntete fröhlichen Widerspruch. Der Bräutigam erklärte großmütig, sie sei jedenfalls die schönste Frau, die er jemals geheiratet habe, woraufhin die Braut ihm eine mittelschwere Kopfnuss verpasste und der offizielle Akt beginnen konnte.

Im Trauzimmer wurde es eng. Mehr als die Hälfte der Gäste mussten stehen, die Trauzeugen durften selbstverständlich sitzen. Die Luft wurde schon bald dampfig, was der guten Stimmung jedoch keinen Abbruch tat.

Der amtliche Vorgang verlief heiter, die Ansprache der blutjungen Standesbeamtin fiel unerwartet kurz und humorvoll aus, denn was sollte man einem Paar schon wünschen, das zusammen über hundert Jahre alt war? Alles, wovon Brautpaare üblicherweise träumten, Haus, Kinder, Wohlstand, war längst vorhanden. Sowohl Sönnchen als auch ihr

Christian, der, wie ich jetzt erfuhr, mit Nachnamen Kurtz hieß, waren schon einmal verheiratet gewesen. Der Bräutigam war Vater dreier längst erwachsener Söhne und verdiente seinen Lebensunterhalt als – wie ich wusste – nicht übermäßig erfolgreicher Immobilienmakler.

Sönnchen konnte nicht eine Sekunde ruhig sitzen, wurde abwechselnd rot und blass, kicherte ständig wie ein angesäuselter Teenager, klammerte sich an ihren Liebsten, als könnte er im letzten Moment doch noch die Flucht ergreifen, und der Kuss nach dem Tausch der Ringe fiel so stürmisch aus, dass das selige Paar um ein Haar im üppigen Blumenschmuck gelandet wäre. Jetzt lachte sogar die Beamtin hinter dem weißen Rokokotisch. Und ich fühlte mich in dieser überdrehten Gesellschaft außerordentlich wohl.

Zum Mittagessen ging es im inzwischen strömenden Regen und entsprechend zügig eine der Gassen in Richtung Neckar hinunter, und kurze Zeit später versammelten sich alle johlend und gackernd in der Jagdstube des Wirtshauses zum Nepomuk. Passend zum Namen hingen Geweihe an den Wänden. Als Trauzeuge bekam ich einen Ehrenplatz rechts neben der Braut, die ein robustes Regiment führte und dafür sorgte, dass jeder sein Plätzchen fand. Neben mich hatte die Tischordnung Rolf Runkel platziert, was mir aus gewissen Gründen sehr gelegen kam.

Als ersten Gang gab es eine kräftige Spargelcremesuppe. Sekt hatten wir schon ausreichend im Standesamt getrunken, Wein stand auf dem Tisch, und schon bald hätte der Geräuschpegel einer gemischtgeschlechtlichen Schulklasse in der beginnenden Pubertät Ehre gemacht. Die Fenster beschlugen schon von all der feuchten Ausgelassenheit, bevor der Letzte sich gesetzt hatte.

Ich unterhielt mich mit Runkel über seinen Schwager, der mein Auto repariert hatte. Er war ehrlich betroffen, als er erfuhr, dass es am Ende wesentlich teurer geworden war als ursprünglich veranschlagt.

»Es sind dann noch ein paar andere Sachen gewesen«, versuchte ich ihn zu trösten, bevor er mir anbot, den Mehrpreis aus eigener Tasche zu bestreiten, und riss ein unverfänglicheres Thema an. »Weiß man eigentlich schon, wer unser neuer Chef wird?«

»Oje«, sagte Sönnchen in meinem Rücken, die offenbar auch mit über fünfzig noch über ein hochsensibles Gehör verfügte. »Wir haben so gehofft, Sie machen es. Aber Sie sind ja leider Gottes ein großer Dickkopf.«

Man hatte mich tatsächlich gefragt. Vor Wochen war ein Anruf vom Innenministerium gekommen, irgendein Staatssekretär, dessen Namen ich nicht verstand, hatte vorsichtig auf den Busch geklopft, ob ich mir vielleicht vorstellen könnte, eventuell ... Aber nichts brauchte ich weniger als noch mehr Papierkram auf dem Schreibtisch. Dazu die Pflichten der Repräsentation, langweilige Gespräche mit aufgeblasenen Lokalpolitikern, endlose Streitereien mit Stuttgart um Geld und Stellen, Räume und Fahrzeuge, jeden zweiten Tag ein Pressetermin – nein danke.

Runkel sah mich groß an und schwieg. Die gute alte Regel für Untergebene, die Wert auf ihren Seelenfrieden legen: Mische dich niemals in die Händel deiner Chefs ein. Sonst beziehst du am Ende Prügel von beiden Seiten.

»Kaltenbach heißt er«, wagte er dann aber doch zu sagen. »Nächste Woche will er schon anfangen.«

Sönnchen stupste mich an, kam mit dem Mund ganz nah. »Er ist schon zweimal da gewesen und hat sein Büro besichtigt und neue Möbel bestellt und so weiter. Die Petra ist kurz davor, in den Neckar zu springen. Ich finde, er hätte wenigstens warten können, bis unser Dr. Liebekind unter der Erde ist. Er kommt vom LKA, heißt es, hat da eine Mordskarriere hingelegt.«

Petra Ragold war über viele Jahre Liebekinds Sekretärin gewesen und würde unter dem neuen Polizeidirektor natürlich am meisten zu leiden haben.

»Ein Jungspund?«

»Ende dreißig, meint die Petra. Und alles will er anders machen, sagt sie. Das Sekretariat will er neu organisieren und sein Büro natürlich sowieso. Wobei, dieses Monstrum von Schreibtisch vom Dr. Liebekind hat einem ja schon ein bisschen Angst gemacht. Gestern Nachmittag ist eine Rundmail gekommen, in der er sich vorgestellt hat und seine tollen neuen Ideen. Alle Arbeitsabläufe sollen in den nächsten Monaten analysiert und optimiert werden. Eine eigene Arbeitsgruppe will er dafür einrichten. Da werden Sie wohl auch hinmüssen, Herr Gerlach, so leid es mir tut. In Zukunft darf alles nur noch digital abgelegt werden, hat die Petra mir gesagt. Ordner werden abgeschafft, alles, was an Post reinkommt, soll eingescannt werden und die Briefe nach dem Scannen weggeschmissen. Und wenn wir selber einen Brief schreiben, dann dürfen wir auch keine Kopie mehr für uns ausdrucken, behauptet die Petra, aber das kann ich noch nicht glauben. Seien Sie froh, dass Sie krank sind, Herr Gerlach. Also, natürlich nicht richtig krank … Sie wissen schon.«

Dieses Gefühl beschlich mich auch gerade.

»Aber sonst geht's gut?«, schrie Sönnchen mich an, da der Lärmpegel plötzlich dramatisch angestiegen war. Irgendjemand am Kopfende des Tisches hatte begonnen, Witze zu erzählen.

»Super. Doch, wirklich prima.«

»Man sieht's Ihnen an. Sie sehen ja richtig erholt aus.«

Ihr Gesicht war rosig vom Wein und von der heißen Suppe und der vielen Aufregung. Ihre Augen glänzten, dass es eine Freude war.

»Ich freu mich für Sie«, rief ich ihr ins Ohr und hob mein Glas. Wir stießen an. »Er ist der Richtige für Sie.«

Jetzt glänzten ihre Augen noch ein bisschen stärker.

Der Salat wurde serviert und mit Appetit verzehrt. Dem Witzerzähler schien allmählich die Munition auszugehen.

Irgendwann kam das Gespräch auf das Thema, bei dem man zurzeit immer und überall landete: die Flüchtlinge im Patrick-Henry-Village jenseits der Autobahn. Jemand wollte gehört haben, ein paar junge, irgendwie arabisch aussehende Burschen hätten eine dreiundsiebzigjährige Witwe aus Kirchheim verschleppt, mehrfach vergewaltigt und halb tot im Gebüsch hinter dem Friedhof liegen lassen. Ausgerechnet Runkel widersprach zu meiner Überraschung am lautesten.

»Das wüssten wir aber!«, rief er wütend in die Runde. »Und wenn nicht mal die Kripo davon weiß, dann kann ja wohl nicht viel dran sein an dem Schauermärchen.«

Sönnchen war ebenfalls empört und verbot der Tischgesellschaft ab sofort alle Arten von politischen Themen. So sprach man wieder über das Wetter und die bevorstehenden Wahlen, bei denen die AfD sich große Chancen ausrechnete.

Während Runkel die Gerüchteweitererzähler zurechtwies, war mir ein Gedanke gekommen. Ich neigte mich zu ihm.

»Diese Geschichte am Bahnhof am Montagabend …«

»Bahnhof?«, fragte er verwirrt.

»Am Montagabend. Ein Ausländer.«

Seine Miene hellte sich auf. »Den Inder meinen Sie, ach so! Ich hab nicht direkt damit zu tun gehabt, hab's aber natürlich mitgekriegt.«

»Wie ist es ausgegangen?«

»Die Typen – vier sind's gewesen – haben den Rucksack gleich hinter dem Bahnhof in eine Mülltonne geschmissen. War alles noch drin, bis auf das Geld.«

»Und das Opfer?«

»Ist abgehauen. Sie haben ihn ins Krankenhaus gebracht, anfangs ist er ja noch ein bisschen benebelt gewesen. Am nächsten Morgen hat die Kollegin Rückner, die mit den langen schwarzen Haaren, Sie wissen schon, die hat ihm seinen

Rucksack gebracht und wollte hören, was er zu erzählen hat. Aber er hat nichts erzählt. Und wie sie ihm dann später sein Mittagessen bringen wollten, war er weg, mitsamt seinem Rucksack. Hat wahrscheinlich gedacht, er kann die Rechnung nicht bezahlen.«

»Hat er Deutsch gesprochen?«

»Soviel ich weiß, schon. Aber nicht besonders gut.«

»Und was ist mit den Tätern?«

Jetzt lachte Runkel. »Die vier Blödmänner haben wir gleich am nächsten Morgen hopsgenommen. Im Bahnhof sind sie an insgesamt fünf Überwachungskameras vorbeigelaufen, und bis auf einen ist keiner von den Trotteln auf die Idee gekommen, die Kapuze hoch zu machen.«

Als ich die brodelnde Feier gegen vier Uhr pappsatt und rechtschaffen angesäuselt verließ, fand ich auf meinem Handy eine Nachricht von Henning: »Got him! Rufst du an?«

»Die Nummer von der Kölner Malerfirma gehört jetzt einem Typen in Regensburg«, sprudelte es aus meinem Sohn heraus. »Ich hab's schon zweimal probiert, aber er ist nicht erreichbar.«

»Wie heißt er?«

»Kaisershof. Guido Kaisershof. Ich schick dir seine Adresse.«

Als ich das Handy einsteckte, wurde mir bewusst, dass ich ein kleines Problem hatte: Bei der Feier hatte ich reichlich Sekt und Wein getrunken, und in einer Stunde war ich mit dem Chefredakteur der Bensheimer Nachrichten verabredet. Sollte ich wieder den Zug nehmen? Oder irgendwo einen starken Kaffee trinken und mit dem Auto fahren? Der Regen hatte längst wieder aufgehört, am Himmel waren sogar vereinzelte blaue Flecke zu sehen. An manchen Stellen dampften die Straßen in der Sonne. Mit schlechtem Gewissen beschloss ich, die Variante mit dem Kaffee zu wählen und auf die Großmut der Kollegen zu vertrauen, die mich möglicherweise an den Fahrbahnrand winkten.

Peter Steingruber war ein schwerer Mann mit dem Tritt eines Ackergauls und dem Händedruck eines Hufschmieds. Er war ein wenig größer als ich, breiter und vor allem sehr viel kräftiger. Zudem war er einige Jahre jünger und hatte kein einziges Haar mehr auf seinem mächtigen Schädel. Er erwartete mich im wenig prunkvollen Foyer des großspurig »Medienhaus« genannten Gebäudes an der Bensheimer Rodensteinstraße.

»Ich verstehe Sie richtig: Sie suchen nach einem Ereignis, von dem Sie nicht wissen, was es war, Sie wissen nicht, wann es war, und Sie wissen nicht, wo es war«, fragte er mit schlecht verhohlener Heiterkeit über die Schulter, als wir hintereinander eine schmale Treppe in den Keller hinabstiegen.

»Das Letzte stimmt nicht ganz.«

»Wo es passiert ist, wissen Sie?«

»Vermutlich bei Ihrem Nachbarn, Professor Henecka.«

Der Redakteur blieb stehen, drehte sich zu mir um und nickte. Und nickte gleich noch einmal.

»Sie kennen ihn zumindest vom Sehen, nehme ich an.«

Er nickte ein drittes Mal. »Ich pflege da oben am Wald nicht gerade gutnachbarschaftliche Beziehungen. Die Leute sind mir – na ja, tut nichts zur Sache. Trotzdem habe ich sehr bald mitgekriegt, dass der Professor in der Nachbarschaft nicht gerade beliebt ist. Warum, weiß ich nicht und ist mir auch herzlich wurscht. Wenn man sich sieht, dann grüßt er mit einer Miene, dass einem sofort die Lust vergeht, ihn in ein Gespräch zu verwickeln. In den Jahren, die ich jetzt da oben zu Hause bin, habe ich keinen ganzen Satz mit dem Mann gesprochen. Seine Tochter ist übrigens genauso. Wie sie noch zur Schule gegangen ist, ist sie jeden Morgen mit ihrem Rucksack losgezottelt und hat nicht links und nicht rechts geguckt.« Er lachte gutmütig, wandte den Blick ab, ging weiter nach unten. »Bis heute trägt sie diesen Quatsch-mich-bloß-nicht-an-Blick spazieren.«

»Das Mädchen ist ja praktisch ohne Mutter aufgewachsen. Wie war das Verhältnis zum Vater? War das friedlich, oder haben die beiden oft gestritten?«

»Gott, wo gibt es keinen Streit? Wie ich damals mit meiner Exfrau eingezogen bin, war die kleine Merit gerade mitten in der Pubertät, und da sind natürlich hie und da die Fetzen geflogen. Aber nicht so, dass ... Wissen Sie, ich habe zwei Schwestern, sie sind ein paar Jährchen jünger als ich, und als die im kritischen Alter waren, da hat bei uns daheim der dritte Weltkrieg getobt.«

»Bei den Heneckas ist es also eher harmonisch zugegangen?«, fragte ich seinen kahlen Hinterkopf.

»Das wollte ich mit meinen vielen Worten sagen, ja. Ich kann ...« Wir hatten das Ende der engen Treppe erreicht, Steingruber schloss eine schwere, blau lackierte Stahltür auf. »Das fällt mir erst jetzt auf: Ich kann mich überhaupt nicht erinnern, dass Merit mal Freunde zu Besuch gehabt hätte. Oder Freundinnen. Was ist eigentlich mit der Mutter? Geschieden? Gestorben?«

»Geschieden nicht. Ansonsten weiß ich bisher nur, dass sie vor ungefähr zwanzig Jahren plötzlich und spurlos verschwunden ist.«

Wir betraten einen großen, neonbeleuchteten Lagerraum, der fast vollständig mit dicht an dicht stehenden Regalreihen gefüllt war. Steingruber bat mich, an einem großen Tisch Platz zu nehmen, der links von der Tür an der Wand stand, und verschwand irgendwo in den Tiefen des Archivs. Die Luft war staubig und stickig.

»Ist das das Ereignis, nach dem Sie suchen?«, rief er.

»Ich weiß es nicht.«

»Was sagt der Professor dazu?«

»Der ist zurzeit nicht zu sprechen.«

»Das heißt?«

»Das heißt, ich weiß nicht, wo er steckt.«

»Handy?«

»Ist aus.«

»Vor zwanzig Jahren?«, rief er aus der Ferne.

»Ungefähr damals ist die Mutter verschwunden, ja.«

»Wenn niemand was weiß, wie soll dann was darüber in unserer Zeitung gestanden haben?«, rief er, jetzt wieder näher.

»Vielleicht ist ja irgendwas vorgefallen, das ihr Verschwinden ausgelöst hat. Ehrlich, ich habe keine Ahnung.«

Er kam mit zwei dicken Wälzern zurück, die er auf die Tischplatte plumpsen ließ. Die Bände waren einundzwanzig und zwanzig Jahre alt. Ich begann mit dem älteren Jahrgang.

»Wir machen circa dreihundert Ausgaben pro Jahr«, sagte Steingruber halblaut in meinem Rücken und spähte mir interessiert über die Schulter. »Am besten, Sie stellen sich hier ein Feldbett hin und eine große Kaffeemaschine.«

Die Leiche eines dementen Achtundachtzigjährigen, der kurz nach Weihnachten aus einem Pflegeheim desertiert war, war in einem Fischteich in der Nähe der Klinik Schloss Falkenhof gefunden worden. Hinter einem Mietshaus an der Saarstraße war ein Holzschrank in Brand geraten, den die freiwillige Feuerwehr jedoch erfolgreich gelöscht hatte. Die Polizei vermutete spielende Kinder als Brandstifter. Auf der B 3 hatte es in der Nacht einen schweren Verkehrsunfall mit fünf Verletzten gegeben. Ein herrenloser Hund hatte auf dem Marktplatz Passanten angebettelt und war von der Polizei ins Tierheim verbracht worden, das den spektakulären Namen Arche Noah Teneriffa trug.

Dies waren die wesentlichen Meldungen des zweiten Januar auf der Lokalseite.

Dritter Januar: Die Besitzerin des herrenlosen Hundes hatte sich gemeldet und ihren Kurti freudestrahlend aus dem Tierheim befreit. Die Anzahl der Verletzten auf der B3 wurde von der Polizei auf sechs korrigiert. Einer der Fondpassagiere – ein neunzehnjähriger Schüler – hatte sich aus unbekannten Gründen, obwohl ebenfalls verletzt, vom Unfallort entfernt. Der Gemeinderat würde sich am kommenden Dienstagabend endlich dem Thema Kindergartenplätze widmen, von denen man in Bensheim immer noch zu wenige hatte.

Ich blätterte weiter und las und blätterte und las. Steingruber gähnte immer öfter und herzzerreißender, hatte sich inzwischen einen Stuhl organisiert und neben mich gesetzt.

Als ich den Januar geschafft hatte und schon leicht erschöpft in Steingrubers Pferdegesicht blickte, grinste er mitleidig und fletschte die Zähne. »Sagen Sie nicht, ich hätte Sie nicht gewarnt. Sie haben wirklich keinen Schimmer, wonach Sie suchen?«

Es war wirklich eine Schnapsidee gewesen, hierherzukommen. Ich konnte hier Tage und Wochen im Neonlicht sitzen und dabei an einer Staublunge erkranken und erblinden und am Ende doch die eine, die richtige Meldung übersehen. Vielleicht hatte die »alte Geschichte«, von der Heneckas Nachbar gesprochen hatte, nicht einmal in der Zeitung gestanden. Eine häusliche Prügelei, ein Nachbarschaftsstreit wegen zu groß gewordener Büsche oder wegen zu viel Unkraut im zu selten gemähten Rasen. Es gab tausend und abertausend Möglichkeiten. Es war sinnlos.

»Kleiner Absacker auf den Frust?«, fragte Steingruber mitleidig, als er die Folianten wieder an ihren Platz zurücktrug. Inzwischen war es halb neun geworden, Theresa würde heute erst spät kommen, hatte sie vor einer halben Stunde geschrieben, und die Zwillinge kamen ohne mich zurecht. Der Chefredakteur und ich hatten während der erfolglosen Schmökerei im Keller nicht nur trockene Kehlen bekommen, sondern uns fast ein wenig angefreundet. Immer wieder hatten wir gemeinsam über kuriose Meldungen gelacht.

Seine unverblümte, oft ein wenig schnodderige Art gefiel mir. Es schien weniges zu geben, das er wirklich ernst nahm.

So ließ ich mich in die würdige Gaststube seines Lieblingslokals Walderdorffer Hof verschleppen, das unweit der Redaktion lag und im angeblich ältesten Fachwerkhaus Südhessens untergebracht war. Steingruber verdrückte mit gesundem Appetit einen beeindruckenden Grillspieß, während ich noch von Sönnchens fünfgängigem Festgelage satt war. Wir philosophierten über das Leben und das Universum und stellten rasch fest, dass wir in vielem auf einer Welle schwangen. Ich gönnte mir zur Belohnung für die Schinderei noch ein Achtel Heppenheimer Silvaner und später noch eines, und am Ende verabschiedeten wir uns wie neue Freunde, umarmten uns sogar, und Pit – irgendwann hatten wir beschlossen, uns zu duzen – versprach, sich wegen meiner »alten Geschichte« noch ein wenig umzuhören.

»Ich habe Leute in der Redaktion, die sind schon seit dreißig Jahren dabei«, sagte er und schlug mir auf die Schulter. »Gleich am Montag frag ich mal rum, Alex, Ehrensache.«

Um einem Auto längere Zeit unbemerkt zu folgen, gibt es im Grunde nur zwei Möglichkeiten: Entweder man befestigt einen Peilsender daran, sodass man ohne Sichtkontakt hinter ihm herfahren kann, oder man setzt mehrere Beobachter und Fahrzeuge im Wechsel ein. Ein einzelner Wagen, der stur hinter einem bleibt, wird nur in schlechten Romanen und billigen Filmen nicht entdeckt. Es sei denn, der Verfolgte ist sturzbetrunken oder stark sehbehindert.

Beides war ich nicht.

Der graue Honda oder Toyota fiel mir zum ersten Mal auf, als ich noch etwa zehn Kilometer vom Autobahnkreuz Heidelberg entfernt war. Der Fahrer war nicht dumm, hing mir nicht an der Stoßstange, sondern ließ sich immer wieder zurückfallen, bis er beinahe außer Sicht war. Manchmal versteckte er sich für eine halbe Minute hinter einem Lkw. Ich fuhr nicht besonders schnell, immer zwischen hundertzehn und hundertzwanzig, denn erstens hatte ich es nicht eilig, und zweitens hatte ich keine Lust, übermorgen mein Foto in der Zeitung zu bewundern neben einer hämischen Schlagzeile über angetrunkene Polizisten im Straßenverkehr. Als das Autobahnkreuz näher kam, rückte der graue Wagen auf. Der Fahrer rechnete offenbar damit, dass ich abbog. Er war wirklich nicht schlecht, aber er hatte keine Chance, da er offenkundig allein arbeitete.

In der Stadt wurde es noch schwieriger für ihn. Jetzt war er manchmal direkt hinter mir. Dann ließ er sich wieder überholen, blinkte rechts, tat, als würde er abbiegen, um im letzten Moment wieder auf die alte Fahrspur zu wechseln. Bei passender Gelegenheit fuhr ich über eine Kreuzung, obwohl die Ampel schon seit zwei Sekunden rot war, und dem armen Kerl blieb nichts anderes übrig, als mir bei Tiefrot und wahrscheinlich mit quietschenden Reifen zu folgen. Dass ein Mann am Steuer saß, hatte ich inzwischen erkennen können, obwohl er – es war inzwischen kurz vor Mitternacht – die Sonnenblende heruntergeklappt hatte. Er trug einen buschigen dunklen Schnurrbart, der hoffentlich nicht echt war.

Polizist konnte der arme Tropf nicht sein, sonst hätte er sich das Theater geschenkt und einfach mein Autokennzeichen in die Datenbank der Zulassungsstelle eingetippt, um innerhalb von Sekunden zu erfahren, wer ich war. Denn darum schien es ihm zu gehen: Er wollte herausfinden, wer ich war, aus welchem Grund auch immer. Also ein Privatmann. Allerdings einer, der sein Handwerk halbwegs beherrschte. Ein Detektiv vermutlich, eher von der preiswerten Sorte.

Die Sache begann mir allmählich Spaß zu machen. So fuhr ich noch ein wenig spazieren, bog schließlich in die Plöck ein, wo die erlaubte Höchstgeschwindigkeit fünfzehn

Stundenkilometer beträgt. Nun musste der Bärtige im Radfahrertempo hinter mir herzuckeln. Als ich schließlich in das Kaufhof-Parkhaus einbog, das rund um die Uhr geöffnet ist, gab er – inzwischen vermutlich restlos entnervt und gottlos fluchend – auf und fuhr geradeaus weiter. Ich kurvte die enge Auffahrt hinauf bis aufs oberste Deck, das nicht mehr überdacht war, stellte den Wagen ab und ging ein wenig herum. Ich genoss die Aussicht auf die Altstadt unter mir, die auch so spät noch beleuchteten Kirchtürme, das wuchtige Schloss, das am Hang lag wie ein träges, aber immer sprungbereites Tier, das seine Stadt bewachte. Schließlich bezahlte ich den Mindestbetrag am Kassenautomaten und fuhr auf direktem Weg nach Hause. Kein graues Auto war mehr zu sehen. Das Kennzeichen hatte ich mir notiert – der graue Kleinwagen war in Frankfurt zugelassen. Diese Information würde mir helfen herauszufinden, wer mir diesen minderbegabten Pseudodetektiv auf den Hals gehetzt hatte. Henecka? Unwahrscheinlich. Merit? Denkbar, aber zu welchem Zweck? Steingruber kam schon gar nicht infrage. Oder vielleicht doch? Fürchtete er, ich könnte ein falsches Spiel spielen? Mein Versprechen, ihn auf dem Laufenden halten, brechen? Oder wusste er vielleicht mehr, als er zugab? Oder sollte Frau Dr. Süden dahinterstecken, die sportliche Geschäftsführerin der PharmaStats AG, die mir mit so grüblerischen Blicken nachgesehen hatte?

15

»Sivers hier«, rief mir am Samstagmorgen zu unchristlicher Zeit eine Männerstimme ins Ohr. Es war erst halb acht, und ich hatte noch tief geschlafen, als das Handy zu quengeln begann.

Sivers …

»Ich bin ein Kollege von Jan …«, half mir der Anrufer auf die Sprünge. »Haben Sie Jan inzwischen erreicht?«

»Bisher nicht, leider.«

»Ich nämlich auch nicht. Dafür ist mir gestern eine Idee gekommen, was da vielleicht los sein könnte.«

»Ich höre.«

»Nicht am Telefon. Die Amis müssen nicht alles wissen, nicht wahr?« Er lachte herzlich und so schrill, dass ich eine Grimasse zog. »Können wir uns im Lauf des Tages irgendwo treffen?«

»Wann und wo Sie wollen. Nur bitte nicht vor zwölf.«

Auch wenn ich nicht im Dienst war – Samstag war immer noch Samstag. Außerdem hatte, als ich nach Mitternacht heimkam, an der Küchentür ein großer Zettel gepappt mit Theresas schwungvoller Handschrift: »Morgen großes Frühstück für alle um zehn.«

Bis dahin waren es noch über zwei Stunden, aber nach dem Telefonat fand ich keinen Schlaf mehr. Ich lag im Bett, sah zur Decke und gönnte meinen Gedanken Auslauf. Zu meiner Überraschung beschäftigten sie sich weder mit Henecka noch mit dem glücklosen Privatschnüffler, der in der Nacht an mir verzweifelt war. Eine Idee, ein flüchtiger Geistesblitz kam wieder, der mir gestern während der Trauungszeremonie durch den Kopf gegangen war: Theresa war jetzt frei. Im Prinzip könnten auch sie und ich nach Ablauf der gebotenen Trauerzeit vor den weißen Rokokotisch mit den geschwungenen Beinen treten.

Würde sie wollen?

Wollte ich?

Konnte ich mir vorstellen, noch einmal mit einer Frau zusammenzuleben? Auf Dauer, nicht immer nur für einige Stunden oder ein Wochenende?

Würden wir uns vertragen?

Und was würden meine Töchter davon halten, wenn wir plötzlich wieder zu viert waren? In unserer dann eindeutig zu kleinen Wohnung?

Sollten wir in Theresas Haus umsiedeln, alle zusammen?

Ich beschloss, die Sache erst einmal auf sich beruhen zu lassen und in ruhigeren Zeiten noch einmal zu überdenken.

Stattdessen dachte ich an Pit. Er hatte gestern Abend kräftig dem Wein zugesprochen. Im Gegensatz zu mir konnte er anschließend zu Fuß nach Hause gehen, und außerdem schien er eine Menge zu vertragen. Auch gegen Ende des Abends hatte er immer noch klar gesprochen und gedacht. Anfangs hatten wir über allgemeine Dinge gesprochen. Über die Kinder (er war geschieden, hatte einen Sohn, der seit der Trennung bei der Mutter in Oldenburg lebte), über das harte und unstete Leben eines Journalisten, das harte und unstete Leben eines Kripobeamten, die vielen Überstunden, die schlechte Bezahlung. Irgendwann, als er hörte, dass ich mit dem Auto nach Bensheim gekommen war, landeten wir beim Klimawandel, den die Menschheit nach Pits Überzeugung trotz aller guten Vorsätze und teuren Konferenzen nicht in den Griff bekommen würde.

»Um das zu schaffen, müssten mindestens zwei Dinge klappen«, hatte er mit wedelndem Zeigefinger doziert. »Es müsste viel weniger Menschen auf der Welt geben als jetzt. Und zweitens müsste dieser Wahnsinn mit dem endlosen Wirtschaftswachstum aufhören.«

An Sonntagen redeten die Politiker immer gerne über die

Natur, über Bescheidenheit und Demut. Aber an den Werktagen ging es dann wieder nur um Wachstum, Wachstum, Wachstum. Wie Pit glaubte ich nicht, dass das weltweite Bevölkerungswachstum zu stoppen war. Und ich glaubte auch nicht, dass die großen Konzerne auf einmal Bescheidenheit lernen würden.

»Wenn du genau hinhörst, dann dreht sich die öffentliche Diskussion auch längst nicht mehr darum, wie man den Temperaturanstieg stoppen könnte, sondern nur noch darum, wie wir bei der kommenden Klimakatastrophe überleben können.«

Am Ende waren wir zu dem Thema gekommen, das zurzeit in aller Munde war: die nicht enden wollenden Flüchtlingsströme.

»Es sind auch die ersten Klimaflüchtlinge, die jetzt an unsere Tür klopfen«, hatte Pit zu diesem Punkt gemeint.

Das hatte ich nun nicht geglaubt, sondern stattdessen den IS ins Gespräch gebracht, Putin, Assad.

Da hatte er sich vorgebeugt und mich mit vom Alkohol feuchten Augen streng angesehen. »1783 ist in Island ein großer Vulkan ausgebrochen, der Laki, der den enormen Vorzug hat, dass sogar angetrunkene Mitteuropäer seinen Namen aussprechen können. In dem Jahr ist auf Island die komplette Ernte ausgefallen, das Vieh ist verreckt und die armen Isländer um ein Haar auch.«

»Schlimme Geschichte, aber …«

»Warte nur, warte! Der böse Laki hat nämlich nicht nur in Island für schlechtes Wetter gesorgt, sondern auch dazu geführt, dass in ganz Europa der Sommer ausgefallen ist. Es folgten drei üble Jahre mit Überschwemmungen, harten Wintern, Missernten und natürlich Hungersnöten. Und 1789, sechs Jahre später, na, was war da?«

»Die Französische Revolution.«

»Richtig!« Triumphierend hatte er mir auf die Schulter geschlagen, dass ich um ein Haar vom Stuhl gekippt wäre.

»Natürlich kann man da keine strenge Kausalkette konstruieren. Unruhen in der Bevölkerung hatte es schon vorher gegeben. Aber der Hunger, die allgemeine Not, die haben mit Sicherheit ihren Teil dazu beigetragen, dass den Leuten schließlich der Kragen geplatzt ist. Und jetzt will ich dir mal was sagen: In Syrien, da ist es heutzutage nicht anders.« Er war in seinem Element gewesen, hatte gestrahlt, als er fortfuhr: »Von 2007 bis 2010 hatten die da unten die schlimmste Dürre seit hundert Jahren. Über eine Million Menschen sind vom Land in die Städte geflüchtet, weil sie nichts mehr zu fressen hatten. Glaubst du im Ernst, das hätte nicht dazu beigetragen, dass 2011 die ersten Demonstrationen in Damaskus waren?«

Eine Tür klappte verhalten. Theresas Tür. Ich hörte ihre leisen Schritte, als sie barfuß den Flur überquerte und ins Bad ging. Bald rauschte Wasser.

Nun dachte ich doch noch einmal über meinen nächtlichen Verfolger nach. Inzwischen war ich mir nicht mehr so sicher, dass er nur herausfinden wollte, wer ich war. Merit hatte einen einzigen Telefonanruf gebraucht, um anhand des Autokennzeichens meinen Namen und sogar meine Telefonnummer herauszufinden. Auch Privatdetektive haben ihre Beziehungen, kennen vielleicht den einen oder anderen Polizisten, nicht wenige von ihnen haben selbst früher zur Truppe gehört. Wenn er aber wusste, wer ich war, dann konnte sein Auftrag nur lauten, herauszufinden, was ich tat, wen ich traf. In wessen Auftrag ich unterwegs war und die Menschheit mit merkwürdigen Fragen belästigte. Und weil er mit dieser Art von Tätigkeit seine Brötchen verdiente, würde er höchstwahrscheinlich nicht so schnell aufgeben.

Beim gemeinsamen Frühstück herrschte eine zwiespältige Stimmung. Die Zwillinge waren ein wenig übernächtigt, da sie am Vorabend noch später als ich nach Hause gekommen waren. Sie genossen den ungewohnten Luxus, auf dem reich gedeckten Tisch Stremellachs und getrocknete Tomaten, gefüllte Oliven und frisch aufgeschnittenen Parmaschinken zu finden. Außerdem gab es von der Veranstalterin dieses Events handgeschnippelten Obstsalat und Müsli und Rührei mit Speck und Krabbensalat und frische Croissants und was das Herz sonst noch begehrte. Theresa wirbelte herum und tat, als wäre sie bester Laune.

Aber noch lag der endgültige Abschied von ihrem Mann vor ihr. Noch gab es tausend Dinge zu erledigen, private, amtliche, meist lästige. Schließlich, als es wirklich nichts mehr auf den Tisch zu stellen gab und ich meinen Cappuccino hatte und die Zwillinge ihre heiße Schokolade und sie selbst einen dreifachen Espresso ohne alles, setzte sie sich zu uns und brach seufzend ein großes Stück vom frischen und nach Provenceurlaub duftenden Baguette ab.

Das Festmahl dauerte fast anderthalb Stunden, und zum ersten Mal fühlte es sich für mich fast ein wenig wie Familie an. Theresa warf mir manchmal nachdenkliche Blicke zu, als gingen ihr ähnliche Dinge durch den Kopf wie mir.

Irgendwann erklärten die Zwillinge urplötzlich, sie seien satt und außerdem in einer Stunde in der Stadt verabredet, und vorher müssten sie leider noch ins Bad.

»Hui«, sagte Theresa lächelnd, als sie verschwunden waren. »Geht das immer so explosionsartig?«

»Sie haben sich abgesprochen. Neunzig Minuten sind lang. Sie mögen dich.«

Ihr Lächeln wurde wärmer. Mit verschleiertem Blick rückte sie ihren Stuhl näher an meinen und fragte, ob ich Lust auf ein Glas Sekt hätte. Die hatte ich, sogar sehr. Als wir anstießen, verfluchte ich den Umstand, dass ich später den Termin mit diesem blöden Herrn Sivers hatte, der mir wahrscheinlich nur langweiliges Zeug erzählen würde. Unsere Gläser waren noch nicht leer, als auch noch mein Handy zu randalieren begann.

Theresa rückte ein wenig ab von mir, als ich es nach kurzem Zögern schließlich doch ans Ohr nahm.

»Waren Sie das?«, fuhr Merit mich ohne jede Vorwarnung an.

»Was soll ich bitte gewesen sein?«

»Das wissen Sie selbst ja wohl am besten!«, schrie sie. »Bekommen Sie Geld für so etwas?«

»Ich habe keinen Dunst, wovon Sie sprechen.«

Das änderte sich in den nächsten Sekunden. Auf Seite fünf der Bensheimer Nachrichten von heute prangte ein zweispaltiger Artikel neben Heneckas Foto. »Bekannter Pharmaforscher vermisst?«, lautete die Überschrift.

»Wie wir aus zuverlässiger Quelle erfahren …«, las Merit immer noch kochend vor Wut vor. »Diese Quelle können doch wohl nur Sie sein. Oder wer weiß sonst noch davon?«

»Es stimmt«, gab ich lahm zu. »Ich habe gestern tatsächlich mit dem Chefredakteur gesprochen. Aber ich kann mir wirklich nicht vorstellen …«

»Das können Sie sich nicht vorstellen? Haben Sie noch nie mit Journalisten zu tun gehabt? Sind Sie so weltfremd, dass …?«

Ich seufzte. Warum musste in dieser verfluchten Geschichte immer alles schiefgehen?

»Sehen Sie es doch mal positiv«, versuchte ich sie zu besänftigen. »Vielleicht hilft uns die Meldung sogar, Ihren Vater zu finden.«

Sie wurde wirklich ein wenig ruhiger, blieb jedoch misstrauisch. »Wie sollte das wohl gehen?«

Das Schlimme war: Sie hatte vollkommen recht. Wie hatte ich ausgerechnet einem Journalisten von Heneckas Verschwinden erzählen und auch noch glauben können, er würde von diesem Wissen keinen Gebrauch machen?

Gekränkt und zerstritten wie ein altes Ehepaar legten wir auf.

Dr. Hagen Sivers war ein wieseliger, schmaler Mann mit dem pickligen Gesicht eines früh gealterten Gymnasiasten. Seine Schneidezähne ließen mich an ein Meerschweinchen denken, die feuchtkalte Hand, die er mir reichte, an einen nassen Waschlappen. Er sah unentwegt um sich, als spielten wir in einem amerikanischen Politthriller die Bösen.

»Gehen wir ein Stück?«, schlug ich vor. Er war mir unsympathisch, und außerdem war mir trotz meines Mantels kalt. Heneckas Mitarbeiter war einer dieser übernervösen Hektiker, die bei der kleinsten Aufregung feuchte Hände bekamen und einem keine Sekunde in die Augen sehen konnten. Schon wieder sah es nach Regen aus. Ich dachte an Theresas warme Arme, an ihre heißen Lippen und verspürte nicht das leiseste Verlangen nach Bewegung an frischer Luft. Sivers hatte ein Treffen im Trockenen mit der Begründung abgelehnt, dort sei die Gefahr zu groß, belauscht zu werden. So hatten wir uns am Bahnhof verabredet und brachen nun zu einem ungemütlichen Spaziergang auf. Hoffentlich war uns der Regen gnädig.

Mein Gesprächspartner war mit der Straßenbahn aus Weinheim gekommen, wo er ein großzügiges Einfamilienhaus besaß, das er ganz allein bewohnte, wie er mir ausführlich und ohne jeden Anlass erklärte. Während er mir von seinem Auto erzählte, einem über zwanzig Jahre alten Alfa Romeo, gingen wir zügig in Richtung Neckar, überquerten die stark befahrene Bundesstraße und folgten dem Uferweg flussabwärts. Dabei klärte Sivers mich über die Probleme bei der Ersatzteilbeschaffung für italienische Oldtimer auf. Wir überquerten den Fluss auf dem schmalen Wehrsteg.

Inzwischen war es schon nach zwölf Uhr. Der widerliche Wind blies mir ungehindert ins Gesicht, und meine Laune wurde mit jedem Schritt noch ein wenig schlechter. Immerhin war ich heute klug genug gewesen, den Trenchcoat nicht zu Hause zu lassen. Mein unentwegt plappernder Begleiter trug eine knallrote, schwere und sicherlich sehr warme und winddichte Regenjacke, auf deren Ärmeln und Brust maritime Symbole prangten. Schon nach wenigen Metern war er außer Atem gekommen, was jedoch seinen Redefluss nur unwesentlich hinderte.

Erst als wir das nördliche Neckarufer erreichten, blieb er plötzlich stehen und wechselte übergangslos das Thema. Vermutlich war er inzwischen zur Überzeugung gekommen, dass uns keine Schlapphüte mit Richtmikrofonen folgten und die amerikanischen Spionagesatelliten uns wegen der dichten Wolkendecke nicht sehen konnten.

»Also«, begann er und streckte den rechten Zeigefinger in die kalte Luft. »Es ist nämlich so: Sie entlassen in letzter Zeit ständig Leute. Obwohl der Laden brummt wie verrückt.«

»Und Sie befürchten …?«

»Ich bin erst seit zwei Jahren dabei, Anfang dreißig, keine Kinder, keine Familie. Da erwischt es einen logischerweise als Ersten.«

»Sie wollten mir eigentlich etwas über Professor Henecka erzählen.«

Sivers nickte aufgeregt. »Dazu kommen wir noch.«

»Was macht die PharmaStats eigentlich genau? Aus den Internetseiten bin ich nicht recht schlau geworden. Was heißt ›Dienstleistungen für die Pharmaindustrie‹?«

»Kurz gesagt: Wir erledigen die Dinge, die die großen Konzerne ungern selbst machen, weil sie gewisse Risiken mit sich bringen. Falls etwas schiefläuft, können die Auftraggeber ihre Hände in Unschuld waschen.«

Langsamer als zuvor gingen wir weiter. Sivers sprach jetzt so leise, dass ich in seiner Nähe bleiben und die Ohren spitzen musste.

»Wir kommen ins Spiel, wenn ein neues Medikament am Menschen getestet werden muss. Im Vorfeld macht man natürlich Tierversuche, und schon hierzu gibt es tausend Vorschriften. Erst danach beginnen die Studien am Menschen. Da unterscheidet man vier Phasen. In Phase eins bekommen einige wenige Gesunde das Mittel und werden rund um die Uhr beobachtet. Ob es Nebenwirkungen gibt und so weiter. In Phase zwei geht man an Kranke und untersucht, ob das neue Medikament auch tatsächlich die gewünschte Wirkung zeigt. In Phase drei wird der Kreis der Patienten erweitert, und man beobachtet, ob immer noch alles im grünen Bereich bleibt. An einer solchen Studie nehmen mehrere Tausend Menschen teil.«

»Klingt bisher nicht allzu aufregend …«

»Ist es aber, weil es irre viel Zeit kostet – wir sprechen von bis zu zehn Jahren – und damit logischerweise auch Unmengen Geld verschlingt.«

Üblicherweise bekam die eine Hälfte der Probanden ein bekanntes, bewährtes Mittel oder, falls noch kein Medikament gegen die Krankheit auf dem Markt war, ein Placebo. Die andere Hälfte erhielt den neuen Wirkstoff, und es wurde überprüft, ob er besser abschnitt als der alte. In Phase vier wurde der therapeutische Einsatz eines zugelassenen Medikaments in der breiten Anwendung untersucht, um eine Bestätigung der Nutzen-Risiko-Abwägung zu bekommen. Dabei wurden auch selten auftretende Nebenwirkungen und Wechselwirkungen mit anderen Arzneimitteln erfasst. Erst dann wurde das Medikament schließlich zum Verkauf zugelassen.

»Und weil das alles so teuer und umständlich ist, werden diese Tests heute gerne im Ausland gemacht. Dort sind die Kosten niedriger, es wird nicht so viel hinterfragt, und es wird auch nicht immer so genau hingesehen. Diese Leute da sind ja oft froh, wenn sie überhaupt irgendwelche Pillen bekommen, noch dazu welche aus Europa. Wenn es eine Placebo-Gruppe gibt, dann gucken die logischerweise in die Röhre. Und weil das Ganze auch ethisch oft ein wenig heikel ist, werden wir beauftragt, alles zu organisieren und abzuwickeln, verstehen Sie jetzt?«

»Und weil es hin und wieder schiefgeht, gibt es manchmal Ärger«, vermutete ich.

»Genau. Leute sterben. Weil der Wirkstoff doch nicht so verträglich ist. Weil sie das Pech hatten, in der Placebo-Gruppe zu sein. Manchmal finden die Hinterbliebenen das heraus und machen Stress.«

»Was ist Professor Heneckas Aufgabe dabei?«

»Jan führt die Verhandlungen mit dem Kunden. Er betreut die Versuche in den Kliniken in Moskau und …«

»In Moskau?«, fiel ich ihm ins Wort.

Sollte die russische Mailadresse etwa keine Tarnung sein, wie ich vermutet hatte, sondern eine logische Konsequenz, weil der Absender schlicht und ergreifend Russe war? Ein älterer Mann vielleicht, der Deutsch sprach, weil er zu Zeiten des Kalten Kriegs als Soldat in der DDR stationiert gewesen war?

»Oder in Kiew oder in Indien oder weiß Gott wo. Jan trägt letztlich die wissenschaftliche Verantwortung für den kompletten Prozess.«

Indien? Mir kam schon ein neuer Verdacht: »Hat es in letzter Zeit auch Ärger gegeben?«

»Gibt es dauernd. Erst vor ein paar Tagen war zum Beispiel einer da, dessen Frau gestorben ist bei so einer Phasedrei-Testreihe. Ein Inder. Hat einen ziemlichen Trouble veranstaltet, aber über das Foyer ist er nicht …«

»Wann?«, fiel ich ihm wieder ins Wort und blieb stehen. »Wann genau?«

»Das war …« Mit krauser Stirn sah Sivers zum grauen Himmel hinauf, aus dem soeben die ersten Tropfen fielen. »Am Montag? Richtig, am Montagnachmittag war er da. Ich habe ihn selbst nicht gesehen. Eine Kollegin hat's mir später erzählt. Der Typ war total am Ende. Hat angeblich ausgesehen, als wäre er von Bangalore bis nach Bensheim zu Fuß gegangen.«

Und am Montagabend war ein kleiner, dunkelhäutiger Inder am Bahnhof überfallen worden. Sivers sprach schon weiter, hatte meine Überraschung gar nicht bemerkt.

»... meistens noch mal eine Firma vor Ort zwischengeschaltet. Das sind aber oft reine Briefkastenfirmen. Eine Sekretärin, ein Telefon. Und ein Briefkasten, natürlich.« Er lachte meckernd und verstummte sofort wieder, als hätte er ein Sakrileg begangen.

»Hatte dieser Inder etwas bei sich?«

Sivers sah mich verständnislos an.

»Eine Tasche, einen Koffer ...?«

»Weiß ich nicht. Ist das wichtig?«

»Vielleicht.«

Bereitwillig zückte er ein übergroßes Smartphone und telefonierte kurz. »Einen Rucksack, sagt Chloë«, verkündete er stolz, als er das Handy wieder in einer der großen Taschen seiner Outdoorjacke versenkte. »Einen roten Rucksack hat er dabeigehabt. Und er wollte zu Jan. Nehme an, um ihn zu beschimpfen. Oder zu erpressen. Oder beides.«

»Und Henecka trägt für alles die Verantwortung«, wiederholte ich langsam, während alle möglichen Gedanken durch meinen Kopf wirbelten.

Das würde in der Tat erklären, weshalb jemand ihm den Tod wünschte und böse Mails schrieb. Mails, die in einem altertümlichen und ein wenig schrägen Deutsch verfasst waren. Der Inder, dessen Namen ich nicht kannte, hatte Deutsch gesprochen, wusste ich von Rolf Runkel.

Wie oft hatte ich es schon erlebt in meiner Kriminalistenlaufbahn: Manchmal hilft eine einzige Information, ein winziges Stückchen Wissen, um aus einem unübersichtlichen Durcheinander unversehens ein klares Bild entstehen zu lassen. Das Unternehmen PharmaStats machte seine Patientenversuche unter anderem in Indien. Vermutlich in Bangalore. Am Dienstagmorgen war der kleine Inder aus der Klinik geflohen, am Dienstagabend war Henecka verschwunden.

Plötzlich war mir ein wenig schwindlig.

»Haben Sie bei ihm promoviert?«, fragte ich, um Zeit zum Nachdenken zu gewinnen.

Sivers grinste abfällig. »Zum Glück nicht. Ich habe in Marburg studiert und in Berlin promoviert.«

»Wie ist er denn so?«

»Als Mensch oder als Chef?«

»Beides.«

»Fachlich ist Jan ein Ass, da gibt es nichts zu meckern. Als Chef – na gut, man kann ihn ertragen. Menschlich gesehen ist er ein Totalausfall.«

»Ganz schön hartes Urteil.«

Er zuckte die schmalen Schultern unter der breiten Jacke. »Nobody is perfect. Jeder hat ja so seine Haken und Ösen.«

»Was sind seine Haken und Ösen?«

»Wie soll ich sagen … Er lässt niemanden an sich heran. Ist völlig humorlos. Kreist um sich selbst. Kaum einer weiß was Privates über ihn. Klar, es ist bekannt, dass er in Bensheim ein Haus hat. Dass er eine Tochter hat, weiß man auch noch. Aber niemand unter den Kollegen ist je privat bei ihm gewesen. Niemand hat je seine Frau gesehen.«

»Dass er verheiratet ist, weiß man aber schon?«

»Irgendwie naheliegend, wenn er eine Tochter hat, nicht?«

Sivers zu fragen, ob er etwas über Emmas Verschwinden wusste, erübrigte sich. Zu der Zeit hatte er vermutlich gerade die Grundschule hinter sich gelassen.

Henecka forderte von allen seinen Mitarbeitern immer das Äußerste, erzählte Sivers weiter, und konnte nicht loben.

»Da müsste er einen ja ansehen, nicht wahr? Irgendwie mal ein bisschen aus der Deckung kommen, persönlich werden …«

In der Nähe blökten Schafe. Wild lebende Papageien flatterten aufgeregt kreischend über uns hinweg. Wir hatten den Zoo erreicht.

»Da ist noch was«, sagte Sivers, nachdem wir einige Sekunden schweigend nebeneinander hergegangen waren. »Es gibt da so ein Projekt.«

Ich blieb stehen und sah ihm ins picklige, vom Wind gerötete Gesicht. »Ein Projekt?«

»Keiner weiß was Genaues, aber seit einiger Zeit wird ständig getuschelt. Ich weiß nur so viel, dass es um ein neues Medikament geht.«

»Eines, das getestet werden soll?«

Sivers schüttelte eilig den Kopf. »Es ist ein Wirkstoff, den Henecka in den vergangenen Jahren zusammen mit dem Institut entwickelt hat, wo er seine Vorlesungen hält.« Er hob die knochigen Schultern, hielt sie einen Augenblick oben, ließ sie fallen und stieß gleichzeitig den Atem aus. »Angeblich weiß nur die Chefin davon – und Jan natürlich.«

Inzwischen hatten wir, ohne uns abzusprechen, kehrtgemacht, bewegten uns wieder auf den Fluss zu. Jetzt hatten wir immerhin den fiesen Wind im Rücken. »Und was ist das Besondere an diesem Projekt?«

»Es heißt, die Firma hat vor, in die Produktion einzusteigen. Man will nicht immer nur Dienstleister sein und damit abhängig von den Launen irgendwelcher Pharmariesen. Das, was wir machen, macht vielleicht in fünf Jahren jemand in China oder im Iran für das halbe Geld.«

Oder in Indien? »Das heißt, es wird eine Produktion aufgebaut?«

»Keiner weiß, wie das laufen soll. Die Firma hat null Expertise in so was.«

»Um was für ein Medikament handelt es sich?«

»Etwas gegen chronische lymphatische Leukämie. Jan hat schon früher an der Uni daran geforscht, und irgendwie läuft da auch eine Kooperation mit einem Institut in Bangalore. Jule – das ist Jans Sekretärin – hat mir mal im Vertrauen verraten, er telefoniert in letzter Zeit oft mit Indien. Es ist immer dieselbe Nummer, in Bangalore eben, und vorher macht er immer die Tür zu. Das Institut, zu dem die Nummer gehört, ist ziemlich renommiert. Der Chef, Professor

Bharathi, ist in der Community einer von den ganz großen Namen.«

Als wir den Bahnhof wieder erreicht hatten, schüttelten wir Hände und warteten anschließend beide auf eine Straßenbahn, allerdings auf verschiedenen Bahnsteigen. Hagen Sivers wollte zurück nach Weinheim, ich hatte in Mannheim zu tun. Meine Bahn kam erfreulicherweise schon nach zwei Minuten.

In Mannheim stieg ich am Hauptbahnhof aus und hatte etwa zwanzig Minuten stramm zu gehen. Inzwischen trieb mir der kalte Wind einen nieseligen Regen ins Gesicht. Ich erreichte schließlich das Quadrat H4, wo das kleine Geschäft lag, das der Grund für meinen ungemütlichen Ausflug in die Quadratestadt war. Es sah fast so schäbig aus, wie ich es mir vorgestellt hatte. Über der Tür hing schlecht befestigt ein anscheinend handgemaltes Schild: Spy Shop. Im kleinen, länger nicht geputzten Schaufenster waren allerlei technische, überwiegend hochmoderne Gerätschaften ausgestellt. Die verglaste Tür klemmte ein wenig, eine fröhliche Bimmel kündigte die Kundschaft an. Innen war es überraschend aufgeräumt und sauber. Aus einer Tür im dunklen Hintergrund trat eine schmale, hochgewachsene Frau mit silbergrauem, lockigem Haar und begrüßte mich mit einem misstrauischen Lächeln. Ich erklärte ihr erstens mein Anliegen und dass ich zweitens keinen Dunst von den Dingen hatte, um die es hier ging.

»Da kann ich Ihnen einen hervorragenden Breitbandscanner empfehlen«, sagte sie mit angenehmer Altstimme. »Haben wir erst vorletzte Woche reingekriegt. Der scannt alles von fünf Megahertz bis vier Gigahertz. Dem Ding entgeht nichts.«

»Ist es schwierig, damit umzugehen?«

»Überhaupt nicht.« Sie zog einen Karton aus einem Regal und nahm das Gerät heraus, das aussah wie ein zu groß geratenes Handy ohne Bildschirm. »Hier schalten Sie es ein, die Antenne hier müssen Sie rausziehen, und an diesem Leuchtbalken hier sehen Sie, ob es ein Signal gibt oder nicht. Außerdem piepst es, wenn es ein Signal empfängt.«

»Ein Signal?«

»Kein Signal bedeutet, keine Wanze in der Nähe, kein Peilsender oder so was. Das ist es ja, was Sie wollten. Je mehr Balken Sie sehen und je aufgeregter es piepst, desto näher sind Sie am Sender.«

Das klang tatsächlich, als könnte auch ein technischer Laie wie ich damit umgehen.

»Ist das Modernste, was Sie zurzeit kaufen können. Kostet allerdings eine Kleinigkeit.«

»Wie viel?«

Knapp zweihundert Euro und ein spärlich bedruckter weißer Karton wechselten den Besitzer. Das Geld würde ich Heneckas braunem Umschlag entnehmen.

16

»Du wagst es noch, mich anzurufen!«, rief ich wütend ins Handy.

Es war Sonntagmorgen, halb zehn, ich saß in der Küche und knabberte an einem Apfel, der fast so sauer war wie ich selbst.

»Ich weiß nicht, was du gerade denkst, Alex, aber ich weiß, dass du falsch denkst«, erwiderte Pit Steingruber heiter.

»Du hast gestern öffentlich gemacht, dass Henecka verschwunden ist.«

»Das habe ich schon gewusst, bevor du hier angerufen hast. Deshalb war ich ja so an deiner Story interessiert.«

»Wie und wann bist du an die Information gekommen?«

»Donnerstag, am späten Abend. Per Mail. Für die Freitagsausgabe war es zu spät. Die war da schon im Druck.«

»Von wem kam die Mail?«

»Der Absender hat sich als Kollege von Henecka ausgegeben, wollte aber nicht namentlich genannt werden.«

»Wie heißt dieser Kollege?«

»Sag ich nicht.«

»Und so was druckst du ungeprüft?«

»Mal wieder ein kluger Spruch gefällig? Von irgendwas muss der Kamin rauchen. Normalerweise werfe ich so was natürlich in den Papierkorb. Da lag die Mail übrigens auch schon. Informationen, die wir nicht verifizieren können, haben im Blatt nichts verloren. Aber dann kamst du mit deinen komischen Fragen und deiner alten Geschichte, und dann habe ich Heneckas Arbeitgeber angerufen, und die Leute da haben so verdruckst reagiert, und da habe ich mich entschlossen, die Mail wieder aus dem Papierkorb zu holen.

Außerdem, du hast es vermutlich übersehen: Ich habe ein schönes, großes Fragezeichen hinter die Schlagzeile setzen lassen.«

»Wer kann ein Interesse daran haben, dass das publik wird?«

»Jemand, der der Firma schaden will? Henecka ist eine große Nummer da. Ohne den läuft vermutlich vieles nicht rund. Und noch was habe ich mir überlegt …« Er räusperte sich unbehaglich. Überlegte vermutlich gerade, wie viel er mir verraten durfte. »Stellen wir uns mal vor, Henecka hat einen neuen Job gefunden. Vielleicht bei einem direkten Konkurrenten …«

»So was wird bei Menschen in leitender Position üblicherweise per Arbeitsvertrag ausgeschlossen.«

»Was keine Rolle mehr spielt, wenn der alte Arbeitgeber ein paar Wochen später in Konkurs geht.«

»Angeblich ist die PharmaStats hoch profitabel.«

»Ein engagiertes Management kann auch eine blühende Firma schnell in die Zahlungsunfähigkeit treiben. Es hat vor zwei Jahren schon mal Übernahmegerüchte gegeben, und seit einigen Wochen gibt es wieder welche. Man nennt so was heute natürlich nicht mehr Übernahme, sondern Merging. Aber faktisch kommt es auf dasselbe heraus.«

»Mit wem wollen sie sich zusammentun?«

»Habe ich noch nicht rausfinden können. Das läuft alles hochgeheim. Aber der Aktienkurs ist in den letzten Wochen kontinuierlich gestiegen, was ein Zeichen dafür ist, dass was im Busch ist. Das dürfte sich allerdings morgen früh ändern, wenn die Börsen aufmachen.«

Weil die PharmaStats AG ohne ihren Forschungschef nicht mehr viel wert war, das leuchtete mir ein.

»Und damit du mir nicht mehr böse bist, Alex, habe ich ein Bonbon für dich. Deshalb rufe ich eigentlich an.«

»Ich mag keine Süßigkeiten, aber lass trotzdem hören.«

»Du müsstest zu mir kommen. Ich hoffe, du hast Zeit.«

»Am heiligen Sonntagvormittag?«

»Was du heute kannst besorgen ...«

»Wilma Miller«, stellte Pit vor, als wir uns eine Dreiviertelstunde später im zweiten Obergeschoss der Redaktion wiedersahen. »Wilma ist meine persönliche Assistentin. Ohne sie könnte ich mir die Kugel geben.«

Ich lächelte Frau Miller an, die unter Pits Lobeshymne ein wenig errötete.

»Gehen wir doch in mein Büro«, schlug er unternehmungslustig vor. »Da ist es gemütlicher als im Treppenhaus.«

Wir gingen einen Flur entlang, von dem links und rechts meist offen stehende Türen abgingen, hinter denen jeweils zwei Schreibtische und mehr oder wenig großes kreatives Chaos zu sehen waren, und betraten das letzte Büro, das ein wenig größer zu sein schien als die anderen.

Pits Assistentin, die hüftschwingend vor mir herging, trug ein flaschengrünes Kleid, das vorzüglich zu ihrem vollen rotblonden Haar passte. Der Rock endete eine Handbreit über den Knien. Auch die hohen Schuhe waren elegant, und sie wusste sich vorzüglich darauf zu bewegen. Von hinten hätte ich sie auf Anfang dreißig geschätzt, nach den feinen Fältchen um ihre grünen Augen zu schließen, war sie zehn Jahre älter.

Wir setzten uns an den Besprechungstisch, der im Gegensatz zum verblüffend aufgeräumten Schreibtisch übersät war mit ausgedruckten und per Hand redigierten Artikeln, Zeitungsausschnitten und Fotos. Auch hier hatte sich das papierlose Büro offenbar noch nicht so recht durchgesetzt, von dem mein zukünftiger Chef träumte. Mitten in der Papierwüste hatte jemand eine kleine Oase geschaffen, auf die drei Tassen, ein Tellerchen mit Keksen und eine verlockend duftende Kaffeekanne samt dem nötigen Zubehör passten. Pit verbot seiner Assistentin, irgendetwas davon anzufassen, füllte und verteilte die Tassen selbst. Dann war endlich jeder versorgt, und es konnte losgehen.

Wilma Miller schlug sittsam die Beine übereinander, nippte wie eine englische Landadlige mit spitzen Fingern an ihrer Tasse. Überhaupt wirkte sie sehr britisch auf mich. Was angesichts ihres Nachnamens vielleicht nicht ganz abwegig war. Ihr blasses Gesicht zierten sogar einige Sommersprossen.

Nachdem sie einige Schlückchen getrunken hatte, blickte sie auf. »Ich vermute, es geht um Lisa«, sagte sie mit leiser, etwas heiserer Stimme. »Ich bin nicht in Bensheim geboren, aber ich lebe seit dreißig Jahren hier. Und vor sechzehn Jahren, es ist mir erst gestern Abend wieder eingefallen, da ist ein Mädchen verschwunden. Es war acht Jahre alt und ist nie wieder aufgetaucht.«

»Wie hieß Lisa weiter?«

»Das weiß ich leider nicht.«

Der Nachname würde sich herausfinden lassen. Frau Miller nippte noch einmal und stellte ihre Tasse dann mit einer bühnenreifen Bewegung ab. Mit der rechten Hand schob sie eine vorwitzige Locke hinters Ohr, an dem ein kleines Gehänge mit bunten Swarovski-Steinchen funkelte, und dann sagte sie einen Satz, der meinen Puls vorübergehend außer Takt brachte: »Lisa war Merit Heneckas Freundin.«

»Wilma hat vorhin schon ein paar Meldungen von damals für dich rausgesucht.« Pit schob eine Klarsichthülle voller Kopien zu mir herüber, wobei einige der Papiere, die auf dem Tisch lagen, ins Rutschen kamen und zu Boden segelte. Er sah nicht einmal hin. »Allzu viel steht leider nicht drin. Die Polizei war damals – wohl aus Rücksicht auf die Angehörigen – sehr geizig mit Informationen.«

Der oberste Artikel, den ich durch die Hülle lesen konnte, war vom neunten September 1999. »Achtjähriges Mädchen vermisst«, lautete die Überschrift. Lisa war zwei Tage davor verschwunden, am siebten also.

Wilma Miller griff wieder nach ihrer Tasse und fuhr fort: »Die Sache hat damals in der Stadt natürlich für Aufsehen und Gerüchte gesorgt.« Sie wechselte die Beine und lehnte sich in ihren Stuhl zurück, in der einen Hand die Tasse, in der anderen die Untertasse. »Lisa wohnte in einem Haus nicht weit von Henecka. Heute lebt dort eine Familie Mayer, Mayer mit ay. Die Eltern haben sich später getrennt und sind weggezogen. Lisa war ihr einziges Kind.«

Die kleine Lisa war an jenem Nachmittag bei Merit zum Spielen gewesen. Lisas Mutter war nicht zu Hause, hatte wohl irgendeinen Termin. Irgendwann hatte das Mädchen sich allein auf den Heimweg gemacht, es waren kaum mehr als zweihundert Meter, war dort jedoch nie angekommen.

»Zwischen den Zeilen kann man lesen, dass in Lisas Elternhaus nicht alles so war, wie es sein sollte«, berichtete Pit. »Die Mutter war wohl öfter mal nicht da und hat ihr Kind bei anderen Leuten abgestellt.«

»Und der Vater?«

»War oft ganze Wochen weg. In einem der Artikel wird er als Monteur bezeichnet. Nehme an, er hat an wechselnden Einsatzorten gearbeitet.«

»Es ging sogar das Gerücht, die Mutter wäre Alkoholikerin«, ergänzte seine Assistentin leise. »Die Leute waren nicht von hier, und Sie wissen ja, wie manche Menschen Fremden gegenüber sind.«

»Man muss nicht alles glauben«, warf Pit mürrisch ein. »Von mir erzählt man sich wahrscheinlich auch, ich sei Berufsalkoholiker.«

In den Zeitungsartikeln, die ich nebenbei überflog, wurde Lisas Nachname mit G. abgekürzt. Sie war ein hübsches Mädchen gewesen, das keck, um nicht zu sagen, frech in die Kamera grinste. Haselnussbraunes Haar hatte sie gehabt, das ihr als dicker Zopf über die linke Schulter hing.

»Weiß man, was aus den Eltern geworden ist?«

Kopfschütteln. Kaffeenippen. »Ich erinnere mich noch,

dass die Mutter Jacqueline hieß und der Vater wahrscheinlich Patrick. Ich meine mich auch zu erinnern, dass sie aus dem Osten stammten, aus den neuen Ländern.«

»In der BILD wird sie Jacky genannt.« Pit gähnte herzhaft. »Außerdem wird – natürlich immer fein mit Fragezeichen und juristisch wasserdicht – angedeutet, sie hätte sich an den Nachmittagen, an denen Lisa bei ihrer Freundin war, ein bisschen zusätzliches Haushaltsgeld verdient. Gut ausgesehen hat sie angeblich.«

Ich blätterte in den Kopien. »Den Artikel finde ich hier nicht.«

»Ich habe ihn nur digital und druck ihn dir nachher aus. Es ist auch ein Foto der Mutter dabei. Gott weiß, wie die Kollegen da rangekommen sind.«

»In dem BILD-Artikel wird sie als bunt und sexy gekleidet beschrieben«, fügte Frau Miller mit niedergeschlagenen Augen hinzu.

»Ach, da oben am Hang wird jeder schief angeguckt, der sich ein bisschen außerhalb der Norm bewegt«, meinte Pit mit grimmigem Lachen. »Mein Nachbar auf der rechten Seite – der Mann ist Abteilungsleiter bei Buderus in Viernheim und schwer in Ordnung –, der hat mir mal hinter vorgehaltener Hand gestanden, dass er und seine Frau sich auch an den Wochenenden den Wecker stellen, um halb acht die Rollläden hochziehen und sich anschließend wieder hinlegen und weiterschlafen.« Wieder lachte er. »Den Aufwand hat sexy Jacky wahrscheinlich nicht getrieben.«

Ohne zu fragen, schenkte er Kaffee nach.

»Die Geschichte hat seinerzeit eine Menge Staub aufgewirbelt. Ist sogar in Aktenzeichen XY gekommen.«

»Wurde Henecka verdächtigt?«

»Wenn, dann haben deine Kollegen es unter der Decke gehalten.«

Wilma Miller zupfte an ihrem Rock herum. Nahm sich

eine Schokoladenwaffel vom Teller und knabberte daran herum wie ein sattes Kaninchen. »Es gab Gerüchte«, sagte sie, als sie sich die Schokolade mit einem Taschentüchlein von den Fingern wischte, das aus Seide zu sein schien. »Und natürlich wurde viel geredet. Auch über Professor Henecka ...«

»In einem solchen Fall ist für die Polizei erst mal jeder verdächtig«, gab ich zu bedenken. »Vor allem Menschen aus dem Umfeld des Opfers.«

»Es hat auch deshalb so viel Aufregung gegeben, weil zwei Jahre früher schon einmal ein Mädchen verschwunden ist«, erzählte Wilma Miller ihrer Tasse. »Nicht hier, sondern im Odenwald oben, ich meine, bei Reichelsheim. Natürlich hat man vermutet, es sei derselbe Täter.«

»Wie alt war das andere Mädchen?«

Frau Miller sah ihren Chef an und überlegte. Sagte schließlich: »Ich meine, älter als Lisa. Zehn? Zwölf?«

»Und es ist auch nie gefunden worden?«

»Soweit mir bekannt ist, nicht.«

»Henecka passt so wenig in das Viertel wie ich und sexy Jacky«, meinte Pit. »Er hat damals sogar ein paar Leuten mit Klage gedroht, habe ich gehört, wegen übler Nachrede und so weiter. Seither scheint Ruhe zu sein.«

Und manche Nachbarn sprachen nicht mehr mit Fremden über alte Geschichten. Pit füllte seine Tasse zum zweiten Mal nach. »Ich wundere mich, dass er das Haus nicht einfach verkauft und sich woanders niedergelassen hat.«

»Kommen wir an die Polizeiakten ran?«, fragte ich mich selbst.

»Du vermutlich schon. Wir bestimmt nicht.«

Ich ebenso wenig, da ich ja immer noch als Privatmann ermittelte. »Diese Fernsehsendung ...«

»Das sollte kein Problem sein. Ruf das ZDF an. Die schicken dir eine Kopie.«

Blieb die Frage, wie Lisa mit Nachnamen hieß.

»Das Meldeamt?«, schlug Frau Miller mit ernstem Blick vor.

Nicht schon wieder. Außerdem hatten die heute geschlossen, schließlich war Sonntag.

»Facebook? Xing?« Pit zog den Mund schief. »Blödsinn. So was hat es damals ja noch gar nicht gegeben. Und solange du nicht mal den Nachnamen weißt …«

Inzwischen war mir eingefallen, wer mir den Namen verraten konnte.

Merit sah auch heute zum Erbarmen aus. Die Tür hatte sie mir erst geöffnet, nachdem ich gefühlte hundert Mal geklingelt hatte. Sie wirkte übermüdet, trostlos, hielt sich an der Wand fest, als würde sie sonst im nächsten Moment umkippen. Stumm starrte sie mich an. Bereit, die Tür jeden Moment wieder zuzuschlagen.

»Darf ich?«, fragte ich vorsichtig.

»Bringen Sie Neuigkeiten von meinem Vater?«

»Leider nicht. Aber es haben sich inzwischen noch ein paar Fragen ergeben.«

»Muss das sein?«, fragte sie mit gequältem Blick. »Ausgerechnet jetzt?«

»Ich bin extra hergefahren«, log ich, ohne rot zu werden.

Sie ließ die Tür nicht los, aber ihre Miene wurde eine Spur weicher.

»Weshalb haben Sie nicht vorher angerufen?«, fragte sie ergeben.

»Habe ich. Aber Ihr Handy ist aus, und am Festnetztelefon meldet sich nur der Anrufbeantworter.«

Das war ausnahmsweise keine Lüge gewesen.

»Ich …« Sie machte eine ziellose Handbewegung, griff sich an den Kopf, trat endlich zur Seite. »Ich habe es wohl überhört, tut mir leid. Ich schlafe so schlecht. Der Jetlag. Nachts liege ich ewig wach. Morgens, wenn es hell wird, schlafe ich ein und komme erst mittags wieder zu mir. Das

Haus macht mir Albträume, und ... ich ... okay. Sprechen wir. Aber bitte, machen Sie schnell. Ich ...«

Mit schwankenden Schritten führte sie mich ins eiskalte Wohnzimmer.

»Mit den Mails sind Sie nicht weitergekommen?«, fragte sie tonlos.

»Sie klingen alle ähnlich. Es ist immer derselbe Absender und im Wesentlichen derselbe Inhalt. Aber sie sagen leider so gut wie nichts über den Schreiber.«

Wir setzten uns. Mich fröstelte, und das lag nicht nur an der Raumtemperatur. Zu einem verzagten Häufchen Elend zusammengesunken saß Merit mir gegenüber. Die mageren Hände bewegten sich ruhelos in ihrem Schoß, der Blick war matt und leer, das blasse Gesicht eine Maske.

Obwohl der Raum so lag, dass kein Nachbar hereinsehen konnte, waren die Vorhänge zugezogen. Es war auf unsägliche Weise unbehaglich hier. Als wären die Bewohner dieses Hauses vor langer Zeit fluchtartig ausgezogen und hätten ihre ganze Habe zurückgelassen.

Ich beschloss, mit einem unverfänglichen Thema zu beginnen: »Kennen Sie den Bruder Ihrer Mutter?«

»Marius?« Verwirrt sah sie mir ins Gesicht, aber ihr Blick irrte gleich wieder ab. »Kennen wäre zu viel gesagt. Ich muss drei Jahre alt gewesen sein, als ich ihn zum letzten Mal gesehen habe. Damals waren wir in Trondheim, weil Opa seinen siebzigsten Geburtstag gefeiert hat. Die ganze Feier – ich fand es schrecklich. Weshalb fragen Sie?«

»Er soll später in Deutschland gewesen sein, um nach Ihrer Mutter zu suchen.«

Wieder sah sie kurz auf. Als wollte sie prüfen, ob ich wirklich ernst meinte, was ich eben gesagt hatte. »Davon weiß ich nichts«, sagte sie dann. »Ich war ja noch klein, als das alles ... geschehen ist.«

Das Verhältnis zwischen ihrem Vater und Emmas Familie sei miserabel gewesen, sagte auch sie. Und war es noch.

»Sie geben Pa die Schuld daran, dass sie weggegangen ist, denke ich. Und man kann es ihnen ja auch nicht verdenken.«

»Sie wissen tatsächlich nichts mehr von damals?«

Langsam, als kostete es sie übermenschliche Kräfte, schüttelte sie den Kopf. »Eines Tages war sie einfach nicht mehr da«, flüsterte sie. »Ich war im Kindergarten. Frau ... Götze hat mich mittags heimgebracht, aber Mama hat nicht aufgemacht.«

»Frau Götze?«

»Eine Nachbarin. Ihre Tochter und ich waren zusammen im Kindergarten.«

Lisa G. Das war ausnahmsweise einfacher gewesen, als ich befürchtet hatte.

»Sie hat mich dann mit zu sich nach Hause genommen, und Pa hat mich abends abgeholt. Und dann war Mama nicht mehr da. Pa sagte, sie müsse sich ein paar Tage erholen und würde bald wiederkommen. Aber obwohl ich noch ein Kind war, habe ich sofort bemerkt, dass er sehr beunruhigt war.«

»Der Vorname Ihrer Freundin ...?«, fragte ich, um sicher zu sein, dass wir von dem richtigen Mädchen sprachen.

Merit schwieg.

»Frau Henecka?«

Sie fuhr auf. »Wie?«

»Wie hieß Ihre Freundin?«

Ihr Blick irrte wieder ab. »Lisa.«

Bevor sie den kurzen Namen aussprach, hatte sie gezögert, als gäbe es da eine Hemmung, einen Widerstand, der erst überwunden werden musste. Bruchteile von Sekunden nur, aber die Pause war deutlich hörbar gewesen.

»Ich habe Sie schon einmal gefragt, aber keine richtige Antwort erhalten: Sie haben später nie wieder etwas von Ihrer Mutter gehört?«

Kopfschütteln. »Pa hat mich immer wieder vertröstet.

Hat mir irgendwelche Geschichten erzählt. Und allmählich habe ich mich daran gewöhnt, dass Mama nicht mehr da war.«

»Darf ich fragen: Wie ging es Ihrem Vater damit?«

»Anfangs hat er an den Abenden viel telefoniert.«

»Mit Ihrer Mutter?«

»Mit Bekannten, mit Freunden, mit Menschen, die ich nicht kannte. Meine Tür stand immer offen, weil ich im Dunkeln nicht mehr einschlafen konnte. Ich habe seine Stimme gehört, verstanden habe ich aber kaum etwas von dem, was gesprochen wurde. An den Tagen nach Mamas Verschwinden hat er mich immer wieder in die Arme genommen und an sich gedrückt. Ich musste dann auch erst mal nicht mehr in den Kindergarten. Er selbst hatte sich wohl frei genommen an der Uni, ich weiß nicht. Jedenfalls war er ständig da und hat viel mit mir zusammen unternommen, um mich auf andere Gedanken zu bringen. Wir waren im Heidelberger Zoo, in diesem Museum in Speyer, wo man Flugzeuge und alte Lokomotiven ansehen kann.«

»Und später, als Sie älter waren, haben Sie nie versucht, mit ihm über das Thema zu sprechen?«, fragte ich ungläubig.

»Anfangs habe ich oft gefragt, wann Mama zurückkommt. Ob es ihr gut geht. Aber ich habe immer nur ausweichende Antworten bekommen. Später war dann Lisas Mutter, Jacky, meine Bezugsperson. Ich war oft bei ihr und Lisa. Pa musste ja irgendwann wieder arbeiten. Jacky hat mir sehr geholfen in der schweren Zeit. Und Lisa war dann fast wie eine Schwester für mich. Auch das hat mir sehr geholfen, sehr. Mein Vater kann Gefühle nicht so zulassen. Er gibt sich Mühe, aber es liegt ihm einfach nicht. Jacky und Lisa, da war es ganz anders. So viel lebendiger … wärmer.« Sie verstummte, kaute wieder an ihren Nägeln. »Glauben Sie, er ist noch am Leben?«, fragte sie dann unvermittelt.

»Das werde ich so lange glauben, bis ich einen Beweis für das Gegenteil habe«, erwiderte ich mit fester Stimme.

Sie schlug die von der Schlaflosigkeit geröteten Augen nieder. »Nein«, stieß sie heftig hervor. »Wir haben nie darüber gesprochen. Einmal habe ich Pa gefragt, ob ich schuld daran bin, dass Mama weggegangen ist. Ob ich zu frech war, zu ungezogen. Da hat er geweint, und ich habe nie wieder zu fragen gewagt.« Jetzt sah sie mir mit schreckgeweiteten Augen ins Gesicht. Schluckte. »Wissen Sie, was das Schlimmste war? Das Schlimmste waren die Blicke der Nachbarn. Dieses ... gehässige Mitleid. Gibt es so etwas wie gehässiges Mitleid?«

»Ich verstehe, was Sie meinen.«

»Die ersten Monate waren eine endlose Hölle. Pa hat getan, was er konnte, damit ich nicht zu sehr darunter leide, dass ich keine Mama mehr hatte. Die Nachbarn haben mich angesehen wie eine Waise, die die ... Krätze hat.«

Dies war der richtige Moment, um die letzte, entscheidende Kurve zu nehmen: »Wie war es später? Als Lisa ...«

Ruckartig wandte sie den Blick ab. Das Gesicht plötzlich nur noch Angst und Abwehr. »Woher ... wie ...?« Der Kopf kippte auf die Brust. »Gehen Sie«, sagte sie fast unhörbar. »Bitte gehen Sie.«

»Frau Henecka, ich bitte Sie ...«

Ihre Stimme war schrill, als sie schrie: »Gehen Sie! Sofort!«

»Vielleicht später? Wenn Sie sich ein wenig ...?«

Sie antwortete nicht mehr.

Zögernd erhob ich mich. Merit sah nicht auf. Machte keine Anstalten, mich zu verabschieden. Weinte sie? Es war nicht zu erkennen. Ihr ganzer Körper war verkrampft. Vor Schreck? Vor Angst? Angst vor mir? Vor einer Wahrheit, die nicht sein durfte? Eines war mir in den letzten Sekunden klar geworden: Der Verlust ihrer Freundin musste ein traumatisches Erlebnis für sie gewesen sein. Nach der Mutter auch noch das Mädchen zu verlieren, das wie eine Schwester für sie gewesen war – das war so schlimm für sie gewesen, dass sie sich bis heute weigerte, auch nur daran zu denken.

»Haben Sie schon daran gedacht, in ein Hotel zu ziehen?«, fragte ich leise.

Endlich sah sie mich wieder an. Aus tränennassen Augen. »Ein Hotel?«, murmelte sie, als hätte sie Mühe, sich an den Sinn dieses Wortes zu erinnern. »Vielleicht wäre das eine Idee, ja. Danke.«

»Die Umgebung hier tut Ihnen nicht gut. Dieses Haus, alles hier tut Ihnen nicht gut. Und Sie sollten jetzt auch nicht allein sein.«

»Nicht jetzt«, erwiderte sie, nachdem sie einige Sekunden ernsthaft über meine Vorschläge nachgedacht hatte. »Vielleicht fliege ich auch zurück. In New York habe ich Freunde. Mailand, das wird sowieso nichts mehr. Das könnte ich im Moment nicht.«

Als ich ins Freie trat, atmete ich auf. Dieses kalte, dunkle Haus deprimierte und zermürbte nicht nur Merit. Fast war es, als könnte ein Gebäude, als könnten Mauern und Möbel Erinnerungen speichern, Bedrohung ausstrahlen, Gefahr bedeuten. An Merits Stelle hätte ich mir schon am ersten Tag eine heimeligere Bleibe gesucht.

Während der Fahrt auf der Autobahn behielt ich den Rückspiegel im Auge, aber heute schien mir niemand zu folgen. Am Vortag hatte ich nach meiner Rückkehr aus Mannheim meinen Wagen mithilfe meines neu erworbenen Gerätchens nach Wanzen und Peilsendern abgesucht, jedoch nichts gefunden.

17

Es war schon halb eins, als ich meine Wohnung wieder betrat. Meine Töchter saßen in der Küche, jede hinter ihrem Laptop. Sie machten keine Hausaufgaben, wie ich im ersten Moment vermutete, sie beschäftigten sich auch nicht mit ihrem derzeitigen Lieblingsprojekt »Sommerferien, ganz weit weg«.

»Paps«, sagte Sarah, ohne aufzusehen. »Wir machen in der Schule ein Projekt mit Flüchtlingen.«

»Finde ich gut.« Ich hängte den Mantel an die Garderobe und setzte mich zu ihnen.

»Wir wollen aber nicht bloß drüber quatschen«, fügte Louise hinzu. »Wir wollen auch irgendwas machen.«

»Finde ich sogar noch besser. Wo steckt Theresa?«

»Musste kurz weg. Kommt aber später wieder, sollen wir dir sagen.«

»Hast du nicht eine Idee?«, fragte Sarah. »Wegen den Flüchtlingen?«

»Es gibt eine Menge Vereine und Organisationen in Heidelberg, die sich über jeden freuen, der helfen will. Ihr könntet zum Beispiel Kindern Deutschunterricht geben.«

»Super Idee«, fand Louise beeindruckt.

»Diese Leute von dieser Partei«, sagte Sarah, »wie heißt sie noch mal …?«

»Du meinst die Alternative für Doofe«, sagte Louise abfällig.

»Alternative für Deutschland«, verbesserte ich.

»Alternative für doofe Deutsche.«

»Wieso sind die eigentlich gegen die Flüchtlinge?«

Ich versuchte, den beiden auseinanderzusetzen, dass Menschen, denen es ohnehin nicht gut ging, die arbeitslos waren, keine Perspektive für sich sahen, leicht Angst bekamen vor anderen, denen es noch schlechter ging.

»Aber im Fernsehen, bei den Demos, das sind doch Rentner! Manche sehen aus wie Lehrer.«

»Das sind manche wahrscheinlich auch.«

»Wieso machst du eigentlich nichts?«, fragte Sarah mit kritischem Blick.

»Ich zahle Steuern. Eine Menge Steuern sogar, jeden Monat. Und ein Teil davon geht an die Flüchtlinge.«

»Aber du hättest doch jetzt auch Zeit, dich irgendwie zu engagieren.«

»Ich habe überhaupt keine Zeit. Ihr merkt doch, dass ich ständig unterwegs bin.«

»Aber das machst du doch bloß zum Spaß.«

»Zum Spaß ganz bestimmt nicht«, seufzte ich.

»Warum dann?«

Ja, warum? Anfangs war es mir nur darum gegangen, Henecka sein Geld zurückzugeben. Aber längst trieb mich etwas anderes an. Nur was eigentlich? Neugierde? Der Ehrgeiz, einen Fall zu lösen, den bisher niemand hatte lösen können? War es schlichte Eitelkeit? Die Vorfreude auf den Ruhm, etwas fast Unmögliches geschafft zu haben? Oder einfach nur Gewohnheit? Weil ich es nicht ertrug, dass um mich herum Dinge geschahen, die nicht sein durften? Die ich nicht verstand? Oder war es immer noch der Versuch, vor mir selbst zu fliehen? Vor dem Alleinsein und den finsteren Gedanken, die dann todsicher kamen? Seit Tagen war ich nicht mehr laufen gewesen, wurde mir bewusst. Das Wetter war besser geworden, inzwischen schien sogar die Sonne.

»Ich dreh mal eine Runde«, sagte ich und erhob mich. »Sollen wir später zusammen essen?«

»Haben schon gegessen«, erwiderten meine Töchter wie aus einem Mund und widmeten sich wieder ihren Computern.

Obwohl Sonntag war, rief ich versuchsweise das ZDF in Mainz an. Eine freundliche Telefonistin verband mich weiter.

»Das Sendedatum können Sie mir nicht sagen?«, fragte die Redakteurin, bei der ich schließlich landete, in einem Ton, als hätte ich sie bei einer sehr langweiligen Arbeit gestört.

»Ich weiß leider nur, dass es im Herbst neunundneunzig oder im ersten Halbjahr zweitausend gewesen sein muss.«

»Das war in der Zeit, als Butz Peters die Sendung moderiert hat«, sagte sie zu sich selbst und tippte schon.

»Die meisten Folgen finden Sie übrigens auf Youtube. Die können Sie sich problemlos ansehen.« Die Frau begann, mir einen Link zu diktieren, brach aber plötzlich ab. »Hoppla! Ich sehe gerade, dass in dem Zeitraum zwei Sendungen aus irgendwelchen Gründen nicht online sind. Und das sind ausgerechnet die vom dritten Dezember neunundneunzig und die vom einunddreißigsten März zweitausend. Können Sie mir einen Namen nennen, der in dem Fall vorkam?«

Ich klärte sie auf, und für kurze Zeit hörte ich wieder nur den Atem der, nach der Stimme zu urteilen, nicht mehr ganz jungen Frau.

»Da«, sagte sie dann. »Da haben wir sie, die kleine Lisa. Der Beitrag ist im Dezember ausgestrahlt worden. Und, seltsam, er steht wirklich nicht im Netz.«

Murphys Gesetz galt eben auch an sonnigen Maisonntagen: If anything can go wrong, it will. Warum sollte etwas einfach sein, wenn es auch kompliziert ging?

»Könnten Sie mir die Sendung besorgen?«

»Das sollte kein Problem sein«, erwiderte sie zögernd. »Aber das kriege ich heute unmöglich hin. Wenn der Kollege sie morgen findet, wohin darf er die DVD schicken?«

Die Dienstleistung würde nicht kostenlos sein, erklärte sie mir, der Silberscheibe würde eine Rechnung beiliegen. Aber ich hatte ja noch immer Heneckas braunen Umschlag.

Am Ende ging ich doch nicht laufen. Aber auch ohne Sport fühlte ich mich stark und wach. Stattdessen tat ich das, was ich an einem bestimmten Punkt eines Falles immer tue: Ich versuchte, Ordnung zu schaffen, in meinem Kopf und auf dem Schreibtisch. Hierzu erstellte ich eine Liste.

Ich begann mit der ersten Zahl, die ich kannte: Merits Geburtsjahr 1991. Als ihre Mutter verschwand, war Merit vier oder fünf Jahre alt gewesen. Sie war noch in den Kindergarten gegangen, andererseits nicht mehr so klein gewesen, dass sie sich an überhaupt nichts mehr erinnerte. Somit musste Emma im Jahr 1995 oder 1996 verschwunden sein. Anschließend hatte Merit mit ihrem Vater allein gelebt. Anfangs mit Jacqueline Götze als Muttterersatz und Lisa als gleichaltriger Fast-Schwester.

Am siebten September 1999 verschwand auch Lisa.

Im Alter von achtzehn oder neunzehn Jahren, vermutlich 2010, hatte Merit – kurz nach dem Abitur – ihren Vater verlassen, um in den USA zu studieren.

Noch einmal ging ich meine bedrückend kurze Liste durch.

War ich nun klüger?

Kein bisschen.

Hatte ich Lust, dieses sinnlose Ratespiel weiterzuspielen?

Ja, irgendwie schon.

Die Frage meiner Töchter, weshalb ich mir das antat, war berechtigt gewesen. Die schlichte Antwort lautete: weil ich es wollte. Weil ich nicht anders konnte. Weil der Jäger in mir wieder erwacht war. Da war dieses fiebrige Gefühl, kurz vor der Lösung zu stehen, kurz vor dem Sieg. Ich konnte das Wild noch nicht sehen, aber es raschelte schon im Gebüsch.

Ein Blick auf die Uhr verriet mir, dass es schon halb drei war. Zeit, endlich etwas zu essen. Was würde ich anschließend tun? Spazieren gehen? Fernsehen? Chillen, wie es meine Töchter nannten? Stattdessen suchte ich meinen Zollstock und vermaß mein Zimmer. Da es nach dem Wohnzimmer der zweitgrößte Raum war, würde auch ein breites oder sehr breites Bett problemlos hineinpassen. Die komplette Längsseite könnte man mit einer raumhohen Schrankwand füllen, denn Theresa würde natürlich Stauraum für Kleidung und Schuhe brauchen. Eine Menge Stauraum. Und am Fenster bliebe dann immer noch Platz genug für meinen bescheidenen Schreibtisch. Sollte ich Theresa bei nächster Gelegenheit auf das Thema ansprechen? Oder lieber noch ein wenig warten damit?

Ich beschloss, das Thema zu vertagen und endlich etwas zu essen. Anschließend würde ich alles Mögliche tun, nur mit dem Thema Henecka, Merit und Co. würde ich mich heute nicht mehr befassen. Auch Jäger brauchen hin und wieder Nahrung und eine Pause.

Der Name Patrick Götze war bei Facebook ungefähr so selten wie Klaus Schmidt oder Fritz Müller. Alles Mögliche war da vertreten: Lehrer, Müllwerker, ein drittklassiger Fußballspieler, ein Florist, sogar zwei Polizisten. Viele waren erkennbar zu jung, um Lisas Vater sein zu können. Manche zeigten kein Foto von sich, gaben vernünftigerweise kaum Informationen über sich preis. Dieser Weg führte also wieder einmal ins Nirgendwo. So griff ich schließlich wieder auf meine neue Geheimwaffe zurück: Henning.

»Mayer heißt die Frau?«, fragte er. »Und was soll ich noch mal?«

»Du rufst sie an und fragst, ob sie weiß, wo die Vorbesitzer ihres Hauses heute leben.«

»Und wenn sie fragt, wieso ich das wissen will?«

»Dann sagst du … du sagst, dein Vater ist gestorben, und er war der beste Freund von Herrn Götze, und du hast leider nur die alte Adresse in Bensheim und willst ihn zur Beerdigung einladen.«

Das war hoffentlich eine Geschichte, die bei alten Damen Rührung auslöste.

»Bist du seit Neuestem Schriftsteller oder so was?«, fragte Henning verblüfft.

Es dauerte nur wenige Minuten, bis er zurückrief.

»Hamburg«, berichtete er stolz. »Sie haben allerdings vor zehn Jahren zuletzt Kontakt mit diesem Herrn Götze gehabt. Irgendwas war mit dem Grundbuchamt, sie hat's mir erklärt, aber ich hab's nicht ganz geblickt, sorry. Jedenfalls, damals hat er noch in Hamburg gewohnt. Ihr Mann hat zwei- oder dreimal mit diesem Götze telefoniert, sagt sie. Seine Adresse haben sie nicht, aber die Nummer hat sie noch in ihrem Adressbuch gefunden, und die Vorwahl ist 040.«

Unter der Nummer, die Henning mir diktierte, meldete sich der Anrufbeantworter einer Praxis für Physiotherapie. Die Internetsuche nach »Patrick Götze Hamburg« ergab immerhin nur noch vier Treffer. Einer der Männer war deutlich älter als die anderen drei, hatte ein nichtssagendes Gesicht, das weder schön noch hässlich war. Vom Alter her kam er als Lisas Vater infrage. Schließlich fand ich noch ein Gruppenfoto von etwa zehn Männern in schmutzigen, orangefarbenen Overalls, die stolz lachend Sektgläser in die Kamera hielten. Einer davon, der zweite von rechts, war Patrick Götze. Anscheinend wurde die erfolgreiche Fertigstellung irgendeines technischen Großprojekts gefeiert. Das Interessante daran war jedoch der Aufdruck des Firmennamens auf den Heldenbrüsten: Haimann AG. Aber auch dort war heute Sonntag und nur der Anrufbeantworter zu Hause. Schließlich kam ich auf anderem Weg weiter: Das Gruppenfoto stammte vom Facebook-Profil eines Heiner Kolzcack, der sich als erfreulich offenherziger Mensch entpuppte. Ich schickte ihm eine Nachricht mit meiner üblichen Rührgeschichte, bat ihn um Götzes Handynummer und erhielt fast postwendend Antwort mit der Bitte, »Mucki-Pat« herzlich von »Suffkopp Heini« zu grüßen.

Lisas Vater arbeitete zurzeit an der Montage einer dieser

riesigen Windkraftanlagen in der Nordsee, wo man weder Sonn- noch Feiertag kannte. Im Hintergrund wurde gehämmert, gebrüllt und geflext, und zudem orgelte ein heftiger Wind.

»Bensheim?«, brüllte Patrick Götze gegen den Lärm an. »Stimmt, ja. Lange her.« Der Wind pfiff und fauchte, dass ich ihn kaum verstehen konnte.

»Es geht um Ihre Tochter.«

»Wie?«

»Ihre Tochter. Lisa.«

Schweigen. Dann mit veränderter Stimme: »Muss das sein? Kann denn ... nicht endlich mal Ruhe sein?«

Obwohl er seit über zwanzig Jahren in Westdeutschland lebte, hatte er den sächsischen Akzent noch nicht ganz verloren. Da es nun schon in der Zeitung stand, beschloss ich, mit offenen Karten zu spielen.

»Lisa war an dem Nachmittag bei einem Nachbarn von Ihnen, Jan Henecka.«

Für lange Sekunden hörte ich nur Windgeräusche, Hämmern und raues Männergebrüll.

»Und Herr Henecka ist seit ein paar Tagen verschwunden«, setzte ich nach, als von Götze keine Reaktion kam.

»Wohl kaum wegen Lisa.«

Sein Lachen klang zum Weinen.

»Ich weiß, es klingt unwahrscheinlich. Aber trotzdem halte ich es für denkbar, dass Lisas Verschwinden etwas damit zu tun hat.«

»Und wer sind Sie noch mal?«

Ich wiederholte meinen Namen.

»Sind Sie Polizist?«

»Privatermittler, wenn Sie so wollen.«

»Gut. Die Polizei ... Die haben sich nämlich damals nicht mit Ruhm bekleckert, also vorsichtig ausgedrückt. Und was wollen Sie nun von mir hören?«

»Was damals genau passiert ist. In den Zeitungen hat ja

nur die halbe Geschichte gestanden. Und an die alten Polizeiakten komme ich nicht heran.«

»Gut, okay, verstehe. Aber ... ich ... nicht jetzt. Wir gehen hier gerade unter in Arbeit. In drei Tagen muss die Mühle sich drehen, und wir haben fast Sturm und keine Ahnung, wie wir das schaffen sollen. Kann ich Sie später anrufen? Um acht ist meine Schicht zu Ende.«

»Gerne. Allerletzte Frage noch: Was ist aus Ihrer Frau geworden?«

»Jacky? Wir sind geschieden. War 'ne schwere Zeit damals, und ... das Haus haben wir verkauft, und Jacky ist dann erst mal wieder zu ihren Eltern.«

»Haben Sie noch Kontakt?«

»Nein. Null.«

Die Anschrift der Eltern wusste er nicht, jedoch immerhin den Ort: »Thallwitz. Ein Kaff östlich von Leipzig.«

»Wie heißen die Eltern?«

»Wie? Ach so, ja, Rosenfeld. Jetzt muss ich aber wirklich, sorry.«

Gemeinde Thallwitz, urkundlich erstmalig erwähnt im Jahr 1253, etwas über dreitausendsechshundert Einwohner, nach den Fotos auf der offiziellen Homepage zu schließen, recht idyllisch an einem kleinen Flüsschen gelegen. Im Internet war ein hübsch renoviertes Rittergut zu bewundern, ein Herrensitz, der schon beinahe als Schloss durchgehen konnte, viel Grün und flache Landschaft. Den Namen Rosenfeld fand ich in der Liste der Gemeinderatsmitglieder. Eine ältere, freundlich blickende Dame, die sympathischerweise sogar im Telefonbuch stand.

»Jacky?«, fragte die Gemeinderätin mit Kettenraucherstimme. »Sagt mir jetzt erst mal nüscht. Worum ging's noch mal?«

»Um ein Treffen alter Nachbarn, hier in Bensheim.«

»Da hat die mal gewohnt? Wo liegt das denn, wenn man fragen darf, dieses Bensheim?«

»In der Nähe von Heidelberg.«

»Ach so.«

»Ihr geschiedener Mann hat mir gesagt, sie sei wieder zu ihren Eltern gezogen. Die wohnen oder wohnten in Thallwitz.«

»Wir haben hier noch 'nen anderen Rosenfeld. Im Ordnungsamt, den Jörg. Aber der ist noch Azubi. Soll ich trotzdem mal gucken, ob ich seine Nummer finde?«

Jörg Rosenfeld gab sich nicht die geringste Mühe zu verbergen, dass er Sachse war. Seine Vorliebe für Dreiwortsätze ließ mich vermuten, dass er nicht zur Schicht der Intellektuellen zählte, und die dröhnende Stimme löste in mir sofort das Bild eines baumlangen, kahlköpfigen Kerls in Springerstiefeln aus, der vor einem Flüchtlingsheim auf und ab marschierte. Die Unterhaltung gestaltete sich nicht einfach.

Ich verstand etwas wie: »Jaggy? Genn isch nüsch.«

»Jacqueline?«

Auch nicht. »Wer soll 'n dit sein?«

Mir wurde klar, dass der junge Mann vermutlich noch Windeln trug, als Jacky Rosenfeld zu ihren Eltern zurückgekehrt war. »Ist der Name Rosenfeld sehr verbreitet in Thallwitz?«

»Nö.« Es folgte etwas, das so klang, als sei er der einzige Bewohner, der diesen blumigen Namen trug. Aber dann fiel ihm ein: »Mein Vadder nadirlisch. Und die dumme Schnepfe vonne SPD.«

Nebenbei googelte ich spaßeshalber seinen Namen, um herauszufinden, ob der junge Mann irgendwo im Zusammenhang mit brennenden Asylantenheimen genannt wurde. Aber er tauchte nur in einer kleinen Meldung der Mitteldeutschen Zeitung auf. Beim Brand einer großen Lagerhalle hatte er sich als Mitglied der Freiwilligen Feuerwehr besonders hervorgetan, zwei Menschen das Leben gerettet und dafür eine hübsche Medaille bekommen.

Er zögerte keine Sekunde, mir die Telefonnummer seines

Vaters zu verraten. Dieser hieß Erich mit Vornamen, vielleicht zu Ehren des Generalsekretärs der glorreichen Sozialistischen Einheitspartei.

Inzwischen war ich wieder wie im Rausch. Offenbar war ich süchtig nach dieser Art von Beschäftigung. Auf dem Sofa hatte der Jäger keine Ruhe gefunden. Theresa war noch nicht wieder aufgetaucht, um mich vielleicht zu erlösen.

Erich Rosenfeld meldete sich mit einem Grunzen. Ohne große Hoffnung wiederholte ich mein Anliegen. Immerhin schien ihm der Name Jacky etwas zu sagen, denn sein Grunzen wechselte die Tonlage. Allerdings sagte er ihm anscheinend nichts Gutes.

»Geene Ohnung«, antwortete er auf meine Frage, was aus Jacky geworden sei. »Ewisch her.«

Jackys Eltern waren vor zehn Jahren kurz nacheinander gestorben, konnte ich aus ihm herauskitzeln.

»Und Jacky?«

Zögern. Grunzen. Schließlich noch einmal: »Geene Ohnung.«

»In Thallwitz wohnt sie nicht mehr?«

Jetzt raffte er sich doch zu einem längeren Satz auf: »Is seinerzeit nüsch so lang gebliem.«

»Und Sie haben keine Idee, was aus ihr geworden sein könnte? Ob sie noch lebt? Wo sie heute wohnt?«

Er grummelte etwas von »Leipzsch« und legte auf.

Leipzig hatte etwa hundertfünfzig Mal so viele Einwohner wie Thallwitz.

Und vermutlich sprachen fast alle Sächsisch.

Versuchsweise gab ich den Namen Jacqueline Rosenfeld bei Google ein. Eintausendfünfhundert Treffer. Viele im Ausland, Dänemark, USA, Norwegen. Norwegen? Unsinn. Was sollte es da für eine Verbindung geben?

Als ich es mit »Jacky Rosenfeld« in Anführungszeichen probierte, kamen nur noch hundertfünfundzwanzig Hits. Immer noch zu viele.

»Jacky Rosenfeld« und Leipzig: Null.

So wurde das nichts. Mein Rausch verflüchtigte sich allmählich und wich einem schnell wachsenden Kater. Führte sie vielleicht einen neuen Nachnamen? Hatte sie wieder geheiratet? Oder den Namen Götze einfach behalten?

Jacky plus Leipzig ohne Rosenfeld: hundertneunundfünfzigtausend Treffer. Entnervt klickte ich einige davon an, landete schließlich in einem halbseidenen Forum, wo ein Mann mit dem Pseudonym »Stecher83« über eine gewisse Jacky merkwürdige Dinge schrieb:

»Plus 1: Hat echt tief geblasen. Auch voll abwechslungsreich. Plus 2: Echt geiler Arsch. Plus 3: Man darf alles anfassen. Minus 1: Bisschen schlaffe Titten. Minus 2: Anal ging gar nicht, mein Ding war zu dick. Minus 3: Sieht mindestens so alt aus, wie sie ist ...« Praktischerweise hatte er auch gleich die Adresse der gut blasenden Dame angegeben: Hahnemannstraße, einige Kilometer westlich des Stadtzentrums.

Jackys Handynummer fand ich auf einer Internetseite mit dem leicht zu merkenden Namen »Hurenkartei«. Inzwischen war es drei Uhr. Eine Zeit, zu der auch Damen, die im Erotikgeschäft ihr Geld verdienten, ausgeschlafen haben dürften. Dennoch musste ich es eine Weile tuten lassen, bis sich eine verschlafene Frauenstimme mit einem gurrenden »Halloho?« meldete.

»Bin ich richtig bei Jacky?«

»Keine Termine vor sechs, sorry, Süßer.«

Auch bei ihr war die Sächsin noch herauszuhören. Aber offenbar hatte sie sich – vielleicht aus professionellen Gründen, Leipzig war immerhin internationale Messestadt – auf Hochdeutsch verlegt.

»Ich wollte eigentlich gar keinen Termin ...«

»Telefonsex geht auch, kein Problem. Wo ich schon mal wach bin – wie magst du's denn am liebsten?«

»Eigentlich gar nicht.«

»Bist du ... äh ... was?«

»Ich spreche doch mit Jacky Rosenfeld?«

»Jetzt nicht mehr.«

Und schon hatte sie aufgelegt.

Immerhin hatte sie zugegeben, dass ich die richtige Jacky gefunden hatte. Aber was nun? Nach Leipzig fahren und sie zur Rede stellen? Mich als Freier ausgeben? Als Stromableser? Während ich noch grübelte, brummte mein Handy kurz, um eine neue SMS zu melden:

»Hallo. Werde Sie nicht anrufen. Bitte rufen Sie auch nicht an. Tut mir leid. Grüße, P. Götze.«

Also doch Leipzig? Eine ziemliche Strecke, und so ganz traute ich meinem Auto noch nicht wieder. Andererseits hatte Theresa inzwischen – ebenfalls per SMS – angekündigt, sie werde heute nach Darmstadt zu ihrer alten Freundin Viola fahren und dort übernachten. Ich verspürte wenig Lust, zu Hause zu sitzen und mich schlecht zu fühlen, weil Theresa traurig war und ich ihr nicht beistehen konnte. Außerdem war ich ein wenig gekränkt, fühlte mich ausgegrenzt. Und in Leipzig war ich noch nie gewesen.

So bat ich wieder einmal Henning um Hilfe.

»Hi, Alex«, begrüßte er mich gut gelaunt. »Was liegt diesmal an?«

»Du könntest mir noch einen kleinen Gefallen tun. Du musst aber nicht.«

»Ist es wieder kriminell?«

»Hört Doro zu?«

»Die werkelt in der Küche. Ich liege auf dem Bett und lese.«

»Du liest?«

»Ein Buch. Ist außen bunt, und innen ist bedrucktes Papier. Hast du bestimmt schon mal gesehen.«

Ich konnte mich nicht erinnern, wann ich eine meiner Töchter zum letzten Mal mit einem Buch in der Hand gesehen hatte.

»Und was liest du?«

»Stephen King. Voll genial. Der Mann kann einen Küchenmülleimer drei Seiten lang beschreiben, ohne dass einem langweilig wird.«

»Leihst du es mir, wenn du damit fertig bist?«

»No Problemo. Und was darf ich Gesetzeswidriges für dich tun? Wieder eine alte Dame anschwindeln?«

»Diesmal ist die Dame jünger.«

18

Knapp fünfhundert Kilometer, hatte der Routenplaner berechnet, Fahrzeit etwas über vier Stunden. Als ich aufbrach, war es vier Uhr am Nachmittag, mein Termin bei Jacky war erst eine Stunde vor Mitternacht, sodass mir sogar noch Zeit bleiben würde, eine Runde durch die Altstadt Leipzigs zu drehen. Ein preiswertes Hotelzimmer hatte ich von Heidelberg aus gebucht. Mein Glaube, am Sonntagabend ginge es bei Prostituierten eher beschaulich zu, hatte sich als Irrtum erwiesen.

»Sieben oder elf, was passt dir besser, Süßer?«, hatte Henning mich mit schmachtender Stimme gefragt. »Geht ganz schön ran, die Gute.«

»Gehört zum Geschäftsmodell. Hast du einen Kunden an der Angel, mache ihn so heiß wie möglich. Sieben geht nicht.«

»Ich habe den Termin um elf für dich gebucht. Du bist der Letzte für heute.«

»Wenn alles vorbei ist, lade ich dich wirklich ganz groß zum Essen ein. Franzose? Italiener?«

»Sushi. Ich weiß auch schon, wo. Und keine Angst, es wird richtig teuer. Erzählst du mir morgen, wie es war?«

Wie in letzter Zeit öfter ärgerte ich mich, weil ich immer noch kein Navi besaß. Mein neues, superschlaues Handy konnte zwar auch navigieren, allerdings nur, wenn der stolze Benutzer wusste, welche Stellen des kleinen Bildschirms er dazu streicheln musste. Aber ich hatte es nicht eilig, und schließlich hatte ich auch früher schon alle meine Ziele erreicht. Manchmal auf kleinen Umwegen, manchmal begleitet von mittelschweren Ehekrisen, aber am Ende waren wir immer dort angekommen, wo wir ankommen wollten.

Vor der Fahrt hatte ich noch einmal meinen Wanzensucher benutzt. Wieder hatte ich nichts gefunden. Sollte der Frankfurter Detektiv doch schon aufgegeben haben? Oder arbeitete er einfach nicht am Wochenende?

Da auf der A5 in Richtung Norden mit Stau zu rechnen war, hatte ich mich für die Südroute entschieden, war am Walldorfer Kreuz auf die A6 abgebogen und würde nun über Nürnberg und Bayreuth mein Ziel erreichen.

Vier Stunden später war Leipzig immer noch hundert Kilometer entfernt. Ich war müde, hungrig und durstig wie nach einer Wüstenwanderung und musste zudem dringend zur Toilette. Freundlicherweise tauchte gerade jetzt ein Hinweisschild am Straßenrand auf: »Rasthof Hermsdorfer Kreuz 5 km«. Dort würde ich einen riesengroßen Kaffee trinken, beschloss ich, und außerdem endlich das ausgefallene Mittagessen nachholen. Die Zwillinge waren im Lauf des Nachmittags aufgebrochen, um sich mit irgendwelchen Menschen zu treffen, die sich mit dem Thema Flüchtlingshilfe auskannten.

Die Anfahrt der Raststätte gestaltete sich ein wenig umständlich, weil sie auf der anderen Seite der Autobahn lag, aber zu meiner eigenen Überraschung fand ich mich problemlos zurecht. Der Parkplatz war groß und so gut wie leer, und das Restaurant befand sich in einem riesigen, mehrstöckigen Gebäude, das den Charme einer Nazikaserne versprühte. Hohe Kiefern wiegten sich majestätisch im Abendwind.

Als ich eintrat, dachte ich im ersten Moment, ich hätte mich verlaufen. Der Gastraum hatte keinerlei Ähnlichkeit mit dem, was man sich für gewöhnlich unter einer Autobahnraststätte vorstellt. Kein Gerenne, kein Kindergeschrei, kein Gedränge, kein Lärm. Die hohe Decke war mit dunklem Holz verkleidet, an dessen mächtigen Balken Leuchter vom Format großer Wagenräder baumelten. Bis auf ein älteres Ehepaar und einen Anzugträger vom Typus zielorientierter Vertriebsmanager, der pausenlos an seinem Handy herumfingerte, war ich der einzige Gast. Ich setzte mich auf eine Eckbank, die einen schweren Holztisch umgab, und fühlte mich in meine Kindheit zurückversetzt. So hatten Gastwirtschaften damals ausgesehen.

Ich war zum ersten Mal in Thüringen und entschied mich daher für die landestypische Bratwurst. Weil ich noch ein Stück fahren musste und spät am Abend noch etwas Wichtiges zu erledigen hatte, verzichtete ich schweren Herzens auf das Bier, auf das ich plötzlich Lust verspürte, und wählte stattdessen Wasser zum Kaffee. Hier war wirklich nichts so, wie man es von den Großfütterungsanstalten an den Bundesautobahnen gewohnt war.

Der Weg zu den Toilettenräumen im Keller war leicht zu finden, die technischen Einrichtungen schienen noch aus den Zeiten des real existierenden Sozialismus zu stammen. Das einzig Moderne dieses bemerkenswerten Etablissements war ein kleiner Shop, wo die üblichen Dinge wie Zigaretten, Getränke, Eis, Hörbücher und Plastikspielzeug zur Befriedung quengelnder Kinder verkauft wurden.

Da ich die Fahrtrichtung hatte wechseln müssen, um das aus der Zeit gefallene Restaurant zu erreichen, fuhr ich in die falsche Richtung weiter. Erst nach geraumer Zeit fiel mir auf, dass nicht mehr Leipzig, sondern Nürnberg auf den blauen Schildern stand und das letzte Abendrot auf der falschen Seite verglühte. Ich wendete an der nächsten Ausfahrt und beschloss, mir gleich morgen von meinen Töchtern zeigen zu lassen, wie man mein Smartphone zum Navi umfunktionierte. Es war ja ehrenwert und romantisch, nach eigenem Raum- und Richtungsgefühl zu fahren. Aber es war doch recht lästig, anschließend seine Zeit damit zuzubringen, die Fehler auszubügeln.

Als ich endlich mein Hotelzimmer betrat, war ich abgekämpft, wütend auf mich selbst, und es war schon sieben Minuten nach zehn. Von Heidelberg bis zur Ausfahrt Leipzig-West hatte ich mit Pause knapp fünf Stunden gebraucht. Das Finden des Hotels und eines halbwegs legalen Parkplatzes in Leipzig-Lindenau hatte mich eine weitere Stunde meiner Lebenszeit gekostet, und den Punkt »Handy to Navi« an die erste Stelle meiner inneren To-do-Liste geschoben.

Netterweise hatte mir der knurrig freundliche Herr am Empfang der bescheidenen und angenehm preiswerten Pension einen kleinen Stadtplan geschenkt. Nach der Hahnemannstraße hatte ich ihn nicht fragen mögen, da diese vermutlich im Rotlichtviertel lag und ich mir empörte oder verständnisinnige Blicke ersparen wollte. Nun blieb mir nicht einmal mehr eine Stunde bis zu meinem Termin bei Jacky, und an einen Bummel durch die Altstadt war überhaupt nicht zu denken.

Vor drei Jahrzehnten hatte ich schon einmal die Dienste einer Sexarbeiterin in Anspruch genommen. Da ich als Heranwachsender eher mäßigen Erfolg bei den Mädchen hatte, beschloss ich irgendwann, meine Jungmännlichkeit auf unkonventionellem Wege loszuwerden. Die Dame nannte sich Babs, war so alt wie meine Mutter und glücklicherweise fast ebenso verständnisvoll. Ich war wohl nicht der erste Schüler, der sich von ihr in die Geheimnisse des menschlichen Unterleibs einweihen ließ. Obwohl ich nur fünfzig Mark dabeihatte – mehr gab das Sparbuch nicht her –, hatte sie sich anderthalb Stunden Zeit für mich genommen, und es war alles in allem eine angenehme Erinnerung. Erstaunlicherweise lief es anschließend auch sehr viel besser mit den Mädchen.

Jacqueline Rosenfelds kleiner Dienstleistungsbetrieb residierte in einer völlig normal, um nicht zu sagen langweilig aussehenden vierstöckigen, cremeweiß gestrichenen Mietskaserne mit grünen Fensterrahmen. Auf der Straße war kaum noch Betrieb. Keine langsam fahrenden Autos, hinter deren Lenkrädern nach Körperkontakt lechzende Männer hechelten, keine schummrig beleuchteten Bars, keine Stripteaselokale, keine stämmigen Kerle mit Goldkettchen und abschätzendem Blick. Die Wolken hingen tief und zogen so eilig ostwärts, als hätten sie dort wichtige Geschäfte zu erledigen. Der Wind, der inzwischen stärker geworden war, roch nach kommendem Regen.

Um mir peinliche Momente zu ersparen, sah ich noch einmal nach dem Straßenschild. Ich war richtig: Hahnemannstraße, auch die Nummer stimmte. Es war die dritte Klingel von unten: »J. Rose«. Läute bei Rose, hatte Henning gesagt.

Nicht weit entfernt schlug eine Kirchturmuhr wohltönend elf Mal, die Straßenlaternen wackelten und quietschten leise im Wind, außer mir war keine Seele auf der Straße, und ich hatte völlig unangebracht feuchte Finger, als ich den Knopf drückte. Der Türöffner schnarrte nach wenigen Sekunden. Innen miefte es nach Kartoffelkeller und Sozialwohnungstristesse. In einer der beiden Erdgeschosswohnungen lief ein Fernseher. Schüsse knallten, Pferde galoppierten, Männer brüllten männlich. Ein Stockwerk höher roch es eindringlich nach einem fettigen Parfüm und Männerschweiß.

Noch eine Treppe.

Und noch eine.

Noch eine halbe.

Obwohl ich mich in meinem Kämmerchen ein wenig hingelegt hatte, war ich müde. Meine Augen brannten von der langen Autofahrt, und zudem hatte ich ein wenig Kopfschmerzen. Eigentlich hätte ich jetzt sehr viel lieber in meinem schmalen Hotelbett gelegen und mir die Decke bis zur Nase gezogen.

Jacky erwartete mich in der offenen Wohnungstür. Sie

trug einen kuscheligen, teuer aussehenden Morgenmantel im Leopardendesign, an den Füßen hohe Pumps, an den schlanken Beinen schwarze Strümpfe. Das lange, leicht lockige Haar hatte sie schwarz gefärbt, der braune Ansatz war allerdings schon deutlich nachgewachsen. Ihr Profilächeln war ein wenig reserviert, als röche sie den Braten schon. Schnelle Blicke scannten mich ab. Mittelstand, sagte ihre Miene, harmlos, zahlungsfähig.

»Hallo, Süßer«, sagte sie mit dunkler Stimme. »Da bist du ja endlich.«

Wie oft mochte sie diese Begrüßung heute wohl schon ausgesprochen haben?

»Hallo«, antwortete ich ein wenig atemlos.

»Bisschen aus der Form, großer Mann?« Ihr Lächeln wurde wärmer. »Nach deiner Stimme am Telefon habe ich mir dich jünger vorgestellt. Aber ich mag sowieso viel lieber gestandene Männer als junges Gemüse.«

»Wenn man die Treppen nicht gewöhnt ist …«, schnaufte ich.

»Per aspera ad astra.« Sie lachte und griff sich ins Haar. »Zur Belohnung darfst du dich jetzt mal so richtig entspannen. Komm rein. Und keine Bange, Jacky beißt nicht. Außer natürlich, du bestehst darauf.«

Eine Hure, die einen auf Lateinisch begrüßte, traf man nicht alle Tage. Vielleicht hielt sie mich für einen Lehrer.

»Dann bist du also mein Stern?«, fragte ich bemüht launig und zog eilig meinen Mantel aus, weil mir – nicht nur von den Treppen – warm war. Eine Wolke Zigarettenqualm kam mir entgegen.

»Der Star«, korrigierte Jacky neckisch, während sie die Tür schloss, ohne die Kette vorzulegen. Dann ließ sie den Bademantel von den Schultern gleiten. Darunter trug sie nur ein rotes, fast durchsichtiges Negligé, in dem sie sich jetzt bewegte wie eine Nachtclubtänzerin kurz vor Betriebsschluss. Auch sie hatte einen langen Tag hinter sich. Ich zerrte die abgezählten vier Fünfzig-Euro-Scheine aus der Gesäßtasche meiner Hose, den vereinbarten Preis für das Full-Service-Angebot. Alles sei erlaubt außer Sex ohne Gummi, Schlagen oder abartige Sauereien, hatte Henning mir genüsslich aufgezählt.

»Wie hättest du es denn gerne, Sweety?«, hauchte sie, pflückte die Scheine aus meiner Hand, ließ sie blitzschnell in ihrem Dekolleté verschwinden und kam, tänzelnd und die Brüste reckend, näher. Brüste, die verlockend fest aussahen. Hatte Stecher83 nicht etwas von »schlaffen Titten« geschrieben? Sollte die deutsche Chemieindustrie hier inzwischen für Abhilfe gesorgt haben? Auch sonst sah Jacqueline für ihr Alter – sie musste deutlich über vierzig sein – noch recht knusprig aus. Das Licht im Flur war gedimmt und weich, sodass ich die Fältchen in ihrem Gesicht erst ganz aus der Nähe bemerkte. Ihr Parfüm war nicht annähernd so billig gewesen wie das, das ich zwei Stockwerk tiefer gerochen hatte.

»Vielleicht gehen wir erst mal rein?«, schlug ich vor. Es fiel mir nicht schwer, die Verlegenheit eines unerfahrenen Freiers zu heucheln.

Sie rieb ihre fast nackte, höchst angenehm duftende Pracht an meinem noch vollständig bekleideten und ein wenig hölzernen Körper.

»Super Idee«, hauchte sie in mein Ohr, packte mich an der Krawatte und zog mich in einen plüschig eingerichteten Wohnraum. Viel Rot, ein sehr weicher Hochflorteppich, noch mehr gedimmtes Licht, leiser Late-Night-Jazz. Auf dem Couchtisch neben einer Packung Reinigungstücher »extrasoft« eine Auswahl von Kondomen, ein fast voller, schwerer Aschenbecher aus geschliffenem Glas, verschiedene Gläser und alkoholische Getränke.

»Gummi ist Pflicht«, sagte sie in plötzlich nicht mehr ganz so zärtlichem Ton. »Getränke sind inklusive.«

Sie rückte mir schon wieder auf den Pelz, machte sich an meiner Krawatte zu schaffen. Ich war der letzte Kunde des

Tages, und vermutlich wollte sie den Job hinter sich bringen.

»Ich …«

Sie hörte auf, an mir herumzunesteln, trat einen halben Schritt zurück.

»Du hast spezielle Wünsche?«

»Sozusagen. Ja. Eigentlich möchte ich nur reden.«

»Dirty Talking?«, gurrte sie erleichtert. »Kein Problem. Wie soll ich dich nennen? Alte Ficksau? Großer Stecher? Langer …«

»Um ehrlich zu sein, es geht um Lisa.«

Von einer Sekunde zur nächsten sah sie zehn Jahre älter aus. Alle Kraft wich aus ihrem eben noch so straffen und elastischen Körper. Sie sank auf den nächsten Sessel. Zog ein kariertes Plaid von der Couch und warf es über sich, obwohl ihr bestimmt nicht kalt war.

»Das Geld können Sie selbstverständlich behalten.«

»Warst du das, der angerufen hat? Deine Stimme ist mir gleich so bekannt vorgekommen. Wer hat den Termin für dich gemacht? Dein Sohn?«

»Ja.«

Kopfschüttelnd nahm sie eine viereckige Whiskyflasche vom Tisch, schenkte sich ein Wasserglas halb voll.

Ich setzte mich auf den zweiten Sessel. »Dürfte ich auch?«

Sie machte eine Handbewegung, die bedeutete, dass ihr im Moment ohnehin alles gleichgültig war.

»Was soll das?«, fragte sie nach dem ersten großen Schluck mit belegter Stimme. »Was wollen Sie? Sie fahren die ganze weite Strecke, nur um …?«

»Ich bin im Auftrag von Professor Henecka unterwegs.« In ihrem Blick flammte sofort Alarm auf, weshalb ich eilig hinzufügte: »Er weiß nicht, dass ich hier bin.«

»Was ist das für ein Auftrag?«

»Darüber darf ich nicht sprechen.«

»Und was hat … was habe ich damit zu tun?«

»Es geht um seine Vergangenheit, so viel kann ich sagen. Und ich ermittle in alle Richtungen.«

»Das ist aber fein, dass mal wer in alle Richtungen ermittelt. Deine Kollegen ... du bist doch Bulle?«

»Eher so was wie ein Privatdetektiv.«

»Die Bullen haben es damals ja nicht für nötig gehalten, auch mal um die Ecke zu denken. Die haben ...« Sie nahm einen zweiten Schluck, stellte das Glas hart auf den Tisch und stöhnte auf.

»Was will Jan von mir?«, fragte sie dann und straffte ihren Körper wieder. »Wieso lässt er mich nicht in Ruhe?«

»Sie verstehen mich falsch. Er weiß nicht, dass ich hier bin. Das kann er gar nicht, weil er nämlich verschwunden ist.«

Nun sah sie mich wieder an. »Was heißt das?«

»Ich hoffe, er hält sich nur irgendwo versteckt.«

»Sie hoffen?«

»Er kann auch in irgendeinem Krankenhaus im Koma liegen.« Ich hob die Hände, ließ sie wieder fallen. »Er könnte auch tot sein.«

Sie nahm das Glas wieder in die Hand, trank auch die letzten Tropfen, zupfte dann die Geldscheine aus ihrem BH und hielt sie mir auffordernd hin.

»Keine abartigen Sauereien, war ausgemacht, Sweety. Und jetzt verpfeif dich, oder es geht ganz schnell zurück zum Aspera.«

»Wollen Sie denn gar nicht wissen, was aus Lisa geworden ist?«

»Nein«, fauchte sie mich an. »Weil das nämlich Vergangenheit ist für mich, verstehst du, du Flachwichser? Weil das vorbei ist, ein für alle Mal vorbei! Und jetzt ist Schluss hier, und wenn du nicht in fünf Sekunden verschwunden bist, dann veranstalte ich einen Krawall, dass du deine verbeulte Fresse übermorgen in sämtlichen Zeitungen bewundern kannst, du verficktes Arschgesicht, du saublödes!«

»Sie können das Geld wirklich behalten. Sie haben es verdient, ich …«

»Ich will dein Scheißgeld aber nicht, du Gummipuppencasanova, du Zweihandwichser, du …«

Sie bedachte mich noch mit einigen weiteren Fachbegriffen des Dirty Talking, versuchte mir die Geldscheine erst in den Mund, dann in den Hosenbund zu stopfen, und ich begann, rückwärts zur rettenden Tür stolpernd, ernstlich um meine körperliche Unversehrtheit zu fürchten. Es gelang mir, unverletzt meinen Mantel vom Haken zu nehmen, die Tür zu öffnen, ohne der tobenden Furie im karmesinroten Negligé den Rücken zuzuwenden, trat – immer weiter rückwärtsgehend – in den Hausflur und prallte gegen einen Widerstand. Im selben Moment veränderte sich Jackys Miene. Der Hass in ihrem Blick machte tiefer Resignation Platz. Nicht schon wieder, schien ihre Miene jetzt zu sagen.

»Nu, scheene Barty gehabt, ihr zwee?«, fragte eine heitere Männerstimme hinter mir, und noch bevor ich mich umwandte, wusste ich, wer meinen Oberarm so kraftvoll wie fürsorglich festhielt: Ein Polizist in blauer Uniform grinste mich an. Er war eher klein, stark übergewichtig und zweifellos mit einem sonnigen Gemüt gesegnet. Der Kollege neben ihm war in jedem Punkt das Gegenteil: in Zivil, groß und hager und erkennbar schlechter Laune. Wie sagte schon Cäsar: Lasst dicke Männer um mich sein.

Freundlich, aber bestimmt wurde ich dorthin zurückbugsiert, von wo ich eben noch entronnen zu sein glaubte.

»Geene Panik«, versuchte der Dicke mich zu beruhigen. »Bloß 'ne gleene Razzia. Hallo, Jaggy! Geht's 'n immer so?«

»Ging schon besser«, seufzte sie. Inzwischen trug sie wieder den Leopardenmantel.

Der Lange schloss die Tür hinter uns und legte die Kette vor.

»Ihre Personalien bitte«, sagte er dann zu mir in fast

akzentfreiem Hochdeutsch und schob mich in die Küche, während der andere mit Jacky zusammen im Wohnzimmer verschwand, um vermutlich ein Schnäpschen auf mein Wohl zu trinken. »Keine Sorge, Sie haben weiter nichts zu befürchten. Schließlich haben Sie ja nichts verbrochen.« Er lachte keckernd und ein klein wenig schadenfroh.

»Wozu brauchen Sie meine Personalien, wenn ich nichts verbrochen habe?«

»Nur so. Für die Akten.«

Es ist nicht lustig, plötzlich auf der anderen Seite zu stehen. Vor allem, wenn man Grund hat, seinen Namen nicht zu nennen. Ich versuchte es mit Frechheit, denn das half fast immer: »Ich sehe überhaupt nicht ein, wieso ich mich ausweisen soll, wenn ich mir, wie Sie ganz richtig sagen, nichts habe zuschulden kommen lassen.«

»Weil wir das hier eben so machen«, wurde ich stirnrunzelnd belehrt. »Hin und wieder erwischen wir dabei Leute, die zur Fahndung ausgeschrieben sind, zum Beispiel. Oder Illegale. Ihre Frau wird nichts davon erfahren, keine Bange. Sie zeigen mir jetzt einfach Ihren Ausweis oder von mir aus den Führerschein, und das war's dann auch schon gewesen.«

»Das geht leider nicht. Meine Papiere liegen im Hotel und …«

Seine Miene wurde eine Spur amtlicher. »Sie sind nicht aus Leipzig?«

Kripochef in Prostituiertenwohnung festgenommen, lautete die fette Schlagzeile, die in diesen schweißtreibenden Sekunden vor meinen Augen stand.

»Nein. Und ich habe leider gewisse Gründe …«

»Jetzt verraten Sie mir erst mal Ihren werten Namen und wo Sie zu Hause sind. Ihre Frau wird wirklich nichts davon erfahren. Niemand hat ein Interesse daran, Sie in Schwierigkeiten zu bringen. Aber wenn Sie nicht mal von hier sind …«

»Ich habe gar keine Frau, das heißt …«

Seine Augen wurden ein wenig kleiner. »Sie haben zwei Frauen?« Wieder stieß er dieses meckernde Lachen aus. »Oder sind Sie vom anderen Ufer? Dann sind Sie hier aber echt auf der falschen Baustelle.«

»Nein, Herrgott! Es ist nur alles ein bisschen kompliziert.«

Dieser nervtötende Bursche brauchte nicht zu wissen, wer ich war. Er brauchte nicht zu wissen, wo ich wohnte, was mein Beruf war. Überhaupt nichts brauchte er über mich zu wissen, verflucht noch mal, weil ich mir nämlich tatsächlich nichts, absolut nichts vorzuwerfen hatte.

Er sah das offensichtlich anders. Jetzt ist aber Schluss mit lustig, Freundchen, sagte seine Miene.

Im Wohnzimmer hörte ich Jacky und den Dicken herzlich lachen.

19

Eine Dreiviertelstunde später hockte ich in einer neonbeleuchteten und bis an die Decke weiß gekachelten Zelle und hatte plötzlich sehr viel Zeit zum Nachdenken. Darüber zum Beispiel, was für ein Idiot ich war, mich in diese absurde Situation zu manövrieren. Was gingen mich Heneckas Probleme an, verdammt noch mal? Ich war krankgeschrieben, ich hatte für mich selbst zu sorgen und mich nicht um die Ängste irgendwelcher dahergelaufener Professoren zu kümmern. Was interessierte mich, was aus Lisa geworden war, wenn nicht einmal ihre Eltern es noch wissen wollten? Wie kam ich nur auf die blödsinnige Idee, halb Deutschland mit dem Auto zu durchqueren, um mich von einer Hure beleidigen und ausgerechnet in die Arme irgendwelcher beschränkter Gesetzeshüter schubsen zu lassen?

Worüber ich außerdem nachdachte, war die Frage, wie ich aus dieser Bredouille wieder herauskam, ohne dass in der Heidelberger Polizeidirektion übermorgen eine lustige Anekdote über einen angeblich kranken Kripochef die Runde machte. Einen Kriminaloberrat, der es anscheinend nötig hatte, nach Sachsen zu fahren, um seine vermutlich nicht ganz normgerechten körperlichen Bedürfnisse befriedigen zu lassen.

Ich versuchte, mich zur Ruhe zu zwingen. Systematisch vorzugehen. Ich brauchte Unterstützung von außen, so viel war klar. Die niederschmetternde Wahrheit war nämlich: Der Beamte, dem ich die kostenlose Übernachtung in der Arrestzelle verdankte, hatte vollkommen richtig und angemessen gehandelt. »Die Festhaltung zur Identitätsfeststellung bedarf der richterlichen Anordnung.« Ich hätte den Gesetzestext auswendig hersagen können. »Kann der richterliche Beschluss nicht eingeholt werden, darf die Festhaltung bis zum Ende des Folgetages ausgedehnt werden. Zur Durchführung der genannten Maßnahmen ist die Polizei berechtigt, unmittelbaren Zwang anzuwenden, soweit dies unter Wahrung des Verhältnismäßigkeitsgrundsatzes möglich ist …«

Aber wer konnte mir helfen? Wen konnte ich anrufen und um Hilfe bitten? Morgen natürlich, wenn sie mich telefonieren ließen? Auf keinen Fall jemanden aus der Direktion. Dort brauchte niemand zu wissen, wie und wo mein Sonntagsausflug geendet hatte. Mit verschmitztem Grinsen würde man sich fragen, was die Nutten in Leipzig wohl zu bieten hatten, das in der Kurpfalz nicht zu bekommen war.

Auch meine Töchter durften nichts von meinem Elend erfahren. Und Theresa natürlich am allerwenigsten. Nicht auszudenken, wenn sie … O Gott! Wenn Liebekind noch leben würde. Er hätte bestimmt nichts herumerzählt, wenn ich ihn um Hilfe anflehte. Allein schon deshalb nicht, weil ich ihm selbst einmal aus einer ähnlichen Patsche geholfen hatte. Aber nun war er tot und nicht mehr zu sprechen.

Sooft ich es auch drehte und wendete, und ich tat es sehr oft in diesen trostlosen Stunden – meine Lage war und blieb hoffnungslos. Mir stand eine lange und verflucht ungemütliche Nacht bevor. Und der kommende Tag würde noch sehr viel unangenehmer werden …

Plötzlich und ohne jede Vorwarnung ging das Licht aus. Immerhin fiel ein wenig Helligkeit von der Straße durch das hoch liegende, zünftig vergitterte Fenster, sodass ich nicht ganz im Dunkeln saß.

Die Nacht wurde mehr als ungemütlich.

Voll angekleidet – lediglich die Krawatte und den Gürtel hatten sie mir abgenommen, damit ich mir nicht in meiner Verzweiflung das Leben nahm – lag ich auf der harten Pritsche. Über mir eine kratzige Decke, die immerhin frisch gewaschen roch und hoffentlich auch hin und wieder desinfiziert wurde. Meine Gedanken rotierten in einer Endlosschleife, und an Schlaf war nicht zu denken. Wäre es klug, einen Anwalt hinzuzuziehen? Aber ich hatte nicht einmal ein Recht auf einen Anwalt, denn ich war kein Beschuldigter. Sie wollten ja lediglich wissen, wer ich war.

Auch das Handy hatte ich abgeben müssen, sodass ich nicht einmal nachsehen konnte, wie spät es war. Immerhin hatte ich es zuvor ausschalten dürfen. Das Portemonnaie hatte ich vorsichtshalber im Hotel gelassen, damit mir bei meinem Ausflug ins Rotlichtmilieu nichts Wichtiges abhandenkam. Das Plastikkärtchen, das zum Öffnen der Tür meines aus der Ferne betrachtet äußerst attraktiven Hotelzimmers diente, steckte in meiner rechten Hosentasche. Neben den vier Fünfzigern, die Jacky partout nicht hatte annehmen wollen.

Mein Rücken begann schon zu schmerzen, gleichgültig, wie ich mich legte und drehte. Das Haus um mich herum war voller geheimnisvoller Geräusche. Ständig hörte ich Stimmen, Schritte, einmal lachte eine Frau. Hin und wieder brummte eine ferne Kaffeemaschine, einmal knallte eine Tür, dass ich fast senkrecht im Bett stand vor Schreck. Irgendwo schnarchte jemand zum Gotterbarmen. Jemand, der mehr Übung als ich darin hatte, eingeschlossen zu sein. Hilflos. Wehrlos. Der es gewohnt war, sich auf der anderen, der falschen und äußerst unvorteilhaften Seite des Gesetzes wiederzufinden.

Hoffentlich fiel mir rechtzeitig etwas ein. Bis morgen früh, wenn sie mich zur Vernehmung aus der Zelle holten. Meine Fingerabdrücke abnehmen und mit den Datenbanken des BKA abgleichen würden. Mein Gesicht fotografieren, von vorne, von links und von rechts.

Ein Königreich für eine gute Idee! Zwei Königreiche! Himmel hilf!

Wie spät mochte es sein? Vorhin hatte ich eine Kirchturmuhr gehört, jedoch nicht auf die Glockenschläge geachtet. Eins? Zwei?

Ein Knall ließ mich erneut hochfahren. Offenbar war ich endlich doch eingeschlummert. Auf dem hallenden Flur Stimmen, Schritte, Streit. Eine Frau beschwerte sich laut zeternd über rüde Behandlung. Sie war hörbar betrunken und beherrschte ein Vokabular, das noch weit unterhalb von Jackys Dirty Talking angesiedelt war. Eine gutmütige Männerstimme sprach heiter auf sie ein. Sie hieß Ida und schien hier Stammgast zu sein. Dann ein Schmerzensschrei. Aber es war nicht Ida, die geschrien hatte, sondern eine Polizistin, die sie in die Zelle führte, da männliche Polizisten Frauen nur im akuten Krisenfall anfassen dürfen. Eine nahe Tür donnerte ins Schloss, und sogar der Schnarcher war von dem Radau aufgewacht. Leider nicht für lange. Ida schrie und wütete, weinte zwischendurch, aber es war niemand da, der Mitleid mit ihr hatte.

Ich hatte Durst.

Mir war übel.

Ich war todmüde.

Und zugleich hellwach.

Der Schnarcher schnarchte.

Ida versuchte jetzt mit beachtenswertem Engagement, wenn auch hoffentlich vergeblich, das vandalensicher verschraubte Mobiliar zu zertrümmern. Plötzlich wurde das Geschrei, das zwischenzeitlich ein wenig an Lautstärke verloren hatte, wieder lauter. Offenbar hatte sie es geschafft, sich zu verletzen. Wieder hallten Schritte, wieder die Tür. Sie wurde weggeführt, zur ärztlichen Versorgung. Für zehn Minuten war Ruhe, dann erneut Schritte, Gezeter, Türendonner, noch lauter als beim ersten Mal.

Ida war jetzt leiser. Hatte sich aufs Jammern und Betteln verlegt. Schluchzte und heulte die meiste Zeit. Irgendwann hörte ich nichts mehr von ihr.

Der Schnarcher schnarchte.

Durch das Fenster konnte ich Wolken sehen, tief hängende Wolken, die im Widerschein der großen Stadt blutrot leuchteten. Ab und zu fuhren draußen Autos vorbei. Einmal ein Krankenwagen. Einmal die Feuerwehr mit drei oder vier Fahrzeugen. Später kam der Krankenwagen zurück. Oder ein anderer. Ich träumte, ich würde in dem Wagen liegen und von einem Gefängnis ins nächste gekarrt, und von überall her schallte Jackys Gelächter. Ich war nackt bis auf meine Krawatte, stand plötzlich im Freien. Auf einem Platz, einem sehr großen Platz, und um mich herum eine riesige, höhnische Menschenmasse, die mit tausend Fingern auf mich zeigte und mich auf Sächsisch verspottete.

Als ich zum hundertsten Mal aufwachte, hatte der Himmel sich verändert. Morgengrauen, welche Wohltat! Licht, Hoffnung, herrliche Erleichterung! Von irgendwoher duftete Kaffee.

Von wegen Hoffnung.

Noch immer hatte ich nicht den Schimmer einer Idee, wie ich aus diesem dreimal verfluchten Schlamassel herausfinden könnte, ohne meinen Namen zu nennen mit allem, was daraus folgen würde.

Dann ging plötzlich alles ganz schnell. Eilige Schritte draußen, ein Schlüssel im Schloss, eine mürrische Kollegin mit knappen Kommandos: »Auf, auf ... Jacke nicht vergessen ... Rechts die Tür ... Immer hurtig, wir haben hier nicht ewig Zeit ...«

Die Tür führte zu einer Treppe, die wir hinaufstiegen, der Drache immer schräg hinter mir. Ihr großer Schlüsselbund rasselte und klimperte. Wieder eine Tür und noch eine, und dann stand ich plötzlich auf einem modernen Behördenflur, der mir vorkam wie meine zweite Heimat.

»Rechts!«, kommandierte die Wärterin kalt und gleichgültig. »Nicht einschlafen!«

Wir kamen an einem Aufzug vorbei, der in diesem Moment gongte. Die Tür fuhr leise quiekend zur Seite, und heraus trat …

»Herr … hm … Gerlach, Sie hier?«

»Herr Zinnecker!«

Beidseitige Verblüffung und Ratlosigkeit. Verwirrt starrte der Leipziger Polizeichef mich an, meine Begleiterin, dann wieder mich.

»Sie … also …« Er drückte meine Hand, spürte natürlich, dass hier etwas nicht stimmte. »Was verschafft uns denn die … hm … unerwartete Ehre?«

Ich hatte den Leitenden Polizeidirektor Zinnecker schon hin und wieder auf Tagungen und länderübergreifenden Strategiesitzungen getroffen. Und ich hatte den stattlichen Mann im blauen Anzug mit silberweißem, glatt gekämmtem Haar noch nie gemocht.

»Könnte ich Sie vielleicht kurz …?«, fragte ich mit flehendem Blick. »Unter vier Augen?«

Er nickte, lächelte sogar ein wenig, wenn auch immer noch befremdet. Gab der Aufseherin einen Wink, die nicht weniger verdattert dastand als wir beide, und ich folgte dem Behördenleiter in sein Büro. Im Vorbeigehen orderte er bei seiner montäglich schlecht gelaunten Sekretärin Kaffee, schloss die schwere, schalldichte Tür hinter uns.

»Es ist nämlich so …«, begann ich betreten. »Sie könnten mir aus einer großen Verlegenheit helfen. Aus einer wirklich großen Verlegenheit.«

»Was haben wir denn angestellt?«, fragte er mit einem Blick, in dem sich Wohlwollen und Misstrauen im Sekundentakt abwechselten.

Ich erzählte ihm, dass ich aus rein privaten Gründen in Leipzig sei. »Und … nun ja, meine Lebensgefährtin ist weit weg, und man ist ja schließlich ein Mann, hat hin und wieder Lust auf ein wenig Abwechslung …«

Über sein ein wenig schwammiges Beamtengesicht ging ein Leuchten. Ein tiefer Atemzug, große Erleichterung.

»Ach, das!« Er lachte breit und plötzlich voller Verständnis. Freimütig und ganz gegen meinen Willen vertraute er mir an, dass auch er nicht immer den Verlockungen des Weibes widerstehen könne. »So ein junges, knackiges Frauchen, was?« Er schlug mir kumpelhaft auf die Schulter. »Mal wieder so einen runden, festen Hintern vor sich ...«

Offenbar war der oberste Polizist Leipzigs kein Anhänger der guten alten Missionarsstellung.

»Ein kleines Abenteuer braucht der Mann ab und an, was? Und jetzt hatten Sie ausgerechnet in unserer schönen Stadt das kolossale Pech, in eine Razzia zu geraten.«

»Leider. Ja.«

»Das ist in einer Minute aus der Welt, verehrter Herr Gerlach, in einer Minute.« Schon hielt er den Telefonhörer in der Hand.

»Ich kann mich doch auf Ihre Diskretion verlassen?«, fragte ich bescheiden.

Konnte ich. Durfte ich.

»Versteht sich ja wohl von selbst«, meinte er augenzwinkernd, während er darauf wartete, dass am anderen Ende abgenommen wurde. Dann veränderte sich sein Gesichtsausdruck.

»Hahnemannstraße, richtig. Die Akte können Sie schreddern ... Der Herr ist mir persönlich bekannt, richtig ... Wir haben uns verstanden? ... Wunderbar. Schönen Montag auch ... Richtig, eine Sorge weniger, ist doch immer gut, was?«

Während wir den Kaffee schlürften, den ich heute noch mehr als sonst genoss, berichtete Zinnecker mir in aller Breite und Ausführlichkeit von seinen grenzüberschreitenden Erfahrungen. »Im Süden, also Spanien, Italien, da geht ganz schön die Post ab«, erfuhr ich. »Aber der Hammer war vergangenes Jahr in Helsinki. Sie war aber gar keine Finnin. Eine Russin vielleicht? Oder Lettin? Ich weiß nicht mehr. Finnin war sie jedenfalls keine. Soraya hat sie sich genannt, aber das war natürlich ein Künstlername. Rothaarig, also echt rothaarig, und eine Haut – so was von weiß und weich, und ein Temperament, ich kann Ihnen sagen, verehrter Herr Gerlach, zwei Tage konnte ich nicht gerade stehen, so hat das Mädel mich durchgebürstet.«

Ich gab mich gebührend beeindruckt und brauchte zum Glück nicht viel zum Gespräch beizutragen. Mein Befreier, einige Jahre älter als ich, aber offenbar immer noch bei guten Kräften, genoss es sichtlich, sich endlich einmal seine Begeisterung über die Huren dieser Welt von der Seele reden zu dürfen. Am Ende schüttelten wir mannhaft und lange Hände, schimpften noch ein wenig auf die hohe Politik, und dann war ich entlassen.

Meine stille Hoffnung war, dass die Wärterin meinen Namen nicht verstanden hatte, als Zinnecker ihn aussprach. Oder vor Schreck sofort wieder vergaß, als sie so unerwartet vor ihrem obersten Boss stand.

Am frühen Nachmittag war ich wieder zu Hause. Müde, gerädert und immer noch sehr erleichtert. Ich betrat die Wohnung mit dem Plan, mich sofort aufs Sofa zu werfen und versäumten Schlaf nachzuholen, aber daraus wurde nichts. Die Zwillinge erwarteten mich mit inquisitorischen Blicken.

»Wo warst du?«

Ich hatte ihnen lediglich per Handynachricht mitgeteilt, ich sei unterwegs und werde die Nacht nicht zu Hause verbringen.

»In Leipzig.«

»Was hast du da gemacht?«

»Das ist im Osten.«

»Wir wissen, wo Leipzig ist. Was hast du da gemacht?«

»Ich musste mit jemandem sprechen.«

»Warum hast du ihn nicht angerufen?«

»Manche Dinge bespricht man besser nicht am Telefon.«

»Paps, du bist krank, du darfst nicht arbeiten!«

»Du siehst total fertig aus.«

»Bin ich auch. Aber ein bisschen reden ist doch keine Arbeit.«

»Du bist ewig weit mit dem Auto gefahren!«

»Außerdem macht Henning dauernd irgendwelche Sachen für dich, von denen wir nichts wissen dürfen.«

»Ständig bist du unterwegs, und uns erzählst du überhaupt nichts mehr.«

»Jetzt sag, was machst du die ganze Zeit?«

»Okay.« Wieder einmal setzten wir uns an den Küchentisch. »Jemand hat mich um Hilfe gebeten. Und weil ich gerade Zeit habe, helfe ich ihm.«

»Verdienst du was dabei?«

»Reicht es, damit wir endlich mal richtig Urlaub machen können?«

»Es geht nicht immer nur ums Geld, Mädels. Ich helfe ihm, so wie ihr den Flüchtlingen helfen wollt.« Noch immer hatte ich die Hoffnung nicht aufgegeben, Henecka sein Geld irgendwann zurückgeben zu können. Abzüglich gewisser Spesen, versteht sich.

Für Sekunden schwiegen sie. Sie trauten mir nicht, spürten andererseits, dass sie mehr von mir nicht erfahren würden.

»Wir haben uns überlegt, wohin wir im Sommer fliegen wollen.«

»Darüber sprechen wir heute Abend, okay? Ich bin wirklich ziemlich k. o.«

»Vorhin hat übrigens wer angerufen«, sagte Sarah verstimmt. »Eine Frau. Die Nummer steht auf dem Blöckchen neben dem Telefon.«

Meine aufschäumende Hoffnung, Jacky habe es sich über Nacht anders überlegt und wolle nun doch mit mir sprechen, erfüllte sich nicht. Der Name auf dem Zettel lautete Inga Voss.

»Ach ja, und noch was, Paps«, hörte ich Louises Stimme aus der Küche. »Vorhin ist was Komisches passiert.«

Ich legte das Telefon, das ich schon in der Hand hielt, wieder hin.

Als die beiden aus der Schule kamen, hatten sie im Treppenhaus einen Mann angetroffen, der nicht ins Haus gehörte.

»Und der hat irgendwie ...«

»So komisch geguckt«, übernahm Sarah. »Wir haben ihn gefragt, zu wem er will, und da hat er gesagt, er kommt von der Stadt und muss nach den Wasseruhren gucken.«

»Und ob er kurz in unsere Wohnung darf, hat er gefragt«, fügte Louise hinzu. »Aber wir haben gesagt, wir dürfen niemanden reinlassen, und sind einfach weitergegangen.«

»Wie hat er ausgesehen?«, fragte ich, plötzlich überhaupt nicht mehr müde.

Synchron hoben sie die schmalen Schultern. »Normal, irgendwie. Nicht so groß ...«

»Aber auch nicht klein.«

»Hat er einen Bart gehabt?«

»Nö. Aber war echt ein schräger Typ. Unheimlich, irgendwie.«

»Blond oder dunkel?«

»Dunkel. Dunkelbraun.«

Ich nahm das Telefon wieder zur Hand und wählte Rolf Runkels Nummer.

»Dieser Inder«, begann ich, nachdem wir uns fast freundschaftlich begrüßt hatten.

»Der vom Bahnhof?«

»Weiß man inzwischen, was aus dem geworden ist?«

»Gar nichts weiß man. Den hat seit Dienstag keiner mehr gesehen. Aber wir suchen ihn ja auch nicht. Er hat schließlich nichts verbrochen.«

»Falls Sie doch irgendwas hören, geben Sie mir Bescheid?«

Runkel zögerte, als würde er sich ein wenig über mein Interesse wundern, sagte dann aber brav: »Klar, Chef. Mach ich, Chef.«

»Und noch was anderes. Ich bräuchte kurz Ihre Unterstützung.«

»Klar, Chef. Was denn?«

»Mir hat gestern einer die Vorfahrt genommen, ist zum Glück nichts passiert, und dem würde ich gerne einen kleinen Denkzettel verpassen.«

Ich diktierte ihm das Frankfurter Kennzeichen meines schnurrbärtigen Verfolgers.

»Benedikt Bruder«, sagte Runkel Sekunden später.

Der eisengraue Mitsubishi Lancer war nicht auf eine Firma zugelassen, sondern auf den Detektiv selbst, der in Frankfurt-Griesheim gemeldet war.

Ich ließ die Zwillinge einen Blick auf die ärmliche Homepage des Detektivbüros werfen. Sie erkannten den Mann im Treppenhaus auf Anhieb wieder. Benedikt Bruder schien wirklich ein seltener Trottel zu sein. Dennoch suchte ich später, als sie in ihren Zimmern waren, sicherheitshalber mithilfe des Wanzendetektors die Wohnung ab. Aber er schlug nirgendwo Alarm.

»Ja, hallo, guten Tag«, meldete sich Inga Voss mit unsicherer, ein wenig teigiger Stimme.

»Sie haben mich angerufen.«

»Ja, genau. Die Edith, also, die Frau Schneiderlein, die hat gesagt, Sie wollen was über den Jan wissen.«

Schneiderlein? Richtig, die Frau, die Heneckas Vorlesungen und Prüfungstermine organisierte und mit der ich bisher noch gar nicht gesprochen hatte.

»Das ist richtig«, sagte ich langsam.

»Weil nämlich, ich bin früher seine Sekretärin gewesen. Wie er noch am Institut gewesen ist.«

Ich ging in die Küche und setzte mich.

»Was genau wollen Sie denn wissen über den Jan?«

»Nichts Besonderes. Was Ihnen so einfällt.«

»Sie wissen selber nicht, was Sie wissen wollen?«

»Nein.«

»Ah so, ja. Und, was hätte ich davon, wenn ich Ihnen was über ihn erzähle?«

Daher wehte also der Wind. Aber ich hatte ja immer noch den Umschlag ihres früheren Chefs. »Sagen wir, eine Einladung zum Kaffee und fünfzig Euro?«

Inga Voss schien nicht die Hellste zu sein, aber doch eine geschäftstüchtige Frau. »Hundert? Wissen Sie, ich bin arbeitslos und alleinerziehend, hab zwei Kinder …«

»Haben Sie seine Frau gekannt?«

»Die Emma? Ja, schon. Wieso?«

»Dann sagen wir, fünfzig, wenn es langweilig ist, und hundert, wenn Sie mir was wirklich Interessantes erzählen können.«

»Die Emma ist verschwunden.«

»Das weiß ich.«

»Und ein Dreivierteljahr später hat der Jan den Job an der Uni gekündigt. Ganz plötzlich. Er hat noch drei Forschungsprojekte am Laufen gehabt, die zu Ende gebracht werden mussten. Unser Institutsleiter, der Professor Kühne, hat getobt wie Rumpelstilzchen. Zwei Doktoranden haben ihre Promotionen am Ende sogar abgebrochen. Mein Vertrag ist noch ein Vierteljahr weitergelaufen, dann haben sie mich rausgeschmissen.«

»Wo können wir uns treffen?«

»Von mir aus jetzt gleich. Ich hab Zeit.«

Wir verabredeten uns auf sechzehn Uhr in einem kleinen Café am Eppelheimer Wasserturm, in dessen Nähe Frau Voss wohnte. So blieb mir noch Zeit, mich wenigstens ein Stündchen hinzulegen, gründlich zu duschen und mich umzuziehen. Noch immer meinte ich, den Zellenmief an mir zu riechen.

Es gibt verschiedene Wege, um von der Heidelberger Weststadt nach Eppelheim zu gelangen. Ich weiß nicht, welcher

Teufel mich ritt, ausgerechnet über Kirchheim zu fahren. Es war nicht kürzer, es war nicht praktischer, es war einfach eine Schnapsidee. Oder so etwas wie eine Mutprobe? Ein Test, dem ich mich selbst unterzog?

Ich überquerte die Bahngleise auf der Bürgerstraße, stand am Odenwaldplatz eine Weile an der roten Ampel, und dann erst wurde mir bewusst, dass er ganz nah war, der Ort, wo es passiert war. Es war heller Tag, keine Gefahr weit und breit, hundert Meter, fünfzig Meter, da, in der schmalen Seitenstraße, war es geschehen. Nah, viel zu nah. Dann war ich auch schon vorbei, merkte, dass mein ganzer Körper ein einziger Krampf war, sah wieder die Autos vor und hinter mir, die Fußgänger auf den Gehwegen, eine junge Mutter mit Kinderwagen und anscheinend schon wieder schwanger. Meine Hände klebten am Lenkrad, mein Atem ging stoßweise, als wäre das Messer wieder an meiner Kehle. Das Messer, das mit Claudias Blut besudelt war ...

Nicht mehr daran denken! Nach vorne sehen! Da bremste einer, hatte einen Parkplatz entdeckt, stellte sich zum Schreien dämlich an, bis er seinen schmutzigen, taxibeigen Mercedes in die Lücke manövriert hatte. Immer noch ging mein Atem zu schnell. Ich wollte weg hier. Fliehen. Obwohl mein Mörder doch tot war. Seit zwei Wochen. Toter als tot, von fünf Kugeln durchlöchert, Polizistenkugeln, Kollegenkugeln, und damit vollkommen ungefährlich. Und dennoch schäumte in mir immer noch diese elende, elende Angst.

20

»Sie brauchen mir nicht erzählen, wieso Sie sich für den Jan interessieren«, begann Inga Voss unser Gespräch. Aus irgendeinem Grund hatte ich sie mir klein und rundlich vorgestellt. In Wirklichkeit war sie mittelgroß und schlank, zwischen vierzig und fünfzig Jahre alt und sah mit ihrem demütigen Kinderblick hin und wieder auf meinen Mund, nie in die Augen. Mit einem Blick, der von zu vielen Kränkungen und Enttäuschungen erzählte. Von Männern, die sie ausnutzten und fallen ließen, sobald etwas Besseres oder Hübscheres am Horizont auftauchte. Von Chefs, die sie einstellten, nur um sie wenige Monate später wieder auf die Straße zu setzen. Vom Stress einer alleinerziehenden Mutter, die mit ihren Kindern und ihrem Leben nicht zurechtkam. Sie trug einen billigen rosafarbenen Sommermantel und farblich passende, schon etwas verschlissene Pumps mit breiten Absätzen.

»Setzen wir uns erst mal«, schlug ich vor und ärgerte mich im nächsten Moment über mich selbst, weil auch ich der Frau gegenüber sofort den Ton des Überlegenen anschlug. Sie gehorchte eilig, stolperte über die Beine des Stuhls, wobei ihre Handtasche zu Boden fiel und den Inhalt verstreute. Es dauerte ein Weilchen, bis wir alles wiedergefunden hatten.

»So was passiert mir dauernd«, flüsterte sie mit hochrotem Kopf, als wir endlich doch am Tisch saßen. »Entschuldigen Sie. Und danke fürs Helfen, ja, danke schön.«

»So was passiert jedem mal«, erklärte ich großmütig. Schon wieder dieser herablassende Ton! Ich schaffte es einfach nicht, diese vom Leben für nichts gestrafte Frau ernst zu nehmen. Aus Sicht des Kriminalisten war sie das geborene Opfer.

Das Café war dunkel eingerichtet. An den Wänden hingen große, goldgerahmte Spiegel, die gut bestückte Bar war bunt beleuchtet. Wir saßen auf kleinen braunen Sesseln an einem niedrigen runden Tisch, und Frau Voss hielt ihre Handtasche jetzt mit beiden Händen fest, damit sie nicht noch einmal Dummheiten machte. Ein junger Mann mit Bart und einem Zöpfchen am Hinterkopf trat neben uns, hielt ein Gerät vom Format eines großen Smartphones in der Hand und lächelte uns so verständnisvoll an, als hätte er sofort erkannt, dass wir ein heimliches Paar waren und Streit hatten.

Nachdem er unsere Bestellungen eingetippt hatte, lehnte ich mich zurück, lächelte so herzlich ich konnte und sagte: »Erzählen Sie mir von Emma.« Erst nach zwei Sekunden fügte ich das vergessene »bitte« hinzu.

»Sie ist eine komische Frau gewesen«, erwiderte Inga Voss mit hängendem Kopf. »Ich hab gedacht, es ist, weil sie aus dem Norden stammt. Aus Norwegen. Aber später bin ich selber mal da oben gewesen. Zusammen mit meinem – na ja, ist ja egal. Und wir sind sogar in Trondheim gewesen, da, wo die Emma herkommt, und die Leute da sind eigentlich ganz normal. Nett und manche sogar lustig, so wie hier auch. Da hat's Studenten gegeben, wissen Sie, und die Sonne hat geschienen, und eigentlich ist es richtig nett gewesen. Gar nicht so trübsinnig und kalt, wie man sich das vorstellt.«

»Ich nehme an, im Winter sieht das ein bisschen anders aus.«

»Schon.« Sie nickte so ernst, als hätte ich etwas sehr Kluges und Wichtiges von mir gegeben. »Die Emma ist nicht immer so traurig gewesen, weil sie aus dem Norden kommt. Da muss noch was anderes gewesen sein, wissen Sie?«

Ich beugte mich vor, stützte die Unterarme auf die Oberschenkel. »Wie war die Ehe denn so?«

»Die Ehe«, erwiderte sie ratlos und mit hartnäckig gesenktem Blick. »Also, die große Liebe ist es nicht gewesen, wenn

Sie mich fragen. Aber wo gibt's die schon, die große Liebe? Nirgends, sag ich Ihnen. Das ist nämlich bloß ein Gerücht. Nichts als ein Gerücht ist das.«

»Haben die beiden oft gestritten?«

»Denk schon, ja. Manchmal hab ich gehört, wie der Jan lang mit ihr telefoniert hat. Meistens morgens. Haben sie wieder mal Krach gehabt, hab ich dann gedacht, und jetzt reden sie, damit es wieder gut wird. Das ist oft eine halbe Stunde gegangen und länger. Abends ist er ja immer erst spät heimgegangen. Ich hab seine Mails lesen können, die dienstlichen, und da sind oft noch nachts um elf, halb zwölf welche rausgegangen. Und wenn ich am nächsten Morgen gekommen bin, dann ist der Jan schon wieder da gewesen, und manchmal hat er ausgesehen, wie als wär er gar nicht daheim gewesen.«

»Sie waren noch bei ihm, als Emma verschwunden ist?«

»Anfangs hab ich es gar nicht gewusst, wissen Sie? Gut, er ist vielleicht noch ein bisschen gestresster gewesen wie sonst. Manchmal hat er sich morgens nicht mal richtig rasiert in der Zeit. Aber damals ist auch irgendein Stress gewesen wegen einem Forschungsprojekt. Ein Industrieprojekt, ich glaub, mit Roche zusammen. Ich bin mir aber nicht sicher, entschuldigen Sie.«

»Wie funktioniert eigentlich so ein Forschungsprojekt?«

»Na ja. Da sind einmal die öffentlich geförderten Vorhaben. Da gibt der Staat Geld, und die Ergebnisse gehören dann sozusagen allen, und drum muss auch alles veröffentlicht werden. Bei den Industrieprojekten ist es anders. Da zahlt die Firma, und die Ergebnisse gehören ihr dann allein. Und wenn irgendwas nicht läuft, wie die sich das vorstellen, dann werden die sehr ungemütlich. Dafür bringen sie mehr ein, diese Projekte. Viel mehr. Ich weiß aber nicht, ob der Jan auch …«

»Was?«, fragte ich, als sie plötzlich verstummte und die ohnehin schmalen Lippen erschrocken zusammenpresste.

Aus den kleinen Lautsprechern an der Wand klang Leonard Cohens *Suzanne*.

»Na ja«, antwortete Inga Voss kläglich. »Es hat damals so Geschichten gegeben, an anderen Unis, da haben die Profs mit den Firmen Deals gemacht, dass ein Teil von dem schönen Geld auf ihrem Privatkonto landet.«

»Aber Sie glauben, Ihr ehemaliger Chef hat so was nicht gemacht?«

»Glaub ich nicht. Nein. Kann ich mir nicht vorstellen. So ist er nicht.«

»Mit welchen Firmen hat er sonst noch zusammengearbeitet?«

»Mit Roche ist viel gelaufen. Dann Merck. Und Sandoz. Mehr fällt mir jetzt im Moment nicht ein. Entschuldigen Sie.«

»Und worum ging es bei diesen Projekten?«

»Na, um neue Medikamente und so.«

»Sie haben nicht zufällig noch irgendwo eine alte Diskette herumliegen mit Briefen von damals?«

Zum ersten Mal seit Beginn des mühsamen Gesprächs sah sie mir ins Gesicht. Empört, ja entsetzt, weil ich sie – wenn auch durch die Blume – um einen Geheimnisverrat bat.

»Entschuldigen Sie«, sagte dieses Mal ich. »War dumm von mir. Die Disketten könnte man heute ja auch gar nicht mehr lesen, nicht wahr? Wo bleibt eigentlich unser Kaffee?«

Unsere Bestellung war irgendwie durch die Maschen des Local Area Network gefallen, erfuhren wir, wurde erneut aufgenommen und dann auch gleich geliefert.

»Wissen Sie«, sagte Inga Voss nach dem ersten Schluck, »vor dem Jan hab ich einen anderen Chef gehabt. Professor Rosenthal. Aber der ist dann ganz plötzlich gestorben, vierundfünfzig ist er erst gewesen, an einem Schlaganfall. Er war abends wieder mal länger im Büro gewesen, und ich hab ihn dann am nächsten Morgen gefunden, und da ist er schon ganz kalt gewesen. Der Professor Rosenthal ist noch von der alten Sorte gewesen. Der hat seine Briefe diktiert, und ich hab sie getippt, und er hat sie gelesen und korrigiert, und ich hab sie oft noch mal getippt. Aber das hat ihm gar nichts ausgemacht. Damals ist ja noch nicht so eine Hetzerei gewesen wie heute. E-Mails hat's schon gegeben, aber Professor Rosenthal hat von diesem modernen Zeug nichts wissen wollen. Damals sind Veröffentlichungen geschrieben worden, wenn die Ergebnisse da waren, und nicht schon, wenn man ungefähr eine Ahnung gehabt hat, worauf es am Ende rausläuft. Und dann ist er gestorben, und der Jan ist mein Chef geworden. Am ersten Morgen kommt er rein und gibt mir die Hand und sagt: ›Ich bin der Jan. Und du bist die Inga, richtig?‹ Beim alten Chef, da hat das noch geheißen ›Herr Professor‹ und ›Frau Voss‹. Aber soll ich Ihnen was sagen? Trotzdem ist man netter miteinander umgesprungen und respektvoller, und vor allem hat man nicht jedes Mal so ein Geschiss gemacht, wenn mal ein Fehlerchen in einem Bericht gewesen ist.«

»Rosenthal war der Name?«

»Wie das Geschirr, ja.«

»Nicht vielleicht Rosenfeld?«

Jetzt machte sie große Augen. »Sie haben recht! Woher …?«

»Tut nichts zur Sache. Wann genau ist Henecka Ihr Chef geworden?«

Ihre Augen wurden wieder kleiner. »Zweiundneunzig muss das gewesen sein. Die Merit ist schon auf der Welt gewesen, aber sie war noch ganz klein. Ein Jahr, höchstens anderthalb.«

»Hat Ihr alter Chef zufällig in Bensheim gewohnt?«

Sie kam aus dem Wundern nicht mehr heraus. »Stimmt auch! Er hat da ein Haus gehabt mit einem schönen Blick aufs Rheintal, hat er mir erzählt.«

»Kommen wir noch mal zu Emma. Wie haben Sie erfahren, dass sie verschwunden war?«

»Wochen später erst. Der Jan ist sowieso schon gestresst gewesen in der Zeit, weil da war grad das Theater mit Roche. Oder ist es Sandoz gewesen? Ich weiß es nicht mehr, entschuldigen Sie. Jedenfalls, er hat sowieso schon genug Ärger gehabt, und irgendwann fällt mir auf, dass sie überhaupt nicht mehr telefonieren. Da hab ich mich getraut zu fragen, wie es seiner Frau geht. Und wissen Sie, was er geantwortet hat? ›Ich kann es dir nicht sagen, Inga‹, hat er gemeint. Und dann hat er mir gesagt, dass sie nicht mehr da ist.«

»Mehr nicht?«

»Nur, dass sie nicht mehr da ist. Seit drei Wochen schon. Dabei hat er mich angeguckt, dass ich mich nicht getraut hab, noch mehr zu fragen. So traurig und wie wenn er was Schlimmes gemacht hätt. Es ist dann viel getuschelt worden am Institut, aber keiner hat irgendwas Genaues gewusst. Ich hab natürlich gedacht, sie ist zurück zu ihren Eltern, nach Norwegen. So hab ich es auch gemacht, damals, wie mein … ach, ist ja egal.«

Eine Weile schwiegen wir. Inga Voss starrte in ihre Tasse, ich in meine. Der Kaffee schmeckte ausgezeichnet. Meine Hände zitterten immer noch leicht. Für die Musikberieselung sorgte jetzt John Lennon: *Imagine there's no heaven, it's easy if you try.*

»Im Augenblick habe ich keine weiteren Fragen mehr«, sagte ich schließlich und trank den letzten Schluck. »Wenn mir noch was einfällt, darf ich Sie anrufen?« Ich schob die beiden diskret zusammengefalteten Fünfziger über den Tisch, die ich in der Hosentasche gehabt hatte. Legte noch einen dritten aus meinem Portemonnaie dazu. Inga Voss weinte fast vor Rührung und hörte gar nicht mehr auf, sich zu bedanken.

»Wenn Sie Lust haben«, fiel mir ein, »können Sie ja mal ein wenig mit Ihren damaligen Kollegen und Kolleginnen telefonieren.«

Ihre Miene wurde wieder so trostlos wie zu Beginn. »Ist ja

keiner mehr da. Außer der Frau Dr. Kramer ist ja keiner mehr da. An der Uni, da ist immer ein großes Kommen und Gehen, wissen Sie? Die Assistenten machen ihren Doktor, und dann gehen sie in die Industrie oder in die Forschung und machen Karriere. Und die Sekretärinnen heutzutage, die sind ja Computerspezialistinnen. Die Berichte schreiben die Wissenschaftler selber, und Briefe gibt's nicht mehr zehn am Tag, sondern fünf in der Woche. Und bei diesen Mails, wissen Sie, was damit ist? Man schert sich einen Dreck um Tippfehler und Kommas und so. Es heißt auch nicht mehr ›Sehr geehrter Herr Sowieso‹ oder ›Liebe Frau Kollegin‹, sondern alle werden mit ›Hallo‹ angeredet. Zu meiner Zeit wäre eine Sekretärin gefeuert worden, wenn sie so was verschickt hätte!«

»Nicht leicht in Ihrer Situation, einen neuen Job zu finden, nehme ich an.«

Sie nickte zerknirscht. »Ich werde nächstes Jahr fünfzig. Die Kinder brauchen mich noch. Aber es ist auch wegen dem Harras.«

Ihren Hund konnte sie nicht allein lassen, weil er ihr sonst die Wohnung verwüstete. Und zur Arbeit konnte sie ihn nicht mitnehmen, selbst wenn ein Arbeitgeber das erlaubt hätte, da er ständig pupste.

»Er ist halt schon alt, wissen Sie«, flüsterte sie errötend. »Ich hab's schon mit Tabletten probiert und anderem Futter, aber es hilft alles nichts.«

»Wie alt sind Ihre Kinder denn?«, fragte ich, um von dem heiklen Thema wegzukommen.

Ihr Sohn Jonas war vor Kurzem achtzehn geworden, die Tochter Friederike wurde demnächst sechzehn.

»Bin mal ein paar Jahre verheiratet gewesen, wissen Sie? Aber es hat nicht gehalten. Der Vater von den Kindern, mit dem war ich nicht verheiratet, und der ist ein richtiger Mistkerl. Angeblich kann er keinen Unterhalt zahlen, weil er's im Rücken hat. Dabei weiß ich genau, dass er schwarz arbeitet. Er ist Fliesenleger.«

Jonas wollte studieren, würde Bafög bekommen, sich jedoch etwas dazuverdienen müssen, da er nicht in Heidelberg bleiben und im Hotel Mama wohnen wollte. Friederike war noch in dem Alter, in dem Mädchen Germany's next Topmodel werden wollen.

»Grad fällt mir ein«, sagte Frau Voss, als sie sich schon halb zum Gehen gewandt hatte. »Vielleicht interessiert Sie das ja auch. Manchmal hat der Jan die Merit mitgebracht. Wenn es der Emma mal wieder nicht so gut gegangen ist. Und dann hat meistens die Frau Dr. Kramer auf sie aufgepasst. Die hat gut gekonnt mit der kleinen Merit. Und mit dem Jan ... also, mit dem auch ...«

Ich wurde hellhörig: »Wie soll ich das verstehen?«

Jetzt sah sie wieder auf ihre abgetretenen rosafarbenen Schühchen. »Ich weiß nicht, ob ich ...«

»Mehr Geld habe ich nicht dabei, Frau Voss.«

»Es ist mir aber ein bisschen peinlich.«

»Was ist Ihnen peinlich?«, fragte ich unwirscher, als ich beabsichtigt hatte.

Sie zuckte zusammen, als hätte ich ihr eine Kopfnuss gegeben, und sagte eilig: »Später, wie die Emma nicht mehr da war, und der Jan ist ja immer noch ein junger Mann gewesen ...«

»Er hatte was mit Frau Kramer?«

Sie nickte, als hätte sie das außereheliche Verhältnis damals höchstpersönlich eingefädelt.

»Lief das auch schon, als seine Frau noch da war?«

Wieder nickte sie, kurz und verschämt. »Wissen tu ich natürlich nichts«, hauchte sie mit kläglicher Miene. »Aber man hat ja schließlich Augen im Kopf.«

Emma war krank gewesen. Und ihr Mann hatte sie mit einer seiner Doktorandinnen betrogen. Diese beiden Informationen hatten Henecka nun also hundertfünfzig Euro und mich selbst zwei Stunden meiner Lebenszeit gekostet.

Sollte ich dieser Frau Dr. Kramer ein wenig auf den Zahn fühlen, die ich als äußerst unfreundlich und zickig in Erinnerung hatte? Lohnte es sich, diese Spuren weiterzuverfolgen, die bei Licht besehen kaum den Namen verdienten, womöglich nur Institutstratsch und Gerüchte waren?

Während ich auf dem Weg nach Hause die Autobahn überquerte, beschloss ich, zuvor noch einmal Merit zu belästigen. Sie war damals noch ein Kind gewesen, zu klein, um sich an Details zu erinnern, aber vielleicht brachte der Name Kramer etwas in ihr ins Schwingen.

Da ich nicht vergeblich nach Bensheim fahren wollte, wählte ich Heneckas Festnetznummer, um meinen Besuch anzukündigen. Aber wie üblich nahm niemand ab. Ich versuchte es mit Merits Handynummer, die mit 001 begann. Als die Voicebox ansprang, bat ich um Rückruf.

Zu Hause angekommen, ging ich noch einmal die Liste meiner spärlichen Spuren durch. Es war trostlos. Es war hoffnungslos. Wäre ich im Dienst gewesen, hätten mir die Recherchemöglichkeiten einer deutschen Polizeibehörde zur Verfügung gestanden, dann, ja dann …

Schließlich gab ich mir einen Ruck und wählte noch einmal die Büronummer von Rolf Runkel. Da er wegen der Reparaturkosten meines Peugeot immer noch ein schlechtes Gewissen hatte, würde er mir helfen. Obwohl es inzwischen schon halb sechs war, saß er noch an seinem Schreibtisch. Zum Glück war er allein im Zimmer.

»Sie könnten mir noch einen kleinen Gefallen tun«, begann ich. »Es geht um einen Mann, der in Regensburg wohnt. Könnten Sie mal kurz einen Blick in den Computer werfen?«

»Ob er vorbestraft ist und so?«

»Es ist eine private Geschichte …«

Ich nannte ihm den Namen, hörte ihn tippen. Ziemlich langsam, da er nur die Zeigefinger benutzte. Er atmete angestrengt und biss sich dabei vermutlich auf die Zunge.

Dann hatte er den Gesuchten gefunden: »Kaisershof, Guido, Jahrgang siebenundsiebzig?«

»Richtig«, behauptete ich auf gut Glück.

»Bis vor ein paar Jahren hat er in Frankfurt gelebt. Da hat er zwei-, nein, dreimal mit dem Staatsanwalt zu tun gehabt. Jedes Mal Urkundenfälschung. Zweimal hat er Bewährung gekriegt, beim dritten Mal ist er für zwei Jahre eingefahren. Ist aber vorzeitig rausgekommen wegen guter Führung. Dann ist er umgezogen, nach Bayern, und seither ist er anscheinend brav.«

»Was genau heißt Urkundenfälschung?«

»Hauptsächlich falsche Pässe und Geburtsurkunden und so. Genauer steht's hier nicht.«

Sofort sprang meine Fantasie wieder an: Henecka war Hals über Kopf nach Mannheim gefahren, hatte den Wagen dort stehen lassen, um in den nächsten ICE in Richtung Osten zu springen und sich bei Herrn Kaisershof einen falschen Pass zu besorgen ...

Oder auch nicht.

Noch einmal versuchte ich es bei Merit. Wieder erfolglos.

Nach meinen jüngsten Erfahrungen mit auswärtigen Ermittlungen hatte ich wenig Lust, nach Regensburg zu fahren. Gut, es war nicht ganz so weit wie Leipzig, und ich würde mich auch nicht mit anrüchigen Damen treffen. Aber dennoch, fürs Erste hatte ich die Nase voll vom Wildern in fremden Revieren.

Hatte ich Lust, mit der kratzbürstigen Frau Dr. Kramer zu sprechen?

Noch weniger.

Wozu tat ich mir das alles überhaupt an? Interessierte mich, was aus Henecka geworden war?

Nein, eigentlich nicht.

Doch, natürlich. Allmählich fragte ich mich, ob ich nicht allmählich alle Symptome eines Drogensüchtigen zeigte. Oder die eines Workaholic.

Regensburg war eine sehenswerte Stadt, wusste ich, Weltkulturerbe, vor fast zweitausend Jahren von den Römern an einer Donaufurt gegründet. Schnittpunkt wichtiger Handelswege schon in vorgeschichtlichen Zeiten. Später über Jahrhunderte Reichshauptstadt, Sitz des ständigen Reichstags. Und, so las ich im Internet, nach Jahrzehnten des Dornröschenschlafs während des kalten Kriegs heute Boomcity mit inzwischen absurden Immobilienpreisen. Die alten Routen nach Osten waren wieder offen, der Handel blühte, die Industrie florierte. Und der Tourismus offenbar ebenfalls. Die praktisch vollständig erhaltene Altstadt sei unbedingt sehenswert, erfuhr ich. Und angeblich hatte Regensburg die höchste Kneipendichte Deutschlands.

Nicht nur die Mieten, sondern auch die Hotelpreise waren rekordverdächtig, stellte ich wenig später fest. Bei der Entfernung würde ich allerdings keine Übernachtung brauchen, sondern könnte am selben Tag wieder nach Hause fahren. Trotzdem beschloss ich, dass mein Bedarf an Abenteuern in der Fremde fürs Erste gedeckt war.

Noch einmal drückte ich die Wahlwiederholung. Merit war immer noch nicht erreichbar. Vermutlich wollte sie ihre Ruhe haben. Oder lag in einem Hotelbett, wie ich ihr geraten hatte, und holte versäumten Schlaf nach. Aber hätte sie in diesem Fall nicht ihr Handy ausgeschaltet? Saß sie vielleicht schon im Flugzeug zurück nach New York? Wollte sie ganz einfach nicht mehr mit mir sprechen?

Bensheim war nicht annähernd so weit wie die berühmte Stadt an der Donau …

21

Als ich zum wer weiß wievielten Mal Jan-Armin Heneckas Klingelknopf drückte, hatte es wieder einmal zu regnen begonnen. Die Fahrt war wieder zäh und nervenaufreibend gewesen. Der Berufsverkehr hatte gebrodelt, ich hatte eine halbe Stunde im Stau gesteckt, und meine Laune war am absoluten Nullpunkt.

Merit schien wirklich nicht zu Hause zu sein, denn niemand reagierte auf mein Läuten. Eine winzige Hoffnung geisterte plötzlich in meinem Kopf herum, Henecka könne mir die Tür öffnen und bei einem gemütlichen Kaffee erzählen, alles sei völlig harmlos und in Ordnung. Aber nichts dergleichen geschah. Nebenan bei den Elrings war wieder einmal Bewegung hinter den Gardinen.

Ich drückte ein zweites und ein drittes Mal. Sah mich missmutig um. Inzwischen war es schon halb acht und wegen der dichten Wolken nicht mehr besonders hell, aber dennoch waren alle Fenster dunkel. Immerhin stand ich im Trockenen, da der Bereich vor der Haustür großzügig überdacht war. Es gab sogar eine niedrige hölzerne Bank, auf der nur ein einsames Paar Schuhe stand, klein, schmutzig und derb. Frauenschuhe, nicht gerade Wanderstiefel, aber definitiv nicht für Cocktailpartys gemacht. Würde Merit ihre Schuhe vergessen, wenn sie abreiste?

Ich läutete ein viertes Mal, diesmal anhaltend. Schließlich klappte ich den Kragen meines Mantels hoch und ging – Nachbarn hin, Regen her – um das Haus herum. An den meisten Fenstern waren die schweren hölzernen Rollläden herabgelassen. Ich erreichte die rückwärtige Terrasse, spähte durch die Glastür ins Wohnzimmer. Hier gab es weiß lackierte Klappläden, die jedoch offen standen. Innen war alles dunkel und aufgeräumt, nichts ließ auf die Anwesenheit eines Menschen schließen. Kein leeres Glas stand auf dem Couchtisch, kein aufgeklapptes Buch auf dem schon etwas verschlissenen braunen Ledersofa.

Ich trat einige Schritte zurück in den Nieselregen, sah nach oben. Auch vor den Fenstern im Obergeschoss waren die Rollläden heruntergelassen. Und soweit ich erkennen konnte, war nirgendwo Licht. Oder doch? Schimmerte da nicht etwas durch die feinen Ritzen am linken Fenster? Ich ging noch weiter zurück. So weit, bis ich schließlich fast unter Heneckas üppigem Apfelbaum stand. Auf der Straße, die ich von hier aus nicht sehen konnte, bremste leise ein Auto. Türen wurden geöffnet und wieder zugeworfen. Und Sekunden später kamen mit schweren Schritten zwei uniformierte Kollegen um die Ecke des Hauses.

Bitte, nicht schon wieder!

»Was machen Sie hier?«, fragte der Anführer nicht unfreundlich.

»Ich wollte Herrn Henecka besuchen. Aber er macht nicht auf, obwohl da oben Licht brennt.«

»Und da latschen Sie einfach so in seinem Garten rum?«

»Ich bin ein Freund. Und ehrlich gesagt, ich mache mir ein bisschen Sorgen um ihn.«

Bemerkenswert, mit welcher Leichtigkeit mir inzwischen die Lügen über die Lippen kamen. Der Kollege trat neben mich, stellte keine weiteren Fragen.

»Angerufen haben Sie ihn schon?«

»Tausendmal. Er geht nicht ans Handy und ans Festnetztelefon auch nicht.«

»Akku leer, wahrscheinlich«, meinte der zweite Kollege achselzuckend, der deutlich jünger war als der Wortführer. »Oder er hat's runtergeschmissen. Oder der Hund hat's gefressen. Ist einem Cousin von mir mal passiert, ehrlich wahr.«

»Er hat keinen Hund.«

»Oder er hat 'ne neue Flamme und tobt grad mit ihr in irgendeinem Hotelbett rum«, ergänzte der andere bedächtig. »Aber stimmt schon, da oben brennt Licht.«

Zu dritt umrundeten wir das Haus. Nun übernahmen die Kollegen das Klingeln, bollerten gegen die Tür.

»Sie sind sicher, dass er daheim sein sollte?«

»Ich bin mir überhaupt nicht sicher. Aber er ist auch seit Tagen nicht mehr im Büro gewesen. Keiner weiß, wo er steckt, auch in der Firma nicht.«

»Vielleicht ist er krank?«

»Wie ich ihn das letzte Mal getroffen habe, war er noch kerngesund.«

»Woher kennen Sie sich, wenn man fragen darf?«

»Wir waren mal in derselben Klasse.«

Es war, als führte ich plötzlich ein zweites Leben. Ein Leben, in dem ich mit meinem alten Freund Jan-Armin den Schultisch geteilt und das Pausenbrot getauscht hatte.

Der jüngere Kollege zückte sein Handy und telefonierte nach einem Schlüsseldienst. Der ältere bot mir eine Zigarette an, die ich dankend ablehnte. Inzwischen herrschte auch hinter den Gardinen anderer Häuser Unruhe. Der Streifenwagen hatte für Aufsehen gesorgt, obwohl er ohne Blaulicht gekommen war. Das Ehepaar Elring, dem ich die Unterstützung der Bensheimer Kollegen vermutlich verdankte, stand sogar vor der Haustür, um bessere Sicht zu haben. Immerhin waren sie klug genug gewesen, einen Regenschirm mitzunehmen.

Merit musste die Tabletten im Lauf des Nachmittags geschluckt haben. Als wir sie fanden, waren ihre schmalen, zerbrechlichen Hände schon eiskalt, das Gesicht schneeweiß, aber es war noch Leben in ihr. Der Notarzt, der nur wenige Minuten später hereinstürzte, zog eine bedenkliche Miene, machte uns jedoch Hoffnung, sie könnte ihren Selbstmordversuch überleben. Bevor sie sich voll angekleidet aufs Bett gelegt hatte, hatte sie gründlich sauber gemacht und aufgeräumt, das bisschen Geschirr gespült, das sie benutzt hatte, sämtliche Fenster geschlossen und die Läden heruntergelassen. Dann hatte sie mit friedlicher Miene den Tod erwartet, und zum ersten Mal sah ich sie fast lächelnd. Als hätte sie auf dem Weg vom Schlaf zum Tod einen angenehmen Traum gehabt. Das Röhrchen, das die Schlaftabletten enthalten hatte, fanden die Kollegen nach flüchtigem Suchen im Küchenmülleimer.

Natürlich machte ich mir Vorwürfe. Merit war so bodenlos erschöpft gewesen bei unserem gestrigen Gespräch. So traurig und sterbensmüde. Und ich Idiot, ich Blödmann, ich gefühls- und gedankenleerer Holzkopf hatte sie allein gelassen und ihr empfohlen, in ein Hotel zu ziehen.

Mit der Lügerei war es jetzt natürlich vorbei. Nun ja, zumindest fast.

»Gerlach«, notierte der ältere Kollege vom Rang eines Hauptkommissars ernst, während wir im Erdgeschoss auf das Eintreffen der Kripo warteten. »Und Sie sind Kollege, sagen Sie?«

Offenbar war er einer der wenigen, die das Ereignis in Kirchheim nicht mitbekommen hatten. Denen mein Name nichts sagte.

»Kripo Heidelberg«, erklärte ich.

Jetzt wurden seine Augen doch groß: »*Der* sind Sie?«

»Ja, der.«

»Und wie …?«

»Wie gesagt, ich kenne den Vater privat. Er hat früher in Heidelberg gelebt und gearbeitet. Und die Tochter kenne ich auch. Eigentlich wollte ich aber zu Jan. Sie haben vielleicht in der Zeitung gelesen, dass er verschwunden ist. Und weil ich ihn einfach nicht erreichen konnte, habe ich gedacht, frage ich doch einfach Merit. Vielleicht hat sie eine Idee, wo er stecken könnte, habe ich gedacht.«

»Hätten Sie das nicht gedacht, wäre sie jetzt tot.«

Wieder bremste draußen ein Auto. Und gleich noch eines. Schritte vor der Haustür. Das überlaute Schrillen der Klingel im Flur. Fünf Männer und zwei Frauen kamen zügig, aber ohne Hektik herein, riefen entspannt »Hallo!« in die Runde. Eilig wurden Hände gedrückt.

»Oben«, sagte der Kollege, der sich mir inzwischen als Grasser vorgestellt hatte, und steckte sein dickes Notizbuch in eine Brusttasche der blauen Uniformjacke. »Kommt, ich zeig's euch.«

Ich hörte sie die Treppe hinauftrampeln. Oben halblaute Stimmen. Kameraklicken. Rücksichtsvolles Möbelrücken.

Ich sank auf einen der harten Küchenstühle. Mir war übel. Merits Verzweiflung war so offensichtlich gewesen. Der stumme Schrei in ihrem trostlosen Blick. Der lautlose Ruf nach Hilfe, den ich nicht gehört hatte. Plötzlich hatte ich die unbändige Lust, etwas zu zerschlagen, zu zertrümmern, zu schreien, mir die Haare auszureißen. Stattdessen saß ich still auf meinem Stuhl und lauschte auf die Geräusche von oben. Immer noch klickte die Kamera. Es konnte schließlich auch ein vorgetäuschter Selbstmord sein. Ein Selbstmord, bei dem jemand nachgeholfen hatte. Merit lag zu diesem Zeitpunkt längst auf der Intensivstation irgendeines Krankenhauses und wurde dort hoffentlich gut versorgt.

Jemand kam mit leichten Schritten die Treppe herab. Eine der beiden Frauen trat durch die Küchentür, sah mich fragend an.

»Herr Gerlach?«

Sie trug Latexhandschuhe, hielt ein Papier in der Hand. Ein mit der Hand beschriebenes weißes Blatt.

»Ich geb es Ihnen erst mal nicht in die Hand«, sagte sie mit warmem Lächeln und mitfühlendem Blick. Es war ihr nicht entgangen, dass die Sache mich mitnahm.

»Was ist das?«

»Ein Brief an Sie.«

»An mich?« Mein Kopf ruckte hoch. Sie war etwa so alt

wie ich, kräftig gebaut, und strahlte eine Ruhe aus, als würde auch eine Familie mit einem Dutzend Kindern sie nicht an ihre Grenzen bringen.

»Ihr Name steht auf dem Umschlag. Den Umschlag hab ich oben gelassen. Soll ich vorlesen?«

Ich senkte den Kopf, als hätte ich ein Urteil oder den nächsten Schlag zu erwarten.

»Folgendes steht hier: ›Lieber Herr Gerlach. Bitte verzeihen Sie die Umstände, die ich Ihnen mache. Ich weiß, Sie meinen es gut mit mir. Aber es ist besser so, wie es jetzt ist. Sie sind auf der richtigen Fährte, Sie liegen richtig mit Ihren Vermutungen. In allem. Ich habe es die ganzen Jahre mit mir herumgeschleppt, die Schuld, die Angst vor mir selbst. Ich hatte gehofft, ich könnte irgendwann damit fertigwerden. Könnte ein normales Leben führen. Aber das ist jetzt vorbei. Den Rest möchte ich lieber nicht erleben. Bitte vergeben Sie mir meine Feigheit.‹ Unterschrift: M. Henecka. Können Sie was damit anfangen?«

»Eigentlich nicht«, erwiderte ich mit verwirrtem Kopfschütteln.

»Was ist das für eine Fährte, auf der Sie angeblich sind?«, fragte die Kollegin.

»Ich weiß es nicht. Es hat da mal Geschichten gegeben, als sie noch ein Kind war. Ihre Mutter ist verschwunden und später eine enge Schulfreundin von ihr. Damals war sie acht.«

»Etwa diese Lisa-Geschichte? Deshalb hat sie sich Vorwürfe gemacht?«

»So sieht es für mich aus, ja. Aber ich bin auf keiner Fährte. Ich habe keinen Schimmer, was damals passiert ist.«

Eine von meinen Äußerungen gestern hatte in Merit offenbar die Angst geweckt, ich wüsste mehr, als ich zugab. Dabei wusste ich ja nichts. Absolut nichts. Und meine Chancen, dies zu ändern, waren nun kleiner denn je.

»Hatten Sie damals zufällig mit dem Fall zu tun?«, fragte ich.

Die Kollegin aus Darmstadt steckte den Brief ordentlich zusammengefaltet in einen Spurenbeutel und schüttelte den Kopf mit den dunkelbraunen Kräusellöckchen.

»Damals bin ich noch bei der Schutzpolizei gewesen. Aber natürlich hat man die Sache verfolgt, und es ist ja später sogar im Fernsehen gekommen. Ich habe das Haus vorhin gleich wiedererkannt, obwohl es schon ewig her ist, dass ich den Film gesehen habe. Ein Kollege, der mit dem Fall zu tun hatte, der hat mir mal ein bisschen was erzählt.«

»Was ist damals passiert?«

Sie zog einen Stuhl unter dem Tisch hervor und setzte sich mir gegenüber.

»Lisa war hier, in diesem Haus, zum Spielen. Und auf dem Heimweg ist sie verschwunden. Nur die Krone hat man später gefunden.«

»Eine Krone ...?«

Sie lächelte. »So ein Pappding von Burger King. Kennen Sie bestimmt, Kindergeburtstag mit Cola, Hamburgern, Pommes und eimerweise Ketchup und Mayo. Merit hat an dem Tag ihren Geburtstag gefeiert. Der Vater hat seinerzeit ausgesagt, es hätte Streit um das dumme Ding gegeben, die Krone, meine ich. Und dann ist Lisa davongelaufen, wollte heim, ist dort aber nie angekommen.«

»Was hat Merit dazu gesagt?«

»Ich meine, die hätte einen Schock gehabt und sich an nichts erinnert. Der Vater hat auch nichts gewusst oder gesehen. Er hat bloß gehört, dass die Kinder gestritten haben. Und dann ist es auf einmal still gewesen. Und wie er hingeht, um zu gucken, was los ist, da hockt seine Tochter ganz apathisch am Boden und ist kaum ansprechbar. Sie hat nur gesagt, die Lisa sei heimgegangen. Er hat ihr dann eine heiße Milch mit Honig gemacht und sie ins Bett gesteckt. Hat gedacht, sie ist erschöpft von dem ganzen Trubel. Erst später, wie Lisas Mutter angerufen und gesagt hat, er kann ihre Tochter jetzt heimschicken, ist ihm aufgegangen, dass irgendwas nicht stimmt. Da ist es immer noch Nachmittag gewesen und hell, und das Kind hat den Weg gut gekannt. Es ist auch gar nicht weit gewesen, keine zweihundert Meter. Und, das habe ich vergessen zu erwähnen: An der Krone war Blut. Lisas Blut.«

Und der einzige Mensch, der mir vielleicht hätte erzählen können, was damals geschehen war, lag inzwischen im Krankenhaus und kämpfte – so hoffte ich wenigstens – um sein Leben.

»Sie sehen nicht gut aus, Herr Gerlach«, meinte die Kollegin nach kurzem, betretenem Schweigen. »Mögen Sie ein Glas Wasser? Oder einen Kaffee? Ich könnt jetzt auch einen vertragen, ehrlich gesagt.«

Ich nickte automatisch, den Blick auf die Schachbrettfliesen des Küchenbodens gerichtet. Die Kollegin machte sich mit ruhigen, sicheren Bewegungen an der Maschine zu schaffen. Es dauerte nicht lange, bis ich einen dunkelblauen Becher in der Hand hielt, aus dem es aromatisch duftete. Der Kaffee schmeckte immer noch bitter, aber es tat gut, die heiße Brühe zu schlürfen, in die die Kollegin, ohne zu fragen, zwei gehäufte Löffel Zucker gerührt hatte. An der Seite des Bechers stand in weißer Schrift der Name der Besitzerin: Merit.

Als ich nach Heidelberg zurückfuhr, längst war es dunkel geworden, war plötzlich alles wieder da. Die Angst. Die Beklemmung. Das grässliche Gefühl, gefesselt zu sein, meinen Mörder auf mich zukommen zu sehen und nichts, nichts, nichts tun zu können außer zu schreien, zu brüllen, was ich ja wohl tat, wenn ich den Erzählungen der Zeugen Glauben schenken durfte. Und welche Gründe sollten sie haben, mich zu belügen? So habe ich denn wohl geschrien, um mein Leben geschrien, mir die Seele aus dem Leib gebrüllt. Beinahe jedenfalls. Das trübe Licht in dieser stickigen, stinkigen Küche, wo *es* geschah. Das Blitzen der schmalen, mit Claudias Blut beschmierten Messerklinge.

Bevor mich die Panik endgültig überschwemmte, tat ich etwas, was ich noch vor zehn Minuten als lächerlich abgetan hätte, unter meiner Würde, völlig indiskutabel: Ich wählte die Nummer meiner Mutter und fragte, ob ich sie besuchen durfte. Natürlich durfte ich. Sie freute sich sogar. Bot an, etwas Kleines für uns beide zu kochen. Auch sie hatte noch nicht zu Abend gegessen.

»Dir geht's aber gar nicht gut«, lautete ihre Begrüßung eine Viertelstunde später. »Siehst ja furchtbar aus, Alex!«

So fühlte ich mich auch.

»Jetzt komm erst mal rein und zieh deinen Mantel aus. Du kannst auch hier schlafen, wenn du magst.«

Durch die halb offen stehende Küchentür drangen Gerüche und Düfte, die mir bewusst machten, dass ich neben allem Stress und meinen psychischen Problemen auch noch völlig ausgehungert und vom langen Tag nach der kurzen Nacht erschöpft war. Ich setzte mich an den kleinen, quadratischen Tisch, den meine Mutter neben das schmale Fenster gequetscht hatte. Ihre Zweizimmerwohnung an der Mönchgasse war nur knapp fünfzig Quadratmeter groß, lag im zweiten Obergeschoss und hatte teilweise schräge Wände. Ich fühlte mich hier zu Hause. Geborgen. In Sicherheit. Ein fast fünfzigjähriger Mann war froh, dass seine dreiundsiebzigjährige Mutter acht auf ihn gab. Für ihn sorgte. Ihm später vielleicht zum Einschlafen eine Geschichte vorlesen würde …

»Hast du Schnaps im Haus, Mama?«, fragte ich mit belegter Stimme. »Ich könnte jetzt einen vertragen.«

»Das lass mal lieber bleiben«, erwiderte sie entspannt lächelnd. »Alkohol ist keine Lösung.«

»Manchmal schon.«

»Aber diesmal nicht.«

Während sie werkelte und rührte und brutzelte, erzählte sie mir, dass auch sie einmal etwas durchlitten hatte, was man heute posttraumatische Belastungsstörung nennt und wofür man seinerzeit noch nicht einmal einen Namen hatte. Ein Verkehrsunfall war es gewesen.

»Uns ist gar nichts passiert. Aber das andere Auto ... Drei junge Leute. Ich war damals mit dir schwanger. Papa ist gefahren, und die drei sind uns auf unserer Spur entgegengekommen, viel zu schnell, haben einen Lkw überholt oder einen Lieferwagen, ich weiß nicht mehr. Der andere Fahrer hat dann im letzten Moment noch rübergezogen. Papa war mit den Rädern schon halb im Straßengraben, und so sind sie gerade noch an uns vorbeigekommen. Aber der Fahrer hat die Kontrolle über sein Auto verloren, ist ins Schleudern gekommen und gegen einen Baum gekracht, ungefähr zehn Meter vom Straßenrand weg. Papa hat Erste Hilfe geleistet. Mir hat er verboten auszusteigen, weil ich doch schwanger war. So musste ich im Auto sitzen bleiben und zusehen, wie das andere Auto angefangen hat zu brennen, wie dein Vater zwei von den jungen Leuten, einen Mann und eine Frau, aus dem Wrack gezerrt hat. Der dritte, der Fahrer, ist gestorben. Er hat noch lang geschrien, und manchmal höre ich es heute noch, sein Schreien. Nachts wache ich auf und sehe die Flammen und höre diese Schreie, und Papa konnte nichts für ihn tun. Die anderen beiden haben überlebt.«

»Darauf kann er stolz sein.«

»War er nie. Er hat sich immer vorgeworfen, dass er den Dritten nicht mehr rausholen konnte.«

»Wie ist er damit fertiggeworden?«

»Besser als ich, komischerweise. Weil er was machen konnte, helfen, während ich im Auto sitzen und zusehen musste. Und zuhören. Telefoniert ihr manchmal? Wie geht's ihm so?«

Ach, du Schreck! Das hatte ich im Trubel der Ereignisse komplett vergessen.

»Selten«, antwortete ich lahm. »Und ihr?«

»So weit kommt's noch, dass ich den untreuen Kerl anrufe! Er hat jetzt übrigens auch ein Handy. Aber ich habe die Nummer nicht. Nehme an, der benutzt es nur, um mit seiner Elvira zu turteln.«

Es gab panierte Schnitzel, Jägersoße aus der Tüte und Mamas Kartoffelpüree, und es schmeckte einfach himmlisch. Wein hatte sie im Haus, aber sie weigerte sich eisern, ihn herauszurücken. Stattdessen forderte sie mich mit strengem Blick auf, ihr haarklein zu erzählen, was in jener Nacht vor nun schon bald drei Wochen geschehen war.

Es wurde der ausführlichste und ehrlichste Bericht, den ich bisher von mir gegeben hatte. Während ich redete und redete, zwischendurch aß und kaute und weiterredete, wurde mir bewusst, dass ich meine Therapeutin mehr oder weniger ständig belogen hatte. Dass ich alle, mit denen ich bisher über die Ereignisse in Kirchheim sprach, belogen hatte. Ich hatte die Dinge beschönigt, die Gefahr heruntergespielt, meine Angst. Ich wollte den starken Mann geben, der ich plötzlich nicht mehr war. Nur hier, vor meiner alten Mutter, die alles über mich wusste, mit der Sturheit einer Eselin an ihren Sohn glaubte und auch zu ihm halten würde, wenn er schwach war und armselig und hilfsbedürftig, nur hier gönnte ich mir den Luxus, den Schrecken zuzulassen, den Schmerz der Ehrlichkeit.

Das Essen schmeckte mir, wie es mir als Kind schon geschmeckt hatte. Irgendwann, als ich längst satt war, nahm ich das Handy zur Hand und rief das einzige Krankenhaus an, das ich unter dem Stichwort Bensheim fand. Aber sie wollten mir nichts sagen. Gerade so viel erfuhr ich schließlich von einer misstrauischen Stationsschwester, dass eine Merit Henecka bei ihr lag. »Aber wenn Sie kein Angehöriger sind, tut mir wirklich leid …«

»Ich habe sie gefunden. Das müssen Sie doch verstehen.«

Zögern. Schnaufen. Dann ein müdes: »Doch, sie lebt noch. Und wenn sie die Nacht schafft, dann bringen wir sie hoffentlich durch.«

Es war warm in dieser Küche, viel zu warm und zu eng, und es war eine Küche, und neben dem Herd lag ein scharfes Messer, und ich war todmüde und hatte überhaupt keine Angst.

22

Am nächsten Morgen fühlte ich mich wie neugeboren. Ich war spät nach Hause gekommen und hatte wie ein Stein geschlafen, traumlos und ohne ein einziges Mal aufzuwachen. Als ich die Augen öffnete, war es schon nach acht Uhr. Die Zwillinge saßen längst im Unterricht, und Theresa hatte auch die vergangene Nacht bei Viola in Darmstadt verbracht. Erst nach Sekunden kam die Erinnerung an Merit wieder und daran, dass heute um elf Uhr mein alter Chef bestattet wurde. Auf dem Heidelberger Bergfriedhof, nur wenige Hundert Meter von mir entfernt.

Ein wenig traurig und unzufrieden machte ich mir einen extragroßen, extrastarken Cappuccino, setzte mich im Bademantel an den Küchentisch, ließ mir das Gesicht von der Morgensonne wärmen und begann, Inventur zu machen. Inventur meiner aktuellen Lebenssituation und des Falls Henecka. Teil eins war rasch erledigt. Bei nächster Gelegenheit würde ich Theresa auf ihre Zukunftspläne ansprechen. Ich konnte mir nicht vorstellen, dass ich darin keine wichtige, wenn nicht sogar zentrale Rolle spielte. Wie unser Zusammenleben sich gestalten würde, musste sich zeigen.

Teil zwei meiner Inventur fiel dagegen ernüchternd aus. Henecka war immer noch verschwunden, vermutlich inzwischen tot, Merit fiel für die nächsten Tage als Informationsquelle aus, Jacky und ihr geschiedener Mann wollten mir nicht weiterhelfen. Jede Spur, die sich bisher auftat, hatte sich als kurze Sackgasse erwiesen. In die DVD, die der Briefträger heute vielleicht bringen würde, setzte ich keine großen Hoffnungen mehr. Was es über den Fall Lisa zu wissen gab, wusste ich seit dem gestrigen Gespräch mit der Darmstädter Kollegin.

Dann wurde mir bewusst, dass doch noch zwei Spuren übrig waren. Guido Kaisershof in Regensburg und die schnippische Frau Kramer, Heneckas ehemalige Doktorandin, mit der er angeblich ein Verhältnis gehabt hatte. Ich sah auf die Uhr: Zehn vor halb neun, sie könnte schon am Schreibtisch sitzen. Ich griff zu meinem Handy.

Während ich die ersten Ziffern eintippte, begann es zu zittern und zu trillern. Die angezeigte Nummer war mir bestens bekannt.

»Guten Morgen, Herr Gerlach«, begrüßte mich Sönnchen verdutzt. »Das ist jetzt aber schnell gegangen.«

»Sind Sie denn gar nicht in den Flitterwochen?«, fragte ich nicht weniger verblüfft.

»Sind schon wieder zurück.« Sie lachte. »Das Wetter war zu schlecht, und außerdem sind wir ja Anfang Mai schon in Apulien gewesen.« Nun kam sie zum Grund ihres Anrufs: »Kaltenbach will Sie sehen.«

»Ich bin immer noch krankgeschrieben.«

»Er will Sie trotzdem sehen. Wenn Sie nicht zu ihm kommen können, soll ich Ihnen ausrichten, dann kommt er zu Ihnen.«

Das fehlte noch!

»Aber nicht sofort heute?«

»Am liebsten jetzt gleich, wenn Sie es einrichten können.«

Was vermutlich auch das Beste für mich war. Unangenehmes, das sich nicht vermeiden lässt, soll man zügig hinter sich bringen.

»Ich bin noch im Morgenmantel. In einer Stunde?«

»Sie gucken aber bei mir rein, wenn Sie schon mal im Haus sind, ja?«

Bevor ich mich auf den Weg ins Bad machte, hatte ich jedoch noch etwas anderes zu erledigen. Dazu hatte ich das Handy ja in die Hand genommen.

Schon die Art, wie sich Frau Dr. Kramer am Telefon meldete, schnell und scharf wie ein Schwerthieb, ließ mich fast wieder auflegen. Bleib mir vom Leib, schien sie dem Störenfried vermitteln zu wollen, ich habe schon genug Ärger an der Backe.

»Gerlach ist mein Name. Wir haben vor …«

»Sie schon wieder?« Ich sah ihre hochgezogenen Brauen durchs Telefon.

»Es tut mir leid, dass ich Sie noch einmal belästigen muss.«

»Warum lassen Sie es nicht einfach?«

»Merit hat gestern einen Selbstmordversuch mit knapper Not überlebt.«

Stille wie nach einem Bombeneinschlag. Dann ein leises: »Wie?«

»Ich weiß nicht, wie es ihr im Moment geht. Aber gestern Abend hieß es, sie kommt wahrscheinlich durch.«

»Mein Gott … Das …«

»Ihr Vater ist immer noch unauffindbar, und ich fürchte allmählich …«

»Er könnte sich auch …?«

»Ich kann im Moment nichts ausschließen. Und deshalb würde ich Ihnen gerne ein paar Fragen stellen.«

»Ich bin nicht besonders gut auf Jan zu sprechen, wie Sie vielleicht schon bemerkt haben. Aber Merit, liebe Güte …!«

»Wären Sie bereit, mit mir zusammen im Lauf des Tages einen Kaffee zu trinken und mir dabei etwas mehr über Professor Henecka zu erzählen?«

»Mehr wovon?«

»Was Ihnen einfällt.«

»Sie spielen da auf etwas an, woran ich ungern zurückdenke, Herr Gerlach.«

»Ich bitte Sie, Frau Dr. Kramer, ich spiele auf gar nichts an. Ich will nur vermeiden, dass noch ein Unglück geschieht, auf welche Weise auch immer.«

Sie hüstelte, um Zeit zu gewinnen. »Gut«, sagte sie schließlich. »Ich werde mit Ihnen sprechen. Aber nicht wegen Jan. Ich tue es für Merit. Wie alt ist sie denn jetzt?«

»Vierundzwanzig.«

»Als das mit Jan ... Ich war damals nur ein Jahr älter.«

»Wann passt es Ihnen?«

»Mein Vormittag ist zubetoniert mit Terminen. Vielleicht über Mittag? Essen muss ich so oder so ... Sagen wir, halb eins?«

»Herr Gerlach!« Mein neuer Chef sprang auf wie eine gespannte Feder, als ich durch die Tür trat. Er stürmte um seinen modernen Schreibtisch herum, packte meine Rechte mit beiden Händen. »Ich freue mich so, Sie endlich kennenzulernen. Schön, dass Sie es gleich möglich machen konnten. Nehmen Sie doch Platz. Kaffee?«

Petra Ragold schloss leise die Tür hinter mir. Sie hatte mich nur leidend angeblickt, als ich kam, und sich wortlos erhoben, um mich ins Allerheiligste zu lassen.

Dort war nichts mehr so, wie ich es gewohnt war. Liebekinds alter, dunkler Schreibtisch, bei dessen Anblick ich regelmäßig an einen Beichtstuhl denken musste, war verschwunden. Das wuchtige Regal voller Gesetzesbände, Akten, nie gerauchter Zigarren und verstaubtem Trödel ebenso. Auch die herrlich weich gepolsterten Sitzmöbel für Besucher, die mehr Sessel als Stühle waren. Der Raum wirkte plötzlich doppelt so groß, wie ich ihn in Erinnerung hatte.

Der Teppich war neu, die Stühle, der Besprechungstisch, alles. Es roch nach frischer Farbe und teurem Rasierwasser. Kaltenbach war kaum größer als eins siebzig, also deutlich kleiner als ich, drahtig und energiegeladen. Seine Bewegungen waren zackig und effektiv, das kurz geschnittene Haar dunkel und glatt. Das Gesicht war das eines Zehnkämpfers, und der ganze Mann versprühte eine Dynamik, dass mir fast schwindlig wurde. Auf dem Besprechungstisch welkte ein kleiner Blumenstrauß, den er vielleicht zur Amtseinführung erhalten hatte.

Er bemerkte meinen Blick und lächelte überlegen. »Der

Empfang war nicht ganz so warm, wie ich es mir erhofft hatte. Aber das ist verständlich. Der Neue soll erst einmal zeigen, was er kann. Dass er die Ansprüche erfüllt, die er an seine Mitarbeiter stellt.«

»Sie wollten mich sprechen …«

»Ja, richtig. Immerhin werden wir ja künftig eng zusammenarbeiten, sehr eng sogar, nicht wahr? Ich bin als Mann der klaren Worte bekannt, als Vorgesetzter pflege ich das Prinzip der offenen Tür, will sagen, jeder kann jederzeit zu mir kommen, wenn er ein Anliegen hat. Ein dringliches Anliegen, natürlich.«

Wir nahmen Platz. Der Kaffee stand schon auf dem Tisch. Widerstrebend akzeptierte ich ein halbes Tässchen.

»Gut sehen Sie aus«, meinte Kaltenbach immer noch strahlend.

»Danke. Es geht aufwärts. Leider nicht so steil, wie ich mir das gewünscht hätte, aber es wird mit jedem Tag ein bisschen besser.«

Unternehmungslustig rieb er die Handflächen gegeneinander. »Sie haben eine schwere Zeit hinter sich, aber Sie sind aus hartem Holz, das sehe ich auf den ersten Blick. Ein Mann wie Sie lässt sich von so einem Ereignis doch nicht unterkriegen!«

Der Kaffee schmeckte gruselig. Vermutlich hatte die gute Frau Ragold mit Absicht eine besonders schlechte Marke gekauft.

»Koffeinfrei«, erklärte Kaltenbach aufgeräumt. »Deshalb schmeckt er vielleicht nicht ganz so, wie Sie es gewohnt sind.«

Sein Lächeln erlosch so abrupt, dass ich für einen Moment fürchtete, nun folge das Donnerwetter. Aber mein neuer Chef atmete nur behaglich durch, lehnte sich im Stuhl bis an die Kippgrenze zurück, faltete die Hände im Genick, schaltete sein Strahlen wieder ein.

»Kommen wir zum Anlass unseres etwas überstürzten Gesprächs, lieber Herr Gerlach. Sie haben keine Zeit zu verschwenden und ich auch nicht, und Sie werden vielleicht schon gehört haben, dass ich kein Freund endloser Gespräche bin. Meine beiden Lieblingsworte sind Effizienz und Effektivität. Und um die zu verbessern, braucht man geeignete Mittel, um sie zu messen.«

»Zu messen?« Ich stellte meine Tasse ab und guckte vermutlich so blöde, wie ich mich in diesem Moment fühlte.

»Nun, eine Kennzahl könnte zum Beispiel sein: Wie viele Delikte einer bestimmten Kategorie haben wir in einem bestimmten Zeitraum mit welchem Ressourceneinsatz aufgeklärt? Sind wir besser oder schlechter geworden? Wenn ja, was sind die Gründe dafür? Wie könnten wir noch besser werden?«

»Was, wenn einfach die Fallzahlen zurückgegangen sind?«

»Dann könnte man sich zum Beispiel fragen, weshalb? Ist es einfach ein Trend, oder haben wir als Polizei einen Beitrag dazu geleistet? Können wir den positiven Trend weiter verstärken? Sie verstehen?«

»Durchaus. Ja.«

Was ich hingegen nicht verstand, war, weshalb er mich zu sich gerufen hatte, um mir so aufgeregt von seinen Plänen zu berichten. Diese unausgesprochene Frage beantwortete er im nächsten Satz:

»Weshalb ich Sie sprechen wollte, lieber Herr Gerlach: Ich benötige umgehend die Zahlen der vergangenen Jahre.«

»Die liegen vor. Wir melden sie jedes Jahresende nach Stuttgart.«

»Nicht detailliert genug. Bei Weitem nicht detailliert genug, leider. Ich will das genauer haben, Sie verstehen? Nach Deliktgruppen aufgelöst. Einbruch als Stichwort genügt mir nicht, bei Weitem nicht. Mich interessiert: War es ein Wohnungseinbruch oder ein Einfamilienhaus? Zu welcher Uhrzeit? Wie viele Täter? Woher kamen der oder die Täter, und auf welchem Weg sind sie wieder verschwunden? Wie groß waren Beute und Sachschaden? Solche Dinge, Sie verstehen?«

»Ich sehe im Moment nicht, wie ich Ihnen dabei helfen könnte. Sie wissen, ich bin immer noch dienstunfähig …«

Und außerdem war die Art von Tätigkeit, die er mir soeben auftrug, genau die, die ich am allermeisten verabscheute.

»Selbstredend erwarte ich nicht, dass Sie das selbst machen, lieber Herr Gerlach. Das delegieren Sie natürlich an Ihre Dezernatsleiter. Ich dachte nur, Sie legen Wert darauf, dass die Anweisung von Ihnen selbst kommt. Ich vermeide es, wo immer es geht, über die Köpfe der jeweils Verantwortlichen hinweg zu regieren.«

»Das ist sehr freundlich von Ihnen.«

»Exakt das habe ich nämlich an meinen früheren Vorgesetzten am meisten gehasst: wenn sie an mir vorbei Anweisungen an meine Untergebenen gaben. Da entstehen dann sofort Ressourcenkonflikte und Missstimmungen, und so wollen wir unsere Zusammenarbeit nicht beginnen, nicht wahr?«

Im Grunde klang das alles nicht ganz unvernünftig. Meine Leute würden mich allerdings hassen für das, was ich ihnen zumuten sollte. Aber ich konnte mich ja auf Kaltenbach berufen, und dann würden sie ihn hassen. Logischerweise würden sie in der Zeit, die sie für das Einsammeln der Daten und die Anfertigung der gewünschten Statistiken benötigten, weder Einbrüche aufklären noch welche verhindern. Worin genau die Effizienzsteigerung bestand, konnte ich deshalb im Moment noch nicht erkennen.

Als könnte er Gedanken lesen, erklärte Kaltenbach mir nun, was er sich von dem ganzen Aufwand versprach: »Wenn ich morgens meinen Rechner einschalte, dann will ich sehen können, wo wir stehen, wo wir besser geworden sind, wo wir zurückfallen. Dann können wir nicht erst am Jahresende konstatieren, dass etwas schiefgelaufen ist, sondern sozusagen in Realtime, Sie verstehen?«

Ja, das verstand ich im Großen und Ganzen.

»Wir werden eine Datenbank installieren, die mir jederzeit rote, gelbe oder grüne Ampeln zeigt. Mit einem geeigneten Softwarehaus stehe ich schon im Kontakt.«

Und wenn alles zu seiner Zufriedenheit funktionierte, würde er zur offiziellen Einweihung todsicher den Innenminister einladen, um mit seiner Erfindung anzugeben.

»Klingt wirklich toll«, behauptete ich vorsichtshalber.

Schon strahlte er wieder. »Freut mich, Herr Gerlach, dass Sie es so aufnehmen. Um ehrlich zu sein, ein klein wenig hatte ich befürchtet, in Ihrem Fall mehr Überzeugungsarbeit leisten zu müssen. Umso schöner, dass wir uns auf Anhieb so gut verstehen.«

Er sprang auf, schüttelte begeistert meine Hand und sauste ohne weiteren Kommentar zu neuen Taten an seinen Schreibtisch zurück.

Ich war entlassen.

Sönnchen schaltete den Kaffeeautomaten ein, noch bevor ich ein Wort sagen konnte, um mir einen richtigen, unkastrierten Cappuccino zu machen.

Ich schloss die Tür hinter mir, an der immer noch »KOR Alexander Gerlach, Leiter K« stand.

»War's schlimm?«, wollte Sönnchen wissen.

Ich schüttelte mich und antwortete wahrheitsgemäß: »Ich habe schon Schlimmeres überlebt.«

Während die Maschine knurrte und brummte, berichtete ich von Kaltenbachs Plänen. Sie erzählte mir im Gegenzug, mit welcher Energie er die Reorganisation der Sekretariate betrieb, die Digitalisierung der Aktenablage, die Minimierung des Postverkehrs.

»Ich hab gehört, am LKA, da ist er Dezernatsleiter gewesen und hat die Leute zwingen wollen, alles auf dem Schreibtisch an einen bestimmten Platz zu stellen. Den Locher da, den Tacker dort, den Bildschirm immer links und das Telefon rechts und das so und das so. Wenn alles einheitlich ist, hat er allen Ernstes geglaubt, und alles digital, dann braucht keiner mehr einen eigenen Schreibtisch, sondern jeder setzt sich einfach an den Tisch, der grad frei ist, und das spart Platz und Möbel und Heizkosten.«

»Und wie war der Erfolg?«

»Die Krankenquote ist stark angestiegen, hat mir seine ehemalige Sekretärin im Vertrauen erzählt. Sogar Büropflanzen hat er verbieten wollen, weil da weiß ja dann keiner mehr, wer die gießen soll, aber dann ist ihm der Personalrat reingegrätscht, und am Ende sind sie alle gottfroh gewesen, dass er befördert worden ist.«

Der Cappuccino war fertig. Sie stellte den duftenden Becher vor mich hin und einen zweiten, leeren Becher in die Maschine.

»Haben Sie schon eine Idee, wie wir ihn wieder loswerden?«

»Sogar zwei Ideen gibt's.« Sönnchen lachte unternehmungslustig, als sie sich umwandte. »Die Petra will ihn einfach vergiften. Sie hat was gelesen von einem Pflanzengift, das man praktisch gar nicht nachweisen kann und an dem man ganz langsam stirbt. Ich denke eher, wir müssen was machen, damit er so schnell wie möglich weiterbefördert wird.«

»Er könnte irgendwas in Stuttgart werden. Staatssekretär vielleicht. Oder Polizeipräsident in Mannheim oder Karlsruhe?«

»Dann müsste Petra allerdings vorher den jetzigen Präsidenten vergiften. Aber ich kann ja mal über Ihren Vorschlag mit ihr reden. Hat er Ihnen auch erzählt, dass er regelmäßig Mitarbeiterbeurteilungen machen will? Jeder muss jedes Jahr einmal zum Chef, und da kriegt er dann vorgebetet, was er so übers Jahr alles verkehrt gemacht hat.«

Effizienzsteigerung, hatte ich immer geglaubt, bedeute, dass man in derselben Zeit mehr erledigte als zuvor, und nicht stattdessen etwas anderes.

»Das Neueste hat mir die Petra vorhin erst erzählt, wie Sie bei ihm drin waren. Gleich am Morgen hat er nämlich den Schrieder kommen lassen …«

Auch Sönnchens Milchkaffee war jetzt fertig. Sie setzte sich hinter ihren Schreibtisch.

»Den Kantinenpächter?«

»Genau. Er hat ihn gebeten, ihm eine Statistik zu machen. Von den Gerichten, wo die Leute besonders lang am Tisch sitzen bleiben, und von denen, wo sie bald wieder aufstehen.«

»Das heißt, in Zukunft gibt es bei uns nur noch Eintopf?«

Meine unersetzliche Sekretärin, an deren Hand der neue Ring funkelte und blitzte, verschluckte sich an ihrem Kaffee.

23

»Ich habe ihn vergöttert.« Sofia Kramer begann ihr Geständnis mit einem großen Seufzer. »Ich war damals ja fast noch ein Kind. Zumindest in sexuellen Dingen.«

Unsere Unterhaltung fand in ihrem kargen, keine zwanzig Quadratmeter großen Büro statt, das sich im vierten Obergeschoss eines billig gebauten, fünfstöckigen Beton-und-Glas-Kastens im Neuenheimer Feld befand. Heneckas ehemalige Geliebte saß hinter ihrem Stahl-und-Plastik-Behördenschreibtisch und blickte frustriert in eine weiße Kunststoffschüssel, in der ein erschütternd kleines Häufchen Salat unter leichenblassen Käsestreifen lag. Daneben prunkte ein zugeklapptes silberfarbenes Apple-Notebook. Auf dem Schreibtisch herrschte penible Ordnung. Alle Papiere lagen auf präzise ausgerichteten Stapeln, der Winkel, in dem das Telefon zur Tischkante stand, schien exakt berechnet zu sein. Mein neuer Chef hätte seine Freude an dem Anblick gehabt. Die kalkweiß gestrichenen Wände waren bis auf einige kleine Landschaftsfotografien schmucklos. Im Rücken der Wissenschaftlerin standen wandfüllende Regale voller sauber beschrifteter und nach Rückenfarben sortierter Ordner. Das hätte Kaltenbach weniger gefallen, da er Papier ja offenbar als Teufelswerk betrachtete. Es roch nach Chemie und saurer Salatsoße.

»Für mich war Jan ein Star. Ich habe schon als Studentin sämtliche Vorlesungen gehört, die er angeboten hat. Ein mit nur etwas über dreißig Jahren schon international beachteter Forscher mit einer langen Liste hochrangiger Veröffentlichungen. Oft hat er von den Tagungen erzählt, wo er wieder gewesen war. Los Angeles, Bangalore, Kyoto. Jan konnte stundenlang erzählen von all den wichtigen Menschen, die er kannte und traf. Und so etwas machte natürlich Eindruck auf das Mädchen vom Land, das ich damals war. Das Aufregendste, was ich bis dahin von der Welt gesehen hatte, waren London und Lissabon. Schon während des Studiums habe ich beschlossen, Wissenschaftlerin zu werden – wie er. Und logischerweise bei Jan zu promovieren.«

Auch bei Frau Dr. Kramer hatte ich mich getäuscht, was ihr Aussehen betraf. Ich hatte sie mir groß vorgestellt, hager, knochig, mit eckigen Bewegungen und strengem Blick. Groß war sie, und ihr Blick war manchmal für Sekunden streng. Aber ansonsten war sie füllig, das Gesicht weich, die Bewegungen überraschend fließend, das Make-up dezent und geschmackvoll.

»Mit Bangalore hat er immer noch zu tun«, sagte ich.

Die Art, wie sie »Tatsächlich?« sagte, stellte klar, dass dies eine neue, jedoch keine bewegende Information für sie war.

»Wie ich gehört habe, arbeitet er auch noch mit Ihrem Institut zusammen.«

»Tatsächlich?«, wiederholte sie im selben desinteressierten Ton. »Mit mir jedenfalls nicht. Wahrscheinlich läuft das direkt über den Chef.«

Plötzlich sah sie mir ins Gesicht. Ihre Augen waren fast so grün wie die von Theresa.

»Ich frage mich, weshalb ich Ihnen von dieser Sache mit Jan eigentlich erzähle«, sagte sie nachdenklich. »Ich habe mit niemandem sonst darüber gesprochen.«

Ich blätterte in meinen Notizen. »Professor Bharathi in Bangalore, sagt Ihnen das etwas?«

»Ich habe ihn einmal in Sydney getroffen und einmal in Los Angeles. Sie müssen wissen, die Community in unserem Forschungsfeld ist nicht so riesig. Zwanzig, dreißig Namen sind ernst zu nehmen, weltweit. Mehr sind es nicht.«

»Kramer ist einer davon, nehme ich an?«

Sie lächelte geschmeichelt, strich eine Strähne ihres mattbraunen, nachlässig geschnittenen Haars hinters Ohr. »Sprechen wir in fünf Jahren noch mal darüber, okay?«

Ich überlegte, wie ich am besten die Kurve nehmen konnte zu dem Thema, das mich wirklich interessierte. Aber sie kam selbst darauf zu sprechen.

»Ich habe mich praktisch am ersten Tag in ihn verknallt. Ihn heimlich angehimmelt. Mir Fotos von ihm besorgt, aus irgendwelchen Fachartikeln, aus dem Unispiegel, wo er als kommender Star der Molekularbiologie gefeiert wurde. Alles, was er je geschrieben hatte, habe ich so oft gelesen, bis ich glaubte, es verstanden zu haben. Für mich war sonnenklar, ich werde bei Jan promovieren, und wenn es irgendeine Gerechtigkeit gibt auf dieser Welt, dann wird er mein Mann werden. Oder wenigstens mein Liebhaber.«

»Sie wussten, dass er verheiratet war?«

»Das wusste jeder. Ich war im Übrigen nicht die Einzige, die nachts von ihm geträumt hat.«

»Wie hat er auf Sie gewirkt?«

»Ach!« Lachend warf sie den Kopf zurück und wirkte plötzlich entspannt und fast hübsch. »Sehr männlich. Faszinierend selbstsicher. Weltgewandt. Erfolgreich. Aber da war noch etwas anderes. Etwas ... Wie sage ich es am besten? Eine Traurigkeit, eine Verletztheit, die man nur spürte, wenn man ihn so genau beobachtete, wie ich es tat.«

»Sie sind dann tatsächlich seine Doktorandin geworden«, sagte ich.

»Das ging verblüffend leicht. Meine Diplomarbeit handelte von einem seiner aktuellen Forschungsthemen, und da war der Übergang zur Promotion dann fast selbstverständlich. Ich brauchte nicht einmal zu fragen. Er hat mich angesprochen, und ich ... Ich segelte tagelang auf rosa Wölkchen. Vier Wochen später habe ich stolz meine Stelle angetreten, obwohl er mir die ersten drei Monate nicht einmal etwas bezahlen konnte. Aber das war mir wurscht.

Wichtig war, dass ich mit Jan zusammen sein durfte. Jeden Tag. Fast jeden Tag, er war ja oft auf Reisen.«

»Hat er Ihre Gefühle erwidert?«

Unbehaglich stocherte sie in ihrem Salat. »Anfangs hat er mich behandelt wie ein Möbelstück«, gestand sie. »Nein, wie ein wichtiges Laborgerät. Ich war ja nützlich für ihn.«

»Wann genau haben Sie Ihre Stelle angetreten?«

»Anfang fünfundneunzig. Am zweiten Januar habe ich angefangen, morgens um zehn vor sieben. Wenn Jan mich gebeten hätte, wäre ich auch am ersten schon gekommen.«

»Wenige Monate später ist Emma verschwunden.«

»Das stimmt.«

»Wie haben Sie davon erfahren?«

»Anfangs ist mir nur aufgefallen, dass Jan sehr mitgenommen wirkte. Und noch launischer war als sonst. Er war so launisch wie alle Genies. Noch mehr sind es übrigens die, die sich nur dafür halten. Jan war wirklich gut, und er ist es natürlich noch. Er hat seine Macken, aber als Wissenschaftler ist er Weltklasse. Und er kann es auf den Tod nicht ausstehen, wenn etwas nicht so läuft, wie er es sich vorgestellt hat. Seine Frustrationstoleranz ist gleich null. Wenn etwas schiefgeht, dann wird er verletzend, richtig böse. Das macht ja andererseits ein Genie aus: Er hat eine Idee und setzt alles daran, sie zu verwirklichen. Dabei schont er niemanden. Am wenigsten sich selbst.«

Auf dem Flur jenseits der dicken Tür ging eine Gruppe Menschen vorbei. Jemand lachte verhalten. Eine Tür fiel ins Schloss. Vor den Fenstern brach die Sonne durch die Wolken und ließ Frau Kramers glattes Haar aufleuchten.

»Sie haben gelitten?«, fragte ich.

»Unsäglich. Vor allem, weil der zweite Teil meines Lebenstraums unerreichbar schien. Ich hatte Sechzehnstundentage, habe geackert wie ein Büffel, und das höchste der Gefühle, das größtmögliche Glück war, dass man am nächsten Morgen nicht angeschnauzt wurde.«

»Immerhin haben Sie dann doch eine richtige, bezahlte Stelle bekommen.«

»Eine halbe Stelle. Die zweite Hälfte der Arbeitszeit gilt als Forschungszeit für die Promotion. Dafür darf man unentgeltlich das Labor benutzen, die Geräte et cetera.«

»Können Sie einem Laien wie mir erklären, was genau Sie damals geforscht haben?«

»Therapeutisch wirksame monoklonale Antikörper, die das Wachstum von Tumorzellen blockieren. Diese Ansätze waren damals, Mitte der Neunzigerjahre, noch ziemlich neu und aufregend.«

»Irgendwann sind Sie Ihrem Chef aber doch nähergekommen.«

Sie nickte mit verschleiertem Blick. »Das war kurz nachdem ich meinen Vertrag bekommen hatte. Am ersten April wurde ich offiziell Wissenschaftliche Mitarbeiterin, und um das zu feiern, habe ich abends zwei, drei Flaschen Aldi-Sekt spendiert und Häppchen. Es wurde recht lustig, und Jan war ausnahmsweise guter Laune. Er hatte am selben Tag die Bewilligung von der DFG bekommen für ein neues Projekt, und das haben wir dann gleich mitgefeiert. Irgendwann waren dann plötzlich alle weg, und ich war mit Jan allein. Ich war schon ziemlich beschwipst und entsprechend mutig, und den Rest können Sie sich denken. Was war ich selig in der Nacht! Glücklich zum Platzen. Alle, alle meine Träume waren in Erfüllung gegangen.«

»Sie sagen das so, als wären Sie später nicht mehr oft so glücklich gewesen.«

Ihr Blick ging auf Wanderschaft, sie lächelte sogar ein wenig, sah wieder in ihre Schüssel, schob ein wenig Grünzeug zwischen die blass geschminkten Lippen, kaute gründlich.

»Jan war fast zehn Jahre älter als ich. Und ich … Ich dummes Huhn habe mir vorgestellt, wie er meinetwegen seine Frau verlässt. Wie ich meine Karriere für ihn sausen lasse und für Merit sorge. Aber …«

Sie zuckte die Schultern und verstummte.

»Sie haben Merit gut gekannt?«

»Er hat sie hin und wieder mitgebracht. Wenn Emma wieder mal einen Arzttermin hatte, zum Beispiel. Dann hat er Merit fast immer bei mir abgeliefert, damit ich auf sie aufpasse. Mir war das recht, aus besagten Gründen.«

»Wie war sie als Kind?«

»Süß. Still. Pflegeleicht. Klug für ihr Alter. Sie konnte sich schon sehr gut ausdrücken mit ihren ... Warten Sie ... vier muss Sie damals gewesen sein. Manchmal kam sie mir schon fast zu erwachsen vor.«

»Ist sie nicht in den Kindergarten gegangen?«

»Nur vormittags.« Wieder verschwand ein Salatblatt zwischen den schmalen Lippen. »Jan hatte viel offiziellen Besuch. Mit allen möglichen und unmöglichen, meist ausländischen Leuten musste er Gespräche führen, verhandeln, präsentieren. Dabei konnte er natürlich kein Kind brauchen. So hat Merit dann oft in meinem Büro gesessen und gemalt. Wir haben uns gut verstanden. Und ich habe diese Tage geliebt, wenn sie da war, weil ...« Plötzlich veränderte sich ihr Blick. Sie sah mich an. »Aber ...«

»Aber?«

»Brav und still war sie nicht immer. Sie konnte auch ganz schön ausrasten. Wenn etwas nicht nach ihrem Köpfchen ging, konnte sie schrecklich eigensinnig und laut werden. Hat sie wohl vom Vater geerbt, das cholerische Temperament. Emma war das Gegenteil davon. Sie hat einen kaum gegrüßt vor lauter Schüchternheit.«

»Kinder testen ihre Grenzen aus. Wollen immer wieder ausprobieren, wie ernst die Erwachsenen ihre Verbote meinen. Wie weit man gehen kann, bis man auf Widerstand stößt.«

Jetzt lächelte sie wieder. »Was Merit hier manchmal aufgeführt hat, war schlimmer. Einmal, als Emma kam, um sie abzuholen, hat sie sich aufs Parkett geworfen, bäuchlings, und gebrüllt wie am Spieß und mit ihren Fäustchen auf den Boden getrommelt, dass ich dachte, gleich fließt Blut.«

»Wie hat die Mutter reagiert?«

»Vollkommen überfordert. Sie hat auf ihr kreischendes Töchterchen eingeredet, natürlich ganz erfolglos. Schließlich hat sie sie einfach am Arm gepackt und ohne ein weiteres Wort aus dem Raum gezerrt. Mit mir hat Emma übrigens nie gesprochen. Kein Wort. Ich dachte, sie ahnt vielleicht, was zwischen Jan und mir war. Das nächste Mal, als Merit bei mir war, hat sie dann dieses Bild gemalt.«

Wieder wurde ein Salatblättchen seiner Bestimmung zugeführt. Ihre Art zu essen hatte etwas von einem Ritual an sich. Von Selbstbestrafung.

»Merit war sehr aufgedreht an dem Tag. Hat auf ihrem Papier herumgekrakelt, als müsste es bestraft werden und die armen Buntstifte auch. Einen nach dem anderen hat sie abgebrochen. Ich habe sie machen lassen. Wenn sie in diesem Zustand war, dann war nichts mit ihr anzufangen. Erst am Ende habe ich mir dann angesehen, was sie gekritzelt hatte.« Sie zögerte kurz, schluckte. »Ich habe bis heute mit niemandem darüber gesprochen. Nicht mal mit Jan.«

»Was war auf dem Bild?«

»Drei Menschen. Eine Frau, das war Emma. Emma hatte blonde Haare, und die Frau auf dem Bild hatte gelbe Haare. Die zweite Person war ein Mann. Jan war nicht zu erkennen, aber der Mann hatte einen Strich unter dem Hals, der wohl eine Krawatte darstellte, und ich habe Jan nie ohne gesehen. Die dritte Person war kleiner und stand ein wenig abseits. Das war Merit.«

Das klang bisher nicht beunruhigend.

»Die beiden Großen hatten die Münder weit offen. Als würden sie schreien. Sie haben sich aber nicht angeschrien, Merit hat sie in Frontalansicht gemalt. Sie haben sozusagen den Betrachter angeschrien.«

»Mit vier Jahren verstehen Kinder noch nichts von Perspektive.«

»Und die Frau hat geblutet. Aus dem Mund. Die Brust, sogar der Boden, alles war rot. Und immer noch hat Merit wie eine Verrückte weitergekrakelt. Mit einem Stift, der längst abgebrochen war, hat sie das Papier allmählich zerrissen.« In ihrem Blick war jetzt Ratlosigkeit, Verlegenheit, Unverständnis. »Ich war geschockt. Wusste mir nicht zu helfen. Hatte ja auch niemanden, den ich um Rat fragen konnte. Am allerwenigsten Jan. Deshalb habe ich dann geschwiegen. Bis jetzt.«

»Wie ging es später weiter mit Ihnen und ...?«

Sie senkte den Blick wieder. Stellte fest, dass die Schüssel leer war. Drehte den Stuhl um neunzig Grad und sah zum Fenster hinaus auf die großen, sonnenbeschienenen Bäume voller frühlingsgrünem Laub, auf Kastanienbäume, die in voller Blüte standen, auf andere hohe Unigebäude.

»Ab und zu haben wir miteinander geschlafen«, sagte sie so leise, als spräche sie zu sich selbst. »Oder vielleicht sollte ich besser sagen, er hat mit mir geschlafen. In seinem Büro. Ich bin abends immer extra lang geblieben, und Jan ist ohnehin nie vor zehn gegangen. Ich habe im Labor gesessen und konnte nicht denken vor Aufregung und Hoffnung und Angst. Ich war völlig verrückt damals. Verrückt nach einem lieben Wort von ihm, einer Berührung. Manchmal, selten, ist er gekommen, hat mich stumm in die Arme genommen und geküsst und in sein Büro geführt. Da gab es ein Sofa. In meinem nicht. Außerdem musste ich es mit einer Kollegin teilen. Ich habe schon damals in diesem gemütlichen Hühnerstall hier gesessen.«

»Gefragt hat er nicht?«, fragte ich ihren Hinterkopf.

»Das war nicht nötig. Ich wollte ja. Immer. Und das Irre, das vollkommen Irre war: Je gröber und gefühlloser er mit mir umgesprungen ist, desto mehr habe ich ihn geliebt. Und dann ... dann ...« Sie verstummte, fasste sich an die

Brust. »An einem Abend, er hatte mich wieder zu sich geholt. Er war gleich so seltsam. Und das andere, es ging nicht … Mittendrin fing er plötzlich an zu weinen. Ich hatte ihn noch nie so gesehen, so verstört und ganz grau im Gesicht.«

»Was war der Grund?«

Endlich wandte sie sich wieder mir zu. Sah mir jedoch nicht ins Gesicht, sondern auf ihren Schreibtisch.

»Emma. Nach einiger Zeit hat er sich beruhigt und sogar entschuldigt. Sagte, dass es nicht mehr geht mit ihr. Dass er sich keinen Rat mehr weiß. Ich habe in meiner Naivität natürlich sofort gehofft, er verlässt sie und ich trete an ihre Stelle. Aber davon war keine Rede. Zwei, drei Wochen später habe ich dann erfahren, dass sie nicht mehr da ist.«

»Von wem?«

»Von Jan selbst. Er musste zu einer Tagung, nach Rio, glaube ich. Da hat er mich gefragt, ob ich Merit für drei Tage zu mir nehmen könnte. Aber er hat dann eine andere Lösung gefunden. Eine Nachbarin, die auch Kinder hatte. Wenige Monate später ist er dann zur PharmaStats gewechselt, ziemlich plötzlich. Kühne hat natürlich getobt. Jan hat seine Projekte, so gut es ging, abgeschlossen. Auch die Promotionen wurden größtenteils zu Ende gebracht. Ich selbst stand ja noch ganz am Anfang, und letztlich hatte ich sogar einen Vorteil von Jans Ausscheiden.« Sie atmete tief ein. »Ich konnte einen Teil seines Forschungsgebiets übernehmen und bekam einen Dauervertrag. Wäre Jan geblieben, stünde ich beruflich nicht da, wo ich jetzt bin.«

»Wissen Sie etwas über Emmas Krankheit?«

Sie schüttelte traurig den Kopf. »Ich habe Jan einmal gefragt, aber nur eine ausweichende Antwort erhalten. Es scheint keine körperliche Krankheit gewesen zu sein.«

»Sagt Ihnen der Name Lisa etwas?«

»Lisa?« Ihre Stirn wurde kraus.

»Merits Freundin. Sie ist ebenfalls verschwunden. Vier Jahre nach Emma. Es ist damals viel in den Zeitungen darüber geschrieben worden.«

Sie rollte die Augen. »Ich lese seit Ewigkeiten keine Zeitungen mehr. Wenn ich abends nach Hause komme, bin ich hundemüde, versuche meistens, noch das eine oder andere Paper zu lesen, und oft fallen mir darüber die Augen zu. Publish or perish, heißt es bei uns. Veröffentliche oder gehe unter. In der Wissenschaft müssen Sie heute so viel publizieren, dass Sie kaum noch zum Lesen kommen.«

Auf dem Flur lief eilig eine Gruppe, nach den Stimmen zu schließen, junger Menschen vorbei. Es wurde viel gekichert und gelacht.

»Studis«, sagte Frau Dr. Kramer mit saurer Miene. »Sie machen gerade ein Pflichtpraktikum bei mir.«

Für Sekunden herrschte ratloses Schweigen. Frau Kramer starrte so konzentriert in ihre leere Tupperschüssel, als wären in der verschmierten, kalorienarmen Salatsoße Antworten auf ungelöste Fragen zu lesen.

Plötzlich sah sie auf, lachte verwirrt. »Entschuldigen Sie, wo habe ich nur meinen Kopf? Darf ich Sie zu einem Kaffee einladen?«

So saßen wir Minuten später vor dampfenden weißen Bechern mit dem Emblem des Zentrums für molekulare Biologie und hingen unseren Gedanken nach. Der Kaffee roch besser als der von Kaltenbach, aber schlechter als der von Sönnchen.

»Eines noch«, sagte sie leise, als sie ihren Becher zum zweiten Mal abstellte. »Jan hatte Merit wieder mal bei mir abgestellt. Irgendwelche Amerikaner waren im Haus, die er betütern musste, weil Kühne nicht da war. Da sie nicht malen wollte, habe ich versucht, mich mit ihr zu unterhalten. Sie war schwierig an dem Tag, schweigsam und bockig. Weil mir sonst nichts einfiel, habe ich sie gefragt, wie es ihrer Mutter geht.«

Ich nippte an meinem Kaffee und wartete auf die Fortsetzung.

»Schlecht, hat sie trotzig geantwortet. Und sie hofft, dass sie stirbt.«

»Dass ihre Mutter stirbt?«, fragte ich erschrocken.

»Damals war Emma noch zu Hause. Erst einige Wochen später hieß es, sie sei nicht mehr da.«

»Haben Sie Henecka das Bild mit dem Blut nie gezeigt?«

Wieder schüttelte sie den Kopf.

Als die Biochemikerin mich später zum Ausgang des Gebäudes begleitete, wirkte sie erleichtert, ja, wie von einer schweren Last befreit. Heiter erzählte sie mir, sie bewerbe sich zurzeit weltweit um eine Professur. Die Chancen standen angeblich nicht schlecht.

»In den vergangenen Jahren sind einige der führenden Köpfe in den Ruhestand gegangen. Andere werden bald folgen. Auch Kühne, unser Chef. Da tun sich Chancen auf, die sonst rar sind. Normalerweise steht man nach der Habilitation erst einmal vor dem Nichts. Man schuftet und publiziert und hofft, dass einer der Lehrstuhlinhaber vom Blitz getroffen wird.« Sie warf mir einen schnellen Seitenblick zu und lachte. »Das war jetzt überspitzt formuliert«, fügte sie hinzu. »Nicht, dass Sie denken, ich trachte jemandem nach dem Leben.«

24

Im Briefkasten lag neben einigen Prospekten und einem Brief von der Hausverwaltung wegen der Dachreparatur ein weißer Polsterumschlag mit dem Signet des ZDF. Eilig ging ich nach oben, warf meinen Mantel aufs Bett und schob die Silberscheibe ins Laufwerk meines Klappcomputers. Erfreulicherweise wusste er auch ohne meine Hilfe, was damit zu tun war.

Die Sendung begann mit dem schon seit Ewigkeiten nicht mehr gehörten Eurovisions-Trailer. Weiter ging es mit der nicht weniger pathetischen Titelmusik von *Aktenzeichen XY*. Der Moderator Butz Peters kam ins Bild, kündigte mit Vibrato in der sonoren Stimme neue, sensationelle Fälle an, bei deren Lösung die Polizei auf die Mitwirkung der werten Zuschauer hoffte. Bei allen Vorbehalten, die die reißerische Aufmachung der Sendung bei mir auslöste, wusste ich doch, dass sie schon manchem Kollegen geholfen hatte, eine alte Akte endlich vom Schreibtisch und eine Sorge aus dem Kopf zu schaffen. Allein das Wissen, dass Millionen Menschen plötzlich ihr Gesicht kannten, führte bei vielen Tätern dazu, dass sie sich stellten. Oder sich in ihrer Panik so dämlich benahmen, dass sie von irgendeinem braven, nichts ahnenden Streifenpolizisten zur Rede gestellt wurden.

Nachdem die Erfolge vergangener Sendungen gewürdigt waren, begann der erste Film. Es ging um einen selten tölpelhaften Bankraub in der Nähe von Rostock, in dessen Verlauf die beiden Täter nicht nur eine Waffe, sondern später auch noch ihre Beute verloren. Leider hatten sie jedoch weder einen Ausweis noch eine Visitenkarte liegen lassen. Dafür gab es hübsche Fotos aus mehreren Überwachungskameras.

Dann kam der Beitrag, der den Titel »Die blutige Krone« trug. Teile des Films hatte man an den Originalschauplätzen gedreht. So sah ich das Heim der Familie Götze, in dem heute das Ehepaar Mayer lebte, ich sah Heneckas Haus, ich sah die Bäume und Sträucher in seinem Garten, die damals noch sehr viel niedriger waren als heute. Der mittlerweile so üppige Apfelbaum war noch kaum mehr als ein Stock mit einigen kümmerlichen Ästen gewesen. Aus dem Off wurde Lisas Geschichte erzählt. Dazu wurde das Foto eingeblendet, das ich schon von diversen Zeitungsausschnitten kannte. Wie sie mit ihrer Freundin ohne Aufsicht im Garten spielte. Wie es Streit gab. Dieser Teil der Erzählung wurde durch unverständliche und allmählich lauter werdende Kinderstimmen und aufgeregtes Gewackel der Kamera akustisch und optisch untermalt. Die Kamera folgte Lisas Weg unter dem Zaun hindurch, in den Wald, den Trampelpfad entlang, der einige Meter von den Grundstücksgrenzen entfernt parallel zu den Zäunen verlief, bis zu der Stelle, wo die Krone gelegen hatte und ihre Spur endete.

Ich stoppte den Film, betrachtete das unschuldige, halb verrottete Laub, das vor sechzehn Jahren am Boden gelegen hatte, ein paar dünne Wurzeln und ein wenig dunkle, fruchtbare Erde. Sonst war nichts zu sehen. Außer an der Krone hatte man keine Blutspuren gefunden, keine ausgerissenen Haare, keinerlei Anzeichen für Gegenwehr des achtjährigen Mädchens. Es musste Fußspuren gegeben haben, sowohl von Lisa als auch vom Täter. Was war an dieser Stelle geschehen? Hatte Lisa hier ihren Entführer und vielleicht späteren Mörder getroffen? Hatte er sie auf den Arm genommen? Lisa sei ein aufgewecktes und selbstbewusstes Mädchen gewesen, hatte der Sprecher behauptet, und ich glaubte ihm aufs Wort, nachdem ich mit der Mutter Bekanntschaft gemacht hatte. Wäre sie einfach so mit einem Unbekannten mitgegangen? Ohne Geschrei zu machen, ohne sich mit Händen, Füßen und Zähnen zu wehren? Ein achtjähriges

Kind kann ungeahnte Kräfte entwickeln, wenn es darauf ankommt. Oder war Lisa so überrascht gewesen, dass sie nicht einmal die Chance hatte zu schreien?

Ich ließ den Film weiterlaufen. Und jetzt kam der interessantere Teil: »Trotz intensiver Bemühungen gelang es der Polizei nicht, Fußspuren des Täters zu finden.«

Anfangs waren die Kollegen davon ausgegangen, Lisa habe sich verlaufen oder absichtlich versteckt. Vielleicht, weil sie böse auf ihre Mutter war, die sie an diesem Nachmittag allein gelassen hatte.

»Es war ein schwüler, gewittriger Tag, und unglücklicherweise setzte schon vor Beginn der Suche wolkenbruchartiger Regen ein. Die Befragung der Anwohner und Nachbarn erbrachte keinerlei brauchbare Hinweise. Niemand hatte einen Schrei gehört oder das Weinen der kleinen Lisa. Es scheint, als hätte das Kind sich buchstäblich in Luft aufgelöst. Aufgrund der Licht- und Witterungsverhältnisse musste die Suche schon nach kurzer Zeit eingestellt werden. Ein mit einer Wärmebildkamera ausgestatteter Hubschrauber konnte erst am nächsten Morgen zum Einsatz kommen. Zu diesem Zeitpunkt rückte auch eine Hundertschaft der Bereitschaftspolizei an, um den Wald zu durchkämmen.«

Die Fußspuren hatte also der starke Niederschlag zerstört. Es hatte am folgenden Tag weitergeregnet, sodass weder die Hunde noch die Bereitschaftspolizei mehr fanden als leere Bierdosen, Wodkaflaschen, Zigarettenkippen und benutzte Präservative. An einer Stelle tief im Wald, etwa zwei Kilometer von Lisas Elternhaus entfernt, schlug ein Leichenspürhund an. Man förderte jedoch nur einige Kilogramm verwester Fleischabfälle zutage, die vielleicht jemand dort entsorgt hatte, dessen Kühltruhe den Dienst quittiert hatte.

Eine Nachbarin – sie wurde von einer Schauspielerin vertreten – sagte aus, sie habe das Geschrei gehört, das Merit und Lisa im Garten veranstaltet hatten. Vermutlich handelte es sich um Frau Elring, deren Mann damals noch berufstätig und deshalb nachmittags nicht zu Hause gewesen war.

»Und dann«, stieß die gespielte Nachbarin atemlos hervor, »auf einmal hat das Gezänk aufgehört. Ich habe gedacht, der Vater hat für Ruhe gesorgt. Es hat ja schon am Nachmittag nach Gewitter ausgesehen, furchtbar schwül ist es gewesen und ganz windstill. Die Ruhe vor dem Sturm, sozusagen.«

Die arg lädierte Pappkrone wurde ausgiebig und aus jeder nur denkbaren Perspektive gezeigt. Das Ding war nichts weiter als ein goldbedrucktes, aus dünner Pappe gestanztes Band, dessen Enden sich in verschiedenen Positionen zusammenstecken ließen. Als man die Krone fand, war sie nicht mehr geschlossen gewesen, sondern offen. Hatte der primitive Verschluss sich im Handgemenge gelöst? Oder war sie Lisa beim Versuch, dem Täter zu entkommen, vom Kopf gerutscht? Der Blutfleck an der Krone wurde in Großaufnahme gezeigt und war erstaunlich klein. Während die Aufnahmen der Krone in der Totalen mithilfe eines zweiten, unversehrten Exemplars gemacht worden waren, handelte es sich bei den Bildern, die den Blutfleck zeigten, um Originalfotos aus den Beständen der Polizeidirektion Darmstadt. Hatte Lisa sich beim Versuch, sich zu wehren, verletzt? War es nur ein Kratzer gewesen oder Schlimmeres? Am Boden hatten die Kollegen damals kein Blut gefunden. Lisas Wunde schien also nicht groß gewesen zu sein. Andererseits gab es natürlich tödliche Kopfverletzungen, die überhaupt nicht oder kaum bluteten. Solche zum Beispiel, die der berühmte Schlag mit einem stumpfen Gegenstand hervorrief. Fremdstoffbeimischungen, die Rückschlüsse auf die Ursache der Verletzung erlaubt hätten, wie feine Holzsplitter oder Ähnliches, hatten die Kriminaltechniker an der Krone nicht finden können. An dieser läppischen Spielzeugkrone, die keine zehn Cent wert war.

Mit nervtötender Akribie wurde alles gezeigt, was es nur irgend abzufilmen gab in diesem tragischen Fall, der im Grunde keine Bilder hergab. Schließlich folgte die übliche, eindringliche Bitte des Moderators an die Zuschauer, sich zu melden, falls sie meinten, etwas zu wissen.

»Es ist nicht auszuschließen, nein, wir alle hoffen natürlich, dass Lisa noch lebt. Dass sie entführt wurde und nun an einem versteckten Ort gefangen gehalten wird oder sich dort vielleicht sogar freiwillig aufhält. Sollte Ihnen das Mädchen auf dem Foto«, das noch einmal gezeigt wurde, »bekannt vorkommen, sollte in Ihrer Nähe seit Kurzem plötzlich ein Kind leben, das der kleinen Lisa ähnlich sieht – eingeblendet sehen Sie die Telefonnummern …«

Lisa trug den Kopf hoch, sah direkt in die Kamera, lächelte so selbstsicher, als würde sie mit ihren acht Jahren schon sämtliche Geheimnisse des Lebens kennen. Ich stoppte die DVD ein zweites Mal, sank in die Rückenlehne meines Schreibtischsessels und dachte nach.

Hatte ich irgendetwas Neues erfahren? Wenig. Lisa war bei Merit gewesen, hatte sich aus irgendeinem Grund vorzeitig auf den Heimweg gemacht, mit der albernen Pappkrone auf dem Kopf. Einer Krone, die Merit gehörte, fiel mir erst jetzt auf, denn sie war ja schließlich das Geburtstagskind gewesen, nicht Lisa. Vermutlich hatte es Streit gegeben um das blöde Ding. Jedenfalls war sie durch das große Loch unter Heneckas Zaun in den Wald gekrochen, der unmittelbar an das Grundstück grenzte, war dem Pfad gefolgt, den sie vermutlich schon öfter benutzt hatte.

Die Stelle, wo man die Krone fand, lag nur rund fünfzig Meter vom Zaun entfernt. Wäre sie dort auf einen Unbekannten getroffen, der versuchte, sie festzuhalten, dann hätte sie mit Sicherheit geschrien, und zumindest Merit, die zu diesem Zeitpunkt noch im Garten war, hätte sie hören müssen. War der Täter von hinten gekommen, hatte ihr den Mund zugehalten, bevor er sie an sich zog? Das wäre eine mögliche Erklärung. Oder … Ich erschrak bei dem Gedanken, der mir erst jetzt kam: Sollte Merit alles mit angesehen haben? War sie Lisa gefolgt, hatte den Überfall beobachtet und dadurch einen Schock erlitten? Das Gesehene verdrängt, nicht wahrhaben wollen?

Die einzigen Menschen, die meine vielen Fragen hätten beantworten können, waren der Täter und Merit und vielleicht Henecka. Und Lisa, falls sie noch lebte, was ich nicht zu hoffen wagte.

Es gab noch eine ganz andere, sehr einfache Erklärung: Lisa hatte den Täter gekannt und daher keinen Grund gesehen zu schreien, und die Kopfwunde war nicht die Folge einer Gewalttat, sondern einer Rauferei mit ihrer Freundin gewesen. Lisa war schlank und für ihr Alter nicht besonders groß gewesen. Auch eine Frau hätte das Mädchen problemlos tragen können. Auch Jacky. Aber nein, das war nun wirklich Unsinn. Welchen Grund hätte sie haben sollen, ihre eigene Tochter zu entführen und hinterher die am Boden zerstörte Mutter zu spielen?

Lisas Eltern hatten sich nach dem Verschwinden ihrer Tochter bald getrennt. Sollte es in der Ehe auch schon zuvor gekriselt haben? Patrick Götze war zum Zeitpunkt der Tat nicht in Bensheim gewesen, sondern auf Montage irgendwo in der Welt. Hatten die Eltern vielleicht schon damals vorgehabt, sich scheiden zu lassen? Hatte es, wie so oft, Streit um das Sorgerecht gegeben? War der Vater heimlich nach Bensheim gekommen, hatte Lisa auf ihrem Heimweg abgefangen und entführt?

Blödsinn. Die Kollegen hatten mit Sicherheit umgehend Kontakt mit ihm aufgenommen und sein Alibi überprüft. Die engsten Angehörigen sind in Fällen wie diesem grundsätzlich die ersten Verdächtigen.

Und nun?

Stöhnend fuhr ich meinen Computer herunter, ging in die Küche, um den Kühlschrank zu inspizieren. Seit dem

Frühstück hatte ich nichts mehr gegessen, und mein Magen knurrte schon seit geraumer Zeit.

Wieder einmal ärgerte ich mich darüber, dass ich mich auf diesen vertrackten Fall ohne Spuren eingelassen hatte, bei dem ich früher oder später immer wieder gegen Wände lief. Weil mir nicht die technischen Möglichkeiten zur Verfügung standen, die ich als Polizist zu nutzen gewohnt war. Die Druckmittel. Die bequemen Möglichkeiten der Amtshilfe.

Hätte ich die Finger davongelassen, hätte ich Heneckas Umschlag liegen lassen, auf dem Tisch im Krokodil, dann läge Merit jetzt nicht im Krankenhaus. Dann wäre sie nicht um ein Haar gestorben. Sie würde durchkommen, hatte ich am Vormittag erfahren, sollten sich nicht überraschend Komplikationen einstellen. Das hatte mich sehr erleichtert, denn noch immer fühlte ich mich schuldig an ihrem Unglück. Ich hätte aufmerksamer sein müssen. Sensibler.

Hätte, hätte, Fahrradkette, hatte einmal ein Minister im Fernsehen gesagt.

Es half nichts, darüber zu grübeln, was ich hätte tun sollen. Die richtige Frage lautete: Wie ging es jetzt weiter? Sollte ich mein Glück doch noch einmal bei Jacky Rosenfeld versuchen? Dieser Telefonnummer in Regensburg nachspüren, die mit großer Wahrscheinlichkeit nichts zu bedeuten hatte und grundsätzlich nicht erreichbar war? Schon mindestens zwanzig Mal hatte ich es versucht in den vergangenen Tagen. Jedes Mal erfolglos.

Oder sollte ich vielleicht doch das tun, was ich auf jeden Fall vermeiden wollte?

Bei Henning landete ich wieder einmal auf der Voicebox seines Handys. Wenige Sekunden später piepte eine WhatsApp-Nachricht: »bin noch schule projektarbeit was ist?«

»Kannst du anrufen? Bitte!«, schrieb ich in korrektem Deutsch zurück.

Projektarbeit, das klang nicht so ernst und wichtig wie Unterricht. Da konnte er vielleicht mit der Ausrede »mein Vater hat ein Problem« kurz nach draußen gehen. Tatsächlich rief mein Sohn mich eine halbe Minute später zurück.

»Es geht um die Festplatte, du weißt schon …«

»Klaro.«

»Du hast sie doch hoffentlich schon gelöscht?«

»Logisch. Hab ich doch versprochen.«

»Das ist gut. Sehr gut.«

»Wäre es dir lieber, ich hätte sie doch nicht plattgemacht?« Er lachte. »Wenn ich sie aus Versehen doch noch nicht gelöscht hätte, was wäre dann?«

»Käme ich an das Ding ran, oder müsste ich warten, bis du zu Hause wärst?«

Drei Mal Konjunktiv in einem Satz, wow!

»Sie würde in meinem Zimmer liegen«, antwortete Hennig in derselben Tonart. »Auf dem Stapel mit den Büchern links neben dem Monitor würde sie liegen. Wäre nicht zu übersehen.«

»Hast du einen Rechner, der nicht am Internet hängt?«

»Ey, jetzt wird's ja richtig cool! Im Regal rechts neben dem Schreibtisch liegt ziemlich weit unten ein altes Dell-Notebook. Da läuft Ubuntu drauf, und es hängt nicht am WLAN. Alex, gestehe, was hast du vor?«

»Nichts, wovon du irgendwas wissen willst. Wenn du später heimkommst, wird die Platte jedenfalls frisch formatiert sein.«

Aus seinem lang gezogenen »Okay …« klang fast so etwas wie Hochachtung.

»Und es ist nie irgendwas drauf gewesen, hörst du? Wir waren nie in Bensheim, den Namen Henecka hast du nie gehört. Du weißt von nichts und kannst dich an nichts erinnern, und mich kennst du überhaupt nur flüchtig.«

»Das Formatieren kannst du dir übrigens sparen. Lass sie einfach liegen, wie sie ist. Ich hab ein kleines Programm, wenn das drübergelaufen ist, dann wird nicht mal der Mossad noch irgendein Bit darauf finden.«

»Ja bitte?«, fragte Doros tonlose Stimme aus der Sprechanlage. Vor fünfunddreißig Jahren war sie eine Schulfreundin gewesen, die ich nicht leiden konnte, vor knapp zwanzig Jahren die Liebe einer Nacht, und heute war sie Hennings Mutter.

»Ich bin's. Alex.«

»Wer? Bitte? Ach!«

Wenn jemals ein Türöffner aufgeregt gesummt hat, dann dieser. Seit jenem denkwürdigen Gespräch im Januar, als sie mir eröffnete, dass ich für die Hälfte von Hennings Chromosomen zuständig war, hatten wir uns nicht mehr gesehen oder gesprochen, sondern nur wechselseitig durch unseren gemeinsamen Sohn Grüße ausrichten lassen. Sie bewohnte eine Penthousewohnung in einer modernen Wohnanlage an der südlichen Römerstraße. Mit dem reinlich riechenden Fahrstuhl fuhr ich zum obersten Stockwerk hinauf.

Doro erwartete mich in der Tür, sah frischer aus, als ich beim Klang ihrer Stimme befürchtet hatte, schien auch ein wenig abgenommen zu haben. Vielleicht verdankte sie diesen Eindruck auch nur dem raffiniert geschnittenen blauen Kleid, das sie trug. Wenn es Doro an etwas nicht fehlte, dann an Geld. Sie war geschieden von einem Mann, dessen Jahreseinkommen jenseits meines Vorstellungsvermögens lag.

Ihre blassblauen Augen leuchteten, die Wangen waren gerötet. Sie freute sich und war auf einmal aufgedreht wie ein Teenager. Wir schüttelten ein wenig übertrieben Hände, umarmten uns mit der Zurückhaltung, die der Situation angemessen war, wobei sie eher die Nähe zu suchen schien, während die Distanz von mir ausging.

»Kaffee?«, fragte sie mit einem Blick, der hoffentlich nicht verführerisch gemeint war.

Dagegen war nichts einzuwenden.

»Wie geht es dir denn, Alex? Ich habe mitbekommen, was passiert ist. Dafür, dass du vor Kurzem fast gestorben wärst, siehst du wirklich gut aus.«

»Ich treibe viel Sport zurzeit.«

Wir betraten ihre großzügige Küche. Doros Ex hatte Henning adoptiert und ließ es seinem Stiefsohn und seiner Verflossenen an nichts fehlen, soweit es die Finanzen betraf. Am Boden des langen Flurs lagen farbenprächtige und todsicher echte Perserbrücken, die ganze Wohnung war so vollgestopft mit wunderschönen alten Möbeln, Käthe-Kruse-Puppen und Steiff-Bären, dass ich fast Beklemmungen bekam. Selbst in der edelstahlschimmernden, mit allen erdenklichen Geräten ausgestatteten Küche gab es kein Eckchen, wo nicht zumindest eine Kerze stand oder ein Püppchen oder sonst ein Staubfänger. Und alles, alles war blitzsauber. Der Kaffeeautomat war für eine Großfamilie dimensioniert und vermutlich so viel wert wie mein Auto.

»Was führt dich denn zu mir?«, fragte Doro über die Schulter. »Nicht, dass ich mich nicht freuen würde, aber …«

»Arbeit«, murmelte ich. »Leider nur die Arbeit.«

»Bist du nicht krankgeschrieben? Ich meine, Henning hätte kürzlich so etwas gesagt. Schön übrigens, dass ihr zwei auf einmal so viel Kontakt habt.«

»Alten Katern kannst du das Mausen nicht mehr abgewöhnen.«

Ihr Lachen fiel ein wenig übertrieben aus. Eine Tasse fiel herunter und zerbrach, was die Besitzerin heftig zum Erröten brachte. Sie tat mir leid in ihrer unangebrachten Aufregung, aber ich wusste nicht, wie ich ihr hätte helfen können. Außer vielleicht dadurch, dass ich Abstand hielt, keine Hoffnungen weckte, wo es nichts zu hoffen gab.

Minuten später waren die Scherben zusammengefegt, Doro hatte sich ein wenig beruhigt, und wir saßen im Wohnzimmer, tranken Kaffee und mühten uns redlich, ein Gespräch zustande zu bringen.

»Henning hat sich unglaublich gut entwickelt«, sagte ich, und dieses Mal war ich ausnahmsweise ehrlich. »Richtig erwachsen ist er geworden.«

Sie nickte stolz. »Er wird seinen Weg machen. Bald geht's ja nun aufs Abi zu, und unsere Kinder sollten allmählich begreifen, dass jetzt der Ernst des Lebens beginnt. Was machen übrigens deine Mädchen?«

Ich gab einige harmlose Anekdoten zum Besten. Hörte mir geduldig ihre Loblieder auf unser gemeinsames Kind an.

»Er ist so faul, dass ich manchmal schreien könnte. Trotzdem bringt er ständig die besten Noten nach Hause. Was könnte aus dem Jungen werden, wenn er sich ein wenig Mühe geben würde?«

»Er macht seinen Weg, du wirst sehen.«

So ging es eine Weile dahin, und als ich fand, ich sei nun höflich genug gewesen, fragte ich, wo die Tür zu Hennings Zimmer war. »Ich habe vorhin mit ihm telefoniert. Er weiß Bescheid.«

Sie war sichtlich enttäuscht, dass die Kaffeezweisamkeit schon zu Ende war, behielt jedoch die Fassung.

»Was hast du vor?«, fragte sie mit neckischem Zwinkern. »Ich hoffe doch, nichts Verbotenes?«

»Wie kommst du denn auf so was?«, fragte ich entrüstet zurück. »Muss nur schnell ein paar Dateien kopieren. Henning hat mir bei einer Sache geholfen, und jetzt brauche ich die Daten.«

»Hast du schon gegessen?«

Glücklicherweise ja. Zu Hause hatte ich mir mangels besserer Ideen wieder einmal Spiegeleier in die Pfanne geschlagen.

»Magst du ein Stückchen Kuchen, wenn du mit Kopieren fertig bist? Ich habe auch einen wunderbar milden Sherry da. Oder lieber ein Whisky? Zwölf Jahre alt, von Islay?«

An dem Kuchen führte kein Weg vorbei, wenn ich nicht gegen alle mitteleuropäischen Anstandsregeln verstoßen wollte. Und ein kleiner Sherry konnte nicht schaden. Von dem Whisky dagegen würde ich die Finger lassen. Als ich das letzte Mal mit Doro zusammen getrunken hatte, war ein Dreivierteljahr später ein kleiner Junge zur Welt gekommen.

25

Nun saß ich in Hennings Refugium, das für einen Menschen seines Alters unfassbar aufgeräumt war. Wenn ich an das Chaos in den Zimmern meiner Töchter dachte … Hier übte wohl die Mutter Druck aus. Das Schöne daran war: Alles, was ich brauchte, war leicht zu finden. Das Dell-Notebook mit der fremden und merkwürdigen bunten Bildschirmoberfläche, die externe Festplatte mit Heneckas Daten. Ich verband beides, kam nach einigem Probieren mit dem Betriebssystem zurecht. Und dann begann ich, den Inhalt von Jan-Armin Heneckas Computer zu durchstöbern, in der Hoffnung, dass nie, niemals irgendjemand auf dieser Welt davon erfahren würde. Ich hatte mir zuvor in der Stadt für teures Geld vier unglaublich kleine USB-Sticks mit unglaublich großem Speichervolumen gekauft. Und nun kopierte ich alles, was dem Benutzer »Jan« gehörte: Dateien, Favoriten, Links, Downloads. Henecka hatte eine Menge Verzeichnisse angelegt, angenehm übersichtlich strukturiert: »Arbeit« und »Privates«, »Briefe«, »Finanzamt«, »Diverses«.

Ich kopierte fast anderthalb Stunden lang. Hin und wieder sah Doro herein und wollte wissen, wann ich fertig sei, und jedes Mal lautete meine Antwort: »Gleich.«

Als ich glaubte, alles Wissenswerte gefunden zu haben, war einer der vier Speichersticks fast voll und der Rest immer noch leer. Obwohl Henning gemeint hatte, es sei sinnlos, formatierte ich die Festplatte neu. In den vergangenen neunzig Minuten hatte ich unzweifelhaft die Grauzone verlassen und die Grenze zur Kriminalität überschritten. Meine Ausreden vor mir selbst lauteten: Vielleicht half mir diese Verzweiflungstat ja, Henecka wiederzufinden. Vielleicht half sie mir, ihm das Leben zu retten. Vielleicht ermöglichte sie mir sogar herauszufinden, was aus Emma Hasselgård und Lisa Götze geworden war.

Meinen einsamen Abend verbrachte ich mit Lesen. Henecka hatte Hunderte von Briefen auf seinem PC gespeichert, wovon letztlich nicht ein einziger für mich von Interesse war. Auch seinen Postverkehr hatte er beneidenswert übersichtlich abgelegt, nach Empfänger, Thema und Datum sortiert. In einem der Schriftwechsel ging es um die Reparatur der Heizung seines Hauses, die angeblich unsachgemäß ausgeführt worden war. In einem anderen um einen Softwarefehler seines damals fabrikneuen Mercedes, in einem dritten um irgendwelche Unklarheiten in einer Zahnarztrechnung vor drei Jahren. Henecka schien zu den Menschen zu zählen, deren größtes Glück es ist, recht zu behalten. Die Beträge, um die es ging, waren nicht winzig, aber auch nicht so groß, dass es sich lohnte, deswegen zehn Briefe zu schreiben und mit Anwalt und Klage zu drohen.

Ein Verzeichnis mit dem Namen »Fotos« enthielt, auch hier wieder säuberlich nach Datum und Anlass sortiert, Abertausende von Bildern. Ich blätterte nur die neuesten durch, die aus den vergangenen drei Monaten. Hier fand ich sie dann, die geheimnisvolle Frau, die Henecka hin und wieder besucht hatte. Sie war jünger als er, sah überraschend bieder aus, blickte meist verlegen in die Linse, als schämte sie sich, fotografiert zu werden, weil sie dann jedes Mal mit ihrer eigenen Mittelmäßigkeit konfrontiert wurde. Hin und wieder gab es Selfies zu sehen vom nur selten gut gelaunten, nie glücklich wirkenden Paar, das in Wirklichkeit wohl eher eine Zweckgemeinschaft war. Im noch winterlich kahlen Wald sah ich die beiden, vor einer Burgruine, am Ufer eines kleinen Sees, auf dem Haubentaucher und Stockenten herumdümpelten. Immer wieder die Frau allein, die nie wirklich von Herzen lachte oder auch nur lächelte.

Von Anfang April datierte eine Serie von Aufnahmen, die

in Heneckas Wohnzimmer entstanden waren. Auf dem Tisch standen brennende Kerzen, eine schlanke grüne Flasche und zwei Weißweingläser. Die Unbekannte trug nur noch einen dunklen Rock, schwarze Strümpfe und hohe Schuhe, reckte die schweren Brüste und versuchte, im Rahmen ihrer Möglichkeiten lasziv zu gucken. Henecka war nur dann auf den Fotos zu sehen, wenn er wieder einmal am langen Arm ein Selfie geknipst hatte. Auch er wirkte meist ein wenig verkrampft. Als würde er die Frau im Grunde verabscheuen, die er im Arm hielt und so fest an sich drückte, dass ich meinte, sie quieken zu hören.

Die Fotos im Wohnzimmer waren die letzten, auf denen die Unbekannte auftauchte. Hatte man sich anschließend getrennt? Einvernehmlich oder im Streit? Ich blätterte noch einmal zurück. Und tatsächlich sah ich auf einem der Fotos, die die Frau mit entblößtem Oberkörper zeigten, etwas an ihrer rechten Hand glitzern. Ich vergrößerte den Ausschnitt, aber die Qualität der mit dem Handy und bei schlechter Beleuchtung gemachten Aufnahme war so schlecht, dass ich nicht entscheiden konnte, ob es ein Ehering war, was da im Kerzenlicht funkelte.

Nirgendwo entdeckte ich etwas, das mir einen Hinweis auf die Identität der verschreckten Halbnackten gegeben hätte. Zu gerne hätte ich gewusst, ob sie wirklich verheiratet war und mit wem. Eifersucht ist nun einmal eines der häufigsten Motive für Gewaltverbrechen.

Als Nächstes nahm ich mir Heneckas Favoriten vor, die Internetseiten, die er besucht hatte. Offenbar nippte er gerne an teuren Obstbränden, bevorzugt von kleinen Brennereien im Hochschwarzwald. Er schien auch anderes im Internet einzukaufen, was kein Wunder war bei seinen Arbeitszeiten. Ebay hatte er hin und wieder besucht, Zalando, eine Seite, wo CDs und DVDs angeboten wurden. Und natürlich – bei einem allein lebenden Mann vielleicht nicht verwunderlich – das eine oder andere Pornoportal.

Er war Kunde einer Internetbank, und zu gerne hätte ich mir seine Kontobewegungen der letzten Wochen angesehen, aber dazu fehlten mir die Zugangsdaten. Hier würde mir auch Henning nicht helfen können, da Banken üblicherweise den Zugang blockierten, nachdem man dreimal versucht hatte, sich mit einem falschen Passwort einzuloggen.

Allmählich bekam ich Kopfschmerzen. Zudem lag mir Doros Käsesahnetorte im Magen, von der ich drei große Stücke verdrückt hatte, weil sie wirklich vorzüglich schmeckte. Dazu hatte ich nicht nur einen Sherry getrunken, wegen der besseren Verdauung und überhaupt. Die Unterhaltung mit der talentierten Kuchenbäckerin war auch unter Alkoholeinfluss mühsam geblieben, und am Ende war nicht nur ich erleichtert gewesen, als Henning auftauchte und ein wenig jugendlichen Wind in die Sache brachte.

Doro litt unter ihrer Einsamkeit. Fast noch mehr litt sie unter der Perspektive, dass auch ihr Sohn sie über kurz oder lang verlassen würde, sein eigenes Leben führte, in dem Mami nur noch eine Nebenrolle spielte. Bei dieser Gelegenheit war mir bewusst geworden, dass es mir nicht anders ergehen würde. Auch Sarah und Louise würden – falls alles nach Plan verlief – in zwei Jahren Abitur machen und vermutlich nicht unbedingt in Heidelberg studieren wollen.

»Mädchen sind anders«, hatte Doro gemeint, als sie den geschätzt zehnten Sherry in kleinen Schlucken, aber nichtsdestotrotz zügig leerte. »Sie sind anhänglicher als Jungs. Treuer. Einen Sohn hast du verloren, sobald das erste Weib in seinem Leben auftaucht.«

Am Ende war sie ziemlich betrunken gewesen, und als ich mich verabschiedete, hatten Tränen in ihren Augenwinkeln geglitzert.

Um halb zehn klappte ich den Laptop zu, schenkte mir ein Gläschen Ihringer Spätburgunder ein und setzte mich damit vor den Fernseher, um auf andere Gedanken zu kommen. Aber es kam nur Mist und Flüchtlingselend und Islamistenterror auf allen Kanälen. Von Theresa hatte ich den ganzen Tag über nichts gehört. Ich schickte ihr eine SMS und erhielt erst eine halbe Stunde später Antwort. Sie klang erschöpft, verwirrt und ratlos und versprach, sich am nächsten Morgen zu melden. Von der Beerdigung kein Wort.

Am Mittwochmorgen gönnte ich mir ein ausführliches Frühstück, überlegte eine Weile hin und her, ob ich laufen gehen oder lieber weiter in Heneckas Geheimnissen stöbern sollte. Draußen schien wieder einmal die Sonne, und ich konnte mich schon gar nicht mehr erinnern, wann ich meine Laufschuhe zum letzten Mal angezogen hatte. Aber am Ende siegte doch mein schlechtes Gewissen Merit gegenüber. Ich war überzeugt, dass der Name Lisa es gewesen war, der sie ins emotionale Chaos gestürzt hatte. Ich musste wissen, was damals vorgefallen war. Ich musste einfach.

Ich fand eine Excel-Datei, mit deren Hilfe Henecka seine Steuererklärung erstellt hatte. Hier waren Einnahmen und Ausgaben aufgelistet, wieder alles faszinierend übersichtlich und verständlich. Weshalb hatte ich keine solche Datei? Warum war bei mir die Steuererklärung jedes Jahr aufs Neue eine tagelange Sucherei in tausend Zetteln und Rechnungen?

Neben seinem monatlichen Gehalt von für meine Beamtenverhältnisse schwindelerregender Höhe bezog er regelmäßig Lizenzgebühren von Sanofi, einem der großen amerikanischen Pharmahersteller, vermutlich für ein Medikament, an dessen Entwicklung er beteiligt gewesen war. Kapitalerträge fielen dagegen kaum an, was ich angesichts seiner Einnahmen kaum glauben konnte. Aber ich studierte diesen langweiligen Zahlensalat ja nicht, um ihn des Steuerbetrugs zu überführen.

Es läutete an der Tür. Der Briefträger war heute früh dran. Vielleicht wieder einmal ein Paket für meine Töchter? Oder sollte Theresa mir endlich einmal wieder die Ehre geben? Quatsch, die hatte seit Neuestem einen Schlüssel. Gähnend stemmte ich mich aus meinem Schreibtischsessel, schlurfte in den Flur, drückte den Knopf des Türöffners. Ich war noch in Schlafanzug und Morgenmantel, hörte durch den Türspalt, wie unten die Haustür geöffnet wurde, dann jedoch nicht das übliche Klappern der Briefkästen. Stattdessen kamen Schritte die Treppe herauf. Also doch einer dieser bemitleidenswerten Paketboten, die heute allesamt Leistungssportler zu sein schienen.

Ich zog die Tür weiter auf und stand Jacqueline Rosenfeld gegenüber. Ihr Atem ging schwer, das Gesicht zeigte trotz der vielen Schminke einen rosa Schimmer. Vielleicht vom Treppensteigen, vielleicht vor Aufregung. Ihre Miene wechselte zwischen Verlegenheit, Trotz und Erschöpfung.

»Hallo«, sagte ich. »Jetzt bin ich aber …«

Sie ergriff meine dargebotene Hand nicht, sagte stattdessen: »Kann ich reinkommen, oder wollen wir lieber auf der Treppe …?«

Ich trat zur Seite, sie ging an mir vorbei, sah sich um mit einer Miene, als hätte sie es zu Hause vornehmer. Ein Hauch von Alkoholfahne streifte mich, vermischt mit dem Geruch von zu viel zu schwerem Parfüm.

»Ist ein bisschen unaufgeräumt«, sagte ich zu ihrem selbst im Webpelzjäckchen schlanken Rücken. »Ich war natürlich nicht …«

»Nett haben Sie es hier«, sagte sie müde. »Sie haben eine Tochter?«

Offenbar hatte sie schon registriert, was so alles an der Garderobe hing.

»Zwei. Zwillinge. Sie werden bald siebzehn.«

Noch immer stand sie mit dem Rücken zu mir, sagte nur: »Mein Beileid.«

Zu hohen knallroten Stiefeln mit waffenscheinpflichtig spitzen Absätzen trug sie eine schwarze Lederhose, die so eng saß, dass ich mich fragte, ob sie sich damit wohl bücken konnte. Darüber das lustig bunte Jäckchen. Die geräumige Handtasche mit goldenen Beschlägen war mit schwarzen und roten Rosen bestickt und entweder selbst gemacht oder sündteuer gewesen.

»Wir kommen ganz gut miteinander klar«, behauptete ich.

Endlich wandte sie sich um, sah mich an und sagte: »Dann haben Sie sie wohl gut erzogen.«

Während ich in Leipzig gefunden hatte, dass sie für ihr Alter jung aussah, wirkte sie nun zehn Jahre älter auf mich, als sie vermutlich war. Im Tageslicht, das durch die offene Küchentür auf ihr Gesicht fiel, sah sie aus wie Mitte fünfzig. Der Alkoholgeruch war jetzt, wo wir uns gegenüberstanden, durchdringend. Ihre Pupillen waren auffallend klein. Vermutlich hatte sie neben Alkohol noch anderes zu sich genommen.

»Sie sind nicht so weit gefahren, um mit mir über Kindererziehung zu sprechen«, erwiderte ich frostig.

Sekundenlang sah sie mir ausdruckslos in die Augen, öffnete den geschminkten Mund, dessen Farbe exakt zu den Rosen auf der Handtasche passte. Atmete noch zwei-, dreimal tief ein und aus. Dann sagte sie mit belegter, mit einem Mal unsicherer Stimme: »Können Sie wirklich herausfinden, was mit Lisa passiert ist?«

»Vielleicht«, erwiderte ich zögernd. »Wenn Sie mir alles sagen, was Sie wissen, dann vielleicht. Versprechen kann ich aber nichts.«

Sie nickte sehr langsam, wandte den Blick nicht ab. »Sie sind Bulle, nicht wahr?«

»Wie kommen Sie darauf?«

Ein eitles Lächeln huschte über ihr müdes Gesicht. »Hin und wieder sind auch Bullen bei mir. Quer durch den Gemüsegarten vom Wachtmeister bis zum Hauptkommissar. Und Sie sind keiner vom Fußvolk, das spüre ich.«

»Zurzeit bin ich nicht im Dienst. Krankgeschrieben.«

»Könnte ich vielleicht ein Schnäpschen haben? Und einen starken Kaffee dazu? Ich bin komplett am Ende.«

Sie war nachts um halb vier in Leipzig losgefahren, erfuhr ich, hatte davor nur drei Stunden geschlafen, weil mein Besuch sie so durcheinandergebracht hatte.

»Und ab Frankfurt war dann nur noch Stau.«

Ich half ihr aus dem bunten Jäckchen. Darunter trug sie ein reichlich mit Glitzerzeug verziertes rotes T-Shirt, das an ihrem wohlproportionierten Körper saß wie maßgeschneidert. Neben ihrem Parfüm und Alkohol roch ich nun auch Schweiß und überlegte dabei, was wohl geschehen würde, sollte Theresa jetzt hereinplatzen. Wir betraten die Küche, und kurz darauf saßen wir uns am runden Kiefernholztisch gegenüber, beide mit einem duftenden Becher Kaffee vor uns. Nachdem die Anspannung des Anfangs von ihr abgefallen war, wirkte sie nun mutlos und zu Tode erschöpft. Den Schnaps hatte ich ihr ausreden können.

»Sie haben alles wieder aufgewühlt«, sagte sie nach dem ersten Schluck. »Danke, dass Sie mein Leben versaut haben. Ich dachte gerade, ich hätte es wieder im Griff, und da kommen Sie und wirbeln diese ganze alte Scheiße wieder auf.«

Ich schwieg mit stoischer Miene. Nachdem sie am Sonntagabend so über mich hergefallen war, durfte sie ruhig auch ein wenig leiden. Für einige peinliche Sekunden schwieg auch sie.

»Ich hatte es verdrängt«, fuhr sie dann fort. »Wollte nur noch vergessen. Aber es geht nicht. Man kann so was nicht vergessen. Ich habe es achtzehn Jahre lang versucht. Es geht nicht.«

Ich nippte an meinem Cappuccino, ließ sie nicht aus den Augen, sagte: »Sechzehn.«

Sie blinzelte mich verwirrt an. »Was?«

»Sechzehn Jahre.«

»Ach?« Ihr Blick irrte wieder ab. »Können Sie sich vorstellen, wie das ist, wenn man von einer Sekunde auf die andere alles verliert, was man im Leben lieb gehabt hat?«

Das konnte ich zum Glück nicht. Sie schlug die zu stark umschminkten Augen nieder. Alles an ihr war übertrieben. Die Haarfarbe, der Lippenstift, die Schminke, der Busen, das Parfüm, die Kleidung. Diese demonstrative Buntheit hatte etwas Verzweifeltes. Mir gegenüber saß nicht mehr die selbstbewusste Hure von Sonntagnacht, sondern ein verlorener, zutiefst trauriger Mensch.

»Ihr Mann …?«

»Patrick?«, fragte sie und zog eine verächtliche Schnute. »Ist ein Trottel. Ein Idiot. Ein Holzkopf. Lisa war ein Verkehrsunfall. Ich wollte keine Kinder. Nicht so früh. Habe die Pille genommen, aber irgendwas ist schiefgelaufen, und auf einmal war ich doch schwanger. Wir haben dann geheiratet, so richtig mit weißem Kleid und allem. Patrick war komplett verrückt nach Familie, trautem Heim und so. Familienfrühstück mit selbst gemachter Marmelade, dieser ganze Quark.«

»Darf ich fragen, Professor Rosenfeld …?«

»War mein Onkel. Onkel Kurtchen, er hat mich gemocht, seine Jacky. Vielleicht ein bisschen mehr, als ein Onkel eine Nichte mögen sollte, aber nun. Er hat mir nie irgendwas getan. Aber er hat mir das schöne, große Haus in Bensheim vererbt. Seinen Doktor hatte er noch in Leipzig gemacht, ist dann aber bald rüber in den Westen und hat da Karriere gemacht. Geheiratet hat er nie, keine Kinder, und auf einmal – peng – hatten wir ein Haus. Zeitlich hat es super gepasst. Lisa war gerade ein Jahr, wie wir eingezogen sind. Patrick war meistens weg, mal zwei Wochen Hongkong, mal vier Wochen Vancouver. Ihm war es egal, ob wir im Osten wohnen oder an der Bergstraße. Und ich wollte nur noch weg von Thallwitz und dieser ganzen dämlichen Mischpoke.«

»Erzählen Sie mir von Lisa und Merit.«

»Anfangs hatten wir kaum Kontakt mit der Nachbarschaft. Diese Leute da, na ja, schweigen wir davon. Wir waren jung, Ossis, der Mann nie zu Hause, und ich habe mich schon damals gerne schrill angezogen. Für diese Heile-Welt-Tanten war ich ein Schreckgespenst und eine Gefahr für ihre Ehe. Erst als Lisa Merit kennengelernt hat, im Kindergarten, da wurde es besser. Jan ist auch nicht gerade der Supercharmeur, aber ich wollte ihn ja nicht heiraten. Gut war, dass Lisa endlich eine Freundin hatte. Jan ist es ähnlich gegangen wie mir. Mit seiner hochnäsigen Art und der ausländischen Frau war er auch ein Fremdkörper, da oben am Hang.«

»Als Sie nach Bensheim kamen, war Emma noch da?«

Nervös sah sie um sich. »Rauchen darf man hier wohl nicht?«

»Bitte nicht.«

Sie erhob sich, fischte Zigaretten und ein schmales, goldenes Feuerzeug aus der kostbaren Handtasche. »Geh ich mal eben auf'n Balkon, ja?«

An der Handtasche war auch bei genauem Hinsehen kein Emblem zu entdecken. Hatte sie sie wirklich selbst gemacht oder auf einem Handwerkermarkt erstanden?

Für zwei, drei Minuten sah ich durch die verglaste Balkontür nur Jackys muskulösen Rücken und hin und wieder aufsteigende Rauchschwaden. Sie schwankte ein wenig, aber ihre Haltung, ihre trotz Müdigkeit und Alkohol zielsicheren Bewegungen verrieten, dass sie Sport trieb, viel in ihren Körper investierte, der vielleicht ihr einziges Kapital war. Ich beobachtete, wie sie die halb gerauchte Kippe in einem der Blumenkästen ausdrückte und auf die Straße warf. Zusammen mit einem Schwall kalter Luft und Zigarettengestank kam sie wieder herein, plumpste auf ihren Stuhl, trank einen großen Schluck von ihrem extrastarken Kaffee ohne alles und fragte: »Gefällt sie Ihnen?«

»Wer?«

»Die Tasche. Hat eine Schulfreundin von mir gemacht.

Betreibt in Dessau ein kleines Lädchen. War nicht annähernd so teuer, wie sie aussieht.« Sie trank noch einen gierigen Schluck und sagte dann unvermittelt: »Merit war ein nettes, bisschen stilles Mädchen. Meine Lisa dafür ein richtiger Haudrauf. Die zwei Hüpferchen haben sich wunderbar ergänzt und vom ersten Tag an super verstanden. Als hätten sie sich gesucht.«

»Ich habe gehört, Merit konnte auch ziemlich jähzornig sein.«

Achtlos zuckte sie die Achseln. »Klar haben sich die zwei mal gezofft. Kinder streiten, Kinder vertragen sich. Lisa konnte auch ganz schön austeilen. Das hat sie ... hat sie von mir.« Die Augen fielen ihr zu. Wurden wieder aufgerissen. Ihr Blick war inzwischen glasig vor Müdigkeit.

»Vormittags waren sie im Kindergarten, und nachmittags ist Merit oft bei mir gewesen. Wenn es Emma wieder mal nicht gut ging. Und später dann, als sie weg war, sowieso. Jan musste ja immerzu arbeiten.«

»Was hatte sie denn für eine Krankheit?«

Frau Rosenfeld hatte Zigarettenpäckchen und Feuerzeug auf den Tisch gelegt. Nun stellte sie die Schachtel hochkant, legte sie wieder hin, stellte sie wieder auf. Ihre Miene wechselte zwischen völliger Erschöpfung und einer immer wieder durchschimmernden, unerklärlichen Wut.

»Depressionen, denke ich. Gesprochen haben wir nie darüber. Sie selbst hat sowieso nie was gesagt, sondern immer nur still in sich hineingelächelt. Und von Jan habe ich nur gehört, Emma geht's mal wieder nicht so, und ob die Kleine bei mir bleiben kann. Manchmal war es auch umgekehrt. Wenn ich mal zum Arzt musste oder nach Frankfurt wollte, bisschen Stadtluft und Freiheit schnuppern und shoppen, dann war Lisa auch schon mal bei Emma. Wobei die sich nie groß gekümmert hat. Die war meistens oben in ihrem Arbeitszimmer und hat die Mädels machen lassen.«

»Was hat sie denn gearbeitet?«

»Nichts, soweit ich weiß. Nehme an, sie hat gelesen oder geschlafen oder Flöte gespielt, was weiß ich. Ich konnte es kaum mit ansehen, wie die Frau sich hat hängen lassen. Erst später …« Sie verstummte, starrte mit leerer Miene auf den Tisch. »Die letzten Wochen und Monate ist es ihr besser gegangen. Viel besser.«

»Bevor sie verschwunden ist?«

Jacky Rosenfeld nickte. »Da ist Merit dann noch viel öfter bei mir gewesen.«

»Sie sehen aus, als hätten Sie eine Vermutung …«

Wieder nickte sie. »Gesagt hat sie natürlich nichts. Aber wie sie oft ausgesehen hat, wenn sie ihre Kleine abends abgeholt hat …«

»Ein anderer Mann?«

Sie lächelte schief. Sah nicht auf. »Was sonst?«

»Und wie war das, als sie verschwand?«

»Unspektakulär. Da gab es keinen großen Knall, keine Katastrophe, nichts. Emma war eines Tages einfach nicht mehr da. Es war Mai, so wie jetzt. Auch das Wetter, dieses Hin und Her von Regen und Sonne und zwei Stunden später wieder Wolken und Regen. Und eines Tages ruft Jan morgens an und fragt, ob ich Merit vom Kindergarten mitnehmen kann und sie die nächsten Tage ausnahmsweise ein bisschen länger bleiben könnte. Ganz kaputt ist er gewesen an dem Tag, ich habe es an seiner Stimme gehört. Ich sage, kein Problem, und ob es Emma wieder schlecht geht. Er sagt, ja, aber irgendwie hatte ich gleich das Gefühl, da ist noch was anderes. Erst habe ich mir weiter nichts gedacht. Dachte, sie haben Streit …«

»Haben sie oft gestritten?«

»Nicht oft, aber schon. Obwohl Emma so … kraftlos war und immer müde, konnte sie ganz schön giftig werden. Nicht laut, das nie. Aber gemein und giftig wie eine Klapperschlange.« Endlich sah sie wieder auf. »Sie haben nicht zufällig was zu essen im Haus? Ich habe seit gestern Abend …«

»Kein Problem.« Ich sprang auf. »Ich habe Brötchen im Gefrierfach, Eier im Kühlschrank, Speck sollte auch noch da sein. Ich kann Ihnen aber auch was Warmes machen. Irgendwas mit Nudeln?«

»Rührei mit Speck, das wäre was.«

»Zwei Eier?«

»Vier. Mit extra viel Speck, bitte.«

26

Während ich die Pfanne warm werden ließ, Räucherspeck in Streifen schnitt und Eier mit Milch verquirlte, fragte ich weiter: »Hat er sie geschlagen?«

»Davon weiß ich nichts. Vielleicht. Obwohl ... Nein, ich weiß nicht. Nein.«

»Sie haben nie gesehen, dass Emma blaue Flecken hatte? Eine Sonnenbrille trug, obwohl die Sonne gar nicht geschienen hat?«

»Es ist alles so lange her ... Nein, aufgefallen ist mir nichts. Schlagen wäre auch nicht seine Art. Jan ist mehr so der Typ, der Menschen mit Worten wehtut. Wo ist hier das Klo? Ich müsste mal für kleine Königstigerinnen.«

Ich schob den Speck vom Brettchen in die Pfanne. Kippte das Ei dazu. Hörte das Rauschen der Wasserspülung. Drehte die Platte herunter, damit nichts anbrannte, stellte einen Teller an den Platz meiner bunten Besucherin, legte Besteck daneben und eine Papierserviette.

Sie kam zurück.

»Schmeckt super!«, behauptete sie zwischen zwei großen Happen. »Sie haben nicht zufällig noch ein bisschen Salz für mich?«

Salz hatte ich vergessen. Pfeffer auch. Wir lachten zusammen, und der Fehler war rasch behoben. Trinken wollte sie Orangensaft.

»Das größte Glas, das Sie haben.«

»Sie haben nicht viel geschlafen in der Nacht«, sagte ich, als sie nach dem Essen herzhaft gähnte.

Sie stippte mit dem Zeigefinger ein Restchen Ei vom Teller. Leckte den Finger ab. »War komplett durch den Wind nach Ihrem Besuch. Wie war's übrigens in der Zelle?«

Ich hob die Schultern. Lächelte unwillkürlich. »Es gibt Schlimmeres.«

»Sorry, dass ich so einen Terz veranstaltet habe, aber ...«

»Schon fast vergessen.«

»Warum haben Sie denen nicht gesagt, dass Sie ein Kollege sind?«

»Ich ... Das ist alles ein bisschen kompliziert.«

Die Heiterkeit in ihrer Miene war schon wieder verweht.

»Weil Sie bei einer Nutte waren, verstehe. So was tut ein braver Bulle nicht. Sie machen das hier nicht von Amts wegen, richtig?«

»Richtig.«

»Weshalb dann?«

»Wie gesagt, es ist kompliziert.«

»Sie kennen Jan von früher?«

Sollte ich wieder lügen? Nein. Am Ende wurde es noch zur Gewohnheit.

»Das auch nicht, nein.«

»Sie wollen nicht drüber reden. Ist okay. Geht mich ja auch nichts an.«

Mit einem Stück Brot wischte sie das Fett und die letzten Eierreste zusammen, stopfte sich den Brocken in den Mund, fiel schließlich mit einem großen Seufzer gegen die Rückenlehne. Nach einigen Sekunden ergriff sie das Glas mit dem Saft, leerte es fast in einem Zug mit geschlossenen Augen. Sie stellte das Glas unsanft ab. Die Augen blieben zu.

»Wollen Sie sich ein bisschen hinlegen?«, fragte ich.

Sogar das Nicken fiel ihr inzwischen schwer. Ich führte sie ins Wohnzimmer, ließ die Rollläden herunter, legte eine Wolldecke bereit. Kissen lagen auf der Couch. Dann ging ich wieder zu meinem Computer. Noch immer war ich im Morgenmantel.

Henning hatte mir am frühen Morgen eine Mail geschickt mit dem Betreff: »Interessant?« Sie enthielt einen Link zu einem Artikel der Online-Ausgabe des Darmstädter Echos.

»Fusion mit Hindernissen«, lautete die Überschrift. Der Frankfurter Pharmahersteller Dr. Reutter AG sei seit Längerem mit der PharmaStats in Verhandlungen. Durch eine mögliche Zusammenführung verspreche man sich Synergieeffekte, was im Klartext wohl bedeutete, dass einige Menschen ihre Arbeitsplätze verlieren würden. Der Standort Bensheim sei jedoch keinesfalls gefährdet, versicherte der Vorstandsvorsitzende Mr Dick Nieman, offenbar ein Amerikaner. Man werde im Gegenteil mittelfristig expandieren. Niemand müsse um seinen Arbeitsplatz fürchten, hieß es. Die Fusionspläne waren vor acht Wochen durchgesickert, woraufhin die Aktien der PharmaStats in Rekordzeit um über vierzig Prozent zulegten. Die Verbindung der beiden Unternehmen galt unter Fachleuten als Traumhochzeit, Analysten erwarteten fette Gewinne. Erst am Ende kam die Passage, die Henning vermutlich veranlasst hatte, mir den Link zu schicken: Nachdem publik geworden war, dass der Forschungsleiter der PharmaStats unerklärlicherweise verschwunden war, stand die Fusion plötzlich wieder auf der Kippe. Der Verfasser des Artikels stellte sogar die Frage in den Raum, wie es mit der PharmaStats weitergehen werde, sollte Herr Professor Henecka auf Dauer nicht mehr zur Verfügung stehen. Die Geschäftsführerin Frau Dr. Süden, die kennenzulernen ich schon die Ehre gehabt hatte, wollte sich zu diesem Punkt nicht äußern.

Ich lauschte, meinte, ein Geräusch gehört zu haben. Aber in der Wohnung war alles still. Ich las den Artikel ein zweites Mal, und dabei kam mir ein Verdacht, ein völlig neuer Gedanke. Sollte Heneckas Verschwinden überhaupt nichts mit dem Stalker zu tun haben? Die Patentrechte an dem geheimnisvollen neuen Medikament, von dem Sivers mir erzählt hatte, waren vermutlich Millionen wert. Viele Millionen. Was, wenn Henecka einen anderen Interessenten dafür gefunden hatte? Wenn er keine Lust hatte, die Früchte seiner Arbeit mit irgendwelchen Aktionären und Managern zu teilen? Wenn er in diesem Moment irgendwo, in den USA, in Indien, auf den Virgin Islands in einem Fünf-Sterne-Hotelzimmer residierte und Verhandlungen führte, die ihn am Ende zu einem reichen Mann machen würden, der nie wieder in seinem Leben hinter einem Schreibtisch sitzen und Überstunden anhäufen musste?

Andererseits – wenn es so war, was sollte dann das Theater mit dem angeblichen Stalker? Wozu hätte er mich engagieren und im Voraus bezahlen sollen, wenn er sich überhaupt nicht bedroht fühlte? Waren die Mails lediglich ein Ablenkungsmanöver? Hatte er sie selbst geschrieben und mich nur als Statisten engagiert? War er deshalb so großzügig gewesen, weil fünftausend Euro seit Neuestem nur noch Kleingeld für ihn waren? Hatte er vielleicht auch die Pressemeldung selbst lanciert?

Schon wieder schwirrte mir der Kopf. Ich klappte den Laptop zu, lehnte mich zurück und rekapitulierte noch einmal, was ich vorhin von meiner Besucherin gehört hatte. Dann beschloss ich, endlich ins Bad zu gehen. Vielleicht half mir ja eine ausführliche Dusche, einen klaren Kopf zu bekommen. Im Bad schien die Menge an Tuben und Tiegeln, Döschen und Fläschchen weiter zugenommen zu haben. Offenbar hatte Theresa schon einige ihrer Kosmetika hier deponiert. Wie sollte das erst werden, wenn sie mit Sack und Pack bei uns einzog?

Während das heiße Wasser an meinem Körper herunterlief, quälte mich wieder der Gedanke, dass Merit jetzt nicht im Krankenhaus läge, hätte ich ihren Vater nicht getroffen. Ich hätte sie nie kennengelernt, hätte nie von Lisa gehört. Auch heute Morgen hatte ich wieder in der Klinik angerufen und erfahren, dass sie nun endlich über dem Berg war. Bald, vielleicht schon morgen, würde ich sie besuchen dürfen.

Ich verbot mir, weiter darüber nachzudenken, ob ich mich schuldig fühlen musste, drehte das Wasser auf kalt, um meinen Kreislauf endlich auf Trab zu bringen. Aber es half nichts.

Im Wohnzimmer war es nach wie vor still, als ich das Bad verließ. Was jetzt? Was konnte ich anfangen mit der Zeit, bis meine Besucherin wieder zum Leben erwachte? Lustlos stöberte ich noch ein wenig in Heneckas Dokumenten. Ging noch einmal meine Liste der noch offenen Fragen durch. Im Grunde war jetzt nur noch ein Punkt nicht abgehakt: Guido Kaisershof in Regensburg.

Unten fiel die Haustür ins Schloss, bekannte Stimmen im Treppenhaus, Geräusche an der Wohnungstür. Ich erhob mich, ging in den Flur, um meine Töchter zu begrüßen. Sie waren viel zu früh. Offenbar fiel wieder einmal Unterricht aus.

»Kommt ihr mittwochs nicht erst am Nachmittag?«, fragte ich gähnend und reckte meine immer noch oder schon wieder müden Glieder.

Sie würdigten mich keiner Antwort, sondern starrten an mir vorbei zum anderen Ende des Flurs. Ich folgte ihrem Blick und sah Jacqueline Rosenfeld mit verschlafener und zugleich verblüffter Miene in der offenen Wohnzimmertür stehen. In bordeauxroter Reizwäsche, sehr knapp und freizügig geschnitten, und sonst nichts.

»Äh«, sagte sie. »Also, hallo!«

Die Zwillinge schluckten. Sahen endlich doch mich an, dann noch einmal die Fremde, die soeben geistesgegenwärtig ins Bad schlüpfte. Nachdem die praktisch nackte Frau verschwunden war, sahen sie nur noch mich an.

»Wieder ein Lehrer krank?«, fragte ich lahm grinsend.

»Also, Paps!«, flüsterte Sarah mit loderndem Blick. »Wo hast du die … denn aufgerissen?« Immerhin war sie taktvoll genug, das Wort »Schlampe« zu verschlucken.

»Könntest ja wenigstens ins Hotel gehen mit ihr«, fand Louise, ebenfalls hell empört. »Also echt!«

»Und Theresa?« Sarah stand kurz vor der Explosion. »Was ist mit Theresa? Weiß sie davon?«

»Jetzt kommt mal kurz hier rein.« Ich hielt die Tür zu meinem Zimmer auf. Nachdem ich diese hinter uns geschlossen hatte, klärte ich die beiden über den Hintergrund des überraschenden Damenbesuchs auf.

»Und du hast echt nicht …?«

»Nicht im Geringsten. Wirklich nicht.«

»Und ihre Tochter ist verschwunden?«

»Vor sechzehn Jahren. Damals war das Mädchen acht.«

»Und deshalb bist du in Leipzig gewesen?«

»Hammer!«, fand Louise, und Sarah nickte dazu mit großen, runden Augen. »Und sie will, dass du rausfindest, was aus Lisa geworden ist?«

»Ich versuche es.«

»Hammer!«, fand auch Sarah und schüttelte den Kopf, dass die gerstenblonden, seit einiger Zeit lockigen Haare flogen.

Draußen ging die Badezimmertür, einen Augenblick später die Tür zum Wohnzimmer.

»Ihr lasst uns am besten allein, okay? Ich denke, sie steht jetzt auf. Hinterher erzähle ich euch alles haarklein, versprochen.«

»Wann haben Sie bemerkt, dass Emma nicht mehr da war?«

»Erst habe ich mich nur gewundert, dass man sie gar nicht mehr sieht. Und Merit auch nicht. Jan war ständig zu Hause, und mir war bald klar, dass da irgendwas nicht stimmt. Dachte, Emma ist vielleicht im Krankenhaus. Jan hat es ja nicht für nötig befunden, einem was zu sagen. Wir haben uns dann mal auf der Straße getroffen, und da habe ich ihn gefragt, ob es Emma wieder besser geht. Und da sagt er, er weiß nicht, wie es ihr geht, weil sie nicht mehr da ist.« Sekundenlang blickte sie in ihren zweiten starken Kaffee dieses Tages. »Für mich klang es nicht, als würde er damit rechnen, dass sie wiederkommt.«

»Was haben Sie gedacht, warum sie weg ist?«

»Was wohl?« Sie hob die Achseln, ließ sie wieder fallen. »Sie hat ihn sitzen lassen, habe ich natürlich gedacht. Ist mit dem anderen durchgebrannt. Obwohl sie eigentlich nicht der Typ war für so was. Auf mich hat sie immer gewirkt wie so ein durchgeistigtes Pastorentöchterchen.«

»Sie hatte ein Kind.«

Jacky zog eine verächtliche Grimasse. »Soll schon vorgekommen sein, dass Mütter ihre Kinder im Stich lassen. Wissen Sie, Emma hatte eine – hm – nicht besonders enge Beziehung zu Merit. Wie sie oft mit der Kleinen umgesprungen ist – als wäre sie ihr lästig. Ein Störfaktor in ihrer Pfarrhausruhe. Ich denke, Merit war wohl auch so ein Betriebsunfall wie Lisa.«

Ich erzählte ihr von Merits Zeichnung, auf der Emma mit blutendem Mund dargestellt war. Nach kurzem Nachdenken schüttelte sie den Kopf. »Ich kann nichts dazu sagen. Habe Emma oft wochenlang nicht gesehen.«

Sie nippte an ihrem heißen Kaffee. Nach dem Schlaf, der kaum eine Stunde gedauert hatte, wirkte sie viel frischer und vor allem nüchterner. Inzwischen war sie auch wieder züchtig bekleidet, und wir saßen wie zuvor in der Küche. Sie wärmte sich die Hände an dem inzwischen schon wieder halb leeren Becher, ich hielt ein Glas Orangensaft in der Hand.

»Wo sind sie hin, Ihre Töchter?«, fragte sie plötzlich lächelnd. »Süß, wie sie sich ähnlich sehen. Haben Sie sie weggeschickt, damit sie keinen Schock kriegen?«

»Ich habe sie weggeschickt, damit wir ungestört reden können.«

Eine Weile starrte sie gedankenverloren aus dem Fenster. Vielleicht dachte sie in diesem Moment daran, dass Lisa nie das Alter meiner Töchter erreicht hatte. Nie die Stürme der Pubertät, die Aufregungen der allerersten Liebe hatte erleben dürfen. Schließlich sagte sie leise: »Wirklich hübsch, die zwei, Kompliment. Ich hoffe, sie sind nicht zu sehr geschockt.«

»Sie sind sechzehn und glauben nicht mehr an den Klapperstorch.«

Immer noch sah sie mich nicht an. »Sie können stolz auf sie sein.« Wehmut schwang in ihrem Satz mit. Traurigkeit.

Ja, das war ich. Auch wenn ich nicht viel dafür konnte, dass sie hübsch waren und nicht auf die blonden Köpfe gefallen.

Plötzlich sah Jacky Rosenfeld mir wieder ins Gesicht. Jetzt konzentriert und wachsam.

»Na denn«, seufzte sie, »bringen wir es hinter uns.«

Ich stellte mein Glas ab und versuchte, in den folgenden Minuten kein störendes Geräusch zu machen.

»Es war Merits achter Geburtstag. Lisa war natürlich eingeladen, und sie haben bei Burger King in der Nähe der Autobahn gefeiert ...«

Henecka hatte vermutlich die nicht ganz unberechtigte Sorge gehabt, die Rasselbande könnte ihm Haus und Garten verwüsten, wenn er die Feier dort veranstaltete. Außerdem ersparte er sich so eine Menge Vorbereitungen und Aufräumerei. Ich selbst hatte Kindergeburtstage früher immer gefürchtet und mich wenn möglich verdrückt, wenn das alljährliche Drama ins Haus stand. Ein Vorteil von Zwillingen war, wurde mir wieder einmal bewusst, dass man es nur einmal im Jahr erleben musste.

Die meisten Kinder waren später von ihren Eltern noch im Lokal abgeholt worden. Zwei oder drei hatte Henecka in seinen Mercedes gepackt und zu Hause abgeliefert. Nur Lisa hat er mit zu sich genommen, da sie Merits engste Freundin und Jacky an jenem Nachmittag nicht zu Hause war.

»War in Darmstadt, hatte einen Termin in einer Klinik wegen – hm – zum Glück war es harmlos. Mit Jan hatte ich abgesprochen, dass ich anrufe, wenn ich wieder zu Hause bin. Lisa kannte den Weg. War ihn schon x-mal gegangen. Es waren ja gerade mal zweihundert Meter.«

Als Henecka sein Haus wieder betrat, war es kurz nach vier

am Nachmittag gewesen. Die aufgekratzten Mädchen hatte er in den Garten geschickt, damit sie sich austoben konnten. Es war der siebte September gewesen und ein ungewöhnlich heißer Tag. Das Gewitter, das später losbrach, hatte schon in der Luft gelegen.

»Er hatte noch irgendwas zu arbeiten. Die Mädels waren acht. Man konnte sie allein lassen. Aber an dem Tag …« Ihr Blick verfinsterte sich. »Sie hätten ständig gestritten, hat Jan später gesagt, wegen dieser Scheißkrone …«

»Was ist das überhaupt für eine Geschichte damit?«, unterbrach ich sie. »Das verstehe ich immer noch nicht.«

Sie kippte den letzten Schluck Kaffee hinunter. Die Farbe des Lippenstifts hatte sich inzwischen fast vollständig verflüchtigt. »Bei Burger King kriegt das Geburtstagskind eine Krone aufgesetzt. Haben Sie bestimmt schon gesehen.«

Hatte ich. Zuletzt in dem Video vom ZDF.

»Aus irgendeinem Grund hat dieses Mal nicht nur Merit eine bekommen, sondern auch Lisa. Sie hat sich wohl ziemlich angestellt, war eifersüchtig und neidisch. Bis Henecka am Ende nachgab und Merit damit einverstanden war, dass sie auch eine kriegte. Die zweite Krone war vermutlich der Grund für das Gezänk im Garten. Die haben wir später gefunden. Im Wald, ungefähr auf halbem Weg zwischen Jans Haus und unserem.«

»Es muss doch irgendwelche Spuren gegeben haben. Die Polizei kommt in solchen Fällen mit Spürhunden. Mit Hubschraubern …«

»Haben sie ja alles gemacht, ja. Aber erst später.« Lisas Mutter vermied es jetzt, mich anzusehen. Für sie gab es auf dieser Welt nur noch ihren Kaffeebecher und ihre Erinnerungen an einen brütend heißen Septembernachmittag vor sechzehn Jahren. »Diese scheißblöde Scheißkrone, ohne die Lisa heute noch leben würde …«

»Wie kommen Sie darauf?«

»Weil sie deshalb so schrecklich gestritten haben. Merit

hat sie Lisa schon im Auto zweimal vom Kopf gerissen, hat Jan mir erzählt, und so ist es dann wohl weitergegangen. Irgendwann hatte Lisa die Faxen dicke, denke ich, und ist abgehauen, um zu Hause auf mich zu warten.«

»Da müssen Fußspuren gewesen sein. Auch wenn es geregnet hat.«

»Geschüttet«, flüsterte sie. »Wie aus Kübeln. Wahrscheinlich waren die Mädels auch deshalb so unleidlich, weil das Gewitter kam. Wie ich heimkam, da war es ungefähr halb sechs, hat es schon gedonnert und gerade angefangen zu regnen. Ich rufe Jan an und sage, dass ich Lisa mit dem Wagen abhole, und da sagt er, die ist doch längst zu Hause. Ich dachte, sie ist vielleicht durchs Kellerfenster rein, das hatte sie schon öfter gemacht, und schläft irgendwo. Aber sie war nirgends, und ich habe Jan wieder angerufen, und dann haben wir uns auf die Suche gemacht. Im strömenden Regen. Nach fünf Sekunden waren wir pitschnass. Merit hat zu diesem Zeitpunkt geschlafen. Jan hatte sie ins Bett gesteckt, weil sie völlig k.o. war nach dem Trubel. Die Krone haben wir bald gefunden. Und dann haben wir die Polizei angerufen. Aber die haben nur abgewinkt. Hatten natürlich keine Lust, im Sturzregen rumzulatschen. Erst wie Lisa nach einer Stunde immer noch nicht aufgetaucht war, sind sie dann endlich doch in die Gänge gekommen. Zwei Volltrottel in einem Streifenwagen sind gekommen und haben uns angeguckt, als hätten wir nicht alle Latten im Zaun. Aber dann haben wir ihnen die Krone gezeigt, und die war blutig, und die Hunde haben später sogar noch Lisas Fußspuren verfolgen können, trotz des Regens, bis zu der Stelle, wo die Krone lag, und da war dann Ende.«

»Was hat die Polizei sonst noch unternommen?«

»Na, den Wald abgesucht, was denn sonst? Erst mal haben sie gemeint, Lisa sei weggelaufen, weil ich Streit mit ihr hatte oder so was, und hätte sich verlaufen. Das konnte ich denen aber ausreden, und Jan hat mich unterstützt dabei. Der ist überhaupt ziemlich Schlitten gefahren mit den zwei Bullentrampeln, das muss ich sagen. Im Wald geht es da ziemlich steil aufwärts, haben Sie vielleicht gesehen, und da können Sie kilometerweit laufen, ohne eine Menschenseele zu treffen. Es sind dann noch ein paar mehr von Ihren Kollegen aufgetaucht, aber dann ist es dunkel geworden, und da haben sie sich alle zusammen verkrümelt, die Helden. Ich bin die ganze Nacht wach geblieben und Jan auch. Drei-, viermal haben wir die halbe Stadt abgefahren.«

Ihre Hände mit den feuerwehrrot lackierten, gefährlich langen Nägeln waren jetzt in ständiger Unruhe. Die Augen hielt sie geschlossen.

»Am nächsten Tag haben sie dann weitergesucht. Wieder mit Hunden. Und mit diesem saudoofen Hubschrauber, der zu nichts, aber auch gar nichts nütze war. In der Nacht hat es immer weitergeregnet, und sie haben wieder nichts gefunden. Dann haben sie Aufrufe gemacht, im Radio und sogar im Fernsehen.« Wieder nippte sie an ihrem Becher, stellte fest, dass er leer war.

»Henecka ist vernommen worden, nehme ich an.«

Sie nickte müde und öffnete die Augen wieder. »Mehr als einmal. Aber er hatte ja nichts gesehen. Nur gehört, wie die beiden sich gezofft haben. Dann hat der Krach auf einmal aufgehört, und Merit hat gesagt, Lisa ist nach Hause gegangen. Lisa war sonst eigentlich sehr zuverlässig. Klar konnte sie auch mal dickköpfig sein, welches Mädel kann das nicht, aber dass sie einfach wegläuft, das war doch überhaupt nicht ihre Art. Wir haben bei allen Nachbarn geläutet, noch bevor die Bullerei endlich kam, aber niemand hatte Lisa gesehen. Niemand. Kein Wunder, natürlich, weil sie ja hintenrum gegangen ist. Durch den Wald.«

»Hat sie das immer so gemacht?«

»Ich hatte es ihr verboten. Da sind manchmal Wildschweine, habe ich ihr erklärt, die gehen sogar in die Gärten, und sie sind gefährlich. Aber wie Kinder nun mal sind: Die verbotenen Früchte sind immer die süßesten.«

»Und Merit? Was hat sie zu der Sache gesagt?«

»Die hat ja geschlafen. Im Grunde waren wir sogar froh, dass sie im Bett war. So mussten wir uns nicht auch noch um sie kümmern.«

»Im Wald gibt es einen Trampelpfad, habe ich gesehen.«

»Da gehen öfter Leute mit ihren Hunden und so. Bei Jan hatte der Zaun ein Loch, und bei uns war er so niedrig, da konnte Lisa schon mit fünf rüberklettern. Anfangs dachten wir, sie liegt vielleicht irgendwo. Verletzt, Fuß verstaucht, so was. Diese verfluchte Krone lag ein wenig abseits vom Pfad, und es war Lisas Blut dran, und verdammt, verdammt, verdammt ...« Der Rest des Satzes ging in lautlosem Schluchzen unter.

Ich ließ ihr Zeit, sich wieder zu beruhigen.

»Hat es keinen Verdacht gegeben, wer dahinterstecken könnte?«, fragte ich leise, als sie mich wieder ansah.

»Aber doch.« Sie nickte und schniefte und nickte. »Zwei Jahre früher war schon mal ein Mädchen verschwunden. Aber nicht in Bensheim, sondern in Reichelsheim oben. Das war übrigens der zweite Grund, wieso ich Lisa verboten hatte, in den Wald zu gehen. Das andere Mädchen hat auch draußen gespielt, fragen Sie mich nicht nach Details, und auf einmal war es weg. Wie Lisa. Mitten am Tag. Die Bullen haben vermutet, dass derselbe Täter dahintersteckt. Lag ja auch irgendwie auf der Hand, nicht?«

Irgendetwas an ihrem letzten Satz irritierte mich. Ich sah ihr in die Augen. Sie wich meinem Blick aus, starrte wieder in ihren leeren Becher.

»Sie denken nicht, dass es derselbe Täter war?«, fragte ich schließlich.

Sie zögerte. Schüttelte dann kurz und heftig den Kopf.

»Sondern ...?«

»Ich ... Nein. Bitte. Es ist total unfair, weil ...«

Leise, aber bestimmt fragte ich: »Wer?«

Immer noch zögerte sie, quälte sich, bevor sie die eine Silbe hervorwürgte, die mich schon nicht mehr überraschte: »Jan.«

»Haben Sie irgendeinen Anhaltspunkt? Einen Grund für diesen Verdacht?«

»Wie er später …« Wieder dauerte es eine halbe Ewigkeit, bis sie weitersprach. »Wie er mich manchmal angesehen hat … als hätte er ein schlechtes Gewissen.«

Wofür er auch jeden Grund hatte. Er hatte die Kinder sich selbst überlassen. Er hatte zugelassen, dass Lisa sich allein auf den Weg durch den Wald machte.

»Aber da war noch was anderes. Ich weiß nicht. Ich weiß ja nichts. Es ist nur … ein Gefühl.«

»Sie hatten später immer noch Kontakt?«

»Kaum. Zwei-, dreimal hat er noch bei mir geklingelt. Aber wir haben nichts zu reden gewusst. Patrick war ja nie da. Vor allem dann nicht, wenn ich ihn mal gebraucht hätte. Ich habe da gehockt, allein in diesem irre großen Haus.« Mit entsetzlich müdem, verzweifeltem Blick sah sie mich an. Als wäre ich ihre Rettung. Oder als trüge ich die Schuld an ihrem Elend.

»Manchmal habe ich Musik angemacht. So laut, wie es nur ging. Damit es nicht so still war. Morgens um acht habe ich den ersten Schnaps getrunken. Und abends auf der Bettkante den letzten, und …« Ihre Unterlippe begann zu zittern. »Scheiße!«, flüsterte sie. »Scheiße, Scheiße, Scheiße! Ich dachte, es ist endlich vorbei, und da kommen Sie und … O Mann!«

Nun beantwortete sie noch einmal meine Frage: »Nein, wir hatten bald keinen Kontakt mehr. Ich habe mich von Patrick getrennt, habe das Haus verkauft und bin zurück nach … nach Hause.«

Eine Weile schwiegen wir vor uns hin. Sie spielte mit ihrem Becher, ich nippte an meinem Saft.

»Wissen Sie, was das Schlimmste ist?«, fragte sie dann mit gesenktem Blick. »Das Schlimmste ist die Hoffnung. Wenn ich wüsste, Lisa ist tot, dann könnte ich einen Strich drunter ziehen und mich abfinden. Aber dass ich immer noch Hoffnung haben muss, sie könnte noch leben, irgendwo und …«

Dieses Mal war ihr Schluchzen nicht mehr lautlos.

Sie hatte kein Grab, das sie besuchen konnte. Es gab keinen Abschluss und damit keine Zukunft. Und ewig, ewig die Angst, die wahnwitzige Hoffnung, eines Tages könnte eine junge Frau vor der Tür stehen und etwas sagen wie: »Hi, ich bin Lisa. Du bist meine Mutter, nicht?«

»Sollen wir …«, murmelte sie und zog entschlossen die Nase hoch. »Hätten Sie was dagegen, also, wenn wir du sagen? Ich finde, das passt jetzt … irgendwie besser.«

»Alexander.«

Ich streckte meine Rechte über den Tisch. Sie ergriff sie vorsichtig, als könnte sie sich daran verletzen, ließ sofort wieder los.

»Jacky.« Ihre Augen schwammen jetzt in Tränen. »Was wirst du jetzt machen, Alexander? Als Nächstes?«

»Weiß ich noch nicht. Ich muss nachdenken. Und du?«

»Nach Leipzig zurück. Termine heute Abend. Zum Glück nur Normalos. Nichts Aufregendes dabei …«

»Entschuldige, wenn ich so dumm frage: Du hast damals das Haus verkauft und bestimmt eine schöne Stange Geld dafür gekriegt. Du solltest es eigentlich nicht nötig haben, was du tust …«

Sie lachte bitter.

»Stimmt, ein hübsches Häufchen Geld habe ich für Onkel Kurtchens Haus gekriegt. Leider habe ich einen Schulfreund gehabt, der war bei der Sparkasse und hat mir geraten, solche Internetaktien zu kaufen. Die haben damals gerade geboomt wie verrückt. Ein halbes Jahr später hat mein Schulfreund seine schöne neue Villa bezogen, und ich hatte gerade noch genug übrig für die kleine Eigentumswohnung in Leipzig.«

»Macht dir das gar nichts aus? Ich meine, dein Geld auf diese Weise zu verdienen?«

»Mal so, mal so«, murmelte sie kraftlos. »Heute wird es mir was ausmachen. Aber nach zwei, drei Schnäpschen geht's schon wieder. Ich bin aus zähem Holz.«

Sie starrte vor sich hin, geschrumpft zu einem Häufchen Elend und Trauer. Die Unterlippe begann schon wieder zu zittern, aber dieses Mal weinte sie nicht, sondern sagte immer noch, ohne mich anzusehen: »Würdst mich vielleicht mal kurz in'n Arm nehmen, Alexander? Nur so 'n kleines bisschen? Keine Bange, auch wenn ich eine Nutte bin, ich tu dir schon nichts ...«

Ich erhob mich, zog sie hoch, umarmte sie fest. Sie klammerte sich an mich, als wäre ich die letzte Planke, die von ihrem gesunkenen Schiff übrig geblieben war, und in den folgenden Minuten weinte sie an meiner Schulter all die Tränen, die sie in den vergangenen sechzehn Jahren nicht zugelassen hatte. Ich streichelte vorsichtig ihren Rücken, als wäre sie ein verzweifeltes Kind. Im Flur begann mein Telefon zu klingeln und hörte nach einer Weile wieder auf. Es läutete an der Tür, aber ich öffnete nicht. Sekunden später hörte ich das Klappern der Briefkästen. Das Telefon legte erneut los und verstummte auch diesmal wieder. Irgendwann versiegten Jackys Tränen, sie wurde ruhiger, ihr Atem ging wieder regelmäßiger.

Schließlich löste sie sich von mir, setzte sich verlegen wieder auf ihren Stuhl, trank den allerletzten Tropfen kalten Kaffee aus ihrem Becher.

»Wenn du das schaffst«, sagte sie nach langer Stille mit brüchiger Stimme. »Wenn du rausfinden kannst, was damals wirklich passiert ist, dann kann mein Engelchen endlich schlafen.«

»Engelchen?«

»Lisa heißt mit zweitem Vornamen Angelina. Und das heißt auf Deutsch Engelchen, hat Jan mir mal erklärt. Ich wusste das gar nicht. Ich fand nur, Angelina klingt so schön. Vornehm, irgendwie. Außerdem war ich damals ein Fan von Angelina Jolie. Und von da an hat Patrick, wenn er Lisa ausnahmsweise mal ins Bett brachte, immer gesungen ›Schlaf, Engelchen schlaf‹. Wie das Kinderlied, du weißt schon: ›Der Vater hüt' die Schaf …‹«

Sie hob das immer noch schöne, wenn auch jetzt von ungezählten Fältchen zerfurchte Gesicht, sah mir in die Augen. Verwirrt, verständnislos, als könnte sie nicht begreifen, was mit ihr geschehen war. Nach Sekunden schien sie zurückzukehren, von wo immer sie gewesen sein mochte, lächelte endlich, und ich lächelte zurück.

27

Jacky war längst wieder auf der Autobahn, und der Kaffeebecher mit ihrem Lippenstift am Rand stand in der Spülmaschine, als mein Festnetztelefon sich zum dritten Mal meldete. Die Nummer auf dem Display sagte mir nichts.

»Ja, schönen guten Tag, mein Name ist Ute Köpke«, meldete sich eine aufgebrachte, etwas piepsige Frauenstimme. »Frau Miller bei den Bensheimer Nachrichten war so freundlich, mir Ihre Nummer zu geben. Sie sagte, es interessiert Sie vielleicht, was ich beobachtet habe.«

»Was haben Sie denn beobachtet?«

»Sonst interessiert sich ja leider niemand dafür. Sie müssen wissen, ich werde übernächste Woche dreiundachtzig, aber ich fahre immer noch Auto, und ich sehe gar nicht ein, weshalb ich meinen Führerschein abgeben soll. Auch wenn meine Schwiegertochter immer sagt, ich müsste. Sie denkt, ich sei verkalkt, was ich aber nicht bin. Ich bin noch ganz klar im Kopf. Klarer als sie, ich meine natürlich die Schwiegertochter. Und ich bin auch kein Sturkopf, wie sie immer behauptet, und ins Altersheim schleppen mich keine sieben Pferde.«

Da ich fürchtete, das Telefonat könnte etwas länger dauern, setzte ich mich an meinen Schreibtisch und legte die Füße hoch.

»Man gehört ja nicht zum alten Eisen, nur weil man über achtzig ist. Heute werden die Menschen hundert. Meine Mutter, Gott sei ihrer schwarzen Seele gnädig, war hundertzwei, als der Herr sie endlich zu sich nahm. Ganz friedlich ist sie eingeschlafen, abends beim Fernsehen. Dreißig Jahre hat sie bei mir gelebt, anfangs noch mit meinem Mann zusammen, Udo, Gott sei seiner guten Seele gnädig. Später waren wir zwei Frauen dann allein, und es war eine ganz schreckliche Zeit, aber dann ist sie endlich doch gestorben, abends vor dem Fernseher. Sie hat immer so gerne diese Rosamunde-Pilcher-Filme gesehen.«

Und sich dabei vielleicht zu Tode gelangweilt. Es gelang mir, lautlos zu gähnen.

»Sie hatten etwas beobachtet ...«

»Für mich ist das ja nichts, diese seichten Liebesgeschichten. Ich interessiere mich mehr für Kunst und gehobene Kultur. Ich fahre auch nachts Auto, und ich fahre sehr sicher, da kann meine Schwiegertochter sagen, was sie will. Ich sehe noch wie ein Luchs, sogar nachts. Nur die Brille, die brauche ich leider seit einiger Zeit beim Autofahren. Aber weil man eine Brille braucht, ist man doch nicht behindert, oder was sagen Sie?«

»Ich brauche selbst eine Brille.«

»Wie alt sind Sie, wenn ich fragen darf?«

»Fast fünfzig.«

»Na, sehen Sie.«

»Was haben Sie denn nun beobachtet, Frau Köpke? Sie wollten mir etwas erzählen.«

»Seit acht Jahren lebe ich nun bei meinem Sohn. Er hat ein schönes, großes Haus in Heppenheim, die Kinder sind längst ausgeflogen, und da sagte er, Mama, sagte er, warum kommst du nicht zu uns? Ich hatte ja gleich meine Bedenken, wegen der Schwiegertochter. Sie ist ein wenig speziell, aber nun. Ich habe nie verstanden, was er an dieser Carola findet. Aber jeder Mensch ist ja bekanntlich seines Glückes Schmied, nicht wahr?«

»In Heppenheim wohnen Sie also.«

»Woher wissen Sie das?«

»Geraten.«

»Sie sind sehr gut im Raten, Kompliment!«

Ich nahm die Füße vom Schreibtisch, ging in die Küche, schaltete die Kaffeemaschine ein und gleich wieder aus, weil mir einfiel, dass ich heute schon genug Kaffee getrunken hatte. Ich setzte mich auf den Stuhl, auf dem vorhin Jacky gesessen hatte.

»Sie wollten mir etwas erzählen ...«

»Deshalb rufe ich Sie ja an. Sagte ich schon, dass ich kulturell sehr interessiert bin? Wie mein Udo noch lebte, hatten wir ein Abonnement für das Staatstheater in Mannheim. Zwölf Vorstellungen im Jahr, und so gut wie nie haben wir eine ausgelassen. Aber Mannheim ist mir jetzt doch ein wenig zu weit. Hin geht es noch gut, aber später zurück, und in der Pause gönne ich mir gerne ein Gläschen Sekt, und da wird es mir dann doch ein wenig beschwerlich, nachts von Mannheim nach Heppenheim. Wussten Sie, dass der berühmteste Rennfahrer der Welt aus Heppenheim stammt? Dieser ... wie heißt er noch?«

»Vettel. Sebastian Vettel.«

Ich hatte die Küche wieder verlassen, saß jetzt auf dem Westbalkon und hielt das Gesicht in die Sonne. Ein Hoch auf den Erfinder des schnurlosen Telefons! Plötzlich fühlte ich mich pudelwohl und hätte nicht sagen können, weshalb eigentlich.

»Wer ist das?«, fragte die alte Dame aus Heppenheim, die sogar nachts noch Auto fuhr.

»Wie?«

»Dieser Herr Vettel, ist er Künstler?«

»Nein. Sie sind also viel mit dem Auto unterwegs?«

»Sie sagen es. Und vergangene Woche, da war in Bensheim eine Vernissage. Die Galerie am Marktplatz hat eine Ausstellung eröffnet, Grafiken von Horst Janssen aus Hamburg, und das wollte ich mir natürlich nicht entgehen lassen, weil ich nämlich selbst in Hamburg geboren bin, in Bergedorf bin ich aufgewachsen, mit Blick auf die Elbe. Bei diesen Vernissagen ist es immer sehr nett. Man trifft interessante Menschen, es gibt Häppchen und Sekt, und da gönne ich mir dann gerne auch mal ein Gläschen.«

»Und wegen dieser Vernissage rufen Sie mich an?«

»Ich sagte: Ich bin nach Bensheim gefahren. Um die Fahrt geht es, verstehen Sie? Nicht um die Vernissage. Sie sollten besser zuhören, junger Mann!«

Junger Mann hatte mich schon lange niemand mehr genannt. Allmählich wurde ich ein wenig schläfrig. Sollte ich mir vielleicht doch noch einen Cappuccino gönnen? Frau Köpke erklärte mir, dass sie ungern die Autobahn benutzte, da man dort heutzutage sogar von Lkws überholt wurde. Dann schien sie endgültig den Erzählfaden verloren zu haben, aber bevor ich nachfragen musste, fand sie ohne Hilfe wieder ins richtige Gleis zurück.

»Es war schon etwas dämmrig. Mittwoch war es, Mittwochabend, und da ist etwas sehr Merkwürdiges geschehen, und deshalb rufe ich Sie an. Vor mir waren zwei Wagen, ein silberfarbener Mercedes und hinter ihm ein großer schwarzer Kombi, ein Volvo. Da bin ich mir ganz sicher, denn mein Udo ist zeitlebens nur Volvo gefahren. Wegen der schwedischen Qualität, sagte er immer. Obwohl ich finde, dass deutsche Firmen auch gute Autos bauen, aber darüber war mit Udo nicht zu diskutieren. Für ihn gab es nur Volvo und sonst nichts …«

Ich konnte mich nicht aufraffen, mich noch einmal zu erheben, und gab den Plan mit dem Cappuccino vorläufig auf.

»Ich fahre also gemächlich dahin und denke an nichts Böses, und plötzlich gibt der Volvo Gas und überholt den Mercedes und schert ganz knapp davor wieder ein und bremst wie verrückt. Der Mercedes musste natürlich auch bremsen, und ich bin um ein Haar auf ihn aufgefahren und habe mich ganz entsetzlich erschrocken. Wie ich zur Vernissage kam, haben immer noch meine Hände gezittert, so habe ich mich erschrocken. Am nächsten Morgen habe ich dann gleich die Polizei angerufen, aber der Polizist, mit dem ich sprach, war nicht besonders freundlich zu mir. Er fragte nur, ob denn etwas passiert sei, aber es war ja zum Glück nichts passiert. Aber ich frage Sie, muss denn immer erst etwas passiert sein, bevor die Polizei eingreift? Nun, der Mercedes hat also gehalten, weil der Volvo vor ihm auch angehalten hat. Der Fahrer des Volvo ist ausgestiegen und nach hinten gerannt und hat an der Tür des Mercedes gerüttelt, aber die war verschlossen. Bei unserem letzten Volvo, da war das auch so. Sowie man losfuhr, haben sich die Türen automatisch verriegelt. Wegen der vielen Überfälle heutzutage, hat Udo gesagt, dabei sind wir überhaupt nie überfallen worden. Wie er dann gestorben war, vor, mein Gott, wie viele Jahre ist das her? Jedenfalls habe ich den Volvo dann verkauft. Neunzehntausend habe ich noch dafür bekommen, und davon habe ich mir dann meinen Golf gekauft. Der reicht für mich aus und ist auch leichter zu fahren, vor allem, wenn man nicht so groß ist. Ich bin nämlich eher klein gebaut, und da ist ein großer Wagen nicht so günstig …«

Die Sonne verzog sich hinter einer dicken weißen Wolke, ich kam nun doch auf die Beine, schlurfte in die Küche zurück, stellte einen Becher in die Maschine. Das Milchlämpchen blinkte rot.

»Was ist dann weiter passiert?«

Im Kühlschrank war keine Milch mehr. Ich schaltete die Maschine wieder aus.

»Nun, ich hatte dann keinen Volvo mehr, sondern einen Golf. Mit dem ich übrigens sehr zufrieden bin. Auch wenn es keine Schwedenqualität ist. Die Deutschen bauen doch auch gute Autos, oder was sagen Sie?«

»Absolut. Ich meinte mit dem Mercedes und dem Volvo …«

»Richtig, ja. Wie ich merkte, dass es da nicht weiterging, habe ich den Blinker gesetzt und bin vorsichtig vorbeigefahren. Glücklicherweise war nicht viel Verkehr an dem Abend, und deshalb ging es ganz gut. Auf der Bundesstraße rasen die Leute ja nicht so wie auf der Autobahn.«

Welchen Grund mochte Pits Assistentin gehabt haben,

dieser dreiundachtzigjährigen Quasselstrippe meine Nummer zu geben? Vermutlich hatte sie darin die einzige Möglichkeit gesehen, sie wieder loszuwerden. Ich überlegte, an wen ich Frau Köpke weiterreichen konnte, aber es fiel mir niemand ein. Obwohl, vielleicht …?

»Frau Köpke, erlauben Sie eine Frage …«

»Bitte sehr, junger Mann, fragen Sie nur.«

»Haben Sie zufällig das Kennzeichen des Mercedes erkannt?«

»Darmstadt. DA–JH, den Rest habe ich mir leider nicht gemerkt.«

Ich setzte mich aufrecht hin. »Bei den Buchstaben sind Sie sich sicher?«

»Aber ja! Ich dachte noch, wie Hitlerjugend, nur umgekehrt.«

»Und der Volvo?«

»Hamburg. Ich bin selbst in Hamburg geboren, und deshalb bekomme ich jedes Mal angenehme Gefühle, wenn ich HH sehe.«

Jetzt war ich endgültig wieder wach. Patrick Götze? War der nicht zurzeit irgendwo auf der Nordsee? Aber auch Monteure haben vermutlich hin und wieder Anrecht auf Urlaub. Ich spürte, wie meine Hände feucht wurden.

»Wie hat der Mann ausgesehen? Wie alt war er? War er eher groß oder eher klein?«

Das Einzige, was der alten Dame dazu einfiel, war: »Ganz jung war er nicht, ganz alt aber auch nicht. Er hat Jeans getragen, das weiß ich noch, wie alle heute. Und eine hellbraune Lederjacke.«

An Frau Miller hatte sie sich gewendet, weil sie sich über den unfreundlichen Polizisten beschweren wollte, erfuhr ich jetzt.

»Die Haare des Volvofahrers, haben Sie die gesehen?«

»Die waren … nun … blond, würde ich sagen. Kurz geschnitten und hellblond. Vielleicht auch nicht ganz so hell.«

Götze war blond. Auf den Fotos im Internet waren seine Haare länger und füllig gewesen. Aber Frisuren konnte man ändern.

»Und wie groß war er?«

»Mittelgroß. Etwa wie mein Udo. Der war eins achtundsiebzig.«

Auch die Größe passte auf Patrick Götze.

»Blass war er«, fügte die alte Dame noch hinzu. »Etwas blass.«

Vermutlich vor Aufregung. Es gelang mir, das Telefonat unter Wahrung der europäischen Anstandsregeln zu beenden. Ich schickte Wilma Miller in Gedanken ein großes Dankeschön und wählte wieder einmal Runkels Nummer in der Polizeidirektion. Mein Mitarbeiter stellte keine Fragen und fand in kürzester Zeit heraus, dass auf Patrick Götze ein dunkelblauer Audi A6 zugelassen war. Bei dieser Gelegenheit erfuhr ich auch seine derzeitige Anschrift in Hamburg-Altona.

»Der Inder«, sagte Runkel, als ich mich schon bedanken wollte. »Ich hab immer noch nichts von ihm gehört.«

»Wie heißt der Mann eigentlich?«

»Muss ich gucken, Moment … Najma Thakur. Najma Thakur aus Bangalore. Wieso?«

Der schwarze Volvo könnte ein Firmenwagen gewesen sein. Vielleicht stand Götzes Audi auch gerade in der Werkstatt. Was mochte er von Henecka gewollt haben? Die naheliegende Erklärung war: Er warf seinem ehemaligen Nachbarn das Verschwinden seiner Tochter vor und wollte ihn deshalb zur Rede stellen. Das unerwartete Aufeinandertreffen mit Lisas Vater hatte Henecka dann so in Aufruhr versetzt, dass er schleunigst das Weite suchte, die Flucht ergriff, wobei … Nein, das stimmte ja nicht. Ich hatte Henecka am Dienstagabend getroffen, und die Vernissage in Bensheim war am folgenden Tag gewesen, am Mittwoch. Etwa zur selben Zeit hatte ich Merit zum ersten Mal besucht, und Henecka war den ganzen Tag nicht an seinem Arbeitsplatz gewesen.

Hatte Götze Henecka getötet? An dem Mittwochabend, als Frau Köpke ihn gesehen hatte, und den Mercedes anschließend nach Mannheim gefahren? Was war dann aus dem Volvo geworden? Und aus Heneckas Leiche? Wo hatte er den Tag über gesteckt?

Ich beschloss, auf die Milch zu verzichten, und drückte die Taste für einen doppelten Espresso.

Dann das Handy – Theresa, endlich. Sie klang sehr bedrückt und klein, als sie fragte: »Wie geht's dir, Alex?«

»Mäßig. Und dir?«

»Sollen wir uns treffen? Hättest du Lust?«

»Ja, natürlich. Bei mir?«

»Nein. Ich möchte ... Weißt du, ich bin es gewohnt, dass wir allein sind, wenn wir zusammen sind. Ich muss mich erst daran gewöhnen, dass das in Zukunft nicht mehr so sein wird. Ich weiß, es klingt komisch ...«

»Es klingt überhaupt nicht komisch. Ich bin allein.«

»Nein, ich ...«

»Lieber die Ladenburger Straße?«

»Ja. Und bitte komm nicht mit großen Erwartungen. Ich möchte nur mit dir zusammen sein. Ein wenig gestreichelt werden. Das andere wird schon wieder, ich muss nur ... Ich brauche ... Sagen wir, in einer halben Stunde?«

Patrick Götzes Handy war nicht zu erreichen. Dank Rolf Runkel kannte ich inzwischen auch die Hamburger Festnetznummer, unter der sich jedoch nur ein mürrischer Anrufbeantworter meldete. Ohne große Hoffnung versuchte ich es bei seinem Arbeitgeber, der Haimann AG. Dort erfuhr ich nur, was ich längst wusste: Patrick Götze war zurzeit auf einem Montageschiff in der immer noch stürmischen Nordsee beschäftigt, und ansonsten gab man keine telefonischen

Auskünfte über Angestellte. Wenn er sein Handy ausschaltete, dann würde er seine Gründe dafür haben. Und nein, die Nummer seines Vorgesetzten am Einsatzort würde man mir nicht verraten. Da könne ja jeder kommen.

28

Es blieb am Ende nicht beim Streicheln.

Anfangs sprachen wir nur, hockten nebeneinander auf unserer Matratze, züchtig bekleidet an die Wand gelehnt, wie ein Teenagerpärchen, das sich nicht traut. Später schmiegte Theresa sich an mich, ich genoss ihre Nähe, ihre Wärme, ihren Duft. Wir tranken sogar Sekt, am hellen Nachmittag, weil wir das immer taten, wenn wir uns trafen. Weil es einfach dazugehörte. Weil wir beide zurzeit Rituale liebten, das Gewohnte, weil in den vergangenen Tagen und Wochen so viel Ungewohntes geschehen war.

Ich erzählte ihr von meinem Ausflug nach Leipzig, von Lisa und ihrer Mutter. Theresa hörte still zu, war vielleicht froh, nichts sagen zu müssen. Ich erzählte ihr sogar von meiner Nacht in der kahlen Zelle und von Herrn Kaisershof in Regensburg, dessen Handy nie erreichbar war.

»Ich weiß nicht, ob ich hinfahren soll«, gestand ich seufzend. »Es ist einfach der letzte noch offene Punkt auf meinem Zettel.«

Irgendwann begann Theresa zu erzählen. Vom Begräbnis ihres Mannes und meines ehemaligen Chefs, das nun schon über vierundzwanzig Stunden zurücklag. Ich würde ihn bitter vermissen, den Leitenden Polizeidirektor Dr. Egon Liebekind. Mit Grausen erinnerte ich mich an mein erstes Gespräch mit seinem dynamischen Nachfolger.

»Er war auch da«, sagte Theresa leise.

Ich hatte gerade ein wenig den Faden verloren. »Kaltenbach?«

»Nein. Jeremias heißt er. Egons … du weißt schon.«

»Sein … Partner?«

»Wir haben uns gegenseitig unser Beileid ausgesprochen.

Er hat geweint. Ich auch.« Sie zögerte. »Ich mag ihn nicht. Ist vielleicht kein Wunder.«

»Hat es dich damals sehr getroffen, als du feststellen musstest, dass dein Mann … nun ja, vom anderen Ufer ist?«

»Das fragst du mich?«

»Darf ich dich noch etwas sehr Persönliches fragen?«

»Egon ist tot. Keine Notwendigkeit mehr, etwas zu verschweigen oder zu beschönigen.«

»Es ist bestimmt eine furchtbar dämliche Frage, aber es interessiert mich einfach: Wie lief es im Bett bei euch?«

»Normal. Anfangs. Später natürlich nicht mehr so. Wie Sex sein kann, habe ich erst mit dir erfahren. Weißt du, was ganz seltsam ist?«

Ich nippte an meinem Glas. Achtete darauf, langsam zu trinken. Schließlich war immer noch Nachmittag.

»All die Jahre hatte ich nie ein schlechtes Gewissen Egon gegenüber. Ich war ehrlich, er war ehrlich, wofür sollten wir uns schämen? Und jetzt, wo er nicht mehr da ist …«

»Jetzt schämst du dich.«

Mit nachdenklichen, kleinen Schlucken leerte sie ihr Glas. »Ich verstehe es überhaupt nicht. Jetzt bin ich doch frei. Ich bin frei zu tun, was ich will.«

»Das wird sich legen, mit der Zeit.«

Stumm und traurig nickte sie.

War dies der Zeitpunkt zu fragen, wie sie sich unsere Zukunft vorstellte? Nein. Ich wusste ja selbst noch nicht, was ich mir wünschte. Wie es weitergehen sollte. Aber eines wurde mir in diesen ruhigen Minuten klar, so klar wie noch nie: Ein Leben ohne Theresa konnte ich mir längst nicht mehr vorstellen.

Ich drückte sie fester an mich. Eine Berührung sagt oft mehr als tausend Worte. Sie schien zu verstehen und zu genießen. Ich dachte daran, dass ich einen Chef wie Liebekind nie wieder bekommen würde. So vieles würde anders werden. Nicht jeder neue Wind bringt Erfrischung. Nicht jede Veränderung ist eine Verbesserung. Oder wurde ich allmählich alt, war es das? War ich geistig nicht mehr flexibel genug, um Kaltenbachs Euphorie zu teilen?

Theresa schien meine Gedanken zu erraten. »Du hast ihn schon kennengelernt?«

»Gestern. Er hat mich zu sich zitiert wie ein Schulkind.«

»Wie ist er?«

»Frag nicht.«

Nun war das Erzählen wieder an mir. Von Sönnchens Empörung über all die Neuerungen, die zurzeit über uns hereinbrachen. Von Petra Ragolds Mordplänen. Dann sprach Theresa davon, das große Haus zu verkaufen. Sie könne dort nicht mehr leben, wollte es aber gleichzeitig unbedingt. Während wir über immer alltäglichere Dinge sprachen, die nichts mit uns als Paar zu tun hatten, spürte ich, wie sie sich entspannte. Wie die Erinnerung an den Tod ihres Mannes und die Tage danach voller Einsamkeit und Lästigkeiten, der Schrecken, sogar die Trauer von ihr abfielen.

Auch mein Besuch bei meiner Mutter kam zur Sprache. Das schöne Gefühl, mich fallen lassen zu dürfen. Nicht stark sein zu müssen. Theresa sagte nichts dazu, schmiegte sich noch enger an mich, soweit das überhaupt noch möglich war.

Irgendwann verstummten unsere Münder, und unsere Körper begannen zu sprechen, machten sich selbstständig, verfolgten eigene Pläne.

Nie hatten wir uns so zärtlich geliebt wie an diesem halb sonnigen, halb wolkigen Spätnachmittag.

Heidelberg – Regensburg: dreihundertfünfzehn Kilometer, hatte mein Computer errechnet, bei der aktuellen Verkehrslage dreieinhalb Stunden.

Am Donnerstagmorgen um halb neun machte ich mich auf den Weg und hatte noch immer keine rechte Vorstellung, wozu ich mir diese Tortur eigentlich antat. Jemand hatte auf

Heneckas Kassenzettel Kaisershofs Nummer notiert, aber ich wusste weder, zu welchem Zweck, noch, ob er jemals versucht hatte, ihn anzurufen. Falls ja, hatte er ihn vermutlich ebenso wenig erreicht wie Henning und ich. Sei's drum, dachte ich, es war ein heller Tag, Regensburg angeblich eine schöne Stadt, und Zeit hatte ich immer noch im Überfluss. Ich würde meine letzte Spur abhaken, die Stadt besichtigen, die ich nie zuvor besucht hatte, und noch am Nachmittag würde ich wieder nach Hause fahren. Und dann war endgültig Schluss mit dem Kasus Jan-Armin Henecka. Nur für alle Fälle hatte ich eine kleine Tasche mit dem für eine Übernachtung Nötigen gepackt.

Vor meiner Abfahrt hatte ich, wie in letzter Zeit üblich, meinen Peugeot mit dem Wanzenscanner abgesucht, und heute hatte es gepiept. Im linken hinteren Kotflügel hatte ein Peilsender von der Größe einer Streichholzschachtel geklebt, mit einem starken Magneten befestigt. Ich hatte ihn an einen nur wenige Schritte entfernten Laternenmast umgesiedelt. Der Innenraum des Wagens dagegen war wanzenfrei gewesen. Da nicht auszuschließen war, dass Benedikt Bruder, der Frankfurter Detektiv, meine Aktion beobachtet hatte und mir nun folgte, behielt ich den Rückspiegel im Auge.

Gegen Mittag sollte ich ankommen. Zeit genug, die alte Handelsstadt an der Donau zu beschnuppern, deren Kern gegen Ende des Zweiten Weltkriegs angeblich nur deshalb nicht zerbombt wurde, weil sie auf der Liste der Alliierten zu weit unten gestanden hatte und der Krieg zu Ende war, bevor Regensburg an die Reihe kam.

Niemand schien mir zu folgen. Ich merkte mir Autos, die längere Zeit hinter mir herfuhren und vielleicht einige Zeit später wieder auftauchten. Aber nichts dergleichen geschah. Erst als Nürnberg hinter mir lag und der Verkehr spärlicher wurde, war ich überzeugt, dass ich nicht unter Aufsicht stand. Immer wieder grübelte ich darüber nach, was Henecka in den vierundzwanzig Stunden getrieben haben mochte, die zwischen unserem Treffen in Heidelberg und dem Zwischenfall mit dem schwarzen Volvo lagen. Weshalb war er am Mittwoch nicht zur Arbeit erschienen? Weshalb hatte er nicht wenigstens angerufen, um sein Fernbleiben zu erklären? Wo hatte er die Nacht verbracht? Bei seiner heimlichen Geliebten? War er womöglich immer noch dort? Oder war er – was ich immer noch nicht glauben mochte – längst nicht mehr am Leben?

Guido Kaisershof wohnte am südlichen Rand der Regensburger Altstadt, in einem schmucklosen Altbauhaus an der kurzen Marschallstraße, dessen Renovierung schon seit Jahrzehnten überfällig war. Meinen treuen Peugeot hatte ich nur wenige Hundert Meter entfernt in der Tiefgarage in der Nähe des Theaters abgestellt. Da mein Projekt »Handy als Navi« auf meiner To-do-Liste wieder nach unten gerutscht war, hatte ich mir am Morgen einen Ausschnitt des Regensburger Stadtplans ausgedruckt, sodass ich mein Ziel ohne Umwege fand. Nun stand ich vor dem Haus, in dem der Mann wohnte, den ich sprechen wollte. Es war schon ein Uhr vorbei, und er reagierte nicht auf mein Läuten. Während meiner Fahrt nach Osten war der Himmel immer dunkler geworden. Düstere Wolken hingen wie nasse Schwämme über der Stadt, ein feuchtkalter Wind ging, und es roch wieder einmal nach Regen.

Eine alte Frau mit buntem Kopftuch und einer schweren, blau karierten Einkaufstasche trat neben mich. Sie hielt einen Hausschlüssel in der Hand, musterte mich nicht unfreundlich von oben bis unten und fragte etwas, das ungefähr klang wie: »Wowoinsnahi?«

»Zu Herrn Kaisershof«, beantwortete ich ihre Frage, deren Inhalt ich hoffentlich richtig erraten hatte.

Sofort schaltete sie auf Hochbayerisch um: »Der ist bei der Oarbeit um die Zeit. Kommt am Obend immer erst spät hoam. Um siebne oder noch später.«

Wie gut, dass ich Waschzeug und einen Schlafanzug eingepackt hatte. Was und wo ihr Nachbar arbeitete, wusste sie nur ungefähr. »I moan, er hat wos von anem Museum g'sagt. Aber do bin i mir jetzt net ganz sicher.« Sie griff sich an die Stirn und kicherte. »I bin scho achtasiebzge, wissen S'. Ma wird halt net schlauer, wenn ma älter wird.«

Als Gegenleistung für ihre Auskunftsfreudigkeit verlangte sie zu wissen, woher ich kam. Das Wort Heidelberg brachte ihr runzliges Gesicht zum Strahlen. Eine ihrer Nichten hatte dort Medizin studiert, einer der sieben Enkel arbeitete nicht weit von der Neckarstadt als Restaurator für antike Kirchenkunst. Die alte Frau, die mich immer noch mit wachem, klugem Blick beäugte, stellte ihre Tasche ab, ließ die Hand mit dem Schlüssel sinken. Ihr für die herrschende Temperatur zu warmer Mantel schien vor vielen Jahren einmal teuer gewesen zu sein. An den Füßen trug sie gefütterte Stiefel, als rechnete sie mit Schnee. Das farbenfrohe Blütenmuster des Kopftuchs gefiel mir.

Sie wollte wissen, wo genau das lag, dieses Heidelberg, das angeblich fast so schön war wie ihr geliebtes Regensburg. Als ich ihr erklärte, der Heidelberger Kurfürst sei vor Zeiten – wenn auch nur für einige Monate – König von Bayern gewesen, wollte sie es nicht glauben.

»Er kriegt net so viel Besuch, der Herr Kaisershof«, sagte sie, als die erste Neugier befriedigt war. »Am Obend lauft immer der Fernseher bei ihm. I wohn über ihm, wissen S', und das Haus ist halt arg hellhörig. Er schaut gern diese Kracherfilme, Western und so. Und bis gestern ist er überhaupt noch in Urlaub gewesen. I moan fast, in Holland droben.«

Ich zeigte ihr ein Foto von Henecka, aber sie schüttelte den rundlichen Kopf. »Nie g'sehn, tut mir leid. San S' von der Polizei?«

»Nein, nein«, sagte ich eilig und steckte das Foto wieder ein. »Es ist rein privat.«

»Wolln S' vielleicht an Kaffee? Sie müssen ja net auf der Straßn auf den Herrn Kaisershof warten.«

Da inzwischen ein feiner, aber höchst unsympathischer Nieselregen eingesetzt hatte und mir außerdem von der langen Fahrt ein wenig der Kopf brummte, nahm ich die Einladung mit Freuden an.

Fünfzehn Minuten später saß ich auf der Couch meiner umtriebigen Gastgeberin, Viviane Stieglitz, wie ich inzwischen wusste, und kannte in groben Zügen ihren Lebenslauf. Ihr Mann war höherer Verwaltungsbeamter gewesen am hiesigen Regierungspräsidium und viel zu früh verstorben. Die Kinder – zwei Mädchen und ein Junge, alle inzwischen über fünfzig – waren über die halbe Welt verstreut, und so hatte Frau Stieglitz nach dem Tod ihres Mannes ihr großes Haus in Schwandorf verkauft, einen Teil des Erlöses gut angelegt und sich vom Rest die gemütliche und geräumige Stadtwohnung gekauft, in der ich jetzt zu Gast war. Sie wurde nicht müde, Regensburg zu rühmen, wie es lebte und brummte, wegen seiner ungezählten Kneipen, wegen der vielen jungen Leute.

Außerhalb wohnten ja überall nur noch alte Leute, übersetzte ich mir ihren Redeschwall. Und die wollte sie nicht jeden Tag um sich haben, weil sie sich dann selbst alt fühlte, und dass sie es war, wisse sie ja schließlich auch so.

»Dann doch lieber buntes Volk und Touristen aus China und Japan, und der Herr im Himmel weiß, woher noch.«

Frau Stieglitz sprach fünf Sprachen, erfuhr ich nebenbei, und war zurzeit dabei, auch noch Japanisch und Arabisch zu lernen. Letzteres wegen der Flüchtlinge. Schon jetzt arbeitete sie ehrenamtlich als Dolmetscherin für gemeinnützige Organisationen.

Es kostete mich keine Mühe, mich beeindruckt zu geben. Auch ihr Kaffee war vorzüglich. Die Bohnen kamen nicht aus dem Supermarkt, erläuterte sie mir eifrig, sondern von einem kleinen Geschäft nicht weit von hier. Ihr Kaffeeautomat war moderner als meiner, und die Schnittchen, die sie auftischte, waren kleine Delikatessen. Natürlich wollte sie am Ende dann doch etwas genauer wissen, wer ich eigentlich war, welchem Beruf ich nachging, ob ich Kinder hatte. Ich antwortete so offenherzig wie möglich und angebracht. Nur auf ihre Frage nach meinem Beruf murmelte ich etwas von: »Beamter. Nein, nicht bei der Verwaltung, Ordnungsbehörden.«

Ihr feines Lächeln ließ mich befürchten, dass sie mich durchschaute. Was ich von ihrem Nachbarn wollte, fragte sie nicht.

Ich fühlte mich ungeheuer wohl in der kuscheligen Wohnung der aufgeweckten Regierungsdirektorenwitwe. Und ich hoffte, geistig und körperlich noch so fit und rege zu sein wie sie, wenn ich dereinst ihr Alter erreichen sollte. Inzwischen war klar, dass ich heute nicht mehr zurückfahren würde. Frau Stieglitz empfahl mir eine kleine Pension in der Nähe, rief auch gleich die Besitzerin an, um einen ordentlichen Rabatt für den Gast aus dem fernen Heidelberg auszuhandeln.

Der Regen hatte sich endlich gelegt, ich bedankte mich ausführlich für Gespräch und Gastfreundschaft, wir tauschten Telefonnummern aus für den Fall, dass es sie doch einmal in die Kurpfalz verschlagen sollte, und ich machte mich auf den Weg, um mein Zimmer in der Pension Rosi zu beziehen und anschließend doch noch ein wenig die Stadt zu erkunden. Die Dame, die mir das Zimmer zeigte, Frau Krakow, war etwa im selben Alter wie Frau Stieglitz, aber leider sehr viel neugieriger.

Im warmen Licht des Spätnachmittags schlenderte ich durch malerisch krumme Gassen, bewunderte den mächtigen gotischen Dom mit seinen beiden Türmen, überquerte die Donau auf der Steinernen Brücke, genoss den Blick zurück auf die Altstadt, stellte fest, dass der Einfluss Italiens infolge reger Handelsbeziehungen über ungezählte Jahrhunderte hinweg nicht nur in der Architektur zu spüren war, sondern auch in der Lebensart der Bewohner. Die regenfeuchten Dächer glänzten und funkelten in der Abendsonne, und die alte Donau rauschte würdevoll dazu. Am Ufer waren Schiffe vertäut. Japaner und Chinesen fotografierten mit verzückten Mienen, was das Zeug hielt. Es roch nach Holzfeuer, dessen Rauch aus einem nahen Kamin quoll, und ich stellte fest, dass ich hungrig war.

Da ich nun schon in Bayern war, gönnte ich mir in einer der Altstadtkneipen einen ordentlichen Krustenbraten mit Knödeln und Schwarzbiersoße und das unverzichtbare Bier dazu. Anschließend holte ich mein Gepäck aus dem Wagen und verspürte eine kolossale Lust, mich in mein schmales Pensionsbett zu legen und Professor Henecka und Herrn Kaisershof und alles, was damit zusammenhing, für immer zu vergessen.

Aber am Ende siegte wie üblich mein Pflichtbewusstsein, wobei mir immer weniger klar war, worin diese Pflicht eigentlich bestand. Ich wollte es einfach zu einem ordentlichen Abschluss bringen, mich gut fühlen, wenn ich morgen nach Hause fuhr. Und dann würde ich meine private Akte Professor Henecka ein für alle Mal schließen. Lediglich Merit würde ich noch besuchen, hatte ich mir vorgenommen. Ich wollte mich davon überzeugen, dass es ihr gut ging und sie keine weiteren Selbstmordpläne hegte.

29

Guido Kaisershof entpuppte sich als Zwerg ohne Bart, mit rundem Kopf und dicker Brille. Dank der treffenden Beschreibung, die Frau Stieglitz mir gegeben hatte, erkannte ich ihn sofort, als er gegen halb zehn endlich um die Ecke geschlendert kam. Ich hatte in einem Hauseingang gegenüber seiner Wohnung zweieinhalb Stunden auf ihn gewartet und ausreichend Gelegenheit gehabt, zu frieren und die verworrene Geschichte, die mich hierhergebracht hatte, noch einmal ausgiebig zu verfluchen. Ich wartete, bis er vor seiner Haustür stand und den Schlüsselbund aus der Hosentasche kramte, überquerte dann mit schnellen Schritten die schmale Straße und sprach ihn mit seinem Namen an.

Er fuhr herum.

»J…a?«

Nackte Angst starrte mich durch seine dicken Brillengläser an.

»Könnte ich Sie kurz sprechen?«

Immer noch glotzte er. Erst als ich meinen Namen nannte und dem schreckensstarren Männchen die Hand reichte, schien er zu dem Schluss zu kommen, dass ich ihn weder verprügeln noch um seine Barschaft erleichtern wollte. Er machte sich ein wenig größer, was jedoch nicht viel half.

»Wozu?«, fragte er immer noch unsicher. »Wer sind Sie? Was wollen Sie von mir?«

Kaisershof trug einen schlecht sitzenden hellgrauen Anzug und braune Schnürschuhe mit harten Absätzen. Er hatte ein schlechtes Gewissen, aus welchen Gründen auch immer.

»Könnten wir das bitte drinnen besprechen?«, fragte ich leise und unfreundlich.

»Ich wüsste aber nicht …«

Ich sah ihn streng und gezwungenermaßen von oben herab an. »Oder ist es Ihnen lieber, wenn ich meine Kollegen zur Hilfe rufe?«

In gebührendem Abstand von seinen Brillengläsern wedelte ich ein wenig mit meinem Dienstausweis.

Er zögerte noch zwei, drei Sekunden, dann schloss er wortlos die Haustür auf, ging voran ins stockdunkle und nach feuchtem Keller riechende Treppenhaus. Und schon bei meinem ersten Schritt über die Schwelle war plötzlich diese elende Angst wieder da. Hörte das denn niemals auf?

Kaisershof machte Licht, und fast sofort wurde es wieder besser. Schon auf der fünften Stufe kam er ins Schnaufen, zog sich mit der linken Hand am Geländer hoch wie ein alter Mann. Dabei war er fast zehn Jahre jünger als ich, wie ich wusste. Mein Herz klopfte heftig, aber aus anderen Gründen. Wir erreichten das erste Obergeschoss, ein weiterer Schlüssel kam zum Einsatz, und wir betraten die miefige, mit allerlei Gerümpel vollgestellte Behausung des Zwergs. Hätte ich es nicht besser gewusst, ich hätte nicht geglaubt, dass diese denselben Schnitt und dieselbe Größe hatte wie die Wohnung darüber, in der Frau Stieglitz ihre Witwenfreiheit genoss. Überall stapelten sich Kartons, türmten sich Zeitschriften. Es roch nach vergammelnden Essensresten, dem Dreck von Monaten und Terpentin. Immerhin schien es nach dem ersten Anschein weder Ratten noch Kakerlaken zu geben.

Der kleine Messie blieb im Flur stehen, hängte den Schlüsselbund an einen Haken neben der schmalen Garderobe und wandte sich um. »Könnte ich Ihren Ausweis noch mal sehen?«

Anstelle des Dienstausweises zeigte ich ihm einen Fünfzig-Euro-Schein. »Ich bin nicht dienstlich hier.«

Er schien sich ein wenig zu entspannen, wurde jedoch nicht freundlicher. »Sondern?«, fragte er mit blitzenden Augen.

Ich ließ ihn Heneckas Foto sehen. »Sie kennen diesen Mann?«

Er sah kaum hin. »Nie gesehen.«

»Er hat Ihre Telefonnummer.«

»Die haben viele.« Sein Blick hing jetzt an dem Geldschein. »Was wollen Sie von mir?«, fragte er endlich eine Spur freundlicher. »Und wer ist der Kerl da?«

»Ein Professor für Molekularbiologie an der Universität Heidelberg.«

Das machte offenbar keinen Eindruck auf ihn.

»Er arbeitet bei der PharmaStats AG.«

Auch der Firmenname schien ihm nichts zu sagen.

»In Bensheim.«

Ein winziges Zucken des linken Augenlids verriet mir, dass ihm der Name der kleinen Stadt an der Bergstraße nicht unbekannt war.

»Können wir uns irgendwo setzen?«, fragte ich. »Im Stehen redet es sich so ungemütlich.«

»Ich wüsste nicht, was es zwischen uns zu reden gäbe«, versetzte er mit bemerkenswertem Selbstbewusstsein. »Und ich schlage vor, dass Sie jetzt wieder gehen.«

Mir fiel auf, dass die gestapelten Kartons an der Wand alle vom selben Format waren. Alle maßen etwa vierzig auf sechzig Zentimeter und waren ebenso hoch wie breit. Die Beschriftung war Chinesisch.

»Und ich schlage vor, dass Sie jetzt lieber keine dicke Lippe riskieren, Herr Kaisershof«, erwiderte ich finster.

Prompt wurde er wieder kleiner. »Sonst?«

»Sonst werden sich in Kürze ein paar Polizisten den Inhalt dieser Kisten ansehen. Polizisten, die nicht dienstfrei haben wie ich.«

Nun sackte er regelrecht in sich zusammen.

»Ein Vorschlag zur Güte«, sagte ich. »Wir reden ein paar Minuten, und dann sind Sie mich wieder los und sehen mich nie wieder, okay?«

»Und was ist mit dem Geld?«

»Hängt davon ab, wie gut wir uns verstehen.«

Kurze Zeit später saßen wir in seiner großen, schmierigen Küche. Auch in einer Nische neben dem Kühlschrank stand ein Turm von acht Kartons aus China. Ich legte Heneckas Foto auf den Tisch und versuchte es ausnahmsweise einmal mit der Wahrheit:

»Dieser Mann ist seit über einer Woche spurlos verschwunden, und ich habe dummerweise den Job angenommen, ihn wiederzufinden. In seinem verlassenen Wagen habe ich einen Zettel mit Ihrer Nummer gefunden. Und jetzt würde ich natürlich gerne wissen, ob er Sie angerufen hat.«

»Wann wäre das denn gewesen?«, fragte Kaisershof, immer noch angespannt und wachsam.

»Vergangene Woche am Dienstagabend.«

»Ich werde ziemlich oft angerufen.«

»Ich habe in den vergangenen Tagen hundert Mal versucht, Sie zu erreichen, aber Ihr Handy war immer aus …«

»War ein paar Tage auf Reisen«, murmelte er mit Blick auf den Tisch. »Bisschen Luftveränderung. Muss auch mal sein.«

»Machen Sie immer das Handy aus, wenn Sie in Urlaub fahren?«

Das verdruckste Getue und die verlogenen Antworten des kleinen Kerls machten mich allmählich aggressiv.

»Sie nicht?«, fragte er patzig zurück. »Ich habe ein Handy, um damit zu telefonieren, und nicht, um mich von anderen Leuten nerven zu lassen.«

»Was verkaufen Sie eigentlich? Was ist in den Kisten?«

»Nichts, was Sie etwas angeht.«

»Aber vielleicht das Finanzamt?«

»Hauen Sie endlich ab!«, zischte er durch die Zähne. »Lassen Sie mich in Frieden. Ich kenne den Mann da nicht, ich habe nie mit ihm telefoniert. Keine Ahnung, wie er an meine Nummer kommt, und jetzt basta und finito!«

»Herr Kaisershof, jetzt hören Sie mir mal genau zu.« Ich faltete die Hände auf dem Tisch, damit sie sich nicht selbstständig machten. »Ich bin hier nicht als Polizist. Ich bin nicht gekommen, um Ihnen irgendwelchen Ärger zu machen. Das heißt aber nicht, dass ich das nicht könnte, wenn Sie sich weiter so anstellen. Es kostet mich einen Anruf, und in fünf Minuten wimmelt es hier von grünen Männchen. Haben wir uns jetzt endlich verstanden?«

In Bayern trugen Polizisten immer noch Grün statt Blau, hatte ich im Lauf des Nachmittags gesehen. Und die Streifenwagen sahen aus wie bei uns vor zehn Jahren.

Mein Gastgeber wider Willen starrte mich aus seinen durch die Brille absurd vergrößerten Schweinsäuglein hasserfüllt an. Schnappte nach Luft. Suchte hektisch nach einer passenden Antwort. Fand aber keine.

Jetzt hatte er Angst.

Und ein Mensch, der Angst hat, ist immer gefährlich.

Ich lehnte mich zurück, um den Abstand zu vergrößern, sah ihm nicht mehr in die nervösen Augen, sondern auf die Hornknöpfe seiner altertümlichen grauen Strickjacke, die er jetzt anstelle des Anzugjacketts trug. Für Sekunden herrschte ein hochexplosives Schweigen. Ich hatte die Sache völlig falsch angefangen, wurde mir bewusst. Wie ein blutiger Anfänger hatte ich mich aufgeführt. Ich hätte ihn nicht gleich unter Druck setzen dürfen.

Aber ich war in diesen Minuten nicht ich selbst, ich stand ja selbst unter Druck. Mein Puls hämmerte immer noch, meine Hände waren so feucht, dass ich ständig den Drang hatte, sie an den Hosenbeinen trocken zu wischen. Aber ich widerstand. Ich widerstand auch dem fast übermächtigen Trieb, aufzuspringen, wegzulaufen, mich in Sicherheit zu bringen. Die beklemmende Küche, die Dunkelheit draußen, das dämmrige Licht, der Stuhl, auf dem ich saß, sogar der Geruch, alles hier erinnerte mich plötzlich an jene verdammte, verdammte Nacht.

Sollte Kaisershof jetzt die kleinste Bewegung zu dem fettigen Messerblock hin machen, der neben seinem versifften Herd stand, dann würde ich …

Ich wusste nicht, was ich dann tun würde. Schreien, fliehen, um Hilfe brüllen? Nein, wahrscheinlich würde ich mich auf ihn stürzen, ihn zu Boden schlagen, zusammentreten, ihm sämtliche Rippen brechen, bis er nicht mehr zuckte. All das würde ich diesem inzwischen ebenfalls jämmerlich schwitzenden Zwerg antun, das ich dem fetten Kerl nicht hatte antun können, der mir beinahe die Kehle durchgeschnitten hätte.

Sollte dies hier meine Bewährungsprobe werden? Die Katharsis? Der Wendepunkt zum Besseren? Mit knirschenden Zähnen und kaltem Schweiß auf der Stirn beschloss ich, es so zu sehen: Sollte ich hier heil herauskommen, dann würde ich so schnell vor nichts mehr Angst haben. Jetzt erst fühlte ich, dass jeder Muskel meines Körpers sich verkrampft hatte. Jede Faser von mir wollte weg von hier. Jetzt. Sofort. Aber ich widerstand. Öffnete den Mund und schaffte es sogar, halbwegs ruhig zu sprechen.

»Gut, fangen wir noch mal von vorne an«, hörte ich mich durch das Rauschen in meinen Ohren zu seinen Jackenknöpfen sagen. »Ich kenne Ihre Polizeiakte. Aber Sie haben Ihre Strafe verbüßt, das spielt keine Rolle mehr. Das Einzige, was mich interessiert, ist dieser Mann da …« Ich deutete auf Heneckas Foto, das immer noch verloren auf dem Tisch lag. »Sie sind ein miserabler Lügner. Sie wissen etwas über ihn. Jetzt sagen Sie es einfach, und dann gehe ich. Und Ihre Geschäfte vergesse ich, und alles, was vielleicht noch dazukommt.«

»Über die Kartons rede ich nicht«, nuschelte er mit Blick auf die Tischkante. »Meine Geschäfte gehen niemanden was an. Sie haben kein Recht, hier herumzuschnüffeln, überhaupt keines!«

»Ich sage doch, Ihre Geschäfte sind mir egal«, erwiderte

ich erschöpft und schob Heneckas Foto näher an ihn heran. »Der hier interessiert mich, sonst nichts.«

»Gegen mich läuft ein Pfändungsbeschluss. Fast mein ganzer Lohn geht flöten. Ich arbeite als Aufseher in der Ostdeutschen Galerie. Und von irgendwas muss ich mein Essen und meine Miete bezahlen.«

»Und was ist mit dem da?« Wieder deutete ich auf das Porträt, auf dem Henecka blasiert in die Kamera blickte.

»Ich habe …« Eine, zwei Sekunden kaute er noch auf der Unterlippe. »Ich habe ein Haus in der Pfalz. Hat mir meine Oma vererbt, vor zwei Jahren ist sie gestorben. Meine Oma ist die Einzige gewesen, die zu mir gehalten hat, als ich im Knast saß. Das ganze andere Pack, der Rest der feinen Verwandtschaft, keiner wollte noch was mit mir zu tun haben. Schon als ich angefangen habe, Kunst zu studieren, wollten sie nichts mehr mit mir zu tun haben. Lauter brave Angestellte, Spießbürger, Bausparer. Nur meine Oma, die hat mir Briefe geschrieben in den Knast, jede Woche. Und wie sie dann krank geworden ist, da hat sie mir ihr Haus vermacht. An der Weinstraße ist es, in St. Martin, ich weiß nicht, ob Sie es kennen.«

Kaisershofs Blick wanderte zu einem billigen blauen Plastikrahmen an der Wand, in dem ein Foto steckte. Es zeigte ein einfaches zweistöckiges Wohnhaus mit spitzem Dach. Dahinter zogen sich Reihen von Reben den Hang hinauf.

»Ich kenne St. Martin. Bin vor Ewigkeiten mal da gewesen.«

»Sollten Sie mal wieder hin. Ist nett da. Es gibt zwei Wohnungen in dem Haus. Die untere habe ich fest vermietet. Die obere ist kleiner, für die habe ich keinen Dauermieter gefunden, und da habe ich gedacht, mache ich eben eine Ferienwohnung draus.«

»Wieso erzählen Sie mir das erst jetzt?«

Noch während ich die Frage aussprach, fiel bei mir der Groschen. Mein Körper entkrampfte sich. Mein Blick wurde wieder klarer, der Atem ruhiger. »Es gibt keine Mietverträge …«

Kaisershof nickte kläglich. »Für die untere Wohnung schon. Aber die Ferienwohnung … Ich habe keine Lust, dem Staat, der mich anderthalb Jahre weggesperrt hat und mir mein letztes Hemd auch noch klauen will, mehr als nötig von meinem bisschen Geld abzugeben.«

»Und der da …« Zum dritten Mal deutete ich auf das ausgedruckte Foto auf dem schmutzigen Tisch. »… der sitzt zurzeit in dieser Ferienwohnung.«

Wieder nickte der kleine Mann mit der runden Brille.

Ich fragte ihn, wie er an seine Kunden kam.

»Mundpropaganda«, lautete die Antwort. Menschen, die in der Wohnung gewesen waren, sagten es weiter, und wenn jemand Interesse hatte, dann rief er Kaisershof an. Den Schlüssel bekamen sie von den Mietern in der unteren Wohnung. »Die machen am Ende sauber und kümmern sich auch sonst ein bisschen. Die Frau malt auch. Natürlich mehr so hobbymäßig.«

»Sie dagegen sind Profi?«

Mein Handy begann zu brummen. Ich zerrte es unwillig aus der Innentasche meines Jacketts. Es war Sarahs Nummer, und ich beschloss, sie später zurückzurufen. Wenn das hier zu Ende war. Was ja hoffentlich nicht mehr lange dauern würde. Ich legte das Handy auf den Tisch und wandte mich wieder dem künstlerisch begabten Zwerg zu.

»Und wie ist Henecka an Ihre Nummer gekommen?«

»Er hat beim Einkaufen wen getroffen. Eine Bekannte von ihm oder eine Nachbarin, weiß nicht genau. Sie hat die Wohnung schon ein paar Mal für längere Zeit gehabt. Sie schreibt Gedichte oder so, fragen Sie mich nicht. Jedenfalls haben sie sich auf einem Parkplatz getroffen, und er hat ihr gesagt, er muss dringend mal ein paar Tage ausspannen, und sie hat doch da eine Adresse in der Pfalz. Da hat sie ihm meine Nummer gegeben. Er hat dann auch gleich angerufen, da ist sie noch bei ihm gewesen und hat für ihn gebürgt. Die Wohnung war gerade frei, und weil sie für ihn gebürgt hat, habe ich ihn noch am selben Abend reingelassen.«

»Wann genau war das?«

»Am Dienstag?« Er sah an mir vorbei, rechnete im Stillen. »Dienstagabend, stimmt, wie Sie gesagt haben.«

War Henecka am nächsten Tag noch einmal von der Pfalz nach Bensheim zurückgefahren, vielleicht, um zu Hause irgendetwas zu erledigen? Etwas Vergessenes zu holen? Unsinn, dort war Merit gewesen, und die hatte ihn angeblich nicht gesehen. War er auf dem Weg nach Hause auf Götze getroffen und anschließend gleich wieder in Richtung Pfalz abgebogen? Hatte, um den Verfolger abzuschütteln, sogar den Mercedes in Mannheim stehen lassen?

»... am nächsten Tag auch gleich überwiesen«, hörte ich Kaisershof sagen.

»Wenn das Geld über Ihr Konto läuft, dann fliegen Sie auf, falls Sie mal eine Steuerprüfung kriegen.«

Er grinste abfällig. »Selbstverständlich habe ich ein zweites Konto, von dem das Finanzamt nichts weiß.«

Daran hatte ich meine Zweifel, aber ich ließ ihn in dem Glauben. Für Sekunden war es still. Eine Plastikuhr, blau wie der Bilderrahmen, tickte über der Tür so laut, als müsste sie uns unentwegt an unsere Vergänglichkeit erinnern. An die Lebensgefahr, in der wir in jeder Sekunde schweben und über die wir uns klugerweise so selten Gedanken machen.

Kaisershof tippte hart mit dem Zeigefinger auf Heneckas Stirn.

»Besonders nett war er nicht, muss ich sagen. Aber er hat bezahlt, und das ist die Hauptsache.«

»Für wie lange?«

»Zwei Wochen. Zweihundertachtzig, Nebenkosten inklusive. Falls Sie auch mal ein ruhiges Plätzchen suchen, ist wirklich nett da, gute Luft, die Mieter im Erdgeschoss, er ist

Biologe, arbeitet an der Uni in Landau, keine Kinder, auch sehr friedlich …«

Ich versprach, es mir zu merken.

»Sie sehen aus, als könnten Sie ein bisschen Erholung vertragen«, fuhr er fort. »Waren Sie krank?«

»So was Ähnliches.« Ich atmete tief ein und aus, fühlte, wie ich mich weiter entspannte.

»Und jetzt gehen Sie bitte. Ich habe Ihnen gesagt, was Sie wissen wollten. Bitte.«

Wir erhoben uns gleichzeitig, reichten uns zum Abschied sogar die Hände. Nicht nur meine war feucht.

30

»Sie haben vorhin ganz schön Angst gehabt«, sagte Kaisershof mit plötzlich mitfühlendem Blick, während er noch immer meine Hand festhielt.

Ich nickte. »Eine dumme Geschichte. Hat nichts mit Ihnen zu tun.«

»Wollen Sie zur Aufmunterung mal was Schönes sehen?«

»Wenn es nicht zu lange dauert. Ich bin ziemlich k.o. …«

Hundemüde war ich. Der Schweinebraten, der Stress, die Angstattacke – all das hatte mir schwer zugesetzt.

»Dauert nur ein paar Sekunden.« Endlich ließ er meine Hand los. »Kommen Sie.«

Er ging vor mir her in den Flur, öffnete eine Tür und schaltete das im Vergleich zur funzligen Küchenbeleuchtung grelle Halogenlicht ein. Der etwa dreißig Quadratmeter große Raum lag unter dem Wohnzimmer von Frau Stieglitz und war ein praktisch unmöbliertes Atelier. Zwei riesige Staffeleien standen herum, auf denen fast fertige Ölgemälde auf ihre Vollendung warteten oder trockneten. Scheinwerfer hingen an der Decke, die für die gnadenlose Helligkeit sorgten, ein Beamer auf einem offensichtlich selbst gebastelten Gestell stand in einer Ecke, verbunden mit einem großen Laptop auf einem runden Holztischchen.

»Das da …«, entfuhr mir mit Blick auf die linke Staffelei. »Van Gogh, richtig?« Meine Stimme war plötzlich heiser.

Kaisershof konnte sich ein geschmeicheltes Lächeln nicht verkneifen.

Aber nein, das konnte ja nicht sein. Es war das Bild mit den Krähen! »Sie … Sie fälschen Bilder?«

»Ich fälsche sie nicht«, korrigierte er mich streng. »Ich kopiere sie, und ich verkaufe sie auch als Kopien. Am liebsten befasse ich mich mit den Malern aus dem Anfang des zwanzigsten Jahrhunderts. Blauer Reiter, Brücke und so. Ich studiere ihre Pinselführung, ihre Palette und male dann Bilder in ihrem Stil. Bilder, die sie so nie gemalt haben. Ich fälsche sie nicht. Ich male sie neu.«

»Und wozu der Beamer?«

Er zog eine kleine silberne Digitalkamera aus der Hosentasche. »Normalerweise ist das Fotografieren in Museen verboten. Aber das geht heute ja lautlos und ganz ohne Blitz. Dann kann ich die Bilder daheim noch genauer analysieren. Tagelang sehe ich sie mir manchmal an, finde heraus, was einen Künstler ausmacht, was das Besondere an ihm ist, mache Studien. Bis ich am Ende genauso malen kann wie er. Das, was Sie hier sehen, ist eine Auftragsarbeit, das berühmte Getreidefeld. Der Kunde will es natürlich möglichst originalgetreu haben, das wollen sie alle. Aber ich leiste mir immer ein paar kleine Abweichungen. Auf dem Original von Vincent sind zum Beispiel achtundzwanzig Krähen, auf meinem sind es einunddreißig.«

Jetzt erst bemerkte ich, dass an den Wänden Massen von Leinwänden standen, alle mit der Farbschicht zur Wand.

»Die sind alle schon fertig?«

Kaisershof nickte stolz. »Größtenteils. Manche sind auch schon verkauft. Die letzten Tage, als Sie mich nicht erreicht haben, war ich in Amsterdam. Vincents *Sämann* habe ich studiert. Den will ich mir als Nächstes vornehmen.«

Ich trat nah an das Gemälde heran. Es war dem Original, das ich in Frankfurt gesehen hatte, so ähnlich wie Zwillinge. Das unruhig wogende Getreidefeld, darüber dieser drohende Himmel, der Krähenschwarm, der auf mich zuflog wie eine Staffel Todesengel.

»Hitchcock«, sagte ich unwillkürlich. »Irgendwie gruselt es einen, nicht wahr?«

»Ein paar Wochen später hat van Gogh sich erschossen«, sagte Kaisershof ungerührt.

»Darf ich fragen, was das Bild hier kostet?«

»Das Original ist unbezahlbar. Vincent hat sein Leben lang gehungert, alle haben sie ihn für verrückt gehalten, für einen Stümper, einen Wahnsinnigen. Seine Leinwände und die Farben hat sein Bruder bezahlt, sonst würde es überhaupt nichts von ihm geben. Und heute kosten seine Sachen Millionen, viele Millionen, und die meisten guten Maler hungern sich wieder durch. Eine Kopie von mir kriegen Sie für ein paar Euro. Hängt von der Größe ab. Haben Sie Interesse? Das hier ist leider schon verkauft. Ich kann es aber problemlos noch mal machen. Sagen wir ... unter Freunden siebenhundert?«

Jeder Fachmann hätte mich natürlich ausgelacht, aber mir gefielen sowohl das Gemälde als auch der Gedanke. Vielleicht, weil es so viel mit mir zu tun hatte. Mit dem Tod, mit meinen Ängsten. Es würde sich gut über dem Kopfende meines Betts machen, wäre eine Erinnerung an schlimme Zeiten. Manchmal vielleicht auch ein Trost.

»Ich überlege es mir«, versprach ich. »Wirklich, tolle Arbeit, Kompliment!«

»Ich signiere sie mit meinem Namen«, sagte der Maler jetzt mit strahlenden Kinderaugen. »Und wie gesagt, ein paar Kleinigkeiten mach ich immer anders als beim Original.«

Zum zweiten Mal, und jetzt schon fast freundschaftlich, schüttelten wir Hände. »Ich überlege es mir wirklich«, sagte ich und spürte, dass ich dabei lächelte.

»Ich kann Ihnen ein Foto schicken. Dann können Sie es sich in Ruhe ansehen.«

»Wie verkaufen Sie die Bilder? Übers Internet ja wohl kaum.«

Er schüttelte den runden Kopf. Die Brillengläser blitzten im Halogenlicht. »Bilder muss man sehen. Manche kaufen regelmäßig und empfehlen mich weiter. Wenn einer Gäste hat und seinen neuen Kandinsky vorführt und alle staunen, und am Ende sagt er: April, April, dann wollen die anderen oft auch so was haben.«

Als ich wenig später eilig die Haustür öffnete, prallte ich fast mit einem älteren, beleibten Herrn in hellbraunem Kamelhaarmantel zusammen. Sein Haar war dünn und fast vollständig ergraut. Er murmelte eine verlegene Entschuldigung, ich entschuldigte mich gleichzeitig und hielt ihm als kleine Wiedergutmachung die Tür auf.

Bis zu meinem Zimmer in der Pension Rosi waren es kaum mehr als hundert Schritte. Die Namensgeberin, die ein Stockwerk höher wohnte, schien bereits zu schlafen, und obwohl es erst halb elf war, hatte auch ich das dringende Bedürfnis, mich sofort hinzulegen und die Augen zu schließen. Vorher musste ich allerdings noch Sarah zurückrufen, fiel mir ein, als ich das Jackett über die Lehne des einzigen Stuhls hängte, den es in meinem kargen Zimmerchen gab.

Aber – wo war mein Handy?

Das musste noch auf dem Küchentisch des kleinen Mannes mit dem großen Namen liegen. Heneckas Foto hatte ich eingesteckt, mein inzwischen schon fast lieb gewonnenes Smartphone liegen lassen. Seufzend zog ich mein Jackett wieder an. Glücklicherweise war der Weg wirklich nicht weit. Vor dem Haus rechts, nach zwanzig Metern links um die Ecke, und nach weiteren fünfzig Metern stand ich schon wieder vor Kaisershofs Haustür. Einen Mann, vielleicht den Dicken im Kamelhaarmantel, sah ich weiter vorn um eine Ecke biegen. Vielleicht wohnte er gar nicht im Haus, sondern hatte nur etwas abzugeben gehabt. Im ersten Obergeschoss brannte noch Licht. Ich drückte den Klingelknopf, hörte es oben gongen. Inzwischen war mir eingefallen, dass ich nicht nur vergessen hatte, mein Handy einzustecken, sondern auch, mich nach der Adresse in St. Martin zu erkundigen.

Nach einer Anstandspause versuchte ich es ein zweites

Mal. Beim dritten Anlauf läutete ich Sturm. Schließlich, als Kaisershof nicht reagierte, drückte ich den darüber liegenden Knopf. Frau Stieglitz war noch wach und ließ mich ein, nachdem ich ihr per Sprechanlage erklärt hatte, weshalb ich zurückgekommen war.

Ich roch es schon, bevor ich die erste Treppenstufe betrat: diesen scharfen chemischen Geruch, der entsteht, wenn eine Schusswaffe abgefeuert wird. Kaisershofs Wohnungstür war geschlossen. Noch ein letztes Mal läutete ich. Hörte oben die Wohnungstür gehen. Frau Stieglitz wollte überprüfen, ob alles in Ordnung war.

Aber hier war nichts in Ordnung. Ohne zu überlegen, trat ich die glücklicherweise altersschwache Tür aus sprödem Weichholz ein. Der Maler lag mit den Füßen im Flur, mit dem Kopf in seinem Atelier. Aus einer kleinen Wunde in der Mitte seiner Stirn sickerte Blut. Unter dem Kopf ebenfalls Blut, aber nicht viel. Kleine Wunde, registrierte ich automatisch, wenig Blut, kleines Kaliber. Vermutlich eine Zweiundzwanziger.

Ein Killerkaliber.

Der Mann im Kamelhaarmantel.

Ohne in sein Gesicht zu sehen, schaffte ich es, nach Kaisershofs Handgelenk zu greifen. Da war noch Puls. Schwach, aber er lebte.

Ich erhob mich, versuchte nachzudenken. Ich war hier, um zwei Dinge zu holen: mein Handy und das Foto im blauen Rahmen. Das Foto des Hauses, in dem Henecka sich versteckt hielt, würde mir hoffentlich helfen, ihn zu finden, bevor sein potenzieller Mörder es tat.

Während ich Handy und Bild einsteckte, wurde mir klar, dass ich nicht einfach verschwinden konnte, auch wenn alles in mir danach schrie wegzulaufen, so schnell und so weit wie möglich. Ein Arzt musste her. Der würde dann automatisch die Polizei alarmieren.

Das würde mir einen kleinen Vorsprung verschaffen.

Schon stand ich wieder in der Wohnungstür, hielt mein Smartphone in der Hand. Aber das durfte ich ja nicht benutzen, wurde mir klar, als ich schon die hundertzwölf eingetippt hatte, sonst würden die Regensburger Kollegen in wenigen Minuten meinen Namen kennen. Hatte ich irgendwo in der Nähe eine Telefonzelle gesehen? Wer achtete schon auf Telefonzellen, wenn er ein funktionierendes Handy in der Tasche trug? Ich wusste nichts mehr in diesen hektischen Sekunden, außer dass ich schleunigst verschwinden musste. Und da war noch etwas anderes, das erst ganz allmählich in mein Gehirn sickerte …

Stöhnend machte ich kehrt, betrat noch einmal Kaisershofs Wohnung, zückte ein Papiertaschentuch, ergriff damit sein Telefon. Das schnurlose Telefon, das zum Glück im Flur, gleich neben der Tür auf einem quadratischen Tischchen stand. Mit dem Knöchel des linken Zeigefingers wählte ich die Notrufnummer, nannte dem Mann, der sich in gemütlichem Bayerisch meldete, mit verstellter Stimme, dass hier ein Schwerverletzter lag.

Fingerabdrücke! Himmel noch mal!

Was hatte ich angefasst? Nicht viel, zum Glück. Die Lehne des Stuhls in der Küche, die bunte Plastiktischdecke. Also noch einmal zurück, mit dem Taschentuch hastig die Stuhllehne abwischen, die Tischdecke, und dabei wurde mir klar, dass das, was ich hier tat, vollkommener Schwachsinn war. Meine Regensburger Kollegen würden keine Viertelstunde brauchen, um meinen Namen herauszufinden. Ziemlich das Erste, was sie tun würden, war, bei allen Nachbarn zu klingeln, um zu fragen, ob jemand etwas gehört oder beobachtet hatte. Und Frau Stieglitz, die sich inzwischen anscheinend wieder in ihre Wohnung zurückgezogen hatte, jedenfalls war von oben nichts mehr zu hören, würde nicht zögern, meinen Namen zu nennen.

Vielleicht telefonierte sie gerade mit der Polizei. Vermutlich hatte sie den Schuss gehört und die richtigen Schlüsse gezogen. Sie musste auch gehört haben, wie ich die Tür eintrat. Immerhin würde sie aussagen können, dass ich erst nach dem Fallen des Schusses zurückgekommen war und somit nicht der Mörder sein konnte. Aber dennoch, was für ein Schlamassel!

Für einen winzigen idiotischen Moment überlegte ich sogar, sie zu bitten, sie anzuflehen, meinen Namen zu verschweigen. Aber das war natürlich der größte Unsinn von allem, was mir kreuz und quer durch den Kopf schoss.

Das Einzige, was mir blieb, war Flucht.

Und dazu brauchte ich einen Plan.

Ohne Plan würde ich es nicht einmal bis zu meinem Auto schaffen. Das ich ja ohnehin nicht benutzen durfte, denn …

Einen Plan, was als Nächstes zu tun war.

Der Notarztwagen konnte jeden Moment eintreffen. Aber noch war kein Martinshorn zu hören. Noch war Zeit.

Wie kam ich nur aus dieser vermaledeiten Geschichte heraus, ohne das nächste Opfer zu werden?

Denn das war es, was in den hinteren Bereichen meines Gehirns alle Alarmklingeln schrillen ließ: Der Mann, der Kaisershof getötet hatte, der Dicke im Kamelhaarmantel, hatte es vermutlich auch auf mich abgesehen. Ich hatte ihn hierhergeführt, so viel war klar. Damit wusste er, wo mein Wagen stand. In der Tiefgarage beim Theater nämlich.

Und ich hatte unglücklicherweise auch noch sein Gesicht gesehen, was bedeutete, dass, selbst wenn er anfangs nicht geplant hatte, mich zu töten, jetzt würde er, musste er … Oh, verflucht, verflucht, verflucht!

Meine Erstarrung löste sich urplötzlich, ich sprang die Treppe hinab, erreichte in Rekordzeit die Pension, wo immer noch alle Fenster dunkel waren, schloss mit bebenden Händen die Haustür auf, ohne den Schlüssel abzubrechen, stürmte, immer zwei Stufen auf einmal nehmend, die Treppen hinauf, als wäre mir der Mörder schon auf den Fersen.

Was ja keineswegs ausgeschlossen war. Hoffentlich saß er nicht schon in meinem Zimmer und erwartete mich.

Ich schaffte es, auch meine Zimmertür ohne Unfall zu öffnen, der Raum war zum Glück leer, erreichte in letzter Not das Bad und erbrach mich ins Waschbecken. Nach zwei, drei kostbaren Minuten war der Brechreiz überwunden. Ich wusch mir das graublasse Gesicht mit viel kaltem Wasser, spülte tausendmal den Mund aus, trocknete mich ab.

Eine überlebenswichtige Frage hatte sich inzwischen in meinem Kopf gebildet: Wie konnte ich von hier wegkommen, ohne dem Mörder in die Hände zu laufen? Ohne ihn zu Henecka zu führen? Denn der war ja wohl sein eigentliches Ziel, ich selbst nur eine lästige Randerscheinung. Eine Zecke, die man abzupft und zertritt. Wie Kaisershof, den begabten Maler. Warum sollte er sterben? Weil er das Gesicht des Mannes im Kamelhaarmantel gesehen hatte, oder steckte etwas anderes dahinter? Wusste Kaisershof mehr über seinen Kurzzeitmieter, als er zugegeben hatte?

Von draußen hörte ich jetzt das Martinshorn des näher kommenden Rettungswagens. Noch eine Minute, vielleicht zwei, dann würde bei der Regensburger Kripo das Telefon klingeln.

Während ich in fiebriger Eile meine Sachen in die Tasche stopfte, gelang es mir allmählich wieder, halbwegs klare Gedanken zu fassen.

Es gab eine winzige Chance, dass der Täter, dessen zweites Opfer ich um ein Haar geworden wäre, überhaupt nichts mit mir und Henecka zu tun hatte. Aber diese Variante konnte ich bei meinen weiteren Überlegungen getrost vernachlässigen. Falls die sehr viel wahrscheinlichere Variante galt, dann hatte ich den Mann, der Henecka nach dem Leben trachtete, nach Regensburg geführt, zu Guido Kaisershof, der doch mit dieser ganzen verfluchten Geschichte überhaupt nichts zu tun hatte. Dann war ich schuld daran, dass er jetzt vielleicht schon tot war. Dann kannte der Mörder jetzt Heneckas aktuelle Adresse in St. Martin und war womöglich schon auf dem Weg dorthin. Falls Kaisershof die Adresse nicht verraten hatte, dann würde sein Mörder jetzt alles daransetzen, mir zu folgen.

Sollte ich das Polizeirevier von St. Martin alarmieren? Falls ein solches überhaupt existierte und nachts besetzt war? Aber wie sollte ich den dortigen Kollegen klarmachen, dass sie unbedingt dafür sorgen mussten, dass ein gewisser Mann nicht erschossen wurde, dessen Adresse ich nicht einmal kannte?

Neben all diesen Vielleichts und Möglicherweises wurde mir in diesen trostlosen Minuten noch etwas klar: In jedem Fall würde ich in die Hölle kommen. Es war nur noch eine Frage von Minuten, bis die Regensburger Kollegen meinen Namen kannten. Es war nur eine Frage von Stunden, bis sie wussten, wer ich war. Ich würde vom Dienst suspendiert werden, tausend hochnotpeinliche Befragungen überstehen müssen, vielleicht am Ende sogar meinen Job verlieren.

Aber das war jetzt nebensächlich.

Jetzt galt es, Leben zu retten.

Das von Jan-Armin Henecka und vor allem mein eigenes.

In meiner Ratlosigkeit wählte ich schließlich die Nummer des einzigen Menschen, dem ich mich jetzt anvertrauen konnte: Theresa.

31

»Du hast was?«, fragte Theresa verwirrt und verschlafen. »Wolltest du nicht heute zurückfahren?«

Inzwischen war es schon fast elf, stellte ich mit Schrecken fest. Das Gespräch mit Kaisershof musste wesentlich länger gedauert haben, als es mir im Rückblick vorkam.

»Auf den Kerl, den ich besucht habe, ist geschossen worden. Ich muss hier weg, und das Auto kann ich nicht nehmen. Könntest du für mich rausfinden, wann der nächste Zug geht? Das Auto kann ich wirklich nicht benutzen, weil ...«

»Mit dir ist aber alles okay?«

Nein, mit mir war überhaupt nichts okay. »Ich bin nicht verletzt, falls du das meinst.«

Es dauerte noch ein wenig, bis meine Liebste verinnerlicht hatte, dass es ernst war. Todernst. Offenbar hatte sie schon geschlafen. Aber dann ging plötzlich alles ganz schnell.

»Dreiundzwanzig Uhr dreiundzwanzig, Regionalexpress«, las sie mit gepresster Stimme von ihrem iPad ab. »Ist in Nürnberg um null Uhr vierundvierzig. Du hast noch gut zwanzig Minuten. Schaffst du das?«

»Wenn du mir sagst, in welche Richtung ich rennen muss.«

Der Bahnhof war nicht allzu weit entfernt, meinte ich mich zu erinnern. Ich öffnete auf meinem klugen Handy den Stadtplan von Regensburg, fand mich nicht zurecht. Nebenbei legte ich einen Geldschein auf den Tisch, über den Rosi Krakow am nächsten Morgen jubeln würde. Ich beschwerte den Schein mit dem Väschen, in dem eine halb verblühte gelbe Rose steckte.

Theresa lotste mich per Handy zum Bahnhof, wobei ich es vermied, noch einmal an dem Haus vorbeizukommen, wo jetzt meine Kollegen gerade im Begriff waren herauszufinden, wer dieser Herr Gerlach war, der das Opfer kurz vor dem Mordanschlag noch besucht hatte.

»Wie geht's dann von Nürnberg weiter?«, keuchte ich, als der Bahnhof in Sicht kam.

»Vor morgen früh überhaupt nicht.«

»Ich muss, Theresa, ich muss!«

»Es fährt kein Zug mehr. Ein Mietwagen vielleicht?«

»Nach Mitternacht?«

»Taxi?«, grübelte Theresa, jetzt fast so angespannt wie ich.

»Das wird teuer«, sagte ich und dachte im selben Moment an Heneckas dicken Umschlag, den ich zum Glück mitgenommen hatte zur Deckung eventueller Unkosten. »Aber egal. Kannst du das für mich klären, während ich unterwegs bin?«

Der Zug nach Nürnberg stand schon auf Gleis fünf bereit, als ich atemlos den Bahnsteig erreichte. Um noch eine Fahrkarte zu kaufen, war die Zeit zu knapp. Schlimmstenfalls würde Henecka eben auch noch die Gebühr für Schwarzfahren bezahlen, überlegte ich, als ich auf einen Sitz im Obergeschoss des roten Zuges plumpste. Wie es aussah, hatte ich den ganzen Waggon für mich allein. Was mich ein wenig beruhigte.

Während meines Dauerlaufs zum Bahnhof war mir niemand gefolgt, darauf hatte ich geachtet. Obwohl die Zeit drängte, hatte ich zwei Haken geschlagen, war einmal sogar umgekehrt. Kein Verfolger, der nicht über eine Tarnkappe verfügte, hätte unbemerkt bleiben können. Und an mir klebte ganz bestimmt kein Sender, so viel war immerhin sicher.

Durch das Fenster beobachtete ich die Treppe, die ich soeben hinabgehastet war.

Noch drei Minuten bis zur Abfahrt.

Niemand auf der Treppe.
Noch zwei Minuten.
Der Bahnsteig war menschenleer.
Gab es vielleicht noch eine andere Treppe?
Keine Ahnung.
Was es gab: einen Fahrstuhl für Behinderte oder Menschen mit großem Gepäck. Aber der war außerhalb meines Sichtfelds.
Noch eine Minute.
Von meinem Platz konnte ich die überdachte Fußgängerbrücke sehen, die sich über die Gleise spannte zu einer Shopping-Mall auf der anderen Seite. Dort oben waren hin und wieder Menschen unterwegs. Ein Pärchen, das alle fünf Meter stehen blieb, um sich abzuknutschen, ein Trupp aufgekratzter weiblicher Teenager, deren Gelächter und Gekreische ich sogar durch die Scheibe hören konnte, eine bucklige alte Frau mit Stock, ein Mann, der wie ein erschöpfter Geschäftsmann aussah am Ende eines miserablen Tages.
Niemand kam die Treppe herab.
Sollte mein Verfolger etwa längst im Zug sitzen?
Endlich ein Geräusch, rhythmisches Piepsen, die Türen fielen zu, der Zug fuhr an.
Wie langsam so ein Zug fahren kann.
Wie oft er anhalten kann.
Es gab keinen Dorfbahnhof auf den hundert kurvigen Kilometern zwischen Regensburg und Nürnberg, wo wir nicht stehen bleiben und ein wenig Zeit vertrödeln mussten.
Irgendwann rief Theresa an. Sie hatte es schon einige Male versucht, mich jedoch nicht erreicht, da ich von einem Funkloch ins nächste gondelte. »Ich habe eine bezahlbare Möglichkeit gefunden«, berichtete sie aufgeregt. »Ein privater Fahrdienst. Er bringt dich für hundert Euro nach Heidelberg, alles inklusive. Der Fahrer scheint ein cleveres Kerlchen zu sein.«
»Kann ich später dein Auto haben?«

»Alexander, wirklich, das geht nicht. Du bist viel zu aufgeregt, um jetzt noch Auto zu fahren.«

»Mir geht es gut. Zu neunzig Prozent. Na gut, sagen wir, fünfundachtzig. Und ich muss in dieser Nacht noch nach St. Martin.«

Sie zögerte immer noch. »Du kannst mein Auto haben«, sagte sie dann. »Unter einer Bedingung ...«

»Die wäre?«

»Ich komme mit.«

»Unmöglich. Viel zu gefährlich.«

»Dann gehst du zu Fuß«, erwiderte sie spitz. Gefährlich spitz.

»Gut, okay, aber ...«

»Kein Aber. Ich fahre dich, oder du machst eine Nachtwanderung.«

»In Gottes Namen. Aber ich stelle auch eine Bedingung: Ich sage, wie es läuft. Ich bin der Polizist, und du bist die Begleitung.«

Das war eine Basis, auf der wir uns einigen konnten.

Was ich als gutes Zeichen wertete. Als Zeichen dafür, dass mich das Glück noch nicht völlig verlassen hatte.

Ein weiteres gutes Omen war: Während der ganzen langen Bummelfahrt durch den fränkischen Jura erschien kein uniformierter Mensch, der meine Fahrkarte zu sehen verlangte. Es kam überhaupt niemand. Schon gar nicht jemand, der aussah, als führte er Böses im Schilde. Als hätte er vor nicht einmal einer Stunde auf Guido Kaisershof geschossen. Irgendwann stieg ich leise die Treppe hinab, um zu überprüfen, ob vielleicht im unteren Teil des Waggons jemand saß. Aber auch dort waren alle Sitze leer. Vermutlich hatte ich den ganzen Zug für mich allein.

Jedes Mal, wenn wir wieder an irgendeinem Bahnhöfchen hielten, spähte ich angestrengt hinaus. Manchmal stieg jemand aus, offenbar war ich doch nicht ganz allein im Zug, nur selten stieg jemand ein. Meist handelte es sich um gut gelaunte Jugendliche auf dem Weg nach Hause oder zu neuen Abenteuern. Oder um gebeugte Berufstätige, die einen überlangen Arbeitstag hinter sich hatten. Dann endlich die Ansage: »Nächster Halt: Nürnberg Hauptbahnhof. Dieser Zug endet dort. Reisende, bitte alle aussteigen.«

Jetzt wurde es noch einmal spannend. Ich blieb zunächst sitzen und beobachtete die wenigen Passagiere, die über den menschenleeren Bahnsteig den Treppen nach unten zustrebten. Aber keine der sechs oder acht Personen sah dem Mann im Kamelhaarmantel auch nur entfernt ähnlich. Niemand wirkte, als suchte er jemanden. Als länger keiner mehr unter meinem Fenster vorbeigekommen war, stieg ich ebenfalls aus, beobachtete, wer hinter mir war – niemand –, wer vor mir war, vielleicht in einer finsteren Ecke auf mich lauerte – ebenfalls niemand. Eine Weile trabte ich in der verlassenen, auch jetzt, nach Mitternacht, noch taghell erleuchteten klassizistischen Bahnhofshalle herum. Studierte, um einen eventuellen Verfolger zu verwirren, den Fahrplan, fragte zwei abwechselnd gähnende Kollegen von der Bundespolizei nach dem Weg in die Altstadt, schlug Haken wie ein Kaninchen mit Hormonüberschuss, fuhr mit der Rolltreppe hinab zur Unterführung in Richtung Stadt, schlenderte auch dort ein wenig herum, als würde ich auf jemanden warten oder etwas suchen, fuhr wieder hinauf und verließ dann mit eiligem Schritt das Gebäude durch den Westausgang.

Theresa hatte mir die Handynummer meines Fahrers gegeben. Schon während ich noch in der Bahnhofshalle herumlief, hatten wir kurz telefoniert und den Treffpunkt vereinbart. Aber natürlich bewegte ich mich nicht auf direktem Weg dorthin, sondern drehte zuvor noch einige Schleifen. Zweimal machte ich plötzlich kehrt, bis ich schließlich überzeugt war, dass niemand mir folgte.

Der Wagen, ein großer, irgendwie grauer und ziemlich betagter Opel Kombi, stand mit laufendem Motor und ausgeschalteten Scheinwerfern an der vereinbarten Ecke, dort, wo die Taxis auf die Straße einbogen und sich in den Verkehr einfädelten. Um diese Uhrzeit waren natürlich kaum noch Autos unterwegs. Eine fast leere Straßenbahn quietschte um eine Kurve. Es roch nach etwas, das ich für die Ausdünstungen einer Großbrauerei hielt. Hell erleuchtet kündete ein massiger, runder Wehrturm von vergangenen Glanzzeiten der alten Reichsstadt Nürnberg.

Mein dunkelhäutiger Fahrer, ein Inder vielleicht, strahlte mich an, als hätte er sich den ganzen Abend auf mein Kommen gefreut. Krachend würgte er den ersten Gang ins Getriebe und fuhr mit jaulenden Reifen an. Wegen seiner geringen Körpergröße saß er auf einem mit goldenen Troddeln geschmückten, dicken Kissen. Im Wagen roch es intensiv nach Zitrone. Vermutlich ein zum Scheitern verurteilter Versuch, den Mief zu überspielen, der in der vermüllten, über und über mit Bildchen, Fähnchen und buntem Krimskrams verzierten Karre herrschte.

»Hi, Chef«, rief der kleine Mann fröhlich, der mich sofort an mein Erlebnis im Heidelberger Bahnhof erinnerte. »Alles okay?«

»Geht so«, erwiderte ich schnaufend. »Sie wissen, wohin?«

»Heidelberg, okay, Chef?«

»Richtig. Und machen Sie bitte schnell. Ich habe es eilig. Sehr eilig.«

»Drive wie Firefighter«, verkündete er großspurig.

»Fire-what?«

»Feuer…dings.«

Feuerwehr, das klang gut. Ich hatte mich auf den Beifahrersitz gesetzt in der Hoffnung, dort mehr Beinfreiheit zu haben als im Fond. Zwischen leeren Red-Bull-Dosen und zerfledderten Illustrierten fand ich Platz für meine Füße.

»Ich möchte unterwegs ein bisschen schlafen.«

»Okay, wenn Radio on, Chef?«

Das Wort Radio sprach er englisch aus. Aus den Lautsprechern dudelte immerhin kein indischer Singsang und Klingklong, sondern ein uralter Song von Johnny Cash. Der Opel machte merkwürdige Geräusche und schien fast so alt zu sein wie die Musik, die im Nachtprogramm lief.

Gähnend murmelte ich noch: »Radio ist in Ordnung«, und schon vor der ersten Ampel fielen mir die Augen zu.

Als ich aus meinem Tiefschlaf wieder erwachte, waren wir noch fünfzig Kilometer von Heilbronn entfernt, und die Uhr am Armaturenbrett zeigte zehn vor sieben. Was aber nicht sein konnte, denn es war immer noch stockdunkel. Ein Blick aufs Handy: Es war erst halb drei. Seit fast zwei Stunden waren wir unterwegs und hatten noch keine hundertfünfzig Kilometer zurückgelegt. Fahren wie die Feuerwehr hatte ich mir anders vorgestellt. Allerdings waren Floriansjünger üblicherweise mit großen Lkws unterwegs, die auch nicht schneller fahren konnten als wir. So gesehen hatte mein Chauffeur mich nicht einmal belogen. Der Motor des Opels war so laut, und das Lenkrad vibrierte in einer Weise, dass es vielleicht ganz gut war, wenn der unentwegt vor sich hin grinsende Inder, oder was immer er sein mochte, nicht schneller als neunzig fuhr.

Ich wählte Theresas Nummer. Sie nahm sofort ab, schien auf meinen Anruf gewartet zu haben. »Wir sind jetzt bei …«

»Bretzfeld«, rief der Fahrer, immer weiter strahlend, und trat ein wenig aufs Gas, weil die Geschwindigkeit hier auf hundertzwanzig begrenzt war.

»Kurz vor dem Weinsberger Kreuz«, erklärte ich Theresa. »Kannst du uns ein Stück entgegenkommen? So sparen wir Zeit.«

»Wo treffen wir uns?«

»Klären wir später, je nachdem, wie gut wir vorankommen.«

»Bin schon unterwegs«, rief sie tatendurstig und legte grußlos auf.

Ich hielt das Handy noch in der Hand, als mir ein Gedanke kam. Ein naheliegender Gedanke.

»Sie haben nicht zufällig eine Waffe dabei?«, fragte ich den optimistisch lächelnden Mann am Lenkrad. Der Inder oder vielleicht auch Pakistani sah mich an, als hätte ich einen göttlichen Witz gemacht.

»You mean knife, Chef?«

»Ich dachte eher an eine Pistole.«

Er lachte meckernd, sah wieder auf die Straße. »I look like Rambo?«

»Ich würde sie selbstverständlich bezahlen. Kein Mensch würde jemals erfahren, woher die Waffe stammt.«

»No pistol, Chef, sorry.«

Hätte ja sein können. Seufzend fiel ich in die Rückenlehne, schloss die Augen wieder und versuchte, noch ein wenig Schlaf zu finden, damit die kostbare Zeit, die wir auf der Autobahn verloren, nicht ganz umsonst war. Aber der Schlaf wollte nicht mehr kommen. Eine Weile rumpelten wir schweigend dahin, die Tachonadel immer zwischen neunzig und hundert. Jedes Mal, wenn sie sich dem oberen Limit näherte, wurden die Vibrationen des Lenkrads so heftig, dass das ganze Auto zu dröhnen und zu klappern begann.

Irgendwann kam aber doch Sinsheim in Sicht. Rechts das Technikmuseum, wo man sogar von der Autobahn aus Flugzeuge bewundern konnte wie die Concorde und das russische Konkurrenzmodell, die beide einträchtig nebeneinander in den immer noch kohlenschwarzen Himmel zu steigen schienen. Links das riesige Fußballstadion des TSG 1899 Hoffenheim, um diese Uhrzeit natürlich unbeleuchtet, daneben die Autobahnraststätte.

Meine Lider waren immer noch schwer. Als ich fast wieder eingeschlafen war, ging plötzlich das Handy – Theresa: »Bin jetzt auf der A5 und komme euch entgegen. Wäre Walldorf in Ordnung?«, fragte sie mit der Stimme einer mit allen Wassern gewaschenen Geheimagentin im Kampfeinsatz.

»Walldorf ist super.«

»Revolver okay?«, fragte der Inder oder Pakistani unvermittelt, ohne den vergnügten Blick von der Straße zu wenden.

»Wie?«

»Nix pistol. Revolver. Revolver okay, Chef?«

»Wenn er funktioniert und geladen ist.«

»How much?«

»Was verlangen Sie denn?«

»You say, Chef.«

Da es nicht mein Geld war, begann ich mit einem Angebot, das er unmöglich ablehnen konnte: »Fünfhundert? Five hundred?«

Tief betrübt schüttelte er den schmalen Kopf mit den dunklen Löckchen. Inzwischen fuhren wir nur noch knapp achtzig, und der Opel schien immer noch langsamer zu werden. Hoffentlich musste Theresa nicht allzu lange auf uns warten. Hoffentlich schaffte die alte Mühle es überhaupt bis Walldorf. Inzwischen schien ein neues Geräusch hinzugekommen zu sein. Ein rhythmisches Kratzen oder Schaben an der Hinterachse.

»Sechshundert?«

»Comes from Russia. Six shot. But bullets only four.«

Er griff unter seinen Sitz und überreichte mir seine Waffe, ein langläufiges, unfassbar schweres und bemerkenswert schlecht gepflegtes Museumsstück. Es schien eine Nagant zu sein, eine ursprünglich belgische Entwicklung, die später in Russland hergestellt wurde und sich dort lange Zeit enormer Beliebtheit erfreut hatte. Unter Freunden war die rostige Knarre höchstens zwei Kästen Bier wert. Aber hatte ich eine Wahl? Sollte der Opel wider Erwarten durchhalten und ich in St. Martin auf Kaisershofs Mörder treffen, dann wollte ich nicht unbewaffnet sein. Und vier Kugeln waren allemal besser als keine.

»Sieben?«

Sein Lächeln wurde noch ein wenig trostloser, das Auto noch ein wenig langsamer. So einigten wir uns schließlich auf achthundert, womit das clevere Kerlchen vermutlich das Geschäft des Jahres machte. Aber es war ja nicht mein Geld, das ich hier verpulverte.

Die Waffe schien noch aus dem Zweiten Weltkrieg zu stammen und viele Jahre in irgendeinem vergessenen Schützengraben vor sich hin gemodert zu haben. Überall waren Rostnarben, die eine Griffschale fehlte zur Hälfte, aber die Trommel ließ sich drehen, ohne zu hakeln, und darin schimmerten tatsächlich vier Patronen, die nicht aus prähistorischer Zeit zu stammen schienen. Ich entlud die Trommel, zog einige Male den Abzug durch. Alles schien vorschriftsmäßig zu funktionieren, und auch der Hahn sah aus, als könnte er seine Aufgabe noch erfüllen. Der Lauf war blank, soweit ich das bei der spärlichen Innenraumbeleuchtung beurteilen konnte. Und einer Kugel sah man schließlich nicht an, ob die Waffe hübsch war, aus der sie kam.

Ein weißer Sattelzug überholte uns zügig und scherte knapp vor uns wieder auf die rechte Spur ein. Der Opel kam durch den Fahrtwind ein wenig ins Schlingern, aber mein inzwischen beunruhigend schläfriger Fahrer schaffte es, nicht von der Straße abzukommen. Grinsend sagte er ein Wort, das ich erst nach mehreren Wiederholungen verstand: »Afghanistan.«

Dann war er wohl doch eher Pakistani, und meine neueste Errungenschaft stammte von einem Alteisenbasar in Peshawar oder Kundus.

Ohne die Miene allzu sehr zu verziehen, zückte ich Heneckas Umschlag, hielt ihn so, dass der andere den Inhalt nicht sehen konnte, zählte sechzehn Fünfziger ab und drückte sie dem jetzt wieder bis an die Ohren grinsenden kleinen Mann in die Hand.

»Autobahnkreuz Walldorf, 2000 m«, verkündete die Schilderbrücke, die wir soeben in Schleichfahrt passierten.

»Rechts, Richtung Heidelberg«, sagte ich.

»Weiß, weiß, Chef«, erwiderte er fröhlich und ging vom Gas.

»Und dann gleich die nächste Ausfahrt.«

»Weiß, weiß.«

Bis Walldorf waren es jetzt nur noch zwei oder drei Kilometer. Sollte der Opel plötzlich auseinanderfallen oder ein Rad verlieren, konnte ich den Rest zu Fuß gehen.

32

Zehn Minuten später saß ich neben Theresa in ihrem kleinen, verglichen mit dem Opel bedrückend engen, aber unendlich komfortableren Toyota. Sogar bei hundertfünfzig Stundenkilometern konnte man sich noch in ganz normaler Lautstärke unterhalten.

»Und jetzt, mein Schatz«, eröffnete meine Göttin mit verkniffener Miene das Verhör, während sie mit winselnden Reifen auf die A 6 in Richtung Westen einbog. »Jetzt will ich die Wahrheit hören, und zwar nichts als die Wahrheit und vor allem die ganze Wahrheit. Sonst wird dir nicht einmal Gott helfen. Geschweige denn ich.«

So erzählte ich. Von Heneckas Anruf und seinem vermaledeiten Umschlag, von Merit und Lisa, von sexy Jacky, der traurigen Emma Hasselgård und dem talentierten Guido Kaisershof. Als ich bei Letzterem angekommen war, verließ Theresa gerade die A 65 an der Ausfahrt Edenkoben, und es war kurz nach halb fünf. Im Osten begann es schon zu dämmern. Der Himmel sah aus, als würden wir einen schönen Tag bekommen. Zumindest, soweit es die Witterung betraf.

»Und nun düsen wir also in die Pfalz«, fasste Theresa in einer Mischung aus Fassungslosigkeit und grimmigem Amüsement zusammen, »um dort mitten in der Nacht ein Haus zu suchen, von dem du nicht einmal ungefähr weißt, wo es liegt.«

»Ich habe ein Foto«, versuchte ich, mein Gesicht zu wahren. »Und St. Martin ist ja nicht gerade eine Großstadt.«

»Und irgendwo hinter uns fährt ein Killer, der uns alle umbringen will.«

»Erstens bin ich absolut sicher, dass ich ihn abgeschüttelt habe.«

»Und wenn er die Adresse von diesem Maler bekommen hat?«

»Dann ist Henecka jetzt tot und sein Mörder längst über die Pfälzer Berge.«

»Und zweitens?«

»Zweitens will er nicht uns töten, sondern Henecka.«

Theresa umrundete so zügig einen Kreisverkehr, dass ich gegen die Tür gedrückt wurde.

»Und nach St. Martin hättest du gerade rechts abbiegen müssen.«

»Nein.«

»Es hat auf dem Wegweiser gestanden.«

»Wenn ich nach St. Martin will, dann fahre ich seit der frühen Steinzeit über Edenkoben. Die neue Straße hat es früher noch nicht gegeben.«

Wir erreichten ein malerisches Dorf, wo jedes zweite Haus mit Weinreben bewachsen war. Irgendwo blitzte es rot.

»Den Strafzettel bezahlst du«, bestimmte sie mitleidslos.

»Den bezahlt Henecka«, widersprach ich müde. »Und nach St. Martin hättest du schon wieder rechts abbiegen müssen.«

Lautlos, aber deshalb nicht weniger gottlos fluchend wendete sie, verpasste diesmal nicht die unscheinbare Abzweigung in das schmale Sträßchen, das durch eine mit Reben bepflanzte Hügellandschaft zu unserem Zielort hinaufführte. Ich erfuhr, dass sie und ihr Mann vor Jahren oft ihren Wein bei einem Winzer in St. Martin gekauft hatten.

Plötzlich fiel mir etwas auf.

»Sag mal, du rauchst ja gar nicht mehr!«

»Stimmt.«

»Seit wann?«

»Seit Egon ...«

»Warum?«

»Mir war eben danach.«

Ich schwieg beeindruckt.

»Und hast du auch schon eine Idee, wie du das Haus findest, Herr Kripochef?«, fragte Theresa nun ein wenig entspannter.

Kripochef, ach ja. Das würde ich nun möglicherweise nicht mehr lange sein.

»Wir fragen einfach jemanden auf der Straße.«

»Und wer ist morgens um halb fünf auf der Straße, in so einem gottverlassenen Kaff?«

»Erstens ist es schon Viertel vor fünf. Und wenn du eine bessere Idee hast, dann höre ich sie mir sehr gerne an.«

»Und zweitens?«

»Habe ich vergessen.«

»Die beste Idee wäre, auf der Stelle umzukehren«, maulte meine Fahrerin, jetzt aber mit einer feinen Prise Humor in der Stimme. Vor uns öffnete sich das Tal, in das sich das beschauliche Örtchen schmiegte. Links auf einem Hügel trotzte die Kropsburg im ersten Morgendämmerlicht, rechts in der Ferne das geschichtsträchtige Hambacher Schloss. Dazwischen Weinberge, Weinberge, Weinberge. Von Minute zu Minute wurde es jetzt heller. Am östlichen Horizont zeigte sich ein erster, blassrosa gefärbter Schimmer.

Wie Theresa prophezeit hatte, schien ganz St. Martin noch fest zu schlafen. Große, würdige Fachwerkhäuser säumten das kurvige Hauptsträßchen. Auch hier war an fast jedem Haus Weinlaub zu sehen und an jedem dritten ein Wirtshausschild oder wenigstens ein Hinweis auf Fremdenzimmer. Ein munter gurgelndes Bächlein begleitete unseren Weg. Hinter keinem der Fenster war Licht, nirgends eine lebende Seele zu sehen. Die Häuser wurden wieder kleiner, die Straße breiter. Schließlich wendete Theresa theatralisch seufzend ihren Kleinwagen, fuhr denselben Weg zurück. Plötzlich ging es steil aufwärts, eine Kirche kam in Sicht.

»Ich fürchte, mein Schatz …«, wagte ich anzumerken.

»Hab's schon gemerkt«, knurrte der Schatz. »Bin wieder mal falsch abgebogen.«

Zwei Minuten nach fünf zeigte die Uhr am Kirchturm. Der Himmel im Osten sah aus, als würde demnächst die Sonne ihr stolzes Haupt erheben.

Auf der Höhe der Kirche bremste Theresa so abrupt, dass mich nur der Sicherheitsgurt vor einer Beule bewahrte.

»Da«, zischte sie.

Ich konnte nichts entdecken, was ihr abruptes Bremsmanöver gerechtfertigt hätte.

»Die Karre mit den Zeitungen.«

Am Straßenrand stand tatsächlich ein zweiachsiger Bollerwagen voller Zeitungen. Und aus einem Durchgang oberhalb der Kirche kam gerade die Besitzerin geschlurft, eine alte Frau mit schwarzem Kopftuch, tappte zu ihrem Wägelchen, ergriff die Deichsel und erschrak fast zu Tode, als ich vernehmlich: »Moment bitte!« rief und aus dem Wagen sprang.

Mit verblüffender Geschwindigkeit fuhr sie herum, sah mir kampfbereit entgegen. Rasch kam sie zu dem Schluss, dass ich nicht wie ein Serienmörder oder Handtaschenräuber aussah, und entspannte sich. Ich hielt ihr das Foto im blauen Rahmen hin.

»Kennen Sie dieses Haus?«, fragte ich mit gepresster Stimme. »Bitte entschuldigen Sie, wenn ich Sie erschreckt habe …«

Die Alte, die nicht ganz so alt zu sein schien, wie ich erst gedacht hatte, betrachtete bedächtig das Foto in meiner zitternden Hand.

»Waaseweg«, murmelte sie schläfrig. »Am Waaseweg obe.«

»Und wie kommen wir da hin?«

»Gonz oifach«, brummelte sie in breitestem Pfälzisch. »Ihr fahret d' Bergschtroß gonz nuff …«

Theresa hörte durch die offene Beifahrertür zu. Ich bedankte mich überschwänglich bei der Zeitungsfrau, drückte ihr in meiner Begeisterung einen Zehn-Euro-Schein in die gichtige Hand und sprang wieder in Theresas Toyota. Sie fuhr mit quiekenden Reifen an, heulte die Straße hinauf, die ihrem Namen »Bergstraße« alle Ehre machte, bog rechts ab in ein schmales, von krummen Häusern gesäumtes Sträßchen, dann vor einer Kapelle gleich wieder links, an deren Giebel ein gemalter St. Martin seinen blauen Mantel teilte. Bald kamen die ersten Weinberge in Sicht. Südlage, dachte ich automatisch, was hier wächst, lässt sich trinken. Es ging noch um eine Kurve, und dann stand da tatsächlich ein Straßenschild, blau mit weißer Schrift: Waasenweg. Das Haus war das zweite auf der linken Seite.

Theresa stoppte am Straßenrand. Ich stieg aus und bat sie, bis zum Ende der Sackgasse weiterzufahren, dort zu wenden und mit laufendem Motor zu warten. Sollte ich mich nicht in spätestens zwei Minuten bei ihr melden, schärfte ich ihr ein, solle sie losfahren und die Polizei alarmieren.

»Und lass dich bloß nicht abwimmeln! Sag denen, du hast Schüsse gehört, hier liegen mehrere Leichen auf der Straße, und zwei Häuser brennen.«

»Ich werde sicherheitshalber noch ein Eisenbahnunglück dazuerfinden«, erwiderte sie ebenso erschöpft wie sarkastisch.

»Falls jemand kommt, wenn sich jemand dem Haus nähert, dann rufst du mich an. Und wenn es ganz eilig ist, dann hupst du einfach.«

Gehorsam legte sie ihr iPhone bereit. Der Sarkasmus schien ihr plötzlich abhandengekommen zu sein. Sie fuhr an und stand zwanzig Sekunden später am Ende der Straße mit Kühlerhaube und Blick in die richtige Richtung.

Bis auf das kaum hörbare Summen des kleinen Motors war es totenstill hier oben. Im Tal krähte ein erster Hahn. Ein Hund bellte. Ein zweiter antwortete, bald ein dritter. Das Dorf erwachte. In dem Fünfzigerjahrehaus, vor dem ich nun stand – mit einem sehr flauen Gefühl im Bauch –, war kein Licht zu sehen. Zögernd und immer wieder um mich blickend, stieg ich die paar Stufen zur Tür hinauf. An der unteren Klingel stand handgeschrieben ein Name, den ich als »Seuerlich« entzifferte, an der oberen: »FeWo«.

Der erste Sonnenstrahl des neuen Tages traf mein Gesicht, als ich den Plastikknopf drückte. Im Inneren des Hauses schepperte eine Schelle, die vermutlich Tote aufwecken konnte. Ansonsten tat sich wieder einmal nichts. Seufzend drückte ich erneut und gleich noch einmal. Warf Theresa beruhigende Blicke zu, obwohl ich mich alles andere als ruhig fühlte. Der schwere Revolver drückte im Rücken und ruinierte mir vermutlich gerade die Kleidung mit Rost- und Ölflecken.

Endlich ein Knacken in der Sprechanlage. Ein verschlafenes »Ja? Was ist denn los, Herrgott noch mal?«.

»Gerlach hier«, stieß ich heiser hervor. »Ich muss Sie sprechen, Herr Henecka. Sofort.«

»Gerlach? Äh, und … also …?«

»Jetzt machen Sie schon auf!«

Der Türöffner surrte gehorsam. Ich winkte Theresa, bedeutete ihr, weiter zu warten und sich bloß keine Sorgen zu machen.

Gleich hinter der Tür führte eine Steintreppe nach oben. Die verblichenen Farbfotos an den Wänden des kahlen und kalten Treppenhauses waren am Ufer eines idyllischen Sees irgendwo im Süden aufgenommen worden. Es roch nach Putzmittel und einem billigen Raumduft. Am oberen Ende der Treppe stand Henecka mit wirrem Haar und fast noch wirrerem Blick und zog sich gerade einen eierschalenfarbenen Trenchcoat über den nachtblauen Schlafanzug.

»Was ist denn?«, fragte er schlaftrunken. »Was soll die Hektik?«

»Sie sind okay?«

»Soweit man okay ist, wenn man um diese Uhrzeit aus dem Bett geworfen wird.«

Ich drängelte mich an ihm vorbei in die muffig riechende Wohnung.

»Sie müssen sofort weg hier.«

Ratlos sah er sich um, deutete dann mit dem Zeigefinger auf seine Brust und stellte die dümmstmögliche aller Fragen: »Ich?«

Ich betrat die Küche, riss das Fenster auf und winkte Theresa, damit sie wusste, dass hier oben alles in Ordnung war. Dass mir niemand mit der Waffe in der Hand aufgelauert hatte. Dann vermittelte ich Henecka in kurzen Sätzen, dass er in tödlicher Gefahr schwebte. Dass ein Mann mit einer kleinkalibrigen Schusswaffe hinter ihm her war. Dass es gestern Abend in Regensburg einen Mordanschlag gegeben hatte. Er wurde immer blasser, nickte einige Male mit halb offenem Mund, verschwand ohne ein weiteres Wort im Schlafzimmer und tauchte eine Minute später angezogen, mit der Brille auf der Nase und in Begleitung einer prallen Reisetasche aus feinem dunkelbraunem Leder wieder auf.

»Freut mich ehrlich, Sie lebend zu sehen«, sagte ich, als wir uns etwas verspätet die Hände reichten. Anstelle einer Antwort hustete er und zog die Nase hoch.

»Dürfte ich vielleicht noch kurz …?«

Er deutete auf eine schmale Tür, hinter der ich das Badezimmer vermutete. Dann war auch das erledigt, ein letzter, schneller Blick ins Wohnzimmer, das eine fantastische Aussicht auf die Oberrheinische Tiefebene bot. Im Osten hing ein mit jeder Sekunde breiter werdendes rot glühendes Scheibchen über dem Horizont.

Jan-Armin Henecka, immer noch blass und verstört vom Panikstart, saß hinten, ich wieder vorne. Theresa hatte ihm nur ein schmales Lächeln geschenkt und ein knappes »Guten Morgen« und war sofort losgefahren.

Als Erstes fragte ich Henecka, ob sein Handy immer noch ausgeschaltet war. Bei dieser Gelegenheit erfuhr ich, dass er immer zwei Handys mit sich führte, ein privates und eines für berufliche Zwecke. Beide waren aus, versicherte er gleich zweimal. Ich gönnte ihm noch einige Minuten Ruhe, um wach zu werden und seinen Verstand zu aktivieren.

Als wir wieder auf der Autobahn waren, öffnete ich den Mund, um endlich all die Fragen zu stellen, die mir seit Tagen auf der Seele brannten. Aber er kam mir zuvor.

»Ich interpretiere Ihren Überfall so, dass Sie einen konkreten Verdacht haben?«

»Das ist richtig. Aber bisher ist es tatsächlich nicht mehr als ein Verdacht.«

»Wer?«

»Götze.«

Während ich den kurzen Namen aussprach, verspürte ich eine Irritation. Ein Gefühl, als hätte ich soeben ziemlichen Unsinn von mir gegeben.

»Patrick?«, fragte Henecka mit ehrlicher oder perfekt gespielter Überraschung. »Wieso denn Patrick?«

»Das können Sie sich doch wohl denken.«

Natürlich, das war es: Götze war ein athletisch gebauter, mittelgroßer Kerl mit blonden Locken. Der Mann im Kamelhaarmantel war klein und dicklich gewesen, schon ergraut, und seine fleischigen Hände hatten absolut nicht nach körperlicher Arbeit ausgesehen. Ich hatte in meinem Schock gestern Abend einfach nicht mehr klar denken können.

Ich beobachtete Henecka im Schminkspiegel an der Sonnenblende. Er schwieg lange, sah mit fast geschlossenen Augen aus dem Seitenfenster.

»Lisa«, sagte er schließlich leise und tonlos.

»Was ist damals passiert?«

Theresas kleiner Toyota brummte friedlich, die Morgensonne wärmte mein Gesicht, und plötzlich hatte ich das Gefühl, in diesem Moment ein neues Leben zu beginnen.

»Das, was in den Polizeiakten steht«, behauptete Henecka mir rauer Stimme. »Und die kennen Sie ja hoffentlich. Lisa war bei uns. Die Kinder haben gestritten. Sie wollte nach Hause.«

Sein Pokerface verriet immer noch keine Gefühlsregung. Er sprach über Lisas Verschwinden wie über einen vor Langem geschehenen Verkehrsunfall mit Blechschaden. Natürlich war ihm nicht verborgen geblieben, dass ich ihn beobachtete.

»Herr Henecka«, versetzte ich scharf. »Ich muss Ihnen leider eine unangenehme Nachricht überbringen.« Unsere Blicke trafen sich für einen kurzen Moment im Spiegel. »Merit hat versucht, sich das Leben zu nehmen.«

»Aber … sie ist in den Staaten drüben …«

»Sie ist hier. Sie wollte Sie besuchen.«

Erneut wich alle Farbe aus seinem Gesicht. »Himmel!«, keuchte er, begleitet von einer konfusen Handbewegung. »Wie geht es ihr?«

»Sie hat Tabletten genommen. Ich habe sie gefunden am Montag. Zurzeit liegt sie im künstlichen Koma. Die Ärzte sagen, wahrscheinlich wird sie wieder ganz gesund.«

Er griff sich an die Stirn. Hatte jede Kontrolle über seine Mimik und Körpersprache verloren. Meine Nachricht hatte ihn mitten ins Herz getroffen, und das war meine Absicht gewesen. Ich hatte keine Lust mehr auf Spielchen.

»Der Grund für ihre Verzweiflungstat heißt Lisa«, fuhr ich unnachsichtig fort, noch bevor er sich wieder gefasst hatte. Soeben überquerten wir den Rhein auf der Autobahnbrücke bei Speyer. Zwei tief im Wasser liegende Frachtschiffe zogen gemächlich ihre Bahn stromabwärts. »Und jetzt will ich wissen, was damals passiert ist.«

Alle Kraft war aus seinem großen Körper gewichen. Mit auf die Oberschenkel gestützten Unterarmen saß er da, im Gurt nach vorne gebeugt, mit Augen, die nichts sahen. In seinem Gesicht arbeiteten tausend kleine Muskeln. Der Mund stand halb offen. Schloss sich langsam. Der Adamsapfel zuckte. Der Atem ging unregelmäßig.

»Das …«, flüsterte er schließlich. »Ich wollte es nicht. Ich wollte das alles nicht, bitte glauben Sie mir. Im Gegenteil, ich wollte doch, dass alles gut wird.« Er sprach jetzt langsam, als wäre jedes einzelne Wort kostbar oder gefährlich. »Ich wollte, dass Merit ohne Schuld leben kann. Ohne …« Er fiel in die Rückenlehne, bedeckte die Augen mit beiden Händen. »Sie war doch noch ein Kind. Es … es ist … mein Gott! Als würde ein Fluch an uns kleben. Ein Fluch.«

»Sie wollten Merit schützen?«

Sein kaum wahrnehmbares Nicken war so gut wie ein Geständnis. Wieder schwiegen wir lange. Die Sonne stand jetzt schon hoch über dem Horizont. Theresa hatte ihre Sonnenbrille aufgesetzt, ohne dass ich es bemerkt hatte.

»Ja«, sagte Henecka schließlich, jetzt wieder mit fester Stimme. Er hatte in den vergangenen Sekunden eine Entscheidung getroffen. Eine Entscheidung, die vermutlich nicht nur sein Leben zertrümmern würde. »Ich wollte, dass sie ohne Schuld aufwachsen kann. So war es, ja.«

Endlich begann er zu erzählen. Sich die Last von der Seele zu reden, die er seit so vielen Jahren mit sich herumschleppte. Je mehr wir uns Heidelberg näherten, desto schneller und flüssiger sprach er.

Merit und Lisa hatten sich gestritten. Offenbar war es tatsächlich um die Krone gegangen, die Lisa nach Merits Ansicht nicht zustand, denn schließlich war sie das Geburtstagskind und nicht ihre Freundin. Anfangs hatten die beiden Mädchen im Garten friedlich Königin und König gespielt, wobei es vermutlich von Beginn an nur zwei Königinnen gab. All das wusste Henecka jedoch nicht, sondern er hatte es sich später zusammengereimt. Er hatte nicht darauf geachtet, was die Kinder im Garten trieben, hatte nichts gesehen, sondern nur hin und wieder etwas gehört. Irgendwann, diesen Teil des Eifersuchtsdramas hatte er zufällig mit angesehen, als er einmal von seinen Papieren aufblickte, hatte Merit Lisa die Krone vom Kopf gerissen, Lisa hatte ihr das billige Pappding abgenommen, es sich triumphierend wieder aufgesetzt. Was in den folgenden Minuten geschah, hatte Merit später nicht sagen können, vermutlich nicht mehr gewusst. Irgendwann lag Lisa am Boden, mit einer blutenden Wunde am Kopf. Und daneben lag dieser Stein, ein spitzer Stein von der Größe einer Kinderfaust, an dem ebenfalls Blut war. Merit war so geschockt gewesen, dass sie sich einfach ins Gras setzte und apathisch die Hand ihrer vermeintlich schlafenden Freundin streichelte.

Henecka war, irritiert durch die plötzliche Stille, nach draußen gegangen und hatte seine Tochter neben der leblosen Lisa gefunden. Stumm weinend und nicht ansprechbar. Doch die Situation war auch ohne Erklärungen eindeutig gewesen. Lisas Wunde. Das Blut. Der Stein. Die kaputte Krone. Und daneben eine sichtlich schuldbewusste Merit.

»Sie hatte schon als Kind hin und wieder diese Aussetzer«, sagte Henecka, als Theresa die A5 über die Ausfahrt Heidelberg-Schwetzingen verließ. »Wenn etwas nicht nach ihrem Köpfchen ging, dann konnte sie völlig ausrasten. Hat gekreischt und getobt wie eine Verrückte. Manchmal mussten wir sie sogar festhalten, damit sie sich nicht selbst verletzt in ihrer Raserei.«

»Was haben Sie weiter gemacht?«

»Als Erstes habe ich Merit ins Haus geschafft. Ihr eine Spritze gegeben, ein Beruhigungsmittel, und sie ins Bett gesteckt.«

»Sie sind doch kein Arzt.«

»Ich habe ein paar Semester Medizin studiert. Um eine Spritze zu setzen, reicht es. Sie ist rasch eingeschlafen. Und ich habe angefangen nachzudenken. Niemand hatte etwas gesehen. Niemand konnte etwas gesehen haben, so viel war klar. Die Stelle hinter dem Haus, wo Lisa lag, war nicht mal für die neugierige Nachbarschaft einzusehen. Sie müssen wissen, Merit hatte es nicht leicht in den Jahren davor. Ich wollte nicht, dass durch so eine Kinderei ihr Leben zerstört wird, durch eine lächerliche Dummheit. Lisa war tot, das war nicht zu ändern.«

»Woher wussten Sie das?«

»Ich verstehe genug von der menschlichen Physiologie, um zu beurteilen, ob jemand bewusstlos ist oder tot«, versetzte er wütend und schon wieder sehr von oben herab. Dann entspannte er sich wieder. Fuhr sich mit der Hand übers Gesicht, als wollte er etwas wegwischen. »Verzeihen Sie. Lisa war tot. Das war ein großes Unglück, selbstverständlich. Aber musste deshalb noch ein zweites Leben zerstört werden? Wäre dadurch etwas besser geworden? Irgendetwas? Gewiss nicht. Nichts wäre besser geworden, überhaupt nichts.«

Wie oft mochte er diese Sätze schon vor sich hin gemurmelt haben?

»Sie hätten einen Arzt rufen müssen.«

»Aber sie war doch tot!«, schrie er mich an, jetzt mit rotem Kopf. »Sie können mir schon glauben, dass ich das beurteilen kann. Da war kein Puls, da war keine Atmung, da war gar nichts mehr. Ich habe ja sogar versucht, sie wiederzubeleben. Künstliche Beatmung, Herzdruckmassage, ich habe es doch versucht! Aber da war nichts mehr zu machen. Nichts! Glauben Sie mir doch!«

»Und dann haben Sie Lisas Leiche verschwinden lassen«, erwiderte ich sachlich.

»Ich weiß, dass das eine Straftat war. Ich weiß, dass ich die Polizei hätte holen müssen, einen Arzt, das alles weiß ich, ja, ja, ja! Sie können sich nicht vorstellen, wie oft ich nachgedacht habe über diese wenigen Minuten, die mich vom Fegefeuer in die Hölle befördert haben.«

Und vermutlich nicht nur ihn.

»Ich war ... verstehen Sie doch, Merit, sie war mir bei allem, was ich tat und nicht tat, das Wichtigste. Seit ihre Mutter nicht mehr da war ... Himmel, was wäre aus dem Kind geworden, hätte ich wirklich Ihre Kollegen alarmiert? Ihr Leben wäre zu Ende gewesen, bevor es begonnen hatte. Sie war ein Kind, ein Kind von acht Jahren! Und sie hatte es doch schon schwer genug gehabt in ihrem jungen Leben! Da konnte ich doch nicht ... Da musste ich doch ...«

»Sie haben Lisas Leiche verschwinden lassen und für die Polizei falsche Spuren gelegt«, unterbrach ich ihn unbarmherzig.

Ergeben nickte er. »Ja, das habe ich. Und ich bereue es nicht. Ich bereue bis heute nichts. Obwohl es mir tausend unruhige Nächte beschert hat. Lisa war nicht mehr zu helfen. Lisa war tot, so oder so. Aber Merit, die konnte ich retten. Sie haben selbst Kinder. Was hätten Sie getan an meiner Stelle?«

»Das weiß ich nicht. Ich bin der Letzte, der Sie verurteilt. Ich will nur wissen, was geschehen ist.«

»Wozu? Was haben Sie davon?«

»Nennen Sie es eine Berufskrankheit. Sie haben mich in diese Sache hineingezogen. Ich wollte nicht, daran erinnern Sie sich vielleicht noch. Dabei fällt mir ein ...«

Ich griff in die Innentasche meines Mantels und reichte den braunen, inzwischen schon ziemlich ramponierten Umschlag nach hinten. »Etwas über tausend Euro fehlen. Die habe ich ausgegeben, um Ihnen das Leben zu retten.«

Er drehte den Umschlag hin und her, wusste nicht, ob er lachen oder weinen sollte. »Ist das Ihr Ernst? Was ... was soll ich jetzt damit?«

»Ihre Sache. Ich will das Geld jedenfalls nicht haben.«

In meinem Rücken drückte immer noch der alte russische Armeerevolver, den ich von seinem Geld gekauft hatte, der jetzt eigentlich ihm gehörte. Ich zog ihn aus dem Hosenbund und legte ihn ins Handschuhfach.

»Sie ... Sie sind ja verrückt«, sagte Henecka atemlos. »Sie haben es sich doch wirklich verdient.«

»Wo haben Sie Lisa versteckt?«

»Fragt das der Kripochef oder der Privatmann?«

»Das ist nicht von Belang. Wo haben Sie sie versteckt?«

Stöhnend sah er zum weiß gepolsterten Dach des Toyota,

das kaum zehn Zentimeter von seiner Nasenspitze entfernt war. »Erst mal ... In eine Plane habe ich sie gewickelt. Eine grüne Plane, die normalerweise über dem Kaminholz lag. Erst mal wollte ich nur, dass sie weg ist. Dass ich sie nicht mehr sehen muss. Aber dann war da noch die Krone. Und der Stein. Es war schon später Nachmittag, bald würde Jacky anrufen, und ich ... ich musste mir etwas einfallen lassen, und zwar schnell.«

»Wohin?«, fragte Theresa halblaut dazwischen.

»Was meinst du?«, fragte ich zurück.

»Wohin soll ich fahren?«

Darüber hatte ich noch gar nicht nachgedacht. »Ein Hotel«, beschloss ich. »Kennst du irgendein kleines Hotel?«

»Sein Foto war in den Zeitungen.«

Richtig. Es war nicht wahrscheinlich, aber auch nicht auszuschließen, dass unser Schützling erkannt wurde.

»Die Wohnung?«, schlug Theresa vor.

Eine sehr gute Idee. Unser Zwei-Zimmer-Liebesnest in der Ladenburger Straße würden wir auf absehbare Zeit nicht benötigen. Dort konnte Henecka ganz für sich sein, und niemand würde ihn zu Gesicht bekommen.

Theresa setzte den Blinker in Richtung Norden.

33

Unser inzwischen sehr zerknitterter und kleinlauter Gast wollte nicht wissen, wem diese karg möblierte Wohnung gehörte, weshalb sie leer stand, weshalb es anstelle eines Betts nur eine Matratze am Boden gab, was wir damit zu tun hatten. Theresa saß mit übereinandergeschlagenen Beinen und geradem Rücken auf der Matratze, auf der wir uns schon unzählige Male geliebt hatten. Henecka hing auf einem unserer beiden Stühle im Wiener Kaffeehausstil, ich selbst hatte mich an die Wand gelehnt, da ich allmählich nicht mehr sitzen konnte.

»Weiter«, sagte ich unfreundlich zu ihm. »Ich bin hundemüde.«

»Eine Frage, bitte«, sagte er mit dem Blick eines beim Onanieren ertappten Schuljungen. »Wieso plötzlich die Aufregung? Wieso sollte der … Mörder, von dem ich ja nicht mal weiß, ob er wirklich existiert, wieso sollte er mich auf einmal finden? Nachdem es ihm zwei Wochen lang nicht gelungen ist?«

»Ich habe es Ihnen schon gesagt: Weil gestern Abend in Regensburg auf einen Mann geschossen wurde.«

»Ich kenne niemanden in Regensburg.«

»Doch. Er heißt Kaisershof und ist der Besitzer Ihres hübschen Verstecks in St. Martin. Ich nehme an, er musste sterben, nachdem er seinem Mörder die Adresse verraten hat.«

Schon wieder wurde er weiß wie die Wand hinter ihm. »Aber Sie waren schneller«, murmelte er mit herumirrendem Blick. »Gott oder wem auch immer sei Dank.«

Nachdem er Lisas kleinen Leichnam in die olivgrüne Plane gewickelt hatte, war ihm die irrsinnige Idee gekommen, eine falsche Spur zu legen. Eine Spur weg von Merit, die zu diesem Zeitpunkt schlief, als wäre sie so tot wie ihre Freundin. Dazu hatte er zunächst Laborhandschuhe angezogen.

»Diese dünnen Latexdinger, Sie wissen schon. In unseren Laboren brauchen wir jeden Tag Hunderte.«

Den blutigen Stein hatte er neben Lisas kleinen Leichnam in die Plane gelegt, »daran waren ja möglicherweise Spuren von Merit«. »Ich war völlig von Sinnen in diesen Minuten, ich habe gehandelt wie ein Automat. Die Krone habe ich genommen und Lisas linken Schuh. Der lag noch an der Stelle, wo sie ...«

Mit diesen zwei armseligen Dingen war er in den Wald gegangen – eine vollkommen wahnsinnige Aktion, da er ja auch selbst jede Menge Spuren hinterließ, aber andererseits auch erstaunlich schlau –, hatte hin und wieder Lisas Schuh in den weichen Boden gedrückt und schließlich die Krone an der Stelle abgelegt, wo er sie eine knappe Stunde später zusammen mit Jacky Rosenfeld wiederfand.

»Ich weiß, es war eine Narretei. Meine Rettung war, dass es dann zu regnen begonnen hat. Merits Rettung. Um mich selbst ist es mir nicht gegangen, in diesen schlimmsten Stunden meines Lebens. Es ging mir um Merit, bitte, bitte glauben Sie mir, nur um Merit.«

»Was ist weiter mit Lisa passiert? In der Plane konnten Sie sie ja nicht lassen.«

»Ich hatte ein paar Tage davor ein Apfelbäumchen gepflanzt ...«

»Der, der heute immer noch in Ihrem Garten steht?«

»Den habe ich wieder ausgegraben, das Loch ein wenig größer und tiefer gemacht, Lisa hineingelegt und den Stein. Dann habe ich das Bäumchen einfach wieder eingepflanzt.« Er nickte mit einem Blick, als könnte er selbst nicht glauben, was er mir da erzählte. »Die Plane habe ich sauber gemacht, so gut es ging, und wieder über das Kaminholz gelegt. Niemand hat sich später für diese Plane interessiert, niemand. Wochen später habe ich sie dann weggeschmissen und eine neue gekauft. Die war blau. Hellblau. Eine grüne wollte ich nicht mehr haben.«

»Und niemand ist auf die Idee gekommen, mal unter diesem offensichtlich frisch gepflanzten Bäumchen nachzusehen?«, fragte ich fassungslos.

»Das hat mich auch gewundert. Es war ja so offensichtlich, so ... Aber diese Kripoleute, sie waren von Beginn an darauf fixiert, dass Lisa irgendeinem Unhold in die Arme gelaufen war. Ich wundere mich seit sechzehn Jahren jeden Tag darüber, dass mein idiotischer Plan funktioniert hat, der ja nicht einmal wirklich ein Plan war. Dass Merit weiter unbehelligt zur Schule gehen konnte. Dass sie über die Jahre damit fertigwerden konnte. So gut es eben ging.«

»Es ging nicht besonders gut, fürchte ich.«

»Wir haben zusammengehalten, Merit und ich, ihr Papa. Wie Pech und Schwefel haben wir zusammengehalten. All die Jahre.«

»Wieso sind Sie eigentlich so plötzlich abgetaucht?«, fragte ich nach einigen stillen Sekunden. »Erst geben Sie mir den Auftrag, den Stalker ausfindig zu machen, und dann verschwinden Sie einfach von der Bildfläche.«

»Panik«, murmelte er mit mattem Blick. »Die Panik hat mich übermannt. Regelrechte Todesangst. Zufällig habe ich eine frühere Kollegin getroffen, auf dem Parkplatz des Supermarkts, wo ich manchmal einkaufe. Ich wusste, dass sie hin und wieder einige Wochen in der Pfalz verbringt, in irgendeinem Hideaway ...«

»Und die hat Ihnen Kaisershofs Nummer gegeben.«

»Ich bin dann nur noch kurz nach Hause, habe ein paar Sachen gepackt und bin noch am selben Abend nach St. Martin gefahren. In Mannheim habe ich den Wagen abgestellt und mir ein Taxi gerufen.«

»Warum?«

»Ich ... Ich habe um ein Haar einen Unfall gebaut, auf der Autobahn, dachte, es ist besser so.«

»Hat es einen konkreten Grund gegeben für Ihre plötzliche Panik?«

Ohne aufzusehen, schüttelte er den Kopf.

»Und das war am Dienstagabend?«

Er musste kurz nachdenken, nickte dann. »Wir beide hatten uns in Heidelberg getroffen, und ich war auf dem Weg nach Hause, als mir einfiel, dass ich noch einkaufen musste …«

»Sie sind vierundzwanzig Stunden später auf der B3 kurz vor Bensheim angehalten worden. Von einem Volvo mit Hamburger Kennzeichen.«

Seine Miene veränderte sich um eine Winzigkeit. Wirkte für kurze Zeit irritiert. Dann schüttelte er den Kopf. »Unsinn. Da war ich ja schon in St. Martin.«

»Wieso haben Sie dann später dafür gesorgt, dass Ihr Verschwinden publik wurde?«

Jetzt sah er mir wieder ins Gesicht. »Was meinen Sie? Was heißt das – publik?«

»Es stand in den Bensheimer Nachrichten.«

»Davon weiß ich nichts.« Irritiert hob er die Achseln. »Wieso sollte ich so etwas tun? Je weniger Aufsehen es gab, desto besser war es doch für mich.«

Ich wiederholte meine Frage von vorhin: »Was genau hat Ihre Panik ausgelöst?«

»Nichts Bestimmtes. Doch. Der Gedanke, dieser Irre, er könnte vielleicht doch …«

»Ernst machen?«

Erneutes Achselzucken ersetzte die Antwort. Ich sah Theresa an, die den Professor die ganze Zeit beobachtet hatte wie eine Forscherin ein seltenes Tier. Sie schüttelte unmerklich den Kopf und schloss die Augen. Sie sah inzwischen so müde aus, wie ich mich fühlte.

»Wir schlafen jetzt alle eine Runde«, entschied ich mit fester Stimme. »Und später reden wir weiter.«

»Machen Sie Witze?«, erwiderte er mit hysterischem Lachen. »Wie soll ich denn jetzt wohl schlafen?«

»Jedenfalls verlassen Sie diese Wohnung nicht. Ich werde Sie im Lauf des Tages mit dem Nötigsten versorgen. Und Ihre Handys bleiben aus. Bis ich entschieden habe, wie es weitergeht, lassen Sie sich nicht blicken.«

»Weshalb tun Sie das alles für mich, wenn Sie nicht einmal mein Geld annehmen wollen? Sie könnten mich doch einfach Ihren Kollegen übergeben. Dort lande ich früher oder später ohnehin, oder etwa nicht?«

»Ich habe Sorge, dass Sie auch da nicht sicher sind.« Ich stieß mich von der Wand ab, reichte ihm die Hand. »Meine Kollegen würden Sie vernehmen und dann nach Hause schicken. Mir ist es im Moment lieber, niemand weiß, wo Sie stecken.«

Theresa sprang mit einer Energie auf, als hätte sie sich die ganze Zeit gelangweilt.

»Ihren Apfelbaum werden wir fällen müssen«, fiel mir noch ein.

»Macht nichts«, erwiderte Henecka erschöpft. »Später, als er größer wurde und die ersten Früchte trug – wir haben keine einzige davon gegessen. Ich sowieso nicht, aber Merit komischerweise auch nicht. Obwohl sie bis heute nicht weiß, was mit Lisa geschehen ist. Als hätte sie eine Ahnung gehabt, dass die Äpfel ...«

»Hat sie nie Fragen gestellt? Wollte sie nie wissen, was aus ihrer Freundin geworden ist?«

Mit vor Entkräftung trübem Blick schüttelte Henecka den Kopf. »Nie. Auch später nicht. Als sie am nächsten Vormittag aufgewacht ist, war sie sehr benommen von dem Beruhigungsmittel, das ich in der Hektik vielleicht ein wenig zu hoch dosiert hatte. Eine Polizistin hat versucht, mit ihr zu sprechen, aber kein vernünftiges Wort aus ihr herausgebracht. Merit hat nur immer wieder gesagt, sie könne sich an nichts erinnern. Was vermutlich sogar die Wahrheit war. Da haben sie am Ende gemeint, es reicht, wenn sie meine Aussage haben. Merit hat einige Tage gebraucht, um wieder zur Besinnung zu kommen. Aber irgendwann hatte sie es überwunden und war fast wieder wie früher. Auf ihre eigene, stille Art ist sie dann doch mit allem fertiggeworden.«

Auf der Straße unten brummte ein großer Motor. Ein Lkw, der in der Nähe etwas anlieferte, hielt mit verhalten quietschenden Bremsen.

»Ihr Selbstmordversuch ist wohl eher ein Zeichen dafür, dass sie nicht damit fertiggeworden ist.«

»Sie ist wieder zur Schule gegangen«, fuhr Henecka starrsinnig fort, seine Lebenslüge zu verteidigen. »Die Lehrerin hat ein anderes Mädchen neben sie gesetzt, damit die Klasse nicht ständig daran denken muss, dass da jemand fehlt. Und dann ist allmählich alles wieder seinen gewohnten Gang gegangen.«

»Und Sie haben all die Jahre nie über Lisa gesprochen?«

»Ja, was denn?«, fuhr er mich an. »Was hätten wir denn sprechen sollen? Wozu hätte ich Merit ... Ich bitte Sie, was hätte es für einen Sinn gehabt, alles wieder aufzuwühlen?«

Sein Atem ging heftig. Beruhigte sich nur langsam. Betreten sah er auf seine teure Uhr, auf seine gepflegten Hände. Es war schon nach sechs. Theresa stand erwartungsvoll gähnend an der Tür, und auch ich fühlte jetzt, dass ich in der Nacht kaum mehr als zwei Stunden geschlafen hatte. Vor den Fenstern lief lautstark streitend ein Paar in Richtung Stadt. Die Frau trug Stöckelschuhe und konnte mit dem Tempo ihres Partners kaum Schritt halten.

»Halten Sie ein paar Stunden ohne Frühstück durch?«, fragte ich.

Henecka nickte, als hätte er ohnehin nicht vorgehabt, jemals wieder etwas zu essen.

»Ich werde heute vermutlich einigen Ärger zu überstehen haben. Aber gegen Mittag komme ich wieder und bringe Ihnen was zu essen. Dann können wir uns auch weiter unterhalten. Kaffee ist in der Küche. Im Kühlschrank ist leider nur Wasser und Sekt. Und noch mal: Die Handys bleiben aus!«

Henecka nickte ergeben und wirkte dabei, als hätte er mir gar nicht zugehört.

Der Ärger kam früher als gedacht. Schon um zehn Minuten vor acht, ich hatte kaum eine Stunde geschlafen, begann das Telefon im Flur zu klingeln und hörte nicht mehr auf. Einmal mehr verfluchte ich den Umstand, dass ich keinen Anrufbeantworter besaß. Seufzend wälzte ich mich aus dem Bett, in dem Theresa schlief wie ein sattes Baby, torkelte in den Flur.

Wie ich befürchtet hatte, war Sönnchen am anderen Ende. Ihre Stimme klang fremd. Die erwartete Katastrophe war schon da.

»Kaltenbach will Sie sehen«, sagte sie. »Sofort, soll ich Ihnen sagen.«

»Ich bin immer noch krankgeschrieben. Er kann nicht einfach so …«

»Wer nach Regensburg fahren kann, der ist auch gesund genug, in die Direktion zu kommen, soll ich Ihnen sagen.«

Die Regensburger Kollegen beherrschten ihr Handwerk offenbar.

»Herr Gerlach?«

Ich räusperte mich umständlich, krächzte schließlich: »Okay, aber vorher muss ich unter die Dusche. Und rasieren muss ich mich auch, und …«

»Er hat mächtig sauer geklungen«, sagte meine treue Sekretärin. »Ist sogar persönlich rübergekommen, um mir die Anweisung zu geben.«

»Gegen neun, nein, sagen wir besser, halb zehn, okay?«

»Machen Sie lieber schnell. Je länger Sie es rausschieben, desto schlimmer wird's am Ende.«

Noch selten hatte sie so sorgenvoll geklungen wie an diesem Morgen. Mir war übel, als ich das Telefon zur Seite legte. Meine Knie waren weich, mein Herz pumpte holprig. Aber sie hatte recht, es half nichts. Ich musste es hinter mich bringen. Aber erst musste ich wach werden. Dabei würden mir eine heiße Dusche und ein starker Kaffee helfen. Und nebenbei würde ich mir einen großen bunten Strauß von Ausreden, Erklärungen und Lügen zurechtbasteln, um zu vermeiden, dass Kaltenbach mich einen Kopf kürzer machte. Oder nach Badisch Sibirien versetzen ließ. Immerhin war der Revolver nicht zum Einsatz gekommen, den ich in der vergangenen Nacht so teuer erworben hatte. Damit kam zumindest das Thema »illegaler Waffenbesitz« nicht auf den Tisch. Ich durfte nicht vergessen, das rostige Ding möglichst bald wieder loszuwerden.

34

Mein neuer Chef empfing mich mit undurchsichtiger Miene und einem knappen: »Nehmen Sie Platz«.

Kein Lächeln, kein »Guten Morgen«, kein »Herr Gerlach«, kein »bitte«, kein Händedruck. Es würde böse enden.

Mit schwungvoller Geste signierte er noch einige Papiere, klappte dann mit sattem Knall seine pralle Unterschriftenmappe zu, lehnte sich zurück, sah mich auffordernd an. »Ich höre.«

Er war ein verdammt guter Taktiker, musste ich zugeben. Und er kannte jeden Kniff der effektiven und erfolgreichen Gesprächsführung, stellte ich rasch fest. Kaltenbach ließ mich ständig im Unklaren darüber, wie viel er schon wusste, und zwang mich so, nichts zu verschweigen. Er war ausgeschlafen und eiskalt, ich dagegen übermüdet und nervös. Ich klemmte die Hände zwischen meine Knie, damit sie nicht zitterten, was auch der blutigste Anfänger im Feld der Vernehmungstaktik als untrügliches Zeichen für ein schlechtes Gewissen betrachtet hätte. Ich räusperte mich ein letztes Mal, versuchte, eine bequeme Sitzposition zu finden, was mir nicht gelang. Dann begann ich meinen Bericht. Das Einzige, was mich jetzt noch retten konnte, war Ehrlichkeit.

Nur einige wenige Nebensächlichkeiten behielt ich für mich, unter anderem Heneckas Umschlag. Ich behauptete, ihn von früher zu kennen, einem Freund einen Dienst erwiesen zu haben. Kaltenbach hörte mit stoischer Miene zu, machte sich hin und wieder Notizen an Stellen, die ich für ganz und gar unwichtig hielt, nickte manchmal, als hätte ich nur bestätigt, was er ohnehin längst wusste.

»Und jetzt ist der Mann also wieder zu Hause und in

Sicherheit?«, fragte er, als ich endlich zum Ende meiner langen Beichte gekommen war.

»Nicht zu Hause. Er hält sich versteckt, hier in Heidelberg.«

»Sie halten ihn immer noch für gefährdet?«

»Nach der Geschichte in Regensburg gestern ...«

»Der Tod dieses Herrn Kaisershof hat nichts mit Ihrem alten Freund zu tun.«

»Nein?« Er hatte den Anschlag offenbar nicht überlebt.

»Die dortigen Kollegen haben den Täter noch in der Nacht gefasst. Kaisershof hatte den Termin sogar im Kalender stehen, mit Namen und Handynummer. Um zehn waren sie verabredet, aber der Besucher hatte sich offenbar verspätet, sonst hätten Sie ihn sogar noch getroffen. Ich habe noch nicht den kompletten Überblick, aber soweit ich es verstanden habe, ging es um Geschäfte mit gefälschten Bildern, die ins Ausland verbracht und dort als Originale verkauft werden sollten. Hauptsächlich in Russland und der Ukraine. Kaisershof war also Künstler?«

»In gewissem Sinn ja«, erwiderte ich lahm, während ich eilig versuchte zu entscheiden, ob das für mich gute oder schlechte Nachrichten waren. »Er war ein begnadeter Kopist. Ein paar von seinen Arbeiten habe ich gesehen. Sie sind vom Original kaum zu unterscheiden – soweit ich das als Laie beurteilen kann. Und er hat die Bilder angeblich immer mit eigenem Namen signiert.«

»Immer nicht, wie es scheint. Der Mann, der ihn erschossen hat, betreibt in Bukarest eine Galerie und ist schon des Öfteren wegen fragwürdiger Machenschaften aufgefallen. Die Regensburger Kollegen vermuten, Kaisershof hat kalte Füße bekommen und wollte aus dem Geschäft aussteigen. Eine Nachbarin, der wir übrigens eine ganz wundervolle Beschreibung Ihrer Person verdanken, hat einen kurzen Streit gehört, bevor es geknallt hat. Anfangs sind die Kollegen natürlich davon ausgegangen, Sie seien der Täter. Dann haben sie den Eintrag im Kalender des Opfers entdeckt und den Täter noch in der Nacht am Grenzübergang Neuhaus festnehmen können.«

Dann war die ganze Aufregung der vergangenen Nacht, der Stress, meine Ängste und Sorgen – das alles war völlig unnötig gewesen. Sinnlos. Falscher Alarm. Verschwendete Zeit. Verschwendete Energie.

»Kommen wir zu Lisa«, fuhr Kaltenbach ohne jede Gemütsregung fort. »Das ist ja immerhin ein erfreulicher Aspekt in Ihrer ansonsten – nun ja – etwas befremdlichen Aktion. Sie glauben dem Mann seine Geschichte?«

»Ich sehe keinen Grund, daran zu zweifeln.«

Er nickte nachdenklich. Kratzte sich an der Nase. »Das heißt, wir lassen den Apfelbaum fällen?«

»Wäre mein Vorschlag. Am besten gleich heute.«

In meinem Beisein telefonierte Kaltenbach mit dem Chef des Polizeipräsidiums Darmstadt, mit dem er gut bekannt, wenn nicht sogar befreundet zu sein schien. Legte dann bedachtsam den Hörer auf, ging noch einmal seine Notizen durch. Nickte manchmal. Schüttelte an anderen Stellen den Kopf. Schließlich lehnte mein neuer Chef sich zurück, faltete die Hände im Genick und sah mir mit einem feinen Lächeln ins Gesicht.

»Sie machen vielleicht Sachen, Herr Gerlach.«

Immerhin schon wieder »Herr Gerlach«, wenn auch noch nicht »lieber«. Ich hob die Hände und versuchte, möglichst unschuldig zu gucken.

»Es geht Ihnen offenbar wieder besser?«

»Viel besser, ja.«

»Ein alter Bluthund wie Sie kann das Jagen einfach nicht lassen, was?«

Ich beschloss spontan, ihm das Adjektiv »alt« zu verzeihen.

Kaltenbach überflog ein letztes Mal seinen Zettel. »Sie haben es vielleicht schon bemerkt, lieber Herr Gerlach«, sagte er dann, »ich bin ein Mann, der auf das Ergebnis schaut. Nicht der Weg ist das Wichtigste, nicht die Vorgehensweise, sondern das Ergebnis. Und wenn ich davon absehe, dass Sie sich in den vergangenen Tagen höchst seltsam aufgeführt haben – ich soll Sie übrigens sehr herzlich von meinem Kollegen Zinnecker in Leipzig grüßen, der große Stücke auf Sie hält.«

Ich sackte in mich zusammen, und Kaltenbach schien plötzlich Mühe zu haben, ernst zu bleiben.

»Wo war ich? Ach ja, das Ergebnis. Summa summarum, würde ich sagen, haben Sie in Ihrer Freizeit möglicherweise einen alten Mordfall endlich aufgeklärt. Und das ist prima vista kein schlechtes Resultat. Ein beachtliches Resultat sogar, wenn man bedenkt, mit welch bescheidenen Mitteln Ihnen das gelungen ist. Über die Wege, wie es zustande kam, schweigen wir ab jetzt. Wir beide. Wir verstehen uns?«

Hatte ich eben richtig gehört? Hatte er mich gelobt? Wider Willen begann ich, Respekt vor diesem jungen Ehrgeizling und Möchtegernmanager zu haben. Er legte das Blatt mit seinen Notizen so schwungvoll zur Seite, als wäre es für immer, beugte sich vor, stützte die Ellbogen auf seinen perfekt aufgeräumten Schreibtisch.

»Ein bisschen Strafe muss natürlich sein«, sagte er ruhig. »Ganz ungeschoren kommen Sie mir nicht davon. Mein Vorschlag: Sie sind ab sofort wieder dienstfähig. Sie unterstützen die Darmstädter Kollegen im Fall Lisa Götze und sehen zu, dass der Rest möglichst unauffällig in Ordnung kommt. Können wir uns darauf einigen?«

Es fehlte nicht viel, und ich wäre ihm um den Hals gefallen oder hätte wenigstens seine Hände geküsst.

»Was geschieht mit Henecka?«

»Der ist bis auf Weiteres ein freier Mann und kann tun und lassen, was er will. Wenn Sie es für nötig halten, ihn weiterhin zu verstecken, dann ist das eine Sache zwischen dem

Privatmann Gerlach und Professor Henecka. Alles Weitere wird entschieden, wenn die Fakten auf dem Tisch liegen.«

Über Emma, Merits Mutter, hatten wir nur kurz gesprochen, wurde mir bewusst, als ich mit Petra Ragolds mitfühlenden Blicken im Rücken auf den Flur trat. Noch heute würde ich Henecka zu diesem Punkt auf den Zahn fühlen.

Sönnchen sah mir besorgt, doch im nächsten Moment schon erleichtert ins Gesicht, als ich nach einer gefühlten Ewigkeit zum ersten Mal wieder als Chef vor sie trat.

»Herr Gerlach!« Nun war sie es, die es sichtlich Überwindung kostete, mich nicht zu umhalsen. »Sie waren schon …?«

Ich nickte.

»Und?«

»Alles halb so schlimm.«

»Gott sei Dank«, stieß sie hervor. »Setzen Sie sich, bitte, setzen Sie sich doch. Sie sehen noch ein bisschen wacklig aus, ehrlich gesagt.« Und dann noch einmal mit Betonung auf jedem Wort: »Gott! Sei! Dank!«

»Ab sofort bin ich wieder da.«

»Einen ordentlichen Kaffee auf den Schrecken?«

Das fand ich eine ganz wunderbare Idee. Immer noch beschwingt betrat ich mein Büro, jeden Moment gewärtig, auf eine Lücke zwischen den Wolken zu treten, auf denen ich schwebte. Die Sonne schien durch drei Fenster herein, das Leben war wieder schön, ich war zurück in der Realität. Kein Wasserdampf befand sich unter meinen Füßen, sondern der feste, an manchen Stellen schon etwas verschlissene Kunststoffboden meines kargen Beamtenbüros. Ich setzte mich auf meinen guten alten Sessel an meinen guten alten Blech-und-Plastik-Schreibtisch und fühlte mich, als hätte ich in den letzten Minuten fünfzehn Kilo abgenommen.

Im Vorzimmer brummte die Kaffeemaschine gemütlich, Sönnchen summte eine kleine Melodie dazu, wie sich das gehörte, ich nahm den Telefonhörer zur Hand, auch der fühlte sich ganz normal an, wählte die Nummer des Polizeipräsidiums Darmstadt, meldete mich wie gewohnt mit »Gerlach, Kripo Heidelberg«, ließ mich mit dem zuständigen Kollegen verbinden, einem Hauptkommissar Jakop, und berichtete ihm, was er zum großen Teil schon wusste.

»Ich bräuchte irgendein Papier vom Besitzer«, sagte er. »Dass er damit einverstanden ist, wenn wir das Ding umsägen.«

»Besorge ich Ihnen. Spätestens heute Mittag haben Sie den Schrieb auf dem Tisch.«

»Auf dem übrigens gerade die Akte von damals liegt. Bin gerade dabei, mich ein bisschen einzulesen.«

Sönnchen kam mit meinem Cappuccino, hatte für sich selbst einen extragroßen Milchkaffee gemacht, setzte sich mir gegenüber auf einen der Besucherstühle und strahlte mich an wie ein kleines Mädchen das Christkind.

»Na?«, fragte ich nach dem ersten behaglichen Schluck. »Wie fühlt man sich so, als frischgebackene Ehefrau?«

»Ach Gottchen.« Sie kicherte und errötete ein wenig. »Wenn Sie auf die Flitterwochen anspielen – wir sind zwei Tage in Berlin gewesen.«

»Berlin? Und?«

»Haben gedacht, ist mal was anderes. Aber es hat die ganze Zeit geregnet, und die Berliner haben wir auch nicht so gemocht, und dann haben wir gedacht, sparen wir uns den Urlaub lieber für bessere Zeiten auf, und dann sind wir wieder heimgefahren, und in Heidelberg ist es ja auch schön, und die Leute hier sind sowieso viel netter als diese Preußen da oben.«

Trotz der in den Berliner Regen gefallenen Flittertage leuchtete das junge Eheglück aus ihren Augen, aus ihrem Lächeln, aus jeder ihrer Bewegungen. Sogar ihre Zähne schienen weißer zu sein als sonst. Sonja Walldorf – ihren Mädchennamen hatte sie behalten – schien in den vergangenen Tagen um zehn Jahre jünger geworden zu sein.

»Passen Sie gut auf«, sagte ich ernst, »dass es möglichst lange so bleibt, wie es jetzt ist.«

»Das mach ich, Herr Gerlach«, versprach sie immer noch strahlend. »Das ist ja das Gute, wenn man nicht mehr so blutjung ist: Man weiß, was man aneinander hat. Das wissen Sie ja auch, gell?«

»Ich … äh …?«

Sie erschrak über meine Reaktion. Errötete noch tiefer. »Ich meine, jetzt, wo unser Dr. Liebekind tot ist, kann ich … Vielleicht, hab ich gedacht. Ich hoffe, das war jetzt nicht …«

»Sie haben …?«

»Die wenigsten wissen es, keine Angst! Eigentlich bloß die Petra und ich, und wir haben eisern dichtgehalten.«

Nachdem ich mich auch von diesem Schrecken erholt hatte, plauderten wir noch ein Weilchen über dies und jenes, und dann beschloss ich, ab sofort wieder Chef der Heidelberger Kriminalpolizei zu sein.

Meine erste offizielle Amtshandlung war der Anruf bei Patrick Götzes Arbeitgeber, auf den ich mich schon seit Tagen freute. Dieses Mal ließ ich mich nicht abwimmeln.

»Wir wissen es nicht«, lautete die schlichte Antwort auf meine Frage nach Götzes derzeitigem Aufenthaltsort. »Herr Götze ist seit – warten Sie – seit einer Woche wissen wir nicht, wo er steckt.«

»Wie kann denn jemand von einer Montageplattform mitten in der Nordsee verschwinden? Er wird ja wohl nicht ins Wasser gesprungen sein.«

»Selbstverständlich nicht. Er hat über Unwohlsein geklagt und um Ablösung gebeten. Der nächste Heli, der die Plattform angeflogen hat, hat ihn mit nach Bremerhaven genommen. Dort ist er in seinen Wagen gestiegen, aber hier in Hamburg ist er nicht angekommen. Sein Handy ist aus. Ich habe es selbst schon x-mal versucht. Wir kennen Herrn Götze sonst als äußerst zuverlässigen Mitarbeiter. Ich hoffe, es ist ihm nichts zugestoßen.«

Während des kurzen Telefonats war mir ein Gedanke gekommen. Eine Idee, die den ganzen Morgen schon durch die hinteren Regionen meines Gehirns geisterte, war wieder in den Vordergrund gerückt. Ich klappte meinen Laptop auf, tippte »Galerie Bensheim Marktplatz« ein.

Wolfgang Böhler, las ich, Öffnungszeiten … Veranstaltungen … Eröffnung der Janssen-Ausstellung am neunzehnten Mai. Wie ich schon befürchtet hatte: Die kulturinteressierte Frau Köpke hatte sich im Datum geirrt. Dank der herrlichen Informationstechnik, die mir jetzt wieder zur Verfügung stand, kostete es mich nur Sekunden, ihre Adresse in Heppenheim herauszufinden. Ans Telefon ging die Schwiegertochter, die einen sehr sympathischen und klugen Eindruck auf mich machte und ohne zu klagen das Telefon in die Souterrainwohnung trug, wo die Mutter ihres Gatten hauste.

Noch einmal fragte ich Frau Köpke nach dem Fahrer des Volvos, der Henecka angeblich ausgebremst und bedroht hatte. Aber sie konnte mir nicht mehr dazu sagen als bei unserem ersten Telefonat. Blond, mittelgroß, alles passte auf Patrick Götze. Dass er auffallend blass gewesen war, ließ sich vielleicht mit der Aufregung erklären. Der Volvo konnte ein Leihwagen gewesen sein. Vielleicht stand sein Audi ja in der Werkstatt.

Ich bat Rolf Runkel, Götze zur Fahndung auszuschreiben.

»Erst mal nicht festnehmen, nicht ansprechen. Ich will persönlich mit ihm reden. Und außerdem klären Sie bitte ab, ob er bei einer Hamburger Autovermietung einen Volvo gemietet hat.«

»Geht klar, Chef.« Runkel war glücklich, dass ich wieder im Dienst und die gewohnte Ordnung wiederhergestellt war. »Wird umgehend erledigt.«

Flüchtig sah ich meinen Posteingang durch, den überschaubaren Aktenstapel auf meinem Schreibtisch, erledigte die wichtigsten und dringendsten Dinge. Was nicht viel war, da Sönnchen und Klara Vangelis mich gut vertreten hatten. Dann war es schon an der Zeit, Jan-Armin Henecka den nächsten Besuch abzustatten. Ein Darmstädter Kollege wartete auf die Genehmigung, einen kerngesunden Apfelbaum zu fällen.

»Es geht um Ihren Baum …«, begann ich, als ich Henecka gegenübersaß. Wortlos kritzelte er mit meinem Kugelschreiber einen Zweizeiler auf meinen mitgebrachten Spiralblock, fügte das Datum und eine schwungvolle Unterschrift hinzu, riss das Blatt heraus, faltete es zweimal und überreichte es mir, als wäre er soeben Opfer einer Erpressung geworden.

Beim Bäcker gegenüber der Polizeidirektion hatte ich zwei belegte Brötchen gekauft sowie eine Anderthalb-Liter-Flasche stilles Wasser. Henecka knabberte mit finsterem und zugleich sterbensmüdem Blick an einem Körnerbrötchen mit Käse. Ich selbst hatte keinen Appetit. Der Teller, auf dem Henecka sein halb aufgegessenes Brötchen schließlich mit angewiderter Miene ablegte, hatte seit Neuestem einen Sprung.

»Haben Sie sich ein bisschen erholen können?« Während ich fragte, wurde mir bewusst, dass ich selbst kein bisschen müde war, sondern im Gegenteil vor Energie und Tatendrang sprühte.

»Wie würde es Ihnen gehen nach so einer Nacht?«, fragte er gallig zurück. »Was geschieht denn jetzt? Was geschieht, wenn Sie Lisa gefunden haben?«

»Sie meinen, juristisch?«

Er musterte mich böse, als sähe er mich heute zum ersten Mal. »Auch.«

»Merit war nicht strafmündig. Außerdem ist bisher nicht bewiesen, dass sie Lisa getötet hat. Vielleicht hat sie sie nur geschubst, und ihre Freundin ist unglücklich auf diesen Stein gefallen, den wir ja hoffentlich auch unter Ihrem Apfelbaum finden. Was Sie selbst betrifft, könnte ich mir ›unkorrekten Umgang mit einem Leichnam‹ vorstellen. Das wäre dann eine Ordnungswidrigkeit. Natürlich auch Behinderung der Polizeiarbeit in einem besonders schweren Fall. Auf der anderen Seite wird man Ihnen zugutehalten, dass Sie Ihr Kind schützen wollten. Ganz ungerupft werden Sie nicht aus der Geschichte herauskommen.«

Letztlich hatten darüber die Staatsanwaltschaft und gegebenenfalls ein Richter zu entscheiden und nicht ich.

»Ich habe sie begraben«, murmelte er, immer noch und immer wieder fassungslos. »Sogar ein kleines Gebet habe ich gesprochen, bevor ich das Bäumchen wieder eingepflanzt habe.« Er schluckte mühsam. Sah mich aus feuchten Augen an wie ein trauriger Hund. »Was geschieht mit dem, was … was von Lisa übrig ist?«

»Als Erstes werden wir natürlich versuchen, die Todesursache festzustellen. Was nach so langer Zeit nicht leicht sein wird. Später wird sie ordnungsgemäß begraben. Und, ach ja, es gibt auch eine gute Nachricht.«

»Ist ja mal was ganz Neues.«

»Der Mörder in Regensburg war nicht hinter Ihnen her.«

»Das heißt, ich kann mich wieder frei bewegen?«

»Vielleicht bleiben wir noch ein bisschen vorsichtig, aber im Prinzip …«

»Ich habe vorhin kurz mein Handy angemacht, ja, sehen Sie mich nicht so an, und Mails gecheckt. Der Stalker hat jetzt seit fast drei Wochen nicht mehr geschrieben.«

Ich zögerte, bevor ich mich an das nächste Thema heranwagte: »Es gibt da noch etwas anderes, das mich brennend interessieren würde …«

Henecka beäugte mich misstrauisch.

»Ihre Frau.«

»Was soll mit ihr sein?«, fragte er mit aufmüpfigem Blick.

»Wo ist sie? Lebt sie noch?«

»Selbstverständlich lebt sie.« Er wandte den Blick nicht ab. Bellte: »Wofür halten Sie mich? Für einen Massenmörder? Für ein Monster?«

»Offiziell leben Sie zusammen in Ihrem Haus in Bensheim. Aber seit Jahrzehnten hat niemand Ihre Frau gesehen. Auch Merit nicht.«

Erst nach Sekunden schlug er die Augen nieder. »Das geht Sie nichts an«, sagte er tonlos. »Es muss Ihnen genügen, dass sie lebt und dass es ihr gut geht.«

Es ging mich sehr wohl etwas an. Und ich würde so lange auf dieses Thema zurückkommen, bis er mit der Wahrheit herausrückte. In einem Punkt aber war ich mir jetzt schon sicher: Hätte er seine Frau getötet, hätte er anders reagiert. Aggressiver. Verstörter. Hinter ihrem Verschwinden steckte etwas anderes.

»Der Bruder Ihrer Frau soll einmal in Deutschland gewesen sein, um sie zu suchen ...«

Henecka grinste abfällig, sah auf seine Hände. »Marius ist eine Memme. Ein Totalversager. Hat vielleicht noch mehr unter seinem Vater gelitten als Emma. Torvald ist einer dieser Tyrannen, die glauben, man verdirbt den Charakter eines Kindes, wenn man es lobt. Der Mann ist für mich ein Nazi. An der ganzen unseligen Familie klebt ein Fluch, und dieser Fluch heißt Torvald.«

»War Marius damals bei Ihnen?«

»Eines Tages hat er vor der Tür gestanden, ja. Ungefähr ein Jahr nachdem Emma uns verlassen hat. Ich habe ihn rausgeworfen. Er ist nicht wiedergekommen. Der Bursche hat kein Rückgrat. Null.«

»War er damals auch schon auf Drogen?«

Jetzt sah Henecka mir wieder ins Gesicht. Unterwürfig fast, um Vergebung flehend.

»Ich hatte solche Angst, dass Merit es geerbt hat. Keiner in Emmas Familie kommt mit seinem Leben klar. Das war der Hauptgrund dafür, dass ich versuchte, mein Kind aus der Sache mit Lisa herauszuhalten. Was ein Fehler war, ich sehe es ja ein. Ein großer Fehler, weil sie das Erlebte nicht verarbeiten konnte. Sie hat es all die Jahre mit sich herumgeschleppt, hat vielleicht gar nicht gewusst, was damals geschehen ist. Aber ich konnte doch ... Ich konnte doch Lisa nicht einfach wieder ausgraben, nicht wahr? Das wäre doch nicht gegangen. Schon am nächsten Morgen wurde mir klar, dass es falsch war, wie ich damit umgegangen bin. Der völlig falsche Weg. Ich hätte das alles nicht einfach unter den Teppich kehren dürfen. Oder unter einen kleinen Apfelbaum ...«

Sein verzweifeltes Lachen tat mir in der Seele weh.

»Aber da war es zu spät. Da sind Ihre Kollegen gekommen und wollten alles Mögliche wissen. Und je mehr ich redete, desto mehr habe ich mich in meinen Lügen verstrickt. Habe keinen Weg mehr zurück zur Wahrheit gefunden. Und dann, auf einmal merke ich, die glauben dir ja! Die glauben dir jedes Wort!«

»Und Merit?«

»Merit hat nichts gesagt, weil sie nichts wusste.« Nachdenkliches Nicken. Mühsames Schlucken. »Und jetzt also doch. Auch Merit ... O Gott!« Henecka legte die Hand vor die Augen und schien mit den Tränen zu kämpfen. »Ich habe so gehofft, ich könnte diesen verdammten Fluch brechen. Ich hatte es so gehofft ...«

Erst nach Minuten beruhigte sein Atem sich wieder, nahm er die Hand herunter. Seine Augen waren trocken. Er nahm sein Käsebrötchen vom Teller, betrachtete es verständnislos, legte es zurück, faltete die Hände im Schoß.

»Könnte ich ...«, murmelte er, ohne mich anzusehen. »Dürfte ich noch ein bisschen hierbleiben? Nur für zwei, drei Tage? Ich kann jetzt unmöglich in dieses Haus zurück. Muss mich erst mal sortieren ...«

»Kein Problem«, erwiderte ich ruhig. »Solange Sie mögen.« Ich beugte mich vor, hielt seinen Blick fest. »Der Tag, an dem Sie angeblich von dem schwarzen Volvo gestoppt wurden, war nicht der Mittwoch, sondern der Dienstag. Der Fahrer dieses Volvos war ein blonder Mann mittleren Alters und soll Sie beschimpft haben. Möglicherweise auch bedroht.«

Verwirrt vom abrupten Themenwechsel sah er auf, aber nicht in mein Gesicht, sondern knapp daran vorbei. »Ach, das! Jetzt erinnere ich mich. Ein Verrückter. Er war der Ansicht, ich sei zu langsam gefahren. Dabei war da siebzig erlaubt, und ich hatte fast achtzig drauf. Ein Verrückter, nichts weiter.«

»Dieser Verrückte hieß nicht zufällig Patrick Götze?«

»Patrick?« Jetzt sah er wieder auf seine Hände. »Ja, vielleicht doch. Ich habe ihn fünfzehn Jahre nicht gesehen. Menschen verändern sich …«

Es war offensichtlich, dass er log. Aus welchem Grund? Was verheimlichte er mir? Dieses Zusammentreffen am Rand der Bundesstraße war vermutlich der Grund für sein Verschwinden. Wenn Götze nicht der Mann im Volvo war, wer war es dann? Kannte er den richtigen Namen? Und wenn ja, warum durfte ich ihn nicht wissen?

Eine Weile herrschte ratloses Schweigen. Dann sah Henecka mich mit einer Mischung aus Hass und Bewunderung an.

»Danke«, stieß er heiser hervor. »Obwohl ich nicht sicher bin, ob ich an dem, was Sie für mich getan haben, große Freude haben werde – danke trotzdem, dass Sie mir das Leben gerettet haben.«

»Ich habe es nicht für Sie getan«, erwiderte ich grob, »sondern für Ihre Tochter. Sie braucht Sie.«

Als ich mich erhob, um mich zu verabschieden, fragte Henecka mit rauer Stimme, in welchem Krankenhaus Merit lag.

Ich sagte es ihm, aber dann weigerte er sich plötzlich mit fast panischem Blick, dort anzurufen.

»Ich brauche Zeit«, nuschelte er und nahm fahrig das Käsebrötchen wieder in die Hand. »Ich bin im Moment noch zu … Ich muss … Nein, im Moment lieber nicht. Nein.«

Als ich ging, saß er auf seinem Stuhl mit einem Blick, als hätte ich soeben ein hartes, aber gerechtes Urteil über ihn verhängt.

35

In den frühen Nachmittagsstunden dieses Tages röhrte im stillen Osten Bensheims eine große Motorsäge. Natürlich wollte ich mir das Ereignis nicht entgehen lassen und hatte mich zu den Darmstädter Kollegen gesellt. Gemeinsam sahen wir dem Mann zu, der orangefarbene Schutzkleidung und einen Helm mit Gesichtsschutz trug. Seine Säge war von einer Größe, als gälte es, einen mittelgroßen Wald abzuholzen. Schon nach zwei Sekunden fiel der prachtvolle, kerngesunde und dicht belaubte Apfelbaum um, die Säge verstummte wieder, und der Baumfällspezialist nahm grinsend seinen Helm ab, als erwartete er Beifall.

Was nun folgte, ähnelte mehr der Tätigkeit von Archäologen als der von Kriminaltechnikern. Den Baumstrunk mit Gewalt aus dem Boden zu reißen, verbot sich selbstverständlich. Wir mussten davon ausgehen, dass das wenige, was von Lisa noch übrig war, komplett vom Wurzelwerk durchdrungen war. So begannen die geduldigen Kollegen in den weißen Schutzanzügen, den Strunk vorsichtig zu entfernen, indem sie mit einer kleinen, handlichen Kettensäge Stück um Stück abschnitten, bis sie auf erste Steinchen und dunkle, fruchtbare Erde stießen. Dieser Teil der Arbeiten dauerte etwa anderthalb Stunden, und am Ende taten nicht nur mir die Füße weh.

Nun begann der spannende Teil. Mit kleinem Werkzeug wurde Erde entfernt, wurden Wurzeln abgeschnitten, bis schließlich eine Frauenstimme rief: »Hier – ich hab was!«

Sie hielt etwas in die Höhe, das einmal ein Stofffetzen gewesen sein mochte und von undefinierbarer Farbe war. Kurz darauf kam ein erster Knochen zutage, wurde umsichtig gesäubert und auf einer kalkweißen Plane abgelegt. Für mich sah das schmutzige Dingelchen aus wie ein Unterarmknochen. Wie der Unterarmknochen eines Kindes. Dann ging es Schlag auf Schlag. Fünf Minuten nach dem ersten Fund kam der Schädel zum Vorschein.

»Unbeschädigt«, sagte dieselbe Kollegin, die den Stofffetzen gefunden hatte. »Ich seh da jedenfalls nichts, woran man sterben könnte.«

Weitere Stoffreste, Haare und Knochen wurden geborgen und sorgsam auf der Plane platziert, wo sich allmählich so etwas wie ein Skelett bildete.

»An äußerer Gewalteinwirkung ist das Mädchen nicht gestorben«, meinte nun auch ein zweiter Spurensicherer, nachdem er sich Lisas kleinen Schädel angesehen hatte. »Bin gespannt, was die Mediziner dazu sagen.«

Merit schien in den vergangenen Tagen noch schmaler und unscheinbarer geworden zu sein. Blass und mit großen, verständnislosen Kinderaugen kam sie auf mich zu. Sie steckte in einem für die Jahreszeit viel zu dicken Bademantel, der vermutlich aus den Asservaten des Bensheimer Heilig-Geist-Hospitals stammte, schien dennoch zu frieren. Ich hatte in einer Aufenthaltsecke am Ende eines langen Krankenhausflurs eine Weile auf sie gewartet. Im freundlichen Licht der Nachmittagssonne standen dort drei kleine weiße Tische mit jeweils zwei oder drei verschiedenfarbigen Stühlen. Am Nachbartisch saß eine fette, hellwache Matrone, die jede meiner Regungen misstrauisch registrierte. Als die junge Frau kam, die offenbar nicht meine Tochter war, wurde der Blick noch aufmerksamer.

»Hallo«, sagte ich, als ich vorsichtig Merits schlaffe, kühle Hand drückte, und versuchte, Optimismus in meine Stimme zu legen. »Ich komme mit einer guten Nachricht.«

Ihr Blick wurde ein wenig wacher. Sie nahm auf dem Stuhl an der anderen Seite des Tischs Platz, auf dem einige zerfledderte Zeitschriften und bunte Prospekte herumlagen.

»Wie geht es Ihnen?«, fragte ich leise.

»Gut«, murmelte Merit unkonzentriert und sah aus dem Fenster. »Ganz gut, doch.«

»Fühlen Sie sich imstande, eine Nachricht zu hören, die Sie vermutlich in ziemliche Aufruhr versetzen wird?«

»Lisa?«, flüsterte sie mit flatternden Lidern.

»Können Sie hellsehen?«

»Es war nicht so schwer zu erraten.« Ihr Lächeln war todtraurig.

»Wir haben sie gefunden. Vor einer Stunde. Wie es aussieht, ist sie nicht an dem Stein gestorben. Sie haben sich all die Jahre umsonst Sorgen und Vorwürfe gemacht.«

»Nicht?«, stieß sie mit alarmiertem, fast empörtem Blick hervor. Manchmal fällt es Menschen schwer, von einem lieb gewonnenen Unglück loszulassen. Am Nachbartisch war es jetzt totenstill. Die Lauscherin schien sogar das Atmen vergessen zu haben.

Ich berichtete Merit in kleinen Häppchen, was im Lauf der vergangenen Nacht und des heutigen Tages geschehen war. Dass ihr Vater wieder da und gesund war. Dass er reinen Tisch gemacht hatte. Dass alles, was in den vergangenen sechzehn Jahren ihr Leben bestimmt hatte, vermutlich ein riesengroßer Irrtum gewesen war. Nur sehr allmählich, widerstrebend konnte sie sich mit dem Gedanken anfreunden, sich nicht mehr schuldig fühlen zu müssen.

»Natürlich müssen wir abwarten, bis die Rechtsmediziner in Frankfurt ihr Gutachten geschrieben haben.«

»Wie lange?«

»Ein paar Tage wird es noch dauern, bis wir Gewissheit haben. Wenn ich etwas Neues höre, erfahren Sie es als Erste, das verspreche ich Ihnen.«

Falls wir überhaupt jemals Gewissheit bekommen sollten, was angesichts des Zustands von Lisas Leichnam alles andere als sicher war.

Merits Zurückhaltung wich nicht. Noch immer war sie

vorsichtig, als fürchtete sie eine Falle, irgendeinen gemeinen Trick, der ihr neue Schmerzen zufügen würde. Starrköpfig weigerte sie sich, meinen Optimismus zu teilen. Die Dicke am Nachbartisch schnaufte inzwischen wieder.

»Demnächst dürfen Sie nach Hause«, sagte ich, als ich mich erhob, um Abschied zu nehmen.

»Nach Hause ...«, wiederholte sie zerstreut, als müsste sie erst ergründen, wie diese zwei einfachen Worte sich anfühlten. Wie sie klangen, wenn man sie selbst aussprach.

»Wenn Sie mögen, kann Ihr Vater Sie abholen. Er freut sich darauf, Sie wiederzusehen.«

Ihre Miene, die sich während unseres leisen und sehr einseitigen Gesprächs mehr und mehr entspannt hatte, gefror sofort wieder.

»Selbstverständlich nur, wenn Sie es wollen«, fügte ich eilig hinzu.

»Ich weiß nicht«, flüsterte sie verzagt. »Ich muss ... das alles erst einmal verdauen.«

Dies war der längste Satz, den ich heute von ihr gehört hatte.

»Frau Schmider?«, rief mit schriller Stimme eine Schwester, die den Kopf aus irgendeiner Tür streckte. Die Lauscherin erhob sich geräuschvoll und watschelte empört schnaufend davon.

Wieder einmal weckte mich das Telefon. Es war Samstagmorgen, und eigentlich hatte ich vorgehabt, mich endlich einmal gründlich auszuschlafen. Der Anrufer war Rolf Runkel.

»Sie haben gesagt, wenn sich mit diesem Götze was tut ...«

»Haben Sie ihn?«

»So gut wie. Er hat einen Unfall gehabt ...«

Lisas Vater hatte sich nach der Landung in Bremerhaven in eine Bar gesetzt und volllaufen lassen. Anschließend war er in seinen Audi gestiegen und, noch bevor er die Autobahn erreichte, von der Straße abgekommen und gegen eine Betonmauer gekracht. Nur den zahllosen Airbags seines Wagens verdankte er, dass er noch lebte.

»Zwei Komma drei Promille hat er gehabt. Und die Straße war vierspurig und bolzengerade. Die Kollegin in Bremerhaven, mit der ich telefoniert hab, meint, es wär wohl eher ein Selbstmordversuch gewesen.«

»Ist er ansprechbar?«

»Ein paar Tage hat's Spitz auf Knopf gestanden. Vier Mal haben sie ihn operieren müssen. Seit vorgestern ist er jetzt wieder bei Bewusstsein. Die Kollegin sagt, er ist noch ziemlich verwirrt. Redet dauernd von einer Lisa.«

»Wann war der Unfall?«

»Moment, wo war das noch … Ah, da hab ich's: am Montag. Das ist der Fünfundzwanzigste gewesen, abends um acht. Gelandet ist er gegen Mittag. Dann hat er gesoffen, und dann ist er gegen die Mauer gefahren.«

Einen Tag zuvor hatten wir telefoniert. Stunden später war die SMS gekommen, in der er schrieb, er wolle nicht mehr mit mir sprechen. Am nächsten Morgen hatte er sich krankgemeldet und ans Festland fliegen lassen. Dass er versucht hatte, sich das Leben zu nehmen, und jetzt im Krankenhaus lag, bedeutete nicht, dass er nicht der Fahrer des schwarzen Volvos oder der Schreiber der Drohmails gewesen war. Jedenfalls würde er für Henecka auf absehbare Zeit keine Gefahr mehr darstellen.

Als ich auflegte, war es halb neun. Gähnend überlegte ich, ob ich gleich unter die Dusche gehen sollte, entschied mich jedoch, mich wieder an Theresa zu kuscheln, die immer noch schlief. Nie hätte ich gedacht, dass zwei nicht einmal besonders schlanke Erwachsene in einem Bett schlafen konnten, das nur einen Meter breit war. Als ich wieder zu ihr in die Wärme schlüpfte, stellte ich fest, dass sie nackt war. Sie öffnete ein Auge, lächelte mich verschlafen an.

»In einer Stunde muss ich los.« Sie räkelte sich wohlig. »In einer Stunde kann viel geschehen, nicht wahr?«

Am Sonntagmorgen war endlich Gelegenheit und die nötige Ruhe für ein Frühstück zu zweit. Auch in der vergangenen Nacht hatte Theresa wieder in meinem Bett geschlafen. Es war zwar nicht wieder zum Äußersten gekommen, aber sie hatte sich wohlgefühlt in meinen Armen. Immer noch war sie manchmal plötzlich bedrückt, traurig, nachdenklich. Manchmal wechselte ihre Stimmung mitten im Satz. Aber mit einem ihrer schönen Beine stand sie schon wieder im Leben. Auch an diesem hellen Sonntagvormittag wirkte sie heiter und entspannt.

Die Zwillinge waren in der Nacht wieder einmal spät nach Hause gekommen. Sie hatten sich jedoch nicht wie üblich auf einer Party oder in einer Diskothek vergnügt, sondern den Abend im Patrick-Henry-Village verbracht, um dort bei einem Fest für die Flüchtlinge zu helfen. Ich war stolz auf sie, und gleichzeitig drückte mich mehr und mehr das schlechte Gewissen, weil ich selbst so gar nichts gegen das Elend der Heimatlosen tat. Aber schließlich war ich ja auch lange krank gewesen.

»Hör mal«, begann ich nach dem ersten Schluck Kaffee. »Ich wollte was mit dir besprechen.«

In ihren Mundwinkeln erschien ein Mona-Lisa-Lächeln.

»Du hast jetzt schon ein paar Mal hier geschlafen. Sogar in meinem Bett ...«

»Was eine ziemliche Tortur ist.« Ihr Lächeln wurde deutlicher.

»Wahre Liebe braucht kein breites Bett«, behauptete ich.

Sie schmierte dick Honig auf ihr Brötchen.

»Ich weiß, es ist ein bisschen früh. Du bist ja gerade erst ...«

Mit beiden Händen hob sie die riesige Tasse mit der hellbraunen Brühe, die sie standhaft Café au Lait nannte, an die vollen, noch ungeschminkten Lippen. Ihr Lächeln war plötzlich verschwunden.

»Wird das so etwas wie ein Heiratsantrag?«, fragte sie mit einem Glitzern in den hellwachen, seegrünen Augen.

»Sagen wir, ein Erst-mal-nur-zusammenleben-Antrag.«

Sie stellte die Tasse wieder ab und legte ihre Rechte auf meinen Unterarm.

»Ich fühle mich geehrt, Alex«, sagte sie mit feierlichem Ernst. »Wirklich, ich freue mich sehr. Ich habe oft an so etwas gedacht, seit wir zusammen sind, weißt du? Aber lass es uns bitte langsam angehen, ja? «

Ich dagegen hatte solche Gedanken bisher nie zugelassen. Theresa war verheiratet gewesen, wenn auch unter merkwürdigen Begleitumständen, und hatte nie einen Zweifel daran gelassen, dass ihre Ehe nicht zur Diskussion stand.

»Heißt das ja oder nein?«

»Das heißt, wir sollten nichts überstürzen.«

»Auch wenn wir uns Zeit lassen, für mich klingt es nach einem Ja.«

»Bitte.« Jetzt lächelte sie doch wieder. »In mir geht zurzeit noch alles drunter und drüber ...«

»Du bist gerne hier, das merke ich doch.«

»Natürlich bin ich gerne hier.«

»Ich liebe dich.«

»Ich liebe dich auch.« Sie beugte sich zu mir herüber. Ihr Kuss schmeckte nach Kaffee. »Plötzlich liegen so viele Möglichkeiten vor uns. Aber wir müssen deshalb ja nicht gleich ans Heiraten denken.«

Ihr zweiter, schon etwas längerer Kuss war aber ganz eindeutig ein Ja. Fand ich.

Zur Feier des Tages schien draußen sogar die Sonne.

Am Montag erwarteten mich gleich zwei Neuigkeiten im Büro: Najma Thakur aus Bangalore, der Inder vom Bahnhof, war schon am vergangenen Dienstag in seine Heimat zurückgeflogen. Falls er der Stalker gewesen sein sollte, dann ging auch von ihm jetzt keine Gefahr mehr aus. Aber ich hatte ihn ohnehin längst von meiner Liste gestrichen.

Zweitens hatte Sönnchen die Telefonnummer einer Frau Professor Dr. Krawitz am Rechtsmedizinischen Institut der Universität Frankfurt notiert. Sie hatte schon um kurz vor acht angerufen.

Die Professorin war eine auch am Montagmorgen freundliche Frau, die wegen der kleinen Lisa eine Wochenendschicht eingelegt hatte.

»Es war nicht leicht, etwas zu finden«, erklärte sie mir mit heller, mitfühlender Stimme. Sie schien sofort gespürt zu haben, dass mir Lisas Schicksal naheging. »Der Leichnam ist schon vollständig skelettiert. Da sind keine Weichteile mehr, kein Gewebe, keine Blutgefäße. Das Einzige, was mir blieb, war, den Schädelknochen gründlich zu untersuchen. Und – Sie wissen es ja schon – der Schädel ist unversehrt. Unter dem Mikroskop ist allerdings eine winzige Läsur des Knochens zu sehen, in der Nähe der linken Schläfe. Die hat aber mit Gewissheit nicht zum Tod geführt.«

»Was könnte es dann gewesen sein?«

»Selbst ein Schädelbruch wäre keine primäre Todesursache. Der Tod tritt in einem solchen Fall meist durch intrazerebrale Blutungen ein. Das Blut staut sich im Kopf, das Gehirn wird mehr oder weniger zerquetscht …«

»Halten Sie es für möglich, dass jemand ihr den Stein an den Kopf geschlagen hat?«

»Durchaus möglich, ja. Aber sie ist nicht daran gestorben.«

Den Stein hatten die Darmstädter Kriminaltechniker inzwischen untersucht. Mehr als ein wenig DNA, die mit großer Wahrscheinlichkeit von Lisa stammte, und drei Haare, die mit Sicherheit von ihr stammten, hatten sie nicht daran gefunden. Insbesondere keine Spuren, die darauf hindeuteten, dass jemand anderes den Stein ohne Handschuhe berührt hatte. Und Merit hatte an jenem schwülheißen Septembernachmittag vor sechzehn Jahren mit Sicherheit keine Handschuhe getragen.

»Was käme sonst als Todesursache infrage?«

»Nach allem, was ich bisher sagen kann, ist das Kind nur unglücklich gestürzt«, erklärte die Ärztin. »Der Stein hat wahrscheinlich am Boden gelegen und dürfte Ursache einer kleinen, aber relativ tiefen Fleischwunde gewesen sein. Das würde die Knochenverletzung erklären. Auch eine leichte Gehirnerschütterung wäre vorstellbar, obwohl das Mädchen auf Grasboden gefallen ist. Das würde eine Bewusstlosigkeit erklären. Aber nicht ihren Tod.«

»Sie klingen, als hätten Sie schon eine andere Erklärung parat.«

»Die habe ich allerdings. Aber leider eine, die sich heute nicht mehr nachweisen lässt. Ich denke an ein Hirnarterienaneurysma.«

Das Wort kannte ich. Als Aneurysma bezeichnete man eine Schwachstelle an einer Arterie.

»So etwas bleibt oft ein Leben lang unbemerkt. In anderen Fällen kann es zur plötzlichen Ruptur kommen – spontan oder induziert –, das Gefäß platzt, und der Patient kann innerhalb von Minuten innerlich verbluten. Ich hatte selbst einmal eine Patientin, der ein Aneurysma durch einen unglücklichen Sturz auf den Kopf geplatzt ist. So etwas gibt es in seltenen Fällen auch bei Kindern. Eine Ruptur kann durch eine starke mechanische Überbelastung ausgelöst werden, manchmal genügt auch schon ein heftiges Niesen. In einem solchen Fall kann der Patient unter unglücklichen Umständen innerhalb kürzester Zeit in eine komaähnliche Bewusstlosigkeit fallen. Denkbar wäre allerdings auch eine Ruptur infolge einer temporären Hypertonie, wie sie beispielsweise auftritt, wenn der Patient sehr erregt ist. Wissen Sie, ob das Kind häufig Kopfschmerzen hatte? Oder Sehstörungen?«

Das wusste ich natürlich nicht. Was ich aber wusste: Heneckas Handys waren inzwischen wieder eingeschaltet.

»Stimmt, ja«, erwiderte Henecka zögernd und wachsam auf meine Frage. »Lisa hat hin und wieder diese fiesen Kopfschmerzen gehabt. Manchmal war ihr auch plötzlich so schwindlig, dass sie sich hinsetzen musste. Jacky war mit ihr beim Arzt, und der tippte auf Migräne. Er hat ihr Schmerzmittel verschrieben und gemeint, das gibt sich vielleicht, wenn sie in die Pubertät kommt.« Für Sekunden hörte ich nur seinen schweren Atem. Vermutlich sickerte jetzt erst der Sinn dessen, was ich ihm berichtet hatte, in sein Bewusstsein. »Heißt das ... Bedeutet Ihre Frage, Lisa ist gar nicht an der Kopfverletzung gestorben?«

»Der Schädelknochen ist praktisch unversehrt.«

»Dann hätten wir ... dann hätten Merit und ... und Lisa und ... dann hätten wir einfach nur Pech gehabt?«

»Bisher ist alles noch ziemlich spekulativ. Aber eines ist sicher: Der Stein hat sie verletzt, aber nicht getötet.«

Eine halbe Ewigkeit hörte ich nur seinen unregelmäßigen und lautstarken Atem. Dann brach es endlich aus ihm heraus: »Ich danke Ihnen, Herr Gerlach. Ich weiß gar nicht ... Ich danke Ihnen aus ... aus ... ganzem Herzen danke ich Ihnen. Auch wenn dadurch jetzt nichts mehr wieder gut wird ... Aber ... ich ...«

»Rufen Sie Merit an. Sprechen Sie mit ihr. Ich denke, es tut Ihnen beiden gut.«

Erneut dauerte es, bis er reagierte: »Ich weiß nicht. Im Moment ... Ich kann das nicht. Obwohl es ja wirklich eine gute Nachricht ist. Eine sehr gute Nachricht sogar, aber ... ich ...«

»Geht es Ihnen gut? Soll ich Ihnen einen Arzt schicken?«

»Nein, nein, geht schon. Es ist nur ... ich brauche Zeit. Ja, vor allem brauche ich jetzt wohl Zeit. Das ist alles ... ich ... Danke. Danke.«

»Sie kommen wirklich klar?«

»Ja, ja. Alles gut. Jetzt ist alles gut.«

36

Etwas verspätet machte ich die Runde durch die Büros, um mich von meinen Mitarbeitern auf den aktuellen Stand bringen zu lassen und zu zeigen, dass ich wieder einsatzfähig war, dass mit mir wieder zu rechnen war. Klara Vangelis hatte mich während meiner Abwesenheit vertreten, und es wunderte mich nicht, dass sie ihre Sache hervorragend gemacht hatte. Vermutlich hätte sie eine bessere Kripochefin abgegeben als ich. Sven Balke hatte sich nach unserem letzten Fall Anfang Mai wie angekündigt eine Auszeit genommen und würde erst in einer Woche wieder zum Dienst erscheinen. Runkel freute sich wie ein Kind, als er stürmisch meine Hand drückte. Dem Rest der Truppe schien es relativ gleichgültig zu sein, ob ich da war oder nicht.

Vangelis kam mit unserem neuen Chef sehr viel besser zurecht als ich, erfuhr ich. Akute neue Fälle lagen nicht an, was zu bearbeiten war, wurde bearbeitet. Die Maschinerie hatte auch ohne mich funktioniert, was mich einerseits freute, andererseits auch ein wenig kränkte. So kehrte ich schließlich in mein Büro zurück und plauderte ein wenig mit Sönnchen, die mich neben Runkel als Einzige vermisst zu haben schien. Und die ganze Zeit wartete ich auf den Anruf aus Frankfurt oder Darmstadt. Auf die Nachricht, dass Lisa tatsächlich an einem Unfall gestorben war. Dass das, was immer noch nur eine begründete Vermutung war, zur Gewissheit wurde. Falls es eine solche Gewissheit jemals geben würde.

Am Nachmittag fuhr ich mit sehr gemischten Gefühlen wieder einmal nach Bensheim. Der selten mürrische Stationsarzt, mit dem ich telefoniert hatte, hatte sich zunächst geweigert, ein zweites Gespräch zu erlauben.

»Ich bringe gute Neuigkeiten«, hatte ich eingewandt.

»Auch gute Neuigkeiten können die Patientin aufregen«, hatte er mich knurrig belehrt. »Ihr Besuch am Freitag hat einen schweren Rückfall ausgelöst. So was brauchen wir wirklich nicht noch einmal.«

»Wie wäre es, wenn wir einfach die Patientin entscheiden ließen? Sie ist immerhin eine erwachsene Frau.«

Zum Missfallen des Arztes war Merit sofort bereit gewesen, mich zu empfangen.

Dieses Mal lag sie in ihrem hohen Krankenbett. Ihre Augen schienen seit unserem letzten Gespräch noch größer und dunkler geworden zu sein. Wie wäre wohl ihr Leben verlaufen, überlegte ich unwillkürlich, was hätte aus dieser klugen jungen Frau werden können, wäre Lisa vor sechzehn Jahren nicht so unglücklich gefallen? Die Neuigkeiten aus der Frankfurter Rechtsmedizin nahm sie teilnahmslos entgegen.

»Sie verstehen, was ich gesagt habe?«, vergewisserte ich mich.

Ein kaum wahrnehmbares Nicken war zunächst die einzige Antwort. Aber dann öffnete sie doch den Mund: »Die Professorin hat mit Dr. Kloppstock gesprochen? «

»Sie hat sich von ihm die Patientenakte schicken lassen. Die ganze Symptomatik deutet auf ein Aneurysma hin, sagt sie. Sie trifft keine Schuld, verstehen Sie? Mit neunundneunzigprozentiger Wahrscheinlichkeit trifft Sie keine Schuld.«

»Wir waren früher auch bei Dr. Kloppstock. Manchmal war er bei uns zu Hause. Wenn Mama krank war. Oder ich. Papa war ja nie krank.«

»Sie haben verstanden, was das bedeutet?«

Dieses Mal fiel Merits Nicken eine Spur deutlicher aus. Auch sie konnte sich erinnern, dass ihre Freundin hin und wieder Kopfschmerzen hatte. Dass sie sich manchmal, mitten im Spiel, plötzlich setzen musste, blinzelte und über Sehstörungen klagte.

»Aber sie war … Lisa hatte doch so viel Energie. Ich war ja immer schwach und oft so … antriebslos. Sie war ein Wirbelwind, voller Kraft und Ideen. Sie hat mich mitgerissen, mir gezeigt, dass das Leben auch lustig sein kann. Ihre Mutter … Jacky, sie war auch so voller Wärme. So jung. Obwohl sie doch fast genauso alt war wie meine Mutter.«

Es dauerte noch viele Minuten, bis endlich wieder Leben in die Patientin kam. Plötzlich richtete sie sich auf, reichte mir eine zerbrechliche Rechte und begann nun ebenfalls, sich bei mir zu bedanken. Ihr Händedruck war kräftiger als je zuvor, Farbe kam in ihr Gesicht, innerhalb kurzer Zeit schien sie regelrecht aufzublühen. Aber immer noch weigerte sie sich, ihren Vater zu sehen. Nicht einmal telefonieren wollte sie mit ihm.

Während der Rückfahrt überlegte ich, woher diese Zurückhaltung rühren mochte, die ich sowohl bei Henecka als auch bei seiner Tochter spürte, sobald die Sprache auf den jeweils anderen kam. Da schien es irgendein Zerwürfnis zu geben, eine unsichtbare Mauer. Aber was ging es mich letztlich an? Die beiden hatten viel durchgemacht, und welche Kindererziehung ging schon ohne Zerwürfnis ab?

Es gab Wichtigeres.

Wichtig war zum Beispiel die Frage, ob ich Jacky anrufen sollte oder ob es dafür noch zu früh war.

Nein, entschied ich, es war nicht zu früh. Sie hatte so viele Jahre auf die Wahrheit gewartet, auf das Ende der Ungewissheit. Sie hatte jedes Recht darauf, es zu erfahren. Es jetzt zu erfahren.

»Halloho«, hauchte Jacqueline Rosenfeld in mein Ohr.

»Ich bin's nur«, sagte ich lachend, »Alexander.«

Sie lachte ebenfalls.

»Ich hatte dir etwas versprochen …«

»Sag nur …?« Ihre Stimme erstickte mitten im Satz.

»Ja.«

»Und?«, fragte sie zögernd. Bereit, jeden Schlag wegzustecken, sei er auch noch so hart.

Ich erzählte ihr, dass Lisa nicht Opfer eines Triebtäters geworden war, dass weder Merit noch Henecka schuld an ihrem Tod waren, sondern vermutlich eine dumme, eine fiese, eine hundsgemeine Krankheit. Wo wir Lisa gefunden hatten, verschwieg ich. Für die Details war später noch Zeit.

»Was war es dann?«, fragte Jacky heiser vor Anspannung. »Man fällt doch nicht einfach tot um.«

»Sie hat oft Kopfschmerzen gehabt …«

»Was du alles weißt! Es hat angefangen, als sie in die Schule kam. Erst dachte ich, sie braucht vielleicht eine Brille, aber das war es nicht. Unser Hausarzt meinte, es sei Migräne. So was gibt's auch bei Kindern schon, hat er mir erklärt. Die Kopfschmerzen sind oft gekommen, wenn sie sich aufgeregt oder angestrengt hat. Er hat mir geraten, sie vorsichtshalber vom Sport befreien zu lassen. Blöderweise hat sie sich aber gerne und oft aufgeregt, meine … Lisa.«

Ich glaube noch heute, erst in der Sekunde, als sie so zögernd den Namen ihrer toten Tochter aussprach, erreichte die Erkenntnis ihr Bewusstsein, dass es vorbei war. Dass die Zeit des Wartens und Hoffens und Grübelns ein Ende hatte. Dass es bald ein Grab geben würde mit einem kleinen, vielleicht weißen Grabstein, auf dem in großen, ernsten Buchstaben »Lisa« geschrieben stand.

Ich bedankte mich, aber sie wollte noch nicht auflegen. »Ich muss jetzt mit jemandem reden, bitte.«

So plauderten wir noch ein wenig über das Wetter, über Kindererziehung und politische Bestrebungen, die Prostitution zu verbieten. Ich fühlte, wie Jacky ruhiger wurde in diesen Minuten, wie auch sie allmählich in einer anderen Wahrheit ankam als in der, an die sie so lange geglaubt hatte.

»Dann kann mein Engelchen jetzt also endlich schlafen«, sagte sie irgendwann unvermittelt. »Ich danke dir, Alexander, ich …«

»Hör bloß auf«, fiel ich ihr ins Wort. »Es haben sich heute schon genug Leute bei mir bedankt.«

Dienstag, der zweite Juni. Das Wetter war stürmisch und regnerisch, der Frühsommer ließ noch immer auf sich warten. Am Vormittag besuchte ich wieder einmal Henecka, brachte ihm einige Dinge, um die er mich gebeten hatte. Einen Schlafanzug aus meiner Sammlung, etwas Unterwäsche. Er hatte zwar Gepäck dabei, die Tasche, die er für St. Martin gepackt hatte, aber allmählich gingen ihm die sauberen Sachen aus, und eine Waschmaschine gab es nicht in der Wohnung an der Ladenburger Straße. Ich traf ihn wortkarg und deprimiert an. Die Nachricht, dass Merit heute die Klinik verlassen durfte, heiterte ihn nicht auf.

»Wie geht's ihr?«, wollte er immerhin wissen.

»Besser. Ich telefoniere jeden Tag mit ihr. Heute Morgen war sie regelrecht aufgekratzt. Sie scheint sich darauf zu freuen, nach Hause zu dürfen. Sie haben immer noch keinen Kontakt?«

Er wandte das Gesicht ab und schwieg.

Ich zögerte, bis ich sagte: »Würde es Ihnen helfen, wenn ich beim ersten Treffen dabei wäre? Als Mediator, sozusagen?«

Sein: »Werd's mir überlegen« klang wie ein klares Nein.

Am Mittwochmorgen rief Henecka an, kaum dass ich am Schreibtisch saß. Jetzt wollte er auf einmal doch nach Hause. Hielt das Versteckspiel keine Sekunde länger aus, das auch ich inzwischen nicht mehr für nötig hielt. Außerdem wollte er wieder arbeiten. Da ich nicht allzu viel auf dem Schreibtisch hatte, nahm ich mir einen Dienstwagen und holte ihn ab. Er erwartete mich ungeduldig auf dem Gehweg.

»Freuen Sie sich jetzt doch, Ihre Tochter wiederzusehen?«, fragte ich, als er sich so hastig anschnallte, dass er sich dabei einen Finger einklemmte.

»Schon, ja.«

»Haben Sie telefoniert?«

»Gestern Abend. Sie hat mich von zu Hause angerufen. Wir haben lange gesprochen. Konnten vieles klären. Endlich. Familienkram, Sie wissen schon.«

Eine Weile fuhren wir schweigend über die A5 in Richtung Norden. Die Nervosität meines Beifahrers wollte sich nicht legen. Seine Hände fanden keine Ruhe. Er kratzte sich an der Nase, am Ohr, am Haaransatz, und seine anfängliche Euphorie verflog mit jedem Kilometer ein wenig mehr. Je mehr wir uns Bensheim näherten, desto finsterer wurde seine Miene, desto langsamer waren seine Bewegungen.

»Tut mir leid, wenn ich Sie schon wieder damit nerve«, versuchte ich schließlich einen neuen Anlauf, »aber ich will und muss es einfach wissen: Was ist mit Ihrer Frau?«

Es dauerte lange, sehr lange, bis er sich endlich einen Ruck gab. »Sie ist in Südfrankreich. In der Nähe von Avignon.«

Sie hatte ihn also verlassen, wie Jacky vermutet hatte.

»Schon als Kind hatte sie diese Depressionen. Scheint bei den Hasselgårds in der Familie zu liegen. Ihre Mutter hat sich umgebracht, als Emma fünf war. Ich dachte, ich kann ihr helfen, diese ... Schatten von ihrer Seele zu vertreiben. Durch Liebe. Lachen Sie nur, wenn Ihnen danach ist.«

»Ich sehe nirgendwo einen Grund zu lachen.«

»Ich habe sie sehr geliebt. Zu sehr vielleicht. Bin fast kaputtgegangen daran. Dieses ewige Hin und Her. In der einen Stunde konnte Emma glücklich sein wie ein Kind, wie ein kleines Mädchen auf einer Sommerwiese, und dann wieder ... waren da plötzlich die Schatten. Völlig übergangslos. Es hat mich fertiggemacht. Dass es mir einfach nicht gelang, sie glücklich zu machen.«

»Sie hat Sie auch geliebt?«

»Sie liebt mich noch immer! Aber wir können nicht zusammenleben. Sie hat einen anderen, einen Künstler, Jean. Er malt und bastelt irgendwelches Zeug aus rostigem Draht und Abfällen, das er für Kunst hält. Ich überweise Emma regelmäßig ein wenig Geld, damit sie sich was zu essen kaufen können. In der Zeit, als wir zusammen waren, hat sie dreimal versucht, sich das Leben zu nehmen. Beim dritten Mal hat Merit sie gefunden, da hat sie schon nicht mehr geatmet. Sie ist auf die Straße gerannt und hat um Hilfe geschrien. Damals war sie … knapp vier muss sie gewesen sein.«

»Hat sie geblutet?« Natürlich dachte ich sofort an das Bild, das die kleine Merit in jener Zeit gemalt und Frau Dr. Kramer mir so plastisch beschrieben hatte. »Aus dem Mund?«

Überrascht sah Henecka mich an. Dann ging sein Blick wieder auf unruhige Wanderschaft. »Nein. Sie hatte wieder mal Tabletten genommen. Ich weiß nicht, woher sie das Teufelszeug hatte. Ständig habe ich überprüft, ob sie wieder irgendwo etwas versteckt hat. Aber dieses Mal hatte ich leider nicht gut genug nachgesehen. Damals hat sie Jean schon gekannt. Sie haben es hinter meinem Rücken getrieben, monatelang. Es ging ihr besser in der Zeit, viel besser. Ich dachte schon … Aber dann war Jean auf einmal nicht mehr da, und alles war wieder wie früher. Nein, schlimmer. Das war die Zeit des dritten Selbstmordversuchs. Sie war ein paar Tage in der Klinik, und als sie wieder nach Hause kam, haben wir uns ausgesprochen. Es flossen Ströme von Tränen, und am Ende haben wir beschlossen, eine Auszeit zu nehmen. Sie wollte in die Provence fahren, zu ihrem Maler, und später würden wir weitersehen.«

»Aber sie ist nicht zurückgekommen.«

Henecka schüttelte langsam den Kopf. »Sie halten mich für einen Idioten, ich weiß. Seit zwanzig Jahren mache ich mich zum Narren vor mir selbst. Meine Frau setzt mir Hörner auf, lässt mich sitzen, und ich liebe sie immer weiter und überweise ihr auch noch Monat für Monat Geld, damit sie nicht hungern muss bei ihrem Taugenichts von Lover.«

»Weiß der Vater Ihrer Frau davon?«

»Emma wollte es nicht. Niemand sollte wissen, wo sie ist, nur ich. Ihr Verhältnis zu dem Alten war … unterirdisch. Torvald ist ein Tyrann, ein gewalttätiger Irrer. Die ganze Familie ist irgendwie …« Er tippte sich an die Stirn. »Sie wollte mit der ganzen Bande nichts mehr zu tun haben. Meinte, nur so könne sie gesund werden. Nicht mal ihrem Bruder durfte ich verraten, wo sie steckt. Emma … ich weiß, es klingt idiotisch, aber ich bin froh, dass es ihr gut geht, da unten im Süden. Alle paar Monate fahre ich nach Avignon, und wir trinken einen Kaffee zusammen und reden. Sie ist so … zart. So schutzbedürftig. So sanft …«

Er verstummte, als hätte er etwas Verbotenes gesagt, und starrte wieder trübe vor sich hin. Vorne flammten Bremslichter auf. In der Ferne blinkte es gelb. Heute war ich ausnahmsweise froh über den Stau, weil er mir Zeit verschaffte, weitere Fragen zu stellen. Heneckas plötzliche Offenheit und Redseligkeit auszunutzen. Als der Wagen zum Stehen gekommen war, erzählte ich ihm von dem Bild, das Merit gemalt hatte. Er hörte still zu, nickte schließlich.

»Das war die Sache mit dem Becher«, sagte er. »Wir haben zusammen gefrühstückt, es war nach Emmas drittem Selbstmordversuch und kurz vor der Trennung. Wie so oft gab es Streit zwischen Merit und Emma. Sie haben damals ständig gestritten. Merit hat furchtbar unter der Situation gelitten. Ohne natürlich zu verstehen, was eigentlich los war. Auch Emma hat gelitten. Alle haben gelitten. Ständig hat jemand geweint, ist aus dem Zimmer gelaufen, hat Türen geknallt. Und dann, an diesem verregneten Sonntagmorgen, hat Merit einen ihrer Tobsuchtsanfälle gekriegt und den Kakaobecher nach Emma geworfen. Sie hat sie an der Oberlippe getroffen, und es hat ein wenig geblutet. Nicht sehr, aber für das Kind war es natürlich ein Schock. Sie hatte ein furchtbar schlechtes Gewissen deswegen. Und als Emma dann Tage später plötzlich verschwunden war, dachte sie natürlich, es wäre ihre Schuld.«

»Wie war es später, nachdem Lisa tot war?«

»Schwierig. Sehr schwierig. Jacky war bald nicht mehr da, und ich hatte auf einmal niemanden mehr für Merit. Es gab dann wechselnde Haushälterinnen. Aber Merit hat sie alle gehasst, nicht auf sie gehört, am Essen rumgemeckert, das sie für sie kochten. Zeitweise haben die Frauen im Vierwochenrhythmus gewechselt. Als Merit zwölf war, hat sie erklärt, sie braucht niemanden mehr, und sich dann tatsächlich weitgehend selbst versorgt. Manchmal, wenn ich abends nach Hause kam, hatte sie für mich gekocht. Meistens nicht.«

»Aber Sie sind miteinander ausgekommen?«

Er seufzte. »Nicht wirklich. Immer hatte ich solche Angst, dass sie auch diese verfluchten Depressionen bekommt. Dass sie die falschen Freunde findet. Dass sie Drogen nimmt wie Marius. Aber es ist gut gegangen. Sie hatte ja sowieso kaum Freunde. Meistens war sie zu Hause, hat gelesen, ferngesehen, Schulaufgaben gemacht. Nach dem Abitur hat sie verkündet, sie wolle in den USA studieren, hatte sich schon um einen Studienplatz gekümmert und alles, und acht Wochen später war sie weg.«

Der Stau bewegte sich meterweise voran. Die gelben Blinklichter kamen näher.

»Eine andere Sache noch«, sagte ich nach kurzem Schweigen. »Tut mir leid, wenn ich Ihnen auf die Nerven gehe. Wer war der Mann, der Sie auf der Bundesstraße gestoppt hat? Götze war es nicht, das weiß ich.«

Henecka lachte trocken. »Sie lassen nicht so leicht locker, was?«

Eine Weile brütete er vor sich hin.

»Okay, Sie finden es sowieso heraus. Es war Marius.«

»Wegen Emma?«

»Weshalb sonst?«

»Und das hat Sie so erschreckt?«

»Im Gegenteil.« Er lachte befreit auf. »Erleichtert war ich.

Marius ist so harmlos. Der tut mir nichts, das war klar, der quatscht nur. Fiese Mails schreiben, das kann er. Jemanden mit unterdrückter Nummer anrufen und dann nichts sagen, das ist sein Stil. Sonst kann er so gut wie nichts.«

»Weshalb sind Sie dann trotzdem geflohen?«

»Ich bin nicht geflohen. Hatte ohnehin vor, ein paar Tage Homeoffice zu machen, um endlich einen überfälligen Beitrag für ein amerikanisches Journal zu schreiben. Und da dachte ich, dass ich das genauso gut woanders tun kann. Irgendwo, wo Marius mich nicht findet. Ich dachte, dann verliert er bald die Lust an seinen blöden Spielchen. Praktischerweise habe ich dann noch am selben Abend meine ehemalige Kollegin getroffen, und die kannte diese Adresse in der Pfalz.«

»Sie hätten mir wenigstens Bescheid geben können. Und in der Firma.«

»Wollte ich ja. Aber irgendwie habe ich es im Trubel dann vergessen, bitte entschuldigen Sie. Nach Ihrer Reaktion dachte ich ohnehin, Sie unternehmen nichts. Geben mir das Geld irgendwann zurück, das ich ... Ich habe mir ja nicht vorstellen können, was das am Ende auslösen würde.«

»Und warum haben Sie Ihrer Chefin nicht gesagt, wo Sie stecken?«

»Cora hat es die ganze Zeit gewusst. Mein Arbeitshandy war immer an.«

»Mir hat sie was anderes gesagt.«

Dafür hatte er keine Erklärung. »Sie war informiert und einverstanden. Hat mich auch ein paar Mal angerufen wegen irgendwelcher Sachen. Wahrscheinlich hat sie gedacht, es geht Sie ganz einfach nichts an, wo ich stecke und was ich tue.«

»Wieso haben Sie Ihren Wagen in Mannheim stehen lassen? Um Marius abzuschütteln? War er hinter Ihnen her?«

»Nein, gar nicht. Zumindest habe ich nichts dergleichen bemerkt. Aber ganz sicher war ich mir auch nicht. Es gibt ja heute GPS und diese kleinen Sender, die jeder Depp im Internet kaufen kann. Und auch wenn ich Marius so was nicht zugetraut habe, ich dachte, wenn ich mir ein Taxi nehme, dann bin ich ihn sicher los. Es war eine spontane Idee. Nichts weiter.«

Die rechte Spur war wegen einer Tagesbaustelle gesperrt. Ich fädelte mich links ein, und bald ging es wieder zügiger voran.

»Klingt nicht sehr überzeugend für mich«, sagte ich.

»Für mich auch nicht. Sie müssen bedenken, ich war ziemlich durch den Wind an dem Abend. Das Treffen mit Marius hat mir wieder vor Augen geführt, in was für eine blödsinnige Situation ich mich mit Emma verrannt hatte.«

»Denken Sie, er ist jetzt wieder in Norwegen?«

»Wo sonst? Seit Wochen hat er sich nicht mehr gemeldet. Er hat seinen Spaß gehabt. Hat mir einen ordentlichen Schrecken eingejagt und ist zufrieden wieder abgezogen.«

»Und weshalb haben Sie das nicht gleich gesagt? Warum haben Sie mich die ganze Zeit belogen?«

»Wegen …« Er senkte den Blick. Spielte mit seinen Fingern. Schnaufte. »Wegen Emma«, gestand er schließlich. »Ich schäme mich so.«

Um Viertel vor zehn zog ich wieder einmal vor Heneckas Haus die Handbremse. Es entging mir nicht, wie er hastig nach Licht hinter den Fenstern suchte, nach Anzeichen dafür, dass Merit zu Hause war. Offenbar brannte er jetzt darauf, sie zu treffen, und war aufgeregt wie ein Kind vor der Bescherung.

»Würden Sie noch …« Verlegen räusperte er sich. »Würde es Ihnen etwas ausmachen, kurz mit reinzukommen? Sie haben so viel für mich getan. Für uns. Da möchte ich Sie wenigstens noch zu einem Kaffee …«

Mit routinierten Bewegungen öffnete er die weiß lackierte Tür, und wir traten ein in die Kälte seines Heims. Er machte

Licht, wo immer er einen Schalter fand, schmiss die Tasche achtlos unter die Garderobe, bog in die Küche ab. Ich folgte ihm. Die Küche wirkte unbewohnt. Verlassen. Alles war sauber aufgeräumt, der Tisch abgewischt, die Spüle poliert.

»Sie wird doch nicht schon weg sein?«, fragte Henecka sich verwirrt, der offenbar denselben Gedanken hatte wie ich, und schaltete die Kaffeemaschine ein. »Ich tue mal sicherheitshalber frisches Wasser rein.«

Die Maschine gluckste und summte leise.

»Muss mal kurz telefonieren«, sagte ich, hängte im Hinausgehen meinen Mantel an die Garderobe, trat vor die Haustür, wo auch heute wieder ein wenig Sonne schien, und wählte Sönnchens Nummer. Ich bat sie, klären zu lassen, ob Marius Hasselgård inzwischen wieder in Norwegen war, und ihn ansonsten zur Aufenthaltsermittlung auszuschreiben.

Als ich die Küche wieder betrat, saß Henecka am Tisch und schnupperte an einem dickwandigen schwarzen Espressotässchen. Obwohl ich wusste, dass der Kaffee nicht schmeckte, duftete er verlockend. Für mich hatte Henecka wunschgemäß einen doppelten Espresso zubereitet. Ich nahm Platz und löffelte reichlich Zucker hinein.

»Sie ist nicht mehr da«, sagte er tonlos.

Jetzt erst sah ich, dass ein verschlossener weißer Briefumschlag neben seiner Tasse lag. Es dauerte, bis er den Mut aufbrachte, ihn zu öffnen. Beim Lesen der wenigen Zeilen wurde seine Miene so trostlos, dass ich nach dem Inhalt nicht fragen mochte. Er biss die Zähne zusammen und steckte den Brief samt Umschlag in die Innentasche des Jacketts, das er immer noch trug.

»Für immer, schreibt sie«, sagte er mit brüchiger Stimme. »Sie fliegt zurück in die USA und will dort irgendwie von vorn anfangen.«

Sein Kaffee schmeckte übler denn je. Lange schwiegen wir vor uns hin, starrten in unsere Tassen. In Heneckas Miene war weder Ärger noch Trauer, da war einfach gar nichts mehr. Worte halfen hier nicht. Hier gab es keinen Trost, keine Erklärungen, keinen Grund für Zuversicht. Schließlich bot ich Henecka an, er könne noch einmal für einige Tage in der Wohnung an der Ladenburger Straße unterkriechen.

»Oder haben Sie jemanden, zu dem Sie gehen könnten?«

Der nun auch noch von seiner Tochter verlassene Vater schüttelte den Kopf so apathisch und müde, wie ein Mensch nur sein kann.

»Ein Hotel?«

»Muss überlegen«, murmelte er zerstreut. »Mal sehen.«

»Haben Sie denn niemanden, der sich ein bisschen um Sie kümmern kann? Einen guten Kollegen? Einen Freund? Einen Arzt?«

Wollte er nicht. Hatte er nicht. Brauchte er nicht.

»Komm schon klar«, behauptete er. »Geht schon. Geht schon irgendwie.«

Längst war Mittag vorüber. Henecka hatte noch zweimal neuen Kaffee gemacht. Ich hatte zwischenzeitlich noch einmal mit Sönnchen telefoniert und Termine verschoben. Für vierzehn Uhr war allerdings eine Besprechung mit Kaltenbach anberaumt, die ich nicht absagen mochte. Außerdem konnte ich ja nicht ewig hierbleiben, um schlechten Kaffee zu trinken und Heneckas Händchen zu halten. Er war ein erwachsener Mann. Wenn er glaubte, allein zurechtzukommen, dann hatte ich das zu akzeptieren.

So erhob ich mich endlich, murmelte eine Entschuldigung, ging in den Flur, nahm meinen Mantel von der Garderobe. Mit einigen Sekunden Verzögerung schob auch Henecka seinen Stuhl zurück und folgte mir mit der Miene eines Menschen, der ein sehr schlechtes Gewissen hat. In den vergangenen Minuten schien er um zehn Zentimeter geschrumpft und um Jahre gealtert zu sein. Dunkle Ringe hingen unter seinen matten Augen. Er versuchte ein Lächeln, das zu einem schiefen, verlegenen Grinsen missriet.

»Bring Sie noch zum Wagen«, sagte er mit belegter Stimme.

Er hielt mir sogar die Tür auf, begleitete mich die Stufen zur Straße hinab. Als ich an der Fahrertür meines Dienstwagens stand, eines silberfarbenen Mercedes, der fast genauso aussah wie sein eigener, drückten wir lange und stumm die Hände. Zum ersten Mal seit einer halben Ewigkeit sah Jan-Armin Henecka mir wieder in die Augen, und der Händedruck und sein Blick sagten mehr als tausend Worte.

»Eine allerletzte Frage habe ich jetzt aber doch noch«, sagte ich schließlich. »Sie haben sich bisher stur geweigert, sie mir zu beantworten. Und es ist ja auch nicht wichtig. Aber ich würde es trotzdem gerne wissen: Wer hat Ihnen den Tipp gegeben, sich an mich zu wenden? Wer ist Ihr geheimnisvoller Freund?«

»Ein Rotarier wie ich. Leider ist er kürzlich verstorben.«

»Egon Liebekind etwa?«

Er nickte. »Ich hoffe, Sie sind jetzt nicht posthum sauer auf ihn. Er war ein netter Kerl.«

»Ja«, sagte ich mit rauer Stimme. »Das war er.«

Über Heneckas Schulter hinweg sah ich einen Mann, der eilig den Gehweg auf der anderen Straßenseite entlangkam. Er war auffallend blass, hatte hellblondes, dünnes Haar, trug eine rehbraune Lederjacke und mochte etwa in meinem Alter sein. In spitzem Winkel überquerte er jetzt die Straße, kam auf uns zu, als wollte er nach dem Weg oder einer Hausnummer fragen.

Henecka bemerkte meinen Blick, ließ meine Hand nicht los, wandte nur den Kopf, sah ebenfalls den Mann, der nicht etwa entschuldigend lächelte, sondern ihn ganz im Gegenteil ernst, nein, voller Zorn anblickte, jetzt nur noch wenige Schritte von ihm entfernt war, den linken Arm hob. Ein Schuss knallte, und Heneckas Hand entglitt mir.

Ich stand da, starrte wie ein Idiot, konnte mich nicht bewegen, erwartete meinen Tod und hatte nicht einmal die Kraft, mich davor zu fürchten. Der Blonde sah plötzlich ganz erstaunt aus, gar nicht mehr böse, sondern eher überrascht von seiner ungeheuerlichen Tat. Henecka lag auf der Straße und war vermutlich tot. Langsam, sehr langsam ließ der Täter den Arm mit der Waffe sinken, schwenkte ihn dabei in meine Richtung. Er war wirklich ganz ungewöhnlich blass, fiel mir in diesen totenstillen Sekunden auf, ungesund blass und so schrecklich mager.

Und ...

Ich ...

Ich musste jetzt ...

Er würde mir in den Bauch schießen, das war sonnenklar, und noch immer konnte ich mich nicht rühren, nicht wehren, nicht fliehen. Unfassbar still war es nach dem scharfen, trockenen Knall, der noch in meinen Ohren hallte, obwohl seither doch eine halbe Ewigkeit vergangen sein musste.

Und ich ...

Ich musste jetzt endlich ...

Plötzlich gehorchte mein Körper mir wieder, und ich warf mich aus einer Vierteldrehung und mit meinem ganzen Gewicht gegen die rechte Schulter des blassen Blonden. Zusammen stürzten wir zu Boden, er unter mir. Mit Befriedigung hörte ich das harte Scheppern der davonschlitternden Waffe. Ich kam sofort wieder auf die Beine, warf meinen Kontrahenten, der nicht begriff, wie ihm geschah, auf den Bauch, drehte, wie in Selbstverteidigungskursen unendlich oft trainiert, seine Arme auf den Rücken, drückte ihm das Knie ins Kreuz.

Keuchend atmete er unter mir, und mir wurde bewusst, dass ich keine Handschellen in Reichweite hatte. Die Waffe lag unter meinem Wagen, sah ich, unerreichbar für Marius Hasselgård. Ich sprang auf, riss ihn am Kragen seiner hellbraunen, speckigen Lederjacke hoch.

»Bitte«, keuchte er, ohne Gegenwehr zu leisten, und hob

die Hände schützend vors Gesicht. »Ich wollte dir die Pistole doch geben. Du tust mir weh! Lass mich! Bitte!«

Ich hatte ihn schon erkannt, als er auf uns zukam. Aber ich war unfähig gewesen zu reagieren. Hatte es nach Heneckas Beschreibung auch nicht für möglich gehalten, dass er etwas Schlimmes im Schilde führte.

»Er hat meine Schwester getötet!«, schrie er mit plötzlich irrem Blick und ungesund roten Wangen. »Er hat sie auf dem Gewissen! Er da! Er!«

Ich ließ ihn so plötzlich los, dass er das Gleichgewicht verlor und fast neben sein Opfer auf die Straße gestürzt wäre. Er machte keinen Versuch zu fliehen. Massierte nur seine Handgelenke, erst das linke, dann das rechte. Mit unterwürfigem Blick glotzte er mich an, sichtlich den Tränen nah.

37

Lieber Papa,

wenn Du diese Zeilen liest, bin ich schon auf dem Weg zurück nach New York. Erst wollte ich auf Dich warten, aber dann habe ich gedacht, dass es so besser ist. Was es zwischen uns zu besprechen gab, haben wir gestern am Telefon besprochen. Mehr gibt es nicht zu sagen.
Vielleicht ist einfach zu viel kaputtgegangen zwischen uns, als dass Vertrauen noch möglich wäre. All die Jahre dachte ich, Du hättest Lisa etwas angetan, sie verschwinden lassen, aus welchen Gründen auch immer. Klein und dumm, wie ich war, habe ich dennoch zu Dir gehalten, so gut es eben ging. Nachdem Du Mama vertrieben hattest, wollte ich Dich nicht auch noch verlieren, vielleicht war es das. Erst vor einigen Tagen habe ich erfahren, dass es Dir umgekehrt ebenso ging. Dass Du dachtest, ich hätte Lisa getötet, und dass wir uns beide so schrecklich geirrt haben. Auf so vielen Missverständnissen, auf einem so ungeheuerlichen Verdacht lässt sich keine gesunde Beziehung gründen.
Vielleicht ändere ich meine Meinung irgendwann. Vielleicht versuchen wir dann einen Neuanfang. Aber erst einmal brauche ich jetzt Zeit. Zeit, mit mir selbst klarzukommen. Mit dem, was ich jetzt weiß und bisher nicht wusste.
Bis dahin: Achte auf Dich. Du hast versucht, mir ein guter Vater zu sein, ich weiß es. Sei nicht zu traurig.

Deine Merit, die sich wieder einmal sehr klein fühlt

Ich legte Merits Brief vorsichtig auf meinen Schreibtisch und lehnte mich in meinem Sessel zurück. Nahm die Brille ab, rieb meine müden Augen mit Daumen und Zeigefinger. Wie viel Elend, wie viel Leid war entstanden, nur weil zwei Menschen nicht miteinander gesprochen hatten. Die richtigen Worte nicht fanden. Den Mut nicht hatten, Unaussprechliches auszusprechen.

Woran Lisa starb, wird nie endgültig zu klären sein. Nur eines konnten die Spezialisten an der Universität Frankfurt mit Bestimmtheit sagen: Merit trug keine Schuld an ihrem Tod. Die Verletzung an der linken Schläfe war mit großer Wahrscheinlichkeit erst in dem Moment entstanden, als Lisas Kopf auf den Boden knallte, vielleicht, weil sie stolperte, vielleicht auch, weil Merit ihr einen Stoß versetzte. Wobei der flächige Aufprall des Hinterkopfs am Boden, nach Meinung von Frau Professor Krawitz, auf das kleine Gehirn wesentlich dramatischer gewirkt hatte als der spitze Stein, der Lisa nur äußerlich verletzte.

Der Wirbel in den Medien, der nun losbrach, war enorm. Der Fall Henecka war der Traumstoff der Skandaljournaille: Eine seelisch nicht gesunde Mutter, die ihre Familie im Stich ließ, sogar ihr süßes, unschuldiges Töchterchen, um im sonnigen Süden unter liederlichsten Umständen mit einem Künstler zusammenzuleben. Ein schwieriges Kind, das sein Leben nicht meisterte und seine beste Freundin tötete (mit Fragezeichen). Ein selbstsüchtiger Vater, der in verblendeter Rechthaberei seine Familie und sich selbst tiefer und tiefer ins Unglück riss. Ein Kunstfälscher, der meisterhaft weltbekannte Gemälde kopierte und von einem windigen Geschäftspartner hingerichtet wurde. Wohin man blickte, nichts als Unglück und Verzweiflung, Lüge und Betrug.

Aber es wurde noch schlimmer. Zwei Tage nach der ersten Schlagzeile fand die BILD heraus, womit Lisas Mutter heute ihr Geld verdiente, und das öffentliche Interesse, die allgemeine Empörung, das geheuchelte Mitgefühl brandeten noch einmal ein gutes Stück höher.

Aus polizeilicher Sicht war bald geklärt, was zu klären war. Die Akten wurden geschlossen und der Staatsanwaltschaft übergeben. Marius Hasselgård machte zu keinem Zeitpunkt den Versuch, seine Tat abzustreiten oder auch nur kleinzureden. Die Nachricht, dass seine Schwester nicht tot war, dass sie lebte, nahm er ohne erkennbare Gefühlsregung auf. Als spielte diese Tatsache jetzt keine Rolle mehr.

Hin und wieder telefonierte ich mit Pit Steingruber, dem Chefredakteur der Bensheimer Nachrichten, um ihm wie versprochen die eine oder andere Information zukommen zu lassen, die außer ihm niemand bekam.

»Alex, ich lade dich viersternemäßig zum Essen ein«, schlug er bei einem dieser meist heiteren Telefonate vor, die jedes Mal zuverlässig mit dem Beschluss endeten, bald mal wieder zusammen einen trinken zu gehen, »und du gibst mir dafür ein Exklusivinterview, was hältst du davon? Wir bringen gerade eine Fortsetzungsstory über Lisas Geschichte, und du wärst sozusagen das Sahnehäubchen. Der Mann, der alles ins Rollen brachte, packt aus. Sag, was hältst du davon?«

Nichts hielt ich davon, überhaupt nichts.

Ich weiß nicht, warum ich mich ausgerechnet bei seinen Worten an etwas erinnerte, an eine Nebensächlichkeit, die ich im Trubel der vergangenen Tage aus den Augen verloren hatte. Vielleicht war es Pits Formulierung vom Mann, »der alles ins Rollen brachte«.

»Darüber lässt sich reden«, sagte ich deshalb zögernd. »Aber vorher musst du mir noch was verraten.«

»Komme ich dafür in den Knast?«

»Unwahrscheinlich.«

»Dann lass hören.«

»Es geht um eure Meldung, dass Henecka verschwunden ist. Woher hattest du die Information?«

Pits Stimme hatte plötzlich alle Heiterkeit verloren. »Du erwartest nicht im Ernst, Alex, dass ich meine Informanten an die Polizei verpfeife.«

»Wenigstens ein kleiner Tipp? Ein Denkanstößchen?«

Jetzt lachte er wieder, laut und herzlich. »Na gut, okay. Du kannst Latein?«

»So gut wie Französisch. Das heißt, eigentlich gar nicht.«

»Cui bono sagt dir aber was?«

»Wem nützt es, richtig?«

»Na, siehst du, du kannst doch Latein. Und noch ein Tipp unter uns Trinkbrüdern: Guck dir mal bestimmte Aktienkurse an.«

Wer hatte davon profitiert, dass Heneckas Untertauchen publik wurde? Er selbst gewiss nicht. Andere auch nicht. Manche Menschen waren sogar ärmer geworden durch die kleine Zeitungsmeldung, weil in der Folge der Aktienkurs der PharmaStats AG einbrach. Allerdings hatte dieser sich rasch wieder erholt, nachdem die Firma das Verschwinden ihres Forschungschefs dementiert hatte. Und wenn Menschen an der Börse ärmer wurden, dann wurden andere oft …

Sollte etwa hier …?

»Frau Dr. Süden lässt jetzt bitten«, sagte die Sekretärin mit Modelfigur und Kindchenmiene und hielt mir artig die Tür auf.

Die Geschäftsführerin federte aus ihrem ultramodernen und farbenfrohen Schreibtischsessel, kam mir eilig und heftig erfreut entgegen, schüttelte meine Hand mit Begeisterung, orderte Kaffee für den hohen Besuch. Heute trug sie ein anthrazitfarbenes, sportlich geschnittenes Kostüm mit kurzem Rock.

»Ich habe leider im Moment sehr wenig Zeit, Herr Gerlach, aber wo Sie nun schon mal …«

Wir setzten uns auf weiße Freischwingerstühle an einen runden, ebenfalls blütenweißen Besprechungstisch. Der

Kaffee schien schon gewartet zu haben, denn er wurde bereits nach wenigen Sekunden serviert.

»Was verschafft mir die unerwartete Ehre?«, fragte die Chefin der PharmaStats AG mit prüfendem Blick in mein Gesicht, als wir an unseren Tassen genippt hatten.

»Eine komische Sache, zu der ich gerne Ihre Meinung hören würde.« Ich erzählte ihr von der kleinen Meldung in den Bensheimer Nachrichten.

»Ach ja?«, fragte sie mit unschuldiger Miene.

»Sie selbst haben sie kurz darauf dementiert.«

»Das ist richtig. Solche Gerüchte sind natürlich nicht gerade gut für das Unternehmen. Vor allem, weil wir zurzeit ...«

Sie ertränkte den Rest ihres Satzes in einem großen Schluck Kaffee.

»Weil Sie zurzeit in Fusionsverhandlungen stehen?«

Sie sah mir scharf in die Augen, als wollte sie dort ablesen, was als Nächstes kommen würde. Was ich plante. Wann ich den eigentlichen Angriff startete.

»Von Ihnen war die Meldung demnach nicht?«

»Aber nein.« Ihr Blick ging auf unruhige Wanderschaft, fand irgendwo in der Ferne, weit jenseits der raumhohen und blau getönten Fenster Halt. »Ich sagte Ihnen doch ...« Sie stellte die Tasse ab, sah mich wieder an. »Das war Ihr Anliegen?«

Ich lehnte mich gemütlich zurück, lächelte möglichst unintelligent. »Es könnte mir ja völlig egal sein«, sagte ich so entspannt, als wäre mir ihre Unruhe entgangen, ihr Bestreben, mich zügig wieder loszuwerden. »Aber irgendwie lässt mir diese Sache einfach keine Ruhe.«

»Darf man wissen, weshalb?«, fragte sie knapp. »Eine kleine Falschmeldung, die rasch berichtigt wurde, wo ist Ihr Problem?«

»Es ist ja überhaupt nicht mein Problem. Aber vielleicht ist es ein Problem der Menschen, deren Aktien am nächsten Vormittag über zwanzig Prozent an Wert verloren haben.«

»Die sie noch am selben Tag wieder zulegten.«

Etwas in ihrer selbstsicheren Miene hatte sich verändert. Zu Beginn war ihr Gesicht lebendig gewesen, voller Entschlossenheit, Arbeitslust und Aktivität. Jetzt war es eine Maske. Und hinter dieser Maske, da war ich mir sicher, verbargen sich Unruhe und vielleicht sogar Angst. Selbst ihre Stimme klang plötzlich anders. Sie sprach langsamer. Vorsichtig. Lauernd.

»Es ist ja auch gar nicht meine Angelegenheit. So etwas zu klären, dazu fehlen mir die Leute, die Kompetenzen, die Mittel. Aber ... ich weiß nicht, aus irgendeinem Grund lässt mich der Gedanke nicht los, die Vorstellung, dass manche Menschen an diesem vorübergehenden Kurseinbruch ordentlich verdient haben.«

»Das stellen Sie sich also vor ...«

Ich sah ihr treuherzig in die unruhigen Augen und nickte.

»Und weshalb kommen Sie damit ausgerechnet zu mir, wenn ich fragen darf? Unterstellen Sie mir hier vielleicht gerade etwas?«

»Das, Frau Dr. Süden«, sagte ich immer noch unschuldig lächelnd und erhob mich gemächlich, »würde ich natürlich niemals tun. Wie gesagt, solche Dinge fallen auch gar nicht in meine Zuständigkeit. Aber ich weiß natürlich, und Sie wissen es auch, dass es in Frankfurt eine Börsenaufsicht gibt, die solche Dinge untersucht, wenn sie publik werden.«

»Falls sie publik werden ...« Inzwischen stand auch sie wieder auf ihren geraden, für meinen Geschmack etwas zu muskulösen Beinen.

Ich schaltete mein Lächeln aus. »Sie haben mir sogar einen Privatdetektiv auf den Hals gehetzt, um herauszufinden, was ich tue, was ich plane, ob ich Ihnen und Ihren Geschäften gefährlich werden könnte.«

»Nicht alles muss an die Öffentlichkeit«, fügte sie mit ihrem lauernden Blick hinzu, ohne auf meine Bemerkung einzugehen.

»Sehen Sie«, erwiderte ich kalt. »Ich höre in meinem Beruf so oft den alten Spruch von den Kleinen, die man hängt, und den Großen, die man angeblich immer laufen lässt.«

»Und mich halten Sie für eine der Großen? Soll ich mich jetzt geehrt fühlen?«

Sekundenlang sahen wir uns schweigend in die Augen. Das alte Spiel: Wer als Erster blinzelt, hat verloren. In ihrem Blick schimmerte jetzt nur noch schlecht verhohlener Hass. Sie sah als Erste weg. Ich hatte gewonnen.

Aber einen allerletzten Versuch startete sie doch noch: »Was verdient man eigentlich in Ihrer Position?«, fragte sie tonlos und ohne mich anzusehen.

»Weniger als Sie. Viel weniger.«

»Wäre hier vielleicht ein Weg zu einer gütlichen ... ähm ... Einigung?«

Dieser Satz war ein Geständnis gewesen. Ich wusste es, und sie wusste es. Und der Rest war nun wirklich Sache der zuständigen Behörde in Frankfurt.

Während ich im Sekretariat meinen Trenchcoat vom Haken nahm, beobachtete mich die Geschäftsführerin mit der ausdruckslosen Miene eines Tiers, das noch nicht entschieden hat, ob es in der nächsten Sekunde fliehen oder angreifen wird. Vermutlich wünschte sie mir in diesen Sekunden einen schweren Verkehrsunfall oder wenigstens eine unheilbare Krankheit an den Hals. Die Sekretärin hatte offenbar gerochen, dass die Luft dick war, und war rechtzeitig desertiert. Unter den mörderischen Blicken von Frau Dr. Süden zog ich gemächlich den Mantel an, den ich in den letzten Tagen nicht mehr getragen hatte. Nach Heneckas Tod war endlich der Sommer gekommen, sodass auch draußen ein Jackett genügte. Aber heute Morgen war es windig gewesen, und so kam der Trenchcoat noch einmal zum Einsatz. Hoffentlich zum letzten Mal bis zum Herbst.

Bevor ich den Motor meines Peugeots anließ, wählte ich Pits Nummer und erzählte ihm von meinem Gespräch mit der geschäftstüchtigen Geschäftsführerin. Wie erwartet, war er hell begeistert.

»Muss ich dich wohl zweimal zum Essen ausführen«, meinte er aufgedreht. »Bist wirklich ein Goldschatz, Alex. Ich darf doch Alex sagen?«

»Machst du doch sowieso schon dauernd.«

»Alexander lässt sich nach ein paar Gläschen Wein so schwer aussprechen.«

Auf der Autobahn herrschte heute angenehm wenig Verkehr. Die Sonne drang mehr und mehr durch die dünne, helle Wolkenschicht, und rasch wurde es warm in meinem Wagen. Ich versuchte, den Mantel während des Fahrens auszuziehen, scheiterte jedoch kläglich. Bevor ich mir eine Schulter verrenkte oder von der Straße abkam, steuerte ich den nächsten Parkplatz an, stieg aus und entledigte mich des lästigen Kleidungsstücks im Stehen. Als ich den Mantel auf den Rücksitz warf, klatschte etwas zu Boden. Etwas, das offenbar in der Innentasche gesteckt hatte. Ein Umschlag, braun, ohne Fenster und auffallend dick. Allerdings war dieses Exemplar sichtlich neu, während das andere, das ich Henecka vor Tagen zurückgegeben hatte, vom vielen Herumtragen schon ziemlich zerknautscht gewesen war.

Ich war nicht überrascht, als ich den Umschlag öffnete. Natürlich enthielt er Geld. Fünfziger. Viele. Ich zählte nicht nach, war mir dennoch sicher, dass es hundert Stück waren. Dabei lag ein kleiner Zettel: »Tun Sie damit, was Sie wollen. Aber versuchen Sie nicht, es mir zurückzugeben.«

Henecka musste mir das Geld zugesteckt haben, als wir in seinem Haus waren. An jenem Tag hatte ich den Mantel zum letzten Mal getragen, und ich erinnerte mich noch, wie ich ihn an die Garderobe hängte. Vermutlich hatte er es getan, während ich beim Telefonieren vor der Tür stand. Seufzend warf ich das pralle Ding auf den Beifahrersitz. Ich musste mit seiner Witwe Kontakt aufnehmen, der das Geld als rechtmäßiger Erbin zustand. Das sollte jedoch kein Problem sein, denn jetzt, da Henecka nicht mehr lebte, konnte ich hemmungslos seine Dateien, seine Handys, sein Adressbuch durchwühlen. Durchwühlen lassen.

Kaum hatte ich mich wieder in den Verkehr eingefädelt, summte mein Handy, das ich vor dem Gespräch mit Frau Dr. Süden leise gestellt hatte. Es war Theresa.

»Du errätst nie, was ich eben in meinem Autochen gefunden habe«, meinte sie aufgeregt.

»Knapp viertausend Euro«, erwiderte ich müde. »In einem braunen Umschlag.«

»Wie ... wie kommst du darauf?«, fragte sie verdattert.

»Du hast irgendwo unter dem Rücksitz das Geld gefunden, das ich Henecka zurückgegeben habe.«

»Nein, in der Tasche an der Hinterseite des Fahrersitzes. Normalerweise gucke ich da nie rein, aber ich habe eine CD gesucht, von Barbra Streisand, und ich ... Wie bist du nur so schnell darauf gekommen?«

Am Nachmittag telefonierte ich mit Emma Hasselgård. Ihre Nummer hatte ich in Heneckas privatem Handy gefunden. Sie klang völlig anders, als ich sie mir vorgestellt hatte: frisch, willensstark, offen, lebenstüchtig. Nach den vielen Jahren in der Provence sprach sie mit leichtem französischem Akzent. Dass ihr Mann tot war, ermordet von ihrem Bruder, erschütterte sie so tief, dass wir das Gespräch vorübergehend unterbrechen mussten. Erst eine Dreiviertelstunde später rief sie zurück. Ich gab ihr Merits amerikanische Handynummer, und sie versprach erst zögernd, dann entschlossen, Kontakt zu ihr aufzunehmen. Ein schlechtes Gewissen schien sie jedoch nicht zu haben, weil sie sich zwei Jahrzehnte lang nicht um ihre Tochter gekümmert hatte. Sie lebte ihr Leben, wie sie es leben musste und wollte. Das andere – Bensheim, Henecka, der deutsche Regen – hatte nichts mehr mit ihr zu tun. Das gehörte zu einem anderen Menschen. Zu einer anderen Emma.

Von dem Geld wollte sie nichts hören.

»Wenn Jan wollte, dass Sie es bekommen, dann sollen Sie es auch haben. Wenn Sie der Ansicht sind, Sie hätten es nicht verdient, warum betrachten Sie es nicht einfach als Geschenk?«

Das beschloss ich zu tun. Allerdings nicht so, wie sie es gemeint hatte.

Die beiden Umschläge stopften Theresa und ich in der folgenden Nacht in den Briefkasten des Asylarbeitskreises, der an der Plöck residierte, zwischen der altehrwürdigen Universitätsbibliothek und dem Essighaus, einem Lokal, in dem ich einmal um ein Haar den wenig ausgeprägten Verführungskünsten einer Zielfahnderin des BKA erlegen war. Nachdem wir das Geld los waren, liefen wir davon wie zwei Teenager, die sich etwas streng Verbotenes getraut hatten. Den alten russischen Armeerevolver dagegen entsorgte ich am nächsten Morgen allein. Der rostet nun in der Nähe der Alten Brücke am Grund des Neckars vor sich hin, bis er sich in einigen Jahrzehnten hoffentlich ganz aufgelöst haben wird.

38

Marius Hasselgård war vor knapp drei Monaten wegen akuter psychischer Störungen und Suizidgefahr aus dem Gefängnis in die geschlossene Abteilung einer psychiatrischen Klinik am westlichen Stadtrand von Oslo verlegt worden. Diese war leider wesentlich schlechter gesichert und bewacht als seine Zelle, und so hatte er zunächst eine Möglichkeit gefunden, Mails zu versenden, und war schließlich auf bis heute ungeklärtem Weg ausgerissen. Ob seine geistigen Aussetzer und Selbstmordgedanken echt oder lediglich vorgetäuscht waren, werde ich wohl nie erfahren.

Ich fand Gelegenheit, mit einer Ärztin zu sprechen, die ihn in der Klinik betreut hatte und leidlich Deutsch sprach. Sie berichtete mir, Marius habe in den Therapiegesprächen viel von seiner Schwester gesprochen und immer wilder über ihr Verschwinden spekuliert. Die Geschwister, deren Geburtstage nur wenig mehr als ein Jahr auseinanderlagen, hatten nach dem frühen Tod der Mutter fast wie Zwillinge aneinander gehangen. Der Vater hatte sie offenbar im Wesentlichen einer zänkischen Haushälterin überlassen, die später ihre Stiefmutter wurde.

Noch am Tag seines Ausbruchs hatte Marius die Fähre nach Kiel bestiegen. Irgendwie musste er sich zuvor Geld besorgt haben. Vielleicht bei einem Freund geborgt, vielleicht gestohlen. Zu all diesen Dingen verweigerte er die Aussage, wie überhaupt zu fast allem. Das Einzige, das er zugab, war das Offensichtliche: dass er Jan-Armin Henecka getötet hatte.

In Hamburg hatte Marius sich eine Waffe besorgt und einen Mietwagen genommen, den schwarzen Volvo, war weiter in Richtung Süden gefahren, hatte sich in Bensheim in einer preiswerten Pension an der Wormser Straße einquartiert und begonnen, seinen Todfeind zu beobachten. Vielleicht war er sogar in der Nähe gewesen, als ich Henecka zum ersten Mal traf. Als dieser mich mit seinem vermaledeiten Umschlag allein ließ. Henecka hatte offenbar nichts davon bemerkt. Erst als Marius ihn auf der Bundesstraße stoppte, war ihm klar geworden, wer der Stalker war.

Vielleicht hatte er am Ende geahnt, dass Marius immer noch in seiner Nähe war, als er nach Bensheim zurückkehrte. Vielleicht war dies der Grund dafür, dass er mich ins Haus bat.

Tage später, als ich dachte, alles wäre erledigt, geklärt oder wenigstens allmählich vergessen, brach die längst nicht mehr befürchtete Katastrophe über mich herein.

Ein findige Journalistin des SWR-Studios Mannheim fand – auf welchen Wegen auch immer – heraus, dass ein gewisser Alexander Gerlach, seines Zeichens Chef der Heidelberger Kriminalpolizei und zur fraglichen Zeit krankgeschrieben, eine höchst dubiose Rolle in dem so erfreulich ergiebigen Drama um Lisa Götze und Professor Henecka gespielt hatte. Er hatte nicht nur Kontakt zu Lisas Mutter gehabt, einer, wie der Welt inzwischen ausreichend zur Kenntnis gebracht war, schillernden Prostituierten, er hatte nicht nur Heneckas Nachbarschaft mit seltsamen Fragen belästigt, er war – obwohl nicht im Dienst – auch dabei gewesen, als die Polizei Merit Henecka nach ihrem glücklicherweise fehlgeschlagenen Selbstmordversuch fand. Und als wäre all dies noch nicht genug, war er auch noch Zeuge, als Professor Henecka erschossen wurde, und er hatte – nicht zu fassen – sogar Guido Kaisershof, über dessen Rolle in der verworrenen Geschichte die Presse nach wie vor rätselte, kurz vor dessen dramatischem Ableben besucht. Was mochte das alles zu bedeuten haben? Und weshalb verweigerte die Polizei so hartnäckig eine klare Stellungnahme zu den Fragen der beunruhigten Vertreter der Vierten Gewalt? Sollte da etwa ein Komplott im Gange sein? Eine Verschwörung der Strafverfolgungsbehörden gegen einen unbescholtenen, hoch angesehenen Wissenschaftler und seine bemitleidenswerte Tochter? Von Tag zu Tag, ja, von Stunde zu Stunde wurde es schlimmer, und schließlich, kurz bevor die ersten Wünschelrutengänger vor der Polizeidirektion auftauchten, bat Kaltenbach mich zu sich.

»In Absprache mit der Staatsanwaltschaft habe ich für morgen Vormittag zehn Uhr eine Pressekonferenz anberaumt, lieber Herr Gerlach«, eröffnete er das Gespräch.

Ich hasste es inzwischen, wenn er mich »lieber Herr Gerlach« nannte. Erstens, weil ihm das nicht zustand, auch wenn er mein Vorgesetzter war. Und zweitens, weil es bisher noch jedes Mal Ärger nach sich gezogen hatte.

Der Ärger folgte im nächsten Satz: »Natürlich sollten auch Sie, als einer der Hauptdarsteller der Tragödie, mit dabei sein.«

Ich hasste es, wenn er »sollten« sagte, wenn er »müssen« meinte.